La princesse maudite

Julie Kagawa

La princesse maudite

DARKISS

Titre original :
THE IRON KING

Traduction de l'américain par LUCIE PERINEAU

83-85 boulevard Vincent-Auriol, 75646 PARIS CEDEX 13.
Tél. : 01 42 16 63 63
Service Lectrices — Tél. : 01 45 82 47 47

www.harlequin.fr

ISBN 978-2-2802-2133-7 — ISSN 2109-7631

Loi n° 49-956 du 16 juillet 1949 sur les publications destinées à la jeunesse.

Pour Nick, Brandon et Villis.
Puissions-nous continuer à nous acharner inutilement.

PREMIÈRE PARTIE

1

Le fantôme dans l'ordinateur

Il y a dix ans, le jour de mon sixième anniversaire, mon père a disparu.

Non, il n'est pas parti. Sinon, il aurait vidé ses tiroirs, laissé des placards vides, il y aurait eu des valises sur le pas de la porte et, plus tard, j'aurais reçu des cartes d'anniversaire, en retard, avec un billet de dix dollars glissé dans l'enveloppe. S'il était parti, cela voudrait dire qu'il était malheureux avec nous, ou bien qu'il avait trouvé l'amour ailleurs. Or, rien de tout cela n'est vrai.

Il n'est pas mort, non plus. On en aurait entendu parler. On aurait parlé d'accident de voiture, de crime, de corps à reconnaître… Mais non.

En fait, tout est arrivé en l'espace d'un instant.

Le jour de mon sixième anniversaire, donc, mon père m'a emmenée au parc, un de mes endroits préférés à l'époque. C'était un petit espace vert au milieu de nulle part, avec un parcours de jogging et un étang brumeux entouré de sapins. On était justement au bord de l'eau, en train de nourrir les canards, quand j'ai entendu la musique de la camionnette du glacier, sur le parking derrière la butte. J'ai supplié papa de m'offrir un Esquimau ; il s'est mis à rire, il a sorti quelques pièces de sa poche, et je suis allée chercher ma glace.

Après cela, je ne l'ai plus jamais revu.

Plus tard, la police a passé le parc au peigne fin. On a retrouvé ses chaussures au bord de l'eau. Rien d'autre. Des plongeurs sont venus fouiller l'étang, mais ils n'ont trouvé que des branchages et de la boue ; il y avait à peine trois mètres de profondeur. Mon père avait bel et bien disparu sans laisser de traces.

Pendant les mois qui ont suivi, j'ai été hantée par un cauchemar récurrent. Du sommet de la butte, je voyais mon père entrer dans l'étang. Au moment où sa tête disparaissait sous la surface de l'eau, j'entendais la musique du glacier s'élever dans mon dos. C'était un air lent et sinistre, dont je n'arrivais pas à bien déchiffrer les paroles. Dès que je fixais mon attention sur ces paroles, je me réveillais.

Peu après la disparition de papa, ma mère a décidé d'aller s'installer dans une petite ville au fin fond du bayou de Louisiane. Elle prétendait qu'elle voulait « recommencer une nouvelle vie », mais, moi, j'ai toujours su, au fond de mon cœur, qu'elle fuyait quelque chose. Il m'a fallu dix ans pour découvrir quoi.

Je m'appelle Meghan Chase. L'histoire que je vais vous raconter a commencé la veille de mes seize ans.

Seize ans… L'âge *magique*, paraît-il. En tout cas d'après les contes, les chansons et les poèmes. L'âge où les filles tombent amoureuses, sont invitées au bal, se transforment en princesse. Où les étoiles du ciel ne brillent que pour elles, où le prince charmant les emporte sur son grand cheval blanc.

Je n'ai jamais pensé que cela se passerait comme ça pour moi.

La veille de mon anniversaire, je me suis réveillée, j'ai pris une douche et fouillé dans la commode pour chercher quoi me mettre sur le dos. D'habitude, je me serais contentée d'attraper n'importe quoi de propre, mais aujourd'hui était une journée toute particulière. Aujourd'hui, Scott Waldron allait enfin s'apercevoir de mon existence.

Je voulais être parfaite.

Malheureusement, je n'en avais pas vraiment les moyens. Tandis que les autres filles passent des heures à hésiter entre leurs différents vêtements, je n'en possède, moi, que trois sortes : ceux qui viennent de l'Armée du Salut, ceux qui viennent de ma mère, et des salopettes.

Si seulement on avait un peu plus d'argent… Je sais bien que l'élevage de cochons n'est pas le métier le plus lucratif au monde, mais maman pourrait quand même se débrouiller pour me payer un jean correct. Juste un.

J'ai lancé un regard dégoûté sur ma garde-robe sommaire. Il n'y avait plus qu'à espérer que Scott soit séduit par ma beauté et mon charme naturels… et que je ne me ridiculise pas devant lui.

J'ai fini par enfiler un pantalon de toile, un T-shirt kaki et mon unique paire de tennis miteuses, puis j'ai donné un coup de peigne à mes cheveux. Ils sont blonds, presque blancs, et électriques comme si j'avais mis les doigts dans une prise. Je les ai attachés en queue-de-cheval et je suis descendue au rez-de-chaussée.

Luke, mon beau-père, buvait son café en lisant le journal du coin, qui est davantage un ramassis de cancans qu'une vraie source d'informations. A la une d'aujourd'hui : *Un veau à cinq pattes naît à la ferme des Patterson*. Vous voyez le genre. Ethan, mon demi-frère de quatre ans et demi, était installé sur ses genoux. Il mangeait une tartelette aux fruits en saupoudrant de miettes la salopette de son père, ainsi que Floppy, son lapin en peluche adoré, qu'il serrait sous son bras. Il avait manifestement essayé de lui donner une partie de son petit déjeuner, car la tête du lapin était pleine de gelée de fruits et de gâteau écrasé.

Ethan est un gentil petit bonhomme. Il a des cheveux châtains bouclés, comme son père, mais il a hérité comme moi les grands yeux bleus de maman. En le voyant, les vieilles dames s'arrêtent et lui font des gouzi-gouzi, et de parfaits inconnus lui disent bonjour de la main. Ma mère et Luke en sont gagas ; par chance, ça n'a pas l'air de lui ruiner le caractère.

— Où est maman ? j'ai demandé en entrant dans la cuisine.

J'ai ouvert un placard et parcouru du regard les cartons de céréales. Il n'y avait que des bouchées aux fibres et du riz soufflé au chamallow pour Ethan. Ma mère m'avait encore oubliée. C'était donc si difficile de se rappeler que je prenais des Cheerios au petit déjeuner ?

Luke sirotait son café en m'ignorant. Ethan cessa un instant de mâchouiller sa tartelette pour éternuer dans la manche de son père. Franchement agacée, j'ai claqué la porte du placard et répété plus fort :

— Où est maman ?

Cette fois, Luke a sursauté et levé la tête de son journal. Son regard marron, de veau flegmatique, marquait à peine de la surprise.

— Ah, Meg, a-t-il dit platement. Je ne t'avais pas entendue arriver. Tu m'as posé une question ?

Avec un soupir, j'ai encore répété. Luke a marmonné :

— Elle est à une réunion de paroisse.

Il a replongé dans son journal et achevé :

Elle en a pour un moment, tu vas devoir prendre le bus.

Evidemment, puisque je prends *toujours* le bus ! Si je cherchais ma mère, c'était juste pour lui rappeler qu'elle était censée m'inscrire à la conduite accompagnée ce week-end. Mais ce n'était même pas la peine d'en parler à Luke : je pouvais lui répéter une info vingt fois d'affilée, il l'oubliait dès que je quittais la pièce. Ce n'était pas de la malveillance de sa part ; simplement, chaque fois que je lui adressais la parole, il me regardait d'un air franchement étonné, comme s'il avait oublié que je vivais ici.

J'ai attrapé un bagel et mangé dans un silence ronchon, en gardant un œil sur la pendule. Beau, notre berger allemand, est entré d'un pas tranquille pour venir poser sa grosse tête sur mes genoux. Je l'ai gratté derrière les oreilles, il a grogné de plaisir. Au moins le chien, lui, m'appréciait.

Luke s'est levé et, avec douceur, il a posé Ethan sur sa chaise en lui donnant un baiser sur le front.

— Allez, mon grand. Papa va réparer le lavabo, et toi, tu vas m'attendre ici. Quand je reviendrai, on ira nourrir les cochons, d'accord ?

— D'accord, dit Ethan en agitant ses jambes

dodues dans le vide. Floppy veut savoir si Daisy a eu ses bébés.

Luke lui a fait un sourire empreint d'une telle fierté paternelle que j'étais écoeurée.

— Au fait, Luke, ai-je dit. Tu es au courant de ce qui se passe demain ? Je parie que non.

Il ne s'est même pas retourné.

— Heu... Non, je ne vois pas. Si tu as prévu quelque chose de spécial, parles-en à ta mère.

Sur ce, il a claqué des doigts ; Beau s'est dressé sur ses pattes pour le suivre. Le bruit de leurs pas a décru dans l'escalier, et je suis restée seule avec mon demi-frère.

Il me regardait de l'air solennel qui le caractérise.

— Moi, je sais, a-t-il murmuré en posant un bout de gâteau écrasé sur la table. Demain, c'est ton anniversaire, hein ? Floppy me l'a dit et je l'ai pas oublié.

— Exactement.

Et voilà ! J'en étais sûre ! Ma mère et Luke avaient complètement oublié mon anniversaire. Personne ne me le souhaiterait — à part le lapin en peluche. Je n'aurai ni carte ni gâteau. C'était gai !

J'ai visé la poubelle, et essayé de faire un « panier » avec mon reste de bagel. Raté. Il a ricoché contre le mur, et laissé une grosse auréole de gras. Tant mieux. Enervée comme j'étais, je n'allais certainement pas nettoyer !

— Floppy te dit bon anniversaire à l'avance.

— Tu le remercieras de ma part.

J'ai ébouriffé les cheveux d'Ethan et quitté la cuisine. Puis, de retour dans ma chambre, j'ai rassemblé mes livres de classe, mes cahiers, mes affaires de sport et l'iPod qui m'a coûté une année entière d'économies. Je l'avais acheté en dépit du mépris de Luke pour « ces gadgets inutiles et abrutissants ». Fidèle au credo des relou, mon beau-père se méfie de tout ce qui pourrait rendre la vie plus agréable. Les téléphones portables ? A quoi bon, alors qu'on a un téléphone fixe en bon état de marche ? Les jeux vidéo ? Une invention diabolique, qui transforme les jeunes en délinquants et en tueurs en série. J'ai supplié ma mère de m'acheter un ordinateur portable, pour faire mes devoirs ; mais selon Luke, si son gros PC poussiéreux lui suffit, il peut bien suffire au reste de la famille. Vous en connaissez beaucoup, vous, des gens qui n'utilisent pas le haut débit ?

J'ai regardé ma montre. Zut ! Le bus allait bientôt passer, et il fallait bien dix minutes pour arriver à l'arrêt sur la grand-route. Un coup d'œil par la fenêtre : le ciel était gris et chargé. J'ai attrapé mon blouson et, pour la millième fois, j'ai regretté d'habiter aussi loin du lycée.

Le jour où j'ai le permis et une voiture, je fiche le camp d'ici et je ne reviens jamais. Promis juré.

— Meggie ?

Planté dans l'embrasure de la porte, son lapin en peluche coincé sous le menton, mon petit frère me fixait d'un regard sombre

— Je peux t'accompagner ?

— Tu plaisantes ? Je vais à l'école. L'école des grands. C'est interdit aux petits.

J'ai enfilé mon blouson et cherché mon sac à dos. C'est alors qu'Ethan a enroulé ses petits bras autour de mes jambes. J'ai dû m'appuyer d'une main au mur pour ne pas perdre l'équilibre, et j'ai décoché un regard sévère à mon petit frère. Mais il s'accrochait obstinément ; sa frimousse levée vers moi et toute crispée.

— S'il te plaît, m'a-t-il suppliée. Je te promets que je serai sage. Je peux venir ? Rien qu'aujourd'hui ?

Je l'ai soulevé dans mes bras et j'ai repoussé les cheveux qui lui tombaient devant les yeux. Il faudrait que ma mère les lui coupe, bientôt, sinon il allait ressembler à un nid d'oiseau.

— Qu'est-ce qui t'arrive, morpion ? T'es un vrai pot de colle ce matin.

— Peur, a marmonné Ethan en se cachant dans le creux de mon cou.

— Tu as peur ?

Il a secoué la tête et précisé :

— Floppy a peur.

— De quoi ?

— Du monsieur dans le placard.

Un monsieur dans le placard... A ces mots, un frisson m'est remonté dans le dos. Ethan était un enfant tellement posé et sérieux que j'en oubliais parfois qu'il n'avait que quatre ans. Et qu'il continuait à être hanté par des terreurs enfantines : les monstres sous le lit, le croque-mitaine au fond de la penderie... D'après lui, les animaux en peluche parlaient, des bonshommes invisibles cherchaient à l'attirer derrière les buissons, des monstres faisaient crisser leurs ongles sur la vitre de sa fenêtre. Il racontait rarement ces histoires à notre mère ou à Luke ; depuis qu'il était en âge de se déplacer seul, c'est toujours vers moi qu'il était venu pour se confier.

A tous les coups, il allait vouloir m'emmener dans sa chambre pour que je vérifie qu'il n'y avait personne dans le placard ni rien sous le lit. J'en avais l'habitude : je laissais même une lampe de poche sur sa commode en prévision de ces inspections rituelles.

Dehors, le tonnerre gronda et, au loin, un éclair illumina le ciel. La pluie n'allait plus tarder et je risquais de prendre la saucée. Je me suis dit : *La vache ! Je n'ai pas le temps pour ces bêtises de môme.* Mais Ethan m'a lancé un regard désespéré. J'ai soupiré.

— D'accord, d'accord. On y va.

Il m'a suivie dans l'escalier et m'a observée avec

angoisse pendant que j'attrapais la lampe de poche et m'accroupissais pour regarder sous le lit.

— Aucun monstre là-dessous, ai-je annoncé en me relevant.

Je me suis campée devant le placard et j'ai ouvert la porte en grand ; caché derrière mes jambes, Ethan y a jeté un regard furtif.

— Ici non plus, ai-je affirmé. Tu es rassuré ?

Il a hoché la tête et m'a fait un sourire timide.

Seulement, alors que j'étais sur le point de refermer la porte, il s'est passé quelque chose. J'ai aperçu, dans le coin de la penderie, un curieux chapeau gris. Bombé, avec un bord plat et un ruban rouge autour de la base. Un chapeau melon, quoi. Bizarre. Qu'est-ce qu'il fichait là ? Et voilà qu'à l'instant où je me redressais, mon œil a capté un mouvement flou. Une silhouette cachée derrière la porte entrebâillée de la chambre, qui me surveillait de ses yeux pâles.

Je me suis vivement retournée, et pour de bon.

Evidemment, il n'y avait rien.

Houlà ! Je me mets à voir des monstres, moi aussi. Il faut que j'arrête de regarder des films d'horreur.

Un rugissement d'orage m'a fait sursauter. Quelques secondes plus tard, de grosses gouttes s'écrasaient bruyamment contre les vitres. Je me suis précipitée dans l'escalier, je suis sortie de la maison et j'ai filé en direction de la grand-route.

En arrivant à l'arrêt du bus, j'étais trempée. C'était une pluie de printemps, pas glacée, mais assez froide pour être désagréable. Je me suis mise à l'abri sous un grand cyprès couvert de mousse, et me suis enveloppée de mes bras.

Je me demande où est Robbie, pensai-je en le guettant sur la route. *Il devrait déjà être arrivé. Peut-être qu'il a décidé de sécher les cours. Le petit veinard. Si seulement j'avais une voiture !* La plupart des gens de ma classe avaient déjà leur permis conduire ; ils pouvaient se déplacer seuls partout : en boîte, à des fêtes. J'en connaissais qui avaient reçu une voiture pour leur seizième anniversaire. Moi, il faudrait déjà que je m'estime heureuse si on pensait à me faire un gâteau. Quant à me déplacer… je n'étais jamais invitée nulle part. J'étais la fille des bois arriérée que personne ne voulait fréquenter.

Sauf Robbie. Lui, au moins, il n'oublierait pas mon anniversaire. *Je me demande ce qu'il va inventer, cette fois.* J'étais presque sûre que ce serait quelque chose de drôle et de surprenant. L'année passée, il m'avait réveillée à minuit et fait sortir en douce pour m'emmener pique-niquer dans les bois.

Une escapade étrange.

Je me rappelais très bien la clairière où nous étions allés cette nuit-là, avec son petit étang constellé de lucioles. Et pourtant, après, je n'avais jamais, jamais réussi à la retrouver. Même en parcourant cent fois les bois autour de la maison.

Soudain, j'ai entendu du bruit dans les buissons. Sans doute un opossum ou une biche, ou même un renard cherchant à s'abriter de la pluie. Ici, les animaux sauvages étaient téméraires ; les humains ne leur inspiraient pas la moindre peur. Sans Beau, le potager de maman aurait servi de buffet aux lapins et aux biches, et les ratons laveurs seraient venus se servir sans vergogne dans les placards de la cuisine.

Ensuite, une branche a craqué. Et plus près, cette fois. J'ai fait un pas de côté, histoire de ne pas me faire prendre de court par un mulot ou un écureuil. Et pas question d'avoir peur. Je ne suis pas Angie, Mlle Parfaite, la chef des pom-pom girls, dite aussi « L'Airbag », qui flippe dès qu'elle voit un cochon d'Inde en liberté — ou une trace de terre sur son jean de marque. Moi, j'ai l'habitude de ramasser du foin à la fourche, de tuer des rats, de m'enfoncer jusqu'aux genoux dans la boue pour faire avancer un cochon. En règle générale, les animaux ne me font pas peur.

Néanmoins, j'avais hâte de voir arriver le bus et je gardais les yeux fixés sur la route, espérant qu'il apparaisse. Avec cette pluie, et sans doute à cause de mon imagination détraquée, les bois ressemblaient aujourd'hui au décor du *Projet Blair Witch*.

La parano, ça suffit, me suis-je dit avec sévérité. *Il n'y a pas de loups ni de tueurs en série, ici.*

D'un coup, la forêt est devenue très silencieuse.

Je me suis appuyée contre mon tronc d'arbre en frissonnant. Qu'est-ce qu'il fichait, ce bus ? L'instant d'après, nouveau frisson : je n'étais pas seule.

Prudemment, j'ai levé la tête. Sur une branche juste au-dessus de moi, il y avait un énorme oiseau noir, aussi immobile qu'un animal empaillé, le plumage hérissé par la pluie. Il a incliné sa tête vers moi et plongé dans mes yeux son regard aussi vert que du verre coloré.

Et là, quelque chose a surgi de derrière l'arbre et m'a agrippée par le bras.

Je poussai un hurlement et me dégageai d'un bond, assourdie par les battements de mon cœur. Puis je fis volte-face, me préparant à me défendre et à prendre mes jambes à mon cou. Dans ma tête, des images de viols et de meurtres se bousculaient, des scènes tout droit sorties de *Massacre à la tronçonneuse.*

Un rire explosa juste derrière moi.

C'était Robbie !

Robbie Goodfell ! Mon plus proche voisin — c'est-à-dire qu'il habitait quand même à trois ou quatre kilomètres de chez moi — était affalé contre le tronc d'arbre et se tenait les côtes en s'étranglant de rire.

Dégingandé, vêtu d'un jean troué et d'un vieux T-shirt.

Il me regarda un instant, puis se tordit de nouveau de rire. La pluie avait plaqué ses cheveux roux, généralement hirsutes. Ses vêtements lui collaient au corps, soulignant sa frêle carrure et sa fine ossature. Il était trempé, lui aussi, et couvert de boue, de feuilles et de brindilles. Mais cela n'avait pas l'air de le gêner.

— Nom de Dieu, Robbie ! pestai-je en lui décochant un coup de pied.

Il esquiva.

— Ce n'est pas drôle, espèce d'idiot. J'ai failli avoir une crise cardiaque.

— Dé… désolé, princesse, répliqua-t-il, toujours plié en deux. C'était trop bon.

Il laissa échapper un dernier gloussement et se redressa en reprenant son souffle.

— C'était vraiment impressionnant. Tu as fait un bond d'au moins un mètre. Tu m'as pris pour Leatherface [1], ou quoi ?

— Bien sûr que non, imbécile, dis-je en me détournant pour cacher ma honte.

J'en étais toute rouge.

— Et arrête de m'appeler « princesse ». Je te l'ai déjà dit, je ne suis plus une gamine.

1 *Leatherface* : littéralement « Tronche de cuir ». Personnage de tueur, boucher-cannibale, qui apparaît dans le film *Massacre à la tronçonneuse*.

— Entendu, princesse.

— On t'a jamais fait remarquer que tu as quatre ans d'âge mental ?

— Tu peux parler ! Ce n'est pas moi qui ai laissé la lumière allumée toute la nuit après avoir regardé *Massacre à la tronçonneuse* ! Je t'avais pourtant prévenue…

Il fit une grimace horrible et s'avança vers moi en tendant les bras comme un zombie.

— Fais gaffe, Leatherface va venir te chercher…

Je donnai un coup de pied dans une flaque pour éclabousser Robbie. Il riposta aussitôt. Si bien que, quand le bus arriva enfin, quelques minutes plus tard, nous étions trempés et boueux, et le chauffeur nous ordonna d'aller nous asseoir au fond. Comme les autres élèves bavardaient et plaisantaient entre eux, personne ne nous prêta attention.

— Tu fais quoi, après les cours ? Tu veux qu'on aille prendre un café ? Ou qu'on essaie de rentrer gratos au cinéma ?

— Pas aujourd'hui, Robbie, dis-je.

Mon T-shirt était à tordre. A présent, je regrettais cruellement notre petite bataille d'eau. Scott allait me prendre pour le monstre du Loch Ness.

— Je ne suis pas libre. Je dois donner un cours particulier.

Les yeux verts de Robbie se firent inquisiteurs.

— Un cours particulier ? A qui ?

Mon cœur se mit à battre un peu plus fort, et je me retins de sourire bêtement.

— Scott Waldron.

Robbie prit l'air écœuré.

— Quoi ? Cet imbécile de footballeur ? Tu dois lui apprendre à lire, c'est ça ?

— Ce n'est pas parce qu'il est bon en sport que tu dois le couvrir de mépris. Jaloux, va !

— Mais bien sûr, grinça Robbie. J'ai toujours rêvé d'avoir le QI d'une huître. Non, attends. Ce n'est pas très gentil pour les huîtres.

Il ricana et ajouta :

— Je n'arrive pas à croire que tu craques pour ce débile. Tu vaux tellement mieux que lui, princesse…

— Ne m'appelle plus comme ça ! Et c'est juste un cours particulier, pas une invitation au bal de fin d'année.

— Ouais. N'empêche que tu aimerais bien qu'il t'invite. Avoue que tu en pinces pour lui, comme les pom-pom girls et autres têtes de linotte.

Ça commençait à me mettre de mauvaise humeur.

— Et alors ? rétorquai-je. Même si c'est vrai, qu'est-ce que ça peut te faire ?

Robbie marmonna, puis s'enferma dans le silence tandis que je lui tournais le dos pour regarder par la fenêtre. Genre. Je me fichais de ce qu'il pensait. Cet après-midi, pendant une heure entière, Scott Waldron serait à moi et rien qu'à moi. Personne n'allait me gâcher ce plaisir.

La journée s'écoula au ralenti. Les profs ne débitaient que du charabia, la pendule semblait tourner à l'envers, l'après-midi s'étirait indéfiniment. Enfin, la dernière sonnerie me délivra des supplices de l'algèbre et des équations à deux inconnues.

Ça y est, c'est le moment. Je m'enfonçai dans les couloirs bondés me frayant un chemin en rasant les murs. Les semelles de mes tennis grinçaient sur le carrelage mouillé ; l'air était moite des miasmes de transpiration, de parfum et de fumée. J'étais nouée d'appréhension. *Allez, vas-y sans réfléchir. Tu peux le faire.*

J'arrivai au bout du couloir et passai la tête dans le labo informatique.

« Il » était là, installé devant un ordinateur, les deux jambes calées sur une chaise. Scott Waldron en personne, le capitaine de l'équipe de foot. Scott-le-canon-de-l'école. Sa Majesté Scott le Magnifique. Il portait un blouson en feutrine rouge orné de lettres blanches qui mettait en valeur son torse musclé et la masse indisciplinée de ses cheveux blonds.

Mon cœur s'emballa. *Une heure entière avec Scott Waldron, seule.* En général, je ne pouvais même pas l'approcher ; il était toujours entouré par Angie et ses autres groupies, ou bien par ses copains du foot. Tandis que là, dans le labo, il n'y avait que des geeks et autres ringards auxquels Scott n'adressait même pas la parole. Les sportifs et les pom-pom girls ne mettaient jamais les pieds ici, sauf contraints et forcés.

Je pris une profonde inspiration et me décidai à entrer dans la salle. Quand j'arrivai devant lui, Scott ne me calcula même pas. La tête renversée en arrière, il se prélassait sur sa chaise en faisant semblant de rattraper un ballon imaginaire. Je toussotai pour qu'il remarque ma présence. Aucune réaction. Je recommençai, un peu plus fort. Toujours rien.

Alors, rassemblant mon courage, je me plantai devant lui et agitai la main devant ses yeux. Ses yeux couleur café. Enfin, il s'aperçut que j'étais là. Un instant, il eut l'air presque inquiet. Puis il leva mollement un sourcil, comme s'il se demandait ce que je pouvais bien lui vouloir.

A toi, Meg. Dis quelque chose. Quelque chose d'intelligent, si possible.

— Euh…, bégayai-je. Salut. Je suis Meghan. Je suis assise derrière toi en cours d'informatique.

Même air sceptique. Je sentis mes joues s'échauffer.

— Euh…, repris-je, je ne suis pas très foot, mais je te trouve génial, comme défenseur arrière. Evidemment, je n'en connais pas beaucoup… des défenseurs. Aucun, en fait, à part toi. Mais tu as vraiment l'air de savoir ce que tu fais. Je vais à tous tes matchs, tu sais. Tu n'as pas dû me remarquer parce je m'assieds toujours dans les derniers rangs…

Oh mon Dieu… Boucle-la, Meg. Tout de suite !

Je serrai les lèvres pour m'empêcher de débiter d'autres inepties. J'avais envie de rentrer sous terre. Pourquoi avais-je accepté de donner ce cours particulier ? Mieux valait encore demeurer invisible que passer pour une imbécile finie, surtout devant Scott.

Il porta les mains à ses oreilles. C'est là que je vis qu'il avait… des écouteurs.

— Désolé, dit-il de sa voix profonde et envoûtante, en les retirant. Je n'ai pas entendu ce que tu disais.

Il me jaugea d'un coup d'œil et ajouta :

— C'est toi qui es censée me donner un cours particulier ?

— Euh, oui.

Je me redressai et tentai de rassembler le peu de dignité qu'il me restait.

— Je m'appelle Meghan. M. Sanders m'a demandé de t'aider pour ton devoir de programmation.

Il me dévisagea d'un air narquois et lança :

— C'est pas toi qui viens d'une ferme à cochons en plein bayou ? Tu sais ce que c'est, un ordinateur, au moins ?

Mon visage s'enflamma. D'accord, je n'avais pas un ordinateur dernière génération à la maison. C'était même pour cette raison que je passais dans ce labo le plus gros de mes heures d'étude, à faire mes devoirs ou simplement des recherches sur le Net. A vrai dire, j'espérais faire plus tard des études d'informatique. La programmation et la conception de sites Web me venaient naturellement. Alors, oui, je savais me servir d'un ordinateur ! Seulement voilà, mortifiée par les sarcasmes de Scott, je ne pus que balbutier :

— Euh, oui, je… je sais ce que… Je veux dire, je sais m'en servir.

Il me lança un regard dubitatif. Cette fois, piquée au vif, je décidai de lui prouver que je n'étais pas une plouc. Il avait blessé ma fierté.

— Tiens, regarde, dis-je en tendant la main vers le clavier.

Il se passa quelque chose de très étrange.

Avant même que j'aie touché quoi que ce soit, l'écran de l'ordinateur quitta le mode veille et des lettres s'affichèrent à toute allure sur l'écran bleu.

Meghan Chase. On te voit. On vient te chercher.

Je me figeai sur place.

Les mêmes mots continuèrent de s'afficher, se répétant interminablement, à l'infini, jusqu'à remplir l'écran tout entier. *Meghan Chase. On te voit. On vient te chercher. Meghan Chase. On te voit. On va vient te chercher…*

Scott se tassa dans son fauteuil, me lança un regard furieux, puis se concentra de nouveau sur l'écran devenu fou.

— C'est quoi, ce truc ? demanda-t-il d'un air mauvais. Qu'est-ce que tu lui as fait, pauvre tarée ?

Écartant Scott, je secouai la souris, enfonçai la touche d'échappement, puis, en désespoir de cause, écrasai les touches Contrôle/Alt/Suppr pour redémarrer l'ordinateur.

Echec.

Cependant, les mots cessèrent de défiler. Pendant un instant, l'écran resta vide.

Et de nouveau un message s'afficha, cette fois en lettres géantes.

SCOTT WALDRON MATE LES MECS DANS LES DOUCHES DU GYMNASE, MDR.

Un hoquet de stupéfaction m'échappa. Une seconde plus tard, le message s'affichait sur l'écran de l'ordinateur voisin, avant de se propager comme une onde de choc à tous ceux de la salle. Interloqués, les élèves restèrent un moment muets et immobiles. Puis un éclat de rire général s'éleva et des regards par en dessous se posèrent sur nous.

Je sentis comme un poignard planté dans mon dos, et me retournai avec appréhension. Scott m'aurait tuée, s'il avait pu ! Cramoisi de rage, ou peut-être d'embarras, il me pointa du doigt.

— Tu te crois drôle, espèce de monstre des marais ? Tu vas voir. Je vais te montrer ce que c'est que la vraie rigolade. Tu viens de creuser ta propre tombe.

Il sortit comme un ouragan, poursuivi dans le couloir par l'écho des éclats de rire. Certains élèves me sourirent, d'autres applaudirent, d'autres encore approuvèrent du pouce ; l'un d'entre eux me fit même un clin d'œil complice.

J'en tremblais. Je me laissai tomber sur une chaise et fixai l'écran.

Lequel décida subitement de se mettre en veille et d'effacer le message provocateur.

Trop tard. Le mal était fait.

Mon ventre me torturait, maintenant, et les yeux me picotaient. J'enfouis mon visage dans mes mains. *Tu es grillée, Meghan. Game over. C'est mort. C'est fini pour toi. Peut-être que maman sera d'accord pour m'envoyer en pension au Canada ?*

Un ricanement discret interrompit mes pensées. Je levai la tête : perché sur le moniteur, se découpant à contre-jour dans le cadre de la fenêtre ouverte, se tenait à présent une chose noire minuscule et difforme. Grêle, décharnée, dotée de longs bras maigres et d'immenses oreilles taillées comme celles des chauves-souris, la créature m'observait de ses étroits yeux verts luisant d'intelligence. Mais le temps que son sourire découvre une bouche pleine de dents pointues, phosphorescentes comme du néon bleu… plus rien. Disparue. Exactement comme une image effacée d'un écran.

Je restai clouée sur ma chaise, à fixer le point où la créature était encore perchée une seconde plus tôt. Mon esprit partit dans toutes les directions. *De mieux en mieux. Non seulement, maintenant, Scott me déteste, mais je commence à avoir des hallucinations. Meghan Chase, victime d'une dépression nerveuse la veille de ses seize ans. Par pitié, envoyez-moi tout de suite chez les fous, parce que je ne survivrai pas à un seul jour de plus dans ce lycée.*

Je réussis enfin à me lever et sortis comme un zombie dans le couloir. Robbie m'attendait près des casiers, armé de sodas.

— Alors, princesse ? Tu pars drôlement tôt, dis donc ! Comment s'est passé ton cours ?

— Ne m'appelle pas « princesse », dis-je en appuyant le front contre la porte de mon casier. Et le cours s'est merveilleusement bien passé. Ça t'ennuierait de me tuer, maintenant, s'il te plaît ?

— Carrément ?

Il me lança un Coca light, que je rattrapai de justesse, et ouvrit l'autre canette dans un petit sifflement de mousse.

— Si j'osais, je te dirais que je t'avais prévenue...

Je le foudroyai du regard, le mettant au défi d'essayer de dire un mot de plus. Son sourire s'effaça et il conclut :

— Mais je vais m'abstenir parce ce serait un manque de tact.

— Qu'est-ce que tu fais là, d'ailleurs ? Les bus sont déjà tous partis, à cette heure. Ne me dis pas que tu rôdais autour du labo informatique en m'espionnant comme un pervers ?

Rob toussa bruyamment et but une longue gorgée.

— Au fait, dit-il sur un ton enjoué, je me demandais : tu fais quelque chose pour ton anniversaire, demain ?

Je me cache dans ma chambre sous les couvertures.

J'ouvris la porte de mon casier rouillé en haussant les épaules.

— Je ne sais pas. Je n'ai rien prévu. Pourquoi ?

Le sourire de Robbie lui fendit le visage jusqu'aux oreilles, et ses yeux se réduisirent à deux fentes vertes. Je ne sais pas pourquoi, cette façon qu'il avait de sourire me mettait toujours mal à l'aise.

— J'ai piqué une bouteille de champagne dans la cave de mes parents. Si je passais chez toi demain soir, histoire de fêter ça dignement ?

Pourquoi pas, après tout ? On n'a seize ans qu'une fois, non ?

Je n'avais jamais bu de champagne. Un jour, j'avais goûté la bière de Luke ; cela m'avait donné la nausée. Le vin en cubiteneur que ma mère achetait parfois me semblait moins dégoûtant, mais je n'étais pas une buveuse.

— D'accord, dis-je à Robbie avec un nouveau haussement d'épaules. De toute façon, au point où j'en suis…

Il inclina la tête et me regarda mieux.

— Tu es sûre que tout va bien, princesse ?

Que pouvais-je lui dire pour me faire plaindre ? Que le capitaine de l'équipe de foot, dont j'étais secrètement amoureuse depuis deux ans, voulait me faire la peau ? Que je voyais des monstres partout ? Que le réseau informatique de l'école était soit hanté, soit infiltré par des hackers ? Non. Robbie était le plus grand farceur de l'école, et je n'obtiendrais de lui aucune compassion. Je le connaissais. Il pourrait même s'imaginer que j'avais joué à Scott une bonne blague, et me faire ses félicitations pour ça. D'ailleurs, s'il n'avait pas été un véritable ami, je me serais même demandé dans un coin de ma tête s'il n'avait pas une part de responsabilité dans ce fiasco.

— Tout va bien, dis-je. On se voit demain, Robbie.

— A demain, princesse.

***

Une fois de plus, ma mère était en retard. Nous avions rendez-vous à l'heure où devait finir le cours particulier, mais j'attendis dehors, sous la bruine, pendant une bonne demi-heure de plus, à m'apitoyer sur ma vie misérable et à regarder les voitures aller et venir sur le parking. Enfin, un break bleu apparut au coin puis s'arrêta devant moi. Le siège avant était encombré de sacs à provisions et de journaux. Je me glissai à l'arrière.

— Meghan, tu es trempée ! s'écria ma mère. Ne t'assieds pas directement sur le siège, mets au moins un journal ! Pourquoi tu n'as pas emporté un parapluie ?

Moi aussi, je suis contente de te voir, pensai-je en étalant un journal pour protéger la banquette. Pas de « Comment s'est passée ta journée ? », ni de « Pardon d'être en retard. » Franchement, j'aurais mieux fait de faire sauter ce cours particulier à la noix et de rentrer avec le bus.

Nous roulâmes un moment en silence. Autrefois, avant qu'Ethan ne me vole la vedette, les gens disaient que je ressemblais à ma mère. Aujourd'hui encore, je me demande ce qu'ils pouvaient bien nous trouver comme ressemblances… Ma mère fait partie de ces femmes qui semblent nées pour porter un tailleur et des talons ; moi, je ne me sens bien qu'en tennis et en pantalon. Ses cheveux s'enroulent en longues anglaises dorées ; les miens sont fins, mous et si pâles qu'on les croirait parfois argentés. Elle est fine, gracieuse, avec un port de reine ; moi, je suis simplement maigrichonne.

Elle aurait pu épouser absolument qui elle voulait — une star du cinéma, un homme d'affaires richissime — mais elle a choisi Luke, l'éleveur de cochons, qui vit dans une petite ferme minable au fin fond de la cambrousse.

Ce qui me rappela quelque chose…

— Dis, maman, tu m'inscriras à la conduite accompagnée ce week-end ?

— Oh, Meg, je ne sais pas. J'ai une tonne de travail, et ton père veut que je l'aide à faire des réparations dans la grange. La semaine prochaine, peut-être.

— Mais tu m'avais promis !

— Meghan, s'il te plaît, j'ai eu une dure journée.

Elle soupira et me lança un regard dans le rétroviseur. Ses yeux étaient rougis et cernés de mascara. Avait-elle pleuré ?

Soudain mal à l'aise, je me rapprochai d'elle.

— Qu'est-ce qui se passe ? demandai-je prudemment.

Elle hésita, puis dit :

— Il y a eu un… un accident à la maison. Ton père a dû emmener Ethan à l'hôpital, tout à l'heure.

Le ton de sa voix me flanqua la frousse. Elle marqua une pause, respira et annonça :

— Beau l'a attaqué.

— *Quoi ?*

Notre berger allemand à nous ? Il avait attaqué Ethan ? Comment était-ce possible ?

— Ethan va bien ? demandai-je.

— Oui, répondit ma mère avec un sourire las. Il est très secoué, mais il n'a rien de grave, Dieu merci.

Quel soulagement… Je n'arrivais pas à le croire. Notre chien qui avait attaqué un membre de la famille. Beau qui adorait Ethan : il devenait tout agité si quelqu'un s'avisait de le gronder. J'avais vu mon demi-frère tirer le poil, les oreilles et la queue du chien sans provoquer la moindre réaction de sa part. J'avais vu Beau attraper Ethan par la manche pour l'éloigner du bord de la route et le protéger. Notre berger allemand semait peut-être la terreur parmi les cerfs et les écureuils, mais il n'avait jamais ne serait-ce que montré les dents à l'un d'entre nous.

— Qu'est-ce qui s'est passé ?

— J'aimerais bien le savoir, répondit ma mère en secouant la tête. Luke a vu Beau se précipiter dans l'escalier, puis il a entendu Ethan hurler. Quand il est arrivé dans la chambre, Beau traînait Ethan vers la porte. Son visage était tout griffé et il avait des marques de morsure au bras.

Mon sang se glaça. J'imaginai Ethan mutilé, terrorisé en voyant notre chien adoré se retourner contre lui. C'était tellement difficile à croire ; on aurait dit un scénario de film d'horreur. Je savais que ma mère était aussi stupéfaite que moi. Jusqu'à maintenant, Beau ne lui avait jamais donné une seule raison de se méfier de lui.

Et encore, elle ne m'avait pas tout dit. Je le devinais à son expression. Pis, je craignais déjà de pressentir ce qu'elle me cachait.

— Qu'est-ce qui va lui arriver ?

Ses yeux se remplirent de larmes : je compris que j'avais vu juste.

— On ne peut pas garder un chien dangereux, Meg, me dit-elle alors d'une voix qui me suppliait de la comprendre.

— Si Ethan te demande où est Beau, dis-lui qu'on lui a trouvé une nouvelle maison.

Elle inspira profondément et s'accrocha au volant.

— Il le fallait, Meg. Pour notre sécurité à tous. Quand il est revenu de l'hôpital, Luke a emmené Beau à la fourrière. Ne lui en veux pas.

2

La sonnerie fatale

Au dîner, l'ambiance fut tendue. J'étais furieuse contre Luke, parce qu'il avait emmené Beau à la fourrière, mais aussi contre ma mère qui l'avait laissé faire. Je refusai de leur adresser la parole. Ils discutèrent entre eux de choses triviales et sans intérêt, tandis qu'Ethan, muet, serrait Floppy contre lui. Cela me fit une drôle d'impression que Beau ne soit pas là. D'habitude, il tournait autour de nos jambes pendant tout le repas pour trouver des miettes. Je m'excusai le plus tôt possible et me réfugiai dans ma chambre en claquant la porte.

A peine allongée sur mon lit, je me rappelai toutes les soirées que j'avais passées dans cette pièce, avec Beau pelotonné contre moi. Sa présence rassurante me manquait. Il ne demandait rien d'autre que d'être près de nous, de veiller à notre sécurité. Sans lui, la maison était vide.

J'avais envie d'en parler à quelqu'un. J'aurais aimé pouvoir appeler Robbie et me lancer dans un grand discours sur l'injustice de la vie, mais ses parents, encore plus arriérés que les miens, apparemment, n'avaient ni téléphone ni ordinateur. Chez eux, c'était carrément le Moyen Age. Avec Rob, on fixait nos rendez-vous à l'avance, quand on était à l'école. Il lui arrivait aussi de parcourir à pied les trois kilomètres qui séparaient nos deux maisons et de surgir à l'improviste devant ma fenêtre. C'était vraiment pénible, comme situation, et je comptais bien y remédier quand j'aurais une voiture. Maman et Luke ne pouvaient pas m'enfermer toute ma vie dans une bulle coupée du monde. De toute façon, la prochaine fois que j'aurai de l'argent, j'achèterai des téléphones portables pour *tous les deux*. Luke en penserait ce qu'il veut, ça m'était bien égal ; je commençais à en avoir assez de ses grandes théories sur les dangers de la technologie.

Je parlerai à Robbie demain. Ce soir, c'était impossible. De toute façon, le seul téléphone de la maison était dans la cuisine ; je n'allais quand même pas me plaindre de la stupidité des adultes alors qu'ils se trouvaient à quelques mètres de moi !

Soudain, on frappa discrètement à la porte. Lorsqu'elle s'ouvrit, je vis la tête d'Ethan surgir dans l'embrasure. Je tentai d'essuyer les larmes qui roulaient sur mes joues. Ethan arborait un pansement orné de dinosaures sur le front, et son bras droit était enveloppé de gaze.

— Salut, morpion, lui lançai-je en me redressant sur le lit. Qu'est-ce qui t'arrive ?

— Papa et maman se sont débarrassés de Beau.

Son menton se mit à trembler. Il étouffa un sanglot et se frotta les yeux sur la fourrure de Floppy. Je lui fis signe de grimper sur le lit.

— Ils n'avaient pas le choix. Ils ne voulaient pas que Beau te morde à nouveau. Ils avaient peur qu'il te fasse encore du mal.

Ethan se hissa à côté de moi, puis se pelotonna avec son lapin sur mes genoux.

— Beau m'a pas mordu.

Ethan me regardait fixement. Ses yeux écarquillés étaient remplis de larmes. J'y vis de la peur, mais aussi une compréhension du monde qui n'était pas de son âge.

— Beau m'a pas fait mal, insista-t-il. Il essayait de me protéger contre le monsieur du placard.

Encore cette histoire de monstres ? Je soupirai. Pourtant, dans un coin de ma tête, je ne parvenais pas à chasser cette pensée : et si mon petit frère disait la vérité ? Ces derniers temps, je n'arrêtais pas de voir des trucs bizarres. Et si… et si Beau cherchait vraiment à protéger Ethan contre quelque chose de terrifiant ?

Non. C'était parfaitement ridicule. Dans quelques

heures, j'aurai seize ans ; j'avais passé l'âge de croire aux monstres. Et il était grand temps qu'Ethan mûrisse un peu, lui aussi. C'était un enfant intelligent, mais il fallait qu'il arrête de voir des croque-mitaines partout, dès que quelque chose n'allait pas dans sa vie.

— Ethan, dis-je d'une voix douce, il n'y a pas de monstres dans ton placard. Les monstres, ça n'existe pas.

— Si, ça existe !

Il donna un coup de pied dans les couvertures et ajouta d'un air boudeur :

— Je les ai vus. Ils m'ont parlé. Ils m'ont dit que le roi voulait me voir.

Il tendit vers moi son bras bandé.

— Le méchant monsieur dans le placard m'a attrapé. Il voulait me tirer sous le lit, mais Beau est arrivé et il lui a fait peur.

Apparemment, je ne m'étais pas montrée très convaincante. Et je n'avais aucune envie de voir Ethan piquer une crise sur mon lit à cet instant précis.

— Bon, d'accord, j'ai compris, dis-je en le prenant dans mes bras. Ce n'est pas Beau qui t'a attaqué, admettons. Pourquoi n'as-tu rien dit à maman et à Luke, alors ?

— C'est des adultes, répliqua Ethan sur un ton d'évidence. Ils me croiront pas. Ils peuvent pas voir les monstres.

Il soupira et tourna les yeux vers moi. Je n'avais jamais vu un enfant avec un regard aussi grave.

— Mais Floppy dit que toi, tu peux les voir. Si tu essaies très fort. Tu peux voir à travers la brume et le glamour. C'est Floppy qui l'a dit.

— A travers *quoi* ?

— Ethan ?

La voix de maman s'éleva dans le couloir, puis sa silhouette se découpa dans l'embrasure de la porte.

— Tu es là ?

En nous voyant ensemble, elle esquissa un sourire. Je la regardai avec froideur. Elle fit comme si je n'existais pas.

— Ethan, mon chéri, c'est l'heure d'aller au lit. On a eu une longue journée.

Elle lui tendit la main ; Ethan sauta du lit et s'avança vers elle en chaussettes, traînant son lapin derrière lui.

— Je peux dormir avec papa et toi ? l'entendis-je dire d'une petite voix apeurée.

— Euh… si tu veux. Mais juste ce soir, d'accord ?

— D'accord.

Leurs voix s'éteignirent au bout du couloir. Je claquai la porte du pied.

Cette nuit-là, je fis un drôle de rêve. Je rêvai que je me réveillais et que Floppy, le lapin en peluche d'Ethan, se trouvait au pied de mon lit. D'un ton grave, il prononçait des mots terrifiants, lourds de danger. Il voulait me mettre en garde, ou peut-être me demander de l'aide. Je crois même lui avoir promis quelque chose. Mais, le lendemain matin, j'avais presque tout oublié.

Je me réveillai au son de la pluie qui tambourinait contre le toit : mon anniversaire s'annonçait gris, froid et pluvieux. La sensation d'un poids sur la poitrine m'oppressait. Pourtant, je n'arrivais pas à me souvenir de ce qui me déprimait ainsi... Puis les événements de la veille me revinrent à l'esprit. Je poussai un gémissement et m'emmitouflais sous les couvertures.

Bon anniversaire, Meg. Qu'est-ce que tu dirais de passer le reste de la semaine au fond du lit ?

— Meghan ?

C'était la voix de ma mère. Elle frappa doucement à la porte.

— Es-tu prête ? Tu devrais être debout depuis longtemps.

Je m'enfonçai plus profondément au creux de mon lit et décidai de ne pas répondre. Dès que je pensais au pauvre Beau, abandonné à la fourrière, je sentais la colère bouillir en moi. Ma mère savait que j'étais fâchée contre elle, et j'avais envie de la laisser mariner encore un peu. C'était beaucoup trop tôt pour faire la paix.

— Meghan, lève-toi, tu vas rater le bus, poursuivit-elle d'un ton neutre.

Elle n'avait pas du tout l'air désolé. La réconciliation, c'était hors de question, maintenant !

— Je ne vais pas à l'école, finis-je par marmonner, la tête sous les couvertures. Je ne me sens pas bien. Je crois que j'ai la grippe.

— La grippe ? Le jour de ton anniversaire ? Quel dommage.

Maman entra dans la chambre et je soulevai un coin de drap pour la regarder. Elle n'avait pas oublié !

— C'est d'autant plus dommage, poursuivit-elle en souriant, que je voulais t'inscrire à la conduite accompagnée ce soir, après l'école. Mais si tu es malade…

Je relevai brusquement la tête.

— Vraiment ? Je… euh… je ne me sens pas si mal, en fait. Je vais prendre une aspirine, ça devrait passer.

— C'est ce que je pensais.

Elle hocha la tête en me voyant bondir du lit, et ajouta :

— Je dois aider ton père à réparer la grange cet après-midi, alors je ne pourrai pas venir te chercher au lycée. Mais quand tu rentreras, on ira à l'auto-école ensemble. Ça te plaît, comme cadeau ?

Je l'entendis à peine. J'étais trop occupée à attraper

des vêtements et à rassembler mes affaires de classe. J'avais hâte que la journée soit passée.

J'étais en train de fourrer mes cahiers dans mon sac à dos quand la porte se rouvrit en grinçant. Ethan passa la tête dans l'entrebâillement : son visage était à la fois timide et plein d'espoir.

Je me redressai et lissai mes cheveux en arrière.

— Qu'est-ce qu'il y a, morpion ?

Avec un grand sourire, il s'avança et me présenta une feuille de papier pliée en deux. Le recto était orné de dessins aux crayons de couleurs vives : un soleil souriant flottait au-dessus d'une petite maison à la cheminée fumante.

— Bon anniversaire, Meggie, dit-il d'un air satisfait. Tu vois, j'ai pas oublié.

Je pris la carte et l'ouvris. A l'intérieur, il y avait un dessin de notre famille. Des personnages en bâtons, à l'effigie de maman, Luke, Ethan et moi, souriaient et se tenaient par la main, près d'une bête à quatre pattes qui ne pouvait être que Beau. J'avais une boule de tristesse dans la gorge, et, l'espace d'un instant, des larmes me brûlèrent les yeux.

— Ça te plaît ? demanda mon petit frère avec anxiété.

— J'adore, dis-je en lui ébouriffant les cheveux. Merci, Ethan. Va vite l'afficher sur le frigo pour que tout le monde voie comme tu dessines bien.

Il sourit et sortit en trottinant, serrant son dessin contre lui. Le poids qui pesait sur ma poitrine avait disparu. Ce n'était peut-être pas une si mauvaise journée que ça, après tout.

— Alors, comme ça, ta mère va t'inscrire à l'auto-école ? me lança Robbie, tandis que le bus pénétrait dans le parking du lycée. Excellente nouvelle. Tu pourras nous emmener en ville, au cinéma, partout. On n'aura plus besoin d'attendre le bus ni de regarder des VHS sur ta télé miniature.

— C'est juste la conduite accompagnée, Rob, répondis-je en ramassant mon sac. Pas le vrai permis. Connaissant maman, elle ne me laissera pas prendre la voiture seule avant que j'aie au moins trente ans ! Combien on parie qu'Ethan aura le permis avant moi ?

J'eus soudain la chair de poule. Ethan. Ses paroles d'hier soir me revenaient subitement en mémoire. *Floppy dit que tu es capable de voir à travers la brume et le glamour.*

Je n'avais pas la moindre idée de ce qu'il avait voulu dire, à part qu'il parlait de son lapin en peluche. Le reste était du chinois pour moi.

En descendant du bus, je vis une silhouette familière se détacher d'un groupe d'élèves et s'avancer vers moi. *Scott.* L'estomac noué, je cherchai du regard une échappatoire. Mais, avant que j'aie pu me fondre dans la foule, il se planta devant moi.

— Salut.

Sa voix était rauque et traînante. Je frissonnai. Malgré ma terreur, je ne pouvais m'empêcher de le trouver magnifique, avec ses cheveux blonds qui retombaient en mèches indisciplinées autour de son visage. Pour une raison ou une autre, il paraissait tendu : il ne cessait de passer la main dans sa frange et de regarder autour de lui.

— Euh…, fit-il en plissant les yeux. Tu t'appelles comment, déjà ?

— Meghan, murmurai-je.

— Ouais, c'est ça.

Il fit un pas en avant, lança un regard par-dessus son épaule, en direction de ses amis, et poursuivit à voix basse :

— Écoute, je n'aurais pas dû te rembarrer comme ça, hier. C'était idiot. Je regrette.

Qu'est-ce qu'il venait de dire ? Je m'étais attendue à des menaces, des insultes, des accusations. Quand je parvins enfin à comprendre ce qu'il disait, un immense soulagement m'envahit.

— Oh, je…, bégayai-je en rougissant. Ça ne fait rien. N'y pense plus.

— Impossible, marmonna-t-il. Depuis hier, je n'arrête pas de penser à toi. Je me suis conduit comme un imbécile et j'aimerais me faire pardonner. Tu...

Il s'interrompit, se mordit la lèvre, puis débita d'une traite :

— Ça te dirait de déjeuner avec moi à midi ?

Mon cœur se mit à battre à se rompre et une douce chaleur m'envahit. J'avais l'impression de flotter au-dessus du sol.

— D'accord.

J'avais murmuré ce mot dans un souffle. Un grand sourire éclaira le visage de Scott, découvrant ses belles dents blanches. Il me lança un clin d'œil.

— Eh, les gars ! Regardez par ici !

A quelques mètres de nous, l'un des copains de Scott pointait son téléphone portable dans notre direction.

— Le petit oiseau va sortir !

Avant que je ne puisse comprendre ce qui se passait, Scott m'enlaça et m'attira contre lui. Je le regardai en clignant des yeux, stupéfaite. J'avais l'impression que mon cœur allait s'arrêter. Scott fit un sourire éblouissant à l'objectif ; moi, je ne pus que fixer l'appareil d'un air ébahi, comme une idiote.

— Merci, Meg, dit Scott en desserrant son étreinte. On se retrouve à la cafét'.

Il me lança un dernier clin d'œil avant de se diriger

vers l'entrée du lycée. Son copain photographe le suivit en gloussant.

Quant à moi, je restai plantée sur le trottoir, complètement hébétée. Les élèves qui allaient en cours me bousculaient, mais j'étais incapable de bouger. Scott Waldron voulait me voir ! Il voulait déjeuner avec moi, rien que moi, à la cafét' ! J'avais envie de crier de joie. C'était enfin mon jour de chance… Finalement, cet anniversaire serait peut-être le meilleur de toute ma vie.

Soudain, des trombes d'eau argentées s'abattirent sur le parking. Je sentis une paire d'yeux posée sur moi. Je me retournai : à quelques mètres de là, Robbie me fixait du regard.

Ses yeux brillaient d'un vert trop intense. Autour de lui, les gouttes d'eau martelaient le bitume et chacun se précipitait vers l'entrée. L'espace d'un instant, le visage de Robbie m'apparut trouble, déformé par un long museau, des yeux fendus et une langue qui pendait entre des crocs pointus. Mon ventre se noua ; je clignai des yeux et Robbie redevint lui-même — jovial, comme d'habitude, indifférent à la pluie qui le trempait.

Et me trempait moi aussi.

Je piquai un sprint jusqu'au porche devant l'entrée, puis m'engouffrai dans l'école. Robbie me suivit en riant et me tira les cheveux jusqu'à ce que je lui mette une claque.

Tout au long de la première heure de cours, je n'arrêtai pas de me retourner pour regarder Robbie. Je voulais surprendre à nouveau l'horrible expression qu'il avait eue tout à l'heure, sous la pluie. Est-ce que je devenais dingue ? En tout cas, je n'y gagnai qu'un torticolis et une réprimande de la part du prof, qui me somma d'arrêter de regarder les garçons et de suivre le cours.

Quand la sonnerie de midi retentit, je bondis de mon siège, le cœur battant. Scott m'attendait à la cafétéria. J'attrapai mes affaires, les fourrai dans mon sac, me tournai vers la porte…

Et me retrouvai nez à nez avec Robbie.

— Rob ! m'écriai-je. Laisse-moi passer, ou je te mets une gifle ! Écarte-toi, s'il te plaît. Je dois y aller.

— N'y va pas.

Sa voix était calme et grave. Surprise, je levai les yeux. Son sempiternel sourire taquin avait disparu, ses mâchoires étaient crispées et son regard me fit presque peur.

— C'est un mauvais plan, je le sens. Cet imbécile manigance quelque chose. Après t'avoir parlé, il est allé traîner avec ses copains dans la salle d'informatique pendant un long moment. Ça ne me plaît pas. Promets-moi de ne pas y aller.

— Tu nous espionnais ? demandai-je en lui lançant un regard mauvais. Qu'est-ce qui te prend ? Tu as entendu parler du respect de la vie privée ?

— Waldron se fiche de toi, répondit Robbie. Il va te briser le cœur, princesse. Crois-moi. Je connais ce genre de types.

Une colère noire monta en moi : j'étais furieuse qu'il ose se mêler de mes affaires, et furieuse à l'idée qu'il puisse avoir raison.

— Je te le répète, Rob, ça ne te regarde pas. Je suis capable de me débrouiller toute seule, d'accord ? Arrête de mettre ton nez dans mes affaires !

Une lueur peinée brilla dans son regard, puis disparut.

— Très bien, princesse, dit-il en levant les mains d'un air sarcastique. Inutile de te mettre dans tous tes états. Je me tais.

— Parfait.

Je sortis sans me retourner, la tête haute. Mais un sentiment de culpabilité m'envahit tandis que je parcourais les couloirs en direction de la cafétéria. Je regrettais d'avoir parlé aussi sèchement à Robbie, même si, parfois, il allait trop loin dans son rôle de grand frère. Il avait toujours été ainsi : jaloux, protecteur à l'excès, toujours à se faire du souci pour moi, comme si c'était son travail. Je ne me rappelais même pas quand je l'avais rencontré : il me semblait qu'il avait toujours été là.

Dans la cafétéria, il faisait sombre et le brouhaha régnait. Je m'arrêtai à l'entrée et cherchai Scott du regard. Il était assis à une table au milieu de la salle, entouré de pom-pom girls et de sportifs. J'hésitai un instant. Je ne pouvais pas aller m'asseoir à côté de lui : Angie Whitmond et son escadron de copines m'auraient mise en pièces.

Scott leva les yeux et m'aperçut : un sourire nonchalant s'afficha sur son visage. Interprétant cela comme une invitation, je m'avançai vers lui en me frayant un chemin entre les tables. Sans me quitter des yeux, il sortit son iPhone et enfonça une touche en souriant, les paupières mi-closes.

Tout près de moi, un téléphone sonna.

Le bruit me fit sursauter, mais je continuai à avancer. Derrière moi, j'entendis des exclamations de surprise et des gloussements nerveux. Et puis des chuchotements, de ceux qui vous donnent toujours l'impression qu'on parle de vous. Je sentis des regards se poser sur moi. J'essayai de ne pas en tenir compte et continuai à avancer.

Un deuxième téléphone sonna.

Puis un troisième.

A présent, les rires et les chuchotements se multipliaient. Sans savoir pourquoi, je me sentis tout d'un coup exposée aux regards, comme si un projecteur avait été braqué sur moi. Je vis plusieurs personnes me montrer du doigt en parlant à voix basse. La table de Scott n'était plus qu'à quelques mètres.

— Hé, Miss Joues-rouges !

Une main claqua sur mes fesses, m'arrachant un cri. Je me retournai et me retrouvai face à Dan Ottoman, un blond boutonneux qui jouait de la clarinette dans la fanfare de l'école. Il me lança un clin d'œil et me lorgna d'un air lubrique.

— Je ne savais pas que c'était ton genre, dit-il d'une voix qui se voulait charmeuse, mais qui coassait comme celle de Kermit la Grenouille. Passe quand tu veux, à la fanfare. Je pourrais te faire jouer de ma flûte.

— Qu'est-ce que tu racontes ? lançai-je, furieuse.

En ricanant, il me tendit son téléphone.

Au début, l'écran resta vide. Puis un message s'y afficha en lettres jaune vif.

Pourquoi Meghan Chase est-elle un gros bébé ?

Une image prit la place du texte, et un petit cri m'échappa.

C'était une photo de moi. J'étais avec Scott sur le parking de l'école, son bras autour de mes épaules. Il avait un sourire mauvais sur les lèvres. Quant à moi, je regardais l'objectif d'un air hébété. Seulement —

j'en restai bouche bée — j'étais complètement nue ! De toute évidence, il s'était servi de Photoshop : mon corps était maigre et lisse, comme celui d'une poupée en plastique, et ma poitrine aussi plate que celle d'une fillette de douze ans. Je me figeai sur place. Quand la seconde partie du message s'afficha sur l'écran, mon cœur s'arrêta de battre.

Parce qu'elle est toute plate et qu'elle aime sucer !

J'avais les joues en feu et envie de vomir. Horrifiée, je levai les yeux vers Scott : toute sa table riait à gorge déployée en me montrant du doigt. Des sonneries de téléphone s'élevaient d'un bout à l'autre de la cafétéria et les rires se multipliaient autour de moi, telles des vagues prêtes à me frapper.

Je frissonnais. Me couvrant le visage de mes mains, je décidai de prendre la fuite, avant de fondre en larmes comme un bébé. Des hurlements de joie et des rires résonnaient autour de moi. Mes yeux étaient brûlants, comme sous l'effet d'un poison. Je réussis à traverser la salle sans trébucher, me heurtai aux portes battantes et m'échappai enfin dans le couloir.

Je passai près d'une heure enfermée dans les toilettes des filles, à pleurer tout mon saoul. J'avais envie de déménager au Canada, ou aux îles Fidji, en tout cas très, très loin d'ici. Après ce qui venait de m'arriver, impossible de rester dans la région.

Au bout d'un moment, mes sanglots finirent par

se calmer. Je repris mon souffle et méditai sur la tournure pitoyable qu'avait prise ma vie.

Je devrais peut-être me sentir flattée, pensai-je avec amertume, en retenant ma respiration tandis qu'un groupe de filles entrait dans les toilettes. *Scott a pris la peine de ruiner personnellement ma vie. Je parie qu'il n'a jamais fait ça à personne. Quelle chance ! Je suis la plus grande ratée de l'univers.*

Les larmes me montèrent à nouveau aux yeux. Mais j'étais fatiguée de pleurer, et je m'efforçai de les retenir.

Au début, j'avais pensé me cacher dans les toilettes jusqu'à la fin des cours. Mais si quelqu'un s'apercevait de mon absence, ce serait l'un des premiers endroits où l'on viendrait me chercher. Finalement, je rassemblai tout mon courage et me faufilai jusqu'à l'infirmerie.

L'infirmière ne devait pas mesurer plus d'un mètre vingt en talons, mais le regard qu'elle me lança m'indiqua qu'elle n'était pas du genre à se laisser faire. Sa peau était fripée comme celle d'une noix, ses cheveux blancs rassemblés en un chignon serré, et de petites lunettes dorées étaient perchées sur le bout de son nez.

— Mademoiselle Chase, dit-elle d'une voix rauque. Qu'est-ce qui vous arrive ?

Comment connaissait-elle mon nom ? Je n'étais venue à l'infirmerie qu'une seule fois, quand un ballon de foot sorti du terrain m'avait frappée en plein visage. L'infirmière que j'avais vue ce jour-là était grande et mince, avec des dents de lapin. Cette petite femme ronde et ridée m'était inconnue, et elle avait un regard un peu inquiétant.

— J'ai mal au ventre, dis-je en désignant mon nombril. J'aimerais m'allonger un moment.

— Pas de problème, mademoiselle Chase. Il y a des lits dans l'autre pièce. Je vais vous donner quelque chose qui va vous faire du bien.

Hochant la tête, j'écartai un grand rideau blanc et pénétrai dans une petite salle. A part l'infirmière et moi, il n'y avait personne. Parfait. Je choisis un lit dans un coin et m'étendis sur le matelas.

Quelques instants plus tard, l'infirmière surgit à côté du lit et me tendit un gobelet en carton.

— Buvez, ça vous fera du bien.

Médusée, je regardai le contenu du gobelet. Sous la vapeur fumante, il y avait un liquide blanc, qui pétillait. Cela sentait le chocolat et les fines herbes, mais en plus intense. L'odeur était tellement forte que les larmes me montèrent aux yeux.

— Qu'est-ce que c'est ? demandai-je.

L'infirmière se contenta de sourire avant de quitter la pièce.

J'en avalai une petite gorgée ; une agréable chaleur envahit ma gorge et se répandit dans mon estomac.

Ce médicament avait un goût extraordinaire ! C'était meilleur que le plus délicieux des chocolats, avec une pointe d'amertume. Je vidai le gobelet en deux gorgées à peine et basculai la tête en arrière pour en recueillir les dernières gouttes.

Presque aussitôt, mes paupières devinrent lourdes. Je m'étendis sur le drap, fermai les yeux un instant… et tout s'effaça autour de moi.

Je fus réveillée par des chuchotements, de l'autre côté du rideau. J'essayai de me relever, mais mon corps était engourdi, mes jambes molles, et ma tête pleine de brouillard. C'était tout juste si j'arrivais à garder les yeux ouverts. Sur le rideau blanc, deux silhouettes se découpaient en ombres chinoises.

— Je te conseille de ne pas t'emporter, fit une voix de femme, grave et rauque.

L'infirmière. Mes pensées étaient confuses. Allait-elle me redonner de ce médicament chocolaté ? J'en voulais encore.

— Souviens-toi de ta mission, poursuivit-elle. Tu dois veiller sur elle et éviter à tout prix de te faire remarquer.

— Me faire remarquer ? fit une voix que j'avais l'impression de connaître. Ce n'est pas mon genre, tu le sais.

L'infirmière eut un petit ricanement sceptique.

— Écoute-moi bien, Robin. Si jamais l'équipe de pom-pom girls est transformée en souris, ou quoi que ce soit de ce genre, tu entendras parler de moi. Les adolescents mortels sont aveugles et cruels, tu le sais. Quels que soient tes sentiments pour cette fille, tu ne dois pas chercher à te venger. Le moment serait vraiment mal choisi. Il y a des choses plus inquiétantes qui se trament, ces derniers jours.

Je rêve. Je suis en train de rêver, voilà l'explication. Qu'est-ce qu'il y avait donc, dans cette boisson ?

Dans la faible lumière, les silhouettes qui se dessinaient sur le rideau se brouillaient de manière étrange. L'infirmière semblait encore plus petite que tout à l'heure ; elle n'atteignait même pas un mètre de hauteur. Son interlocuteur était plus bizarre encore : sa taille était normale, mais des excroissances se dessinaient de part et d'autre de sa tête, comme des cornes ou des oreilles géantes.

Le plus grand des deux soupira, se laissa tomber sur une chaise et croisa ses longues jambes.

— C'est ce que j'ai entendu, marmonna-t-il. De sombres rumeurs. Les cours royales s'agitent. Il se passe quelque chose qui les effraie l'une comme l'autre.

— C'est bien pour ça qu'il faut que tu continues à lui servir de gardien et de bouclier.

L'infirmière se tourna vers le grand dégingandé,

mit les mains sur les hanches et ajouta sur un ton de réprimande :

— Je m'étonne que tu ne lui aies pas encore fait boire le vin de brume. Elle a seize ans aujourd'hui. Le voile commence à s'estomper.

— Je sais, je sais. Je m'en occupe. J'ai l'intention de le lui donner tout à l'heure. Comment va-t-elle ?

— Elle se repose. La pauvre, elle a été traumatisée. Je lui ai donné une potion légèrement soporifique pour la calmer, le temps qu'elle soit de retour chez elle.

— Légèrement, hein ? ricana la voix masculine. Le dernier qui a bu l'une de tes potions a passé deux semaines à dormir !

Je ne compris pas bien la réponse de l'infirmière, mais il me sembla l'entendre dire : *Tel père, telle fille. Elle va très bien s'en sortir.* Mais peut-être n'était-ce qu'un effet de mon imagination. L'instant d'après, tout devint flou autour de moi, comme dans l'objectif d'un appareil photo mal réglé. Je n'entendis plus rien.

— Meghan !

Je fus réveillée par quelqu'un qui me secouait le bras. Me croyant attaquée, je poussai un juron et commençai à me débattre. Puis je tentai d'ouvrir les paupières, mais elles restaient collées entre elles, comme si elles étaient couvertes de sable. En grognant, je me frottai les yeux et reconnus, tout près de moi, le visage de Robbie. Il fronçait les sourcils, l'air inquiet ; je clignai des yeux, et il retrouva le sourire.

— Debout les morts ! dit-il d'une voix enjouée tandis que je me redressais. L'école est finie. C'est l'heure de rentrer à la maison.

— Quoi ?

Je me frottai de nouveau les yeux : Robbie me tendit la main et m'aida à me relever.

— Tiens, dit-il en me tendant mon sac à dos. Tu as de la chance d'avoir un copain comme moi, tu sais. J'ai demandé des notes sur tous les cours que tu as ratés. Au fait, tu es pardonnée. Je ne te rappellerai même pas que je t'avais prévenue.

Il parlait trop vite. Mon cerveau était encore engourdi, et je n'arrivais pas à suivre.

— Qu'est-ce que tu racontes ? marmonnai-je en prenant mon sac.

Puis cela me revint. Je me laissai retomber sur le lit.

— Il faut que j'appelle ma mère. Il faut qu'elle vienne me chercher. Je ne mettrai pas les pieds dans le bus. Plus jamais.

Le désespoir m'envahit, et je me cachai le visage dans les mains.

— Écoute, Meghan. On m'a raconté ce qui s'était passé. Ce n'est pas si grave…

— Tu as fumé du crack, ou quoi ? dis-je en écartant les doigts pour lui lancer un regard furieux. Tout le monde ne parle que de moi. Ça va sûrement passer dans le journal du lycée. Si jamais je me montre en public, je suis sûre qu'on va me jeter des pierres. Et tu trouves que ce n'est pas si grave ?

Je remontai mes genoux jusqu'à ma poitrine et y enfouis mon visage. Tout était tellement injuste !

— C'est mon anniversaire ! dis-je en gémissant. On n'est pas censé vivre des trucs pareils, le jour de son anniversaire.

Robbie posa son sac, mit son bras sur mes épaules et m'attira contre lui. Je versai quelques larmes contre sa poitrine, en écoutant son cœur battre à travers son blouson. Son pouls battait à toute vitesse, comme s'il venait de courir un marathon.

— Allez, viens, dit-il enfin.

Il se leva et m'entraîna avec lui.

— Tout le monde se fiche de ce qui s'est passé. D'ici demain, plus personne ne s'en souviendra, je te le garantis.

Avec un grand sourire, il me serra le bras et ajouta :

— Et puis, tu ne devais pas t'inscrire à la conduite accompagnée aujourd'hui ?

Ce rayon de soleil dans ma vie misérable me redonna un peu d'espoir. Je hochai la tête et me préparai mentalement à l'épreuve qui allait suivre. Nous quittâmes l'infirmerie ensemble, main dans la main.

— Reste près de moi, souffla-t-il.

Devant les casiers, Angie et trois de ses groupies étaient en train de bavarder, en faisant claquer des bulles de chewing-gum devant leur nez. La peur me contracta l'estomac, et mon cœur se mit à battre plus fort. Robbie serra ma main dans la sienne.

— Tout ira bien. Ne parle à personne, et surtout ne lâche pas ma main. Elles ne vont même pas nous remarquer.

En m'approchant du groupe de filles, je me préparai à des moqueries et des insultes. Mais elles ne daignèrent même pas nous regarder. Pourtant, Angie était justement en train de décrire ma fuite de la cafétéria, de sa voix nasillarde.

— Et puis elle s'est mise à chialer. Et moi, je me disais, c'est pas possible d'être aussi nulle… Mais qu'est-ce que tu veux ? Ils sont tous pareils, ces ploucs consanguins.

Elle baissa d'un ton et se pencha vers les autres.

— Il paraît que sa mère a une attirance pas très naturelle pour les cochons, si vous voyez ce que je veux dire.

Des rires horrifiés s'élevèrent, et je faillis craquer. Mais Robbie tint ma main serrée dans la sienne et m'emmena de force vers le bout du couloir. Je l'entendis marmonner à voix basse, et sentis une sorte d'ondulation traverser l'air, comme un coup de tonnerre silencieux.

Derrière nous, Angie se mit à hurler.

Je voulus me retourner, mais Robbie m'entraîna à sa suite, en se frayant un chemin entre les élèves qui se précipitaient vers l'endroit d'où s'élevaient les cris. Je ne réussis qu'à lancer un bref coup d'œil par-dessus mon épaule : Angie avait caché son nez de ses deux mains. Et ses hurlements ressemblaient de plus en plus à ceux d'une truie.

3

L'échange

Le trajet en bus se déroula en silence, du moins en ce qui nous concernait, Robbie et moi. Je ne voulais surtout pas me faire remarquer, et puis j'avais pas mal de choses en tête. Nous étions installés dans l'angle de la dernière rangée ; la joue collée contre la vitre, je regardais les arbres défiler. J'avais mes oreillettes, et le volume était réglé au maximum ; mais c'était surtout un prétexte pour ne pas avoir à parler.

Les hurlements porcins d'Angie résonnaient encore dans ma tête. Jamais je n'avais entendu un bruit aussi horrible. Angie était une vraie garce, d'accord, mais je ne pouvais m'empêcher de me sentir un peu coupable. J'étais certaine que Robbie lui avait fait quelque chose, même si j'étais incapable de le prouver. A vrai dire, j'avais peur de lui poser la question. Sombre et silencieux, il observait les passagers autour de nous avec un regard intense, tel un rapace. Je ne reconnaissais plus mon meilleur ami. Son comportement était devenu étrange, presque sinistre, et je me demandais bien ce qui lui arrivait.

Et puis, il y avait ce rêve étrange, à l'infirmerie... Je commençais à me demander s'il s'agissait vraiment d'un rêve. Plus j'y songeais, plus j'étais sûre que les voix que j'avais entendues étaient celles de l'infirmière et de Robbie.

Il se passait quelque chose d'anormal, j'en étais sûre. Et le pire, c'était que ce mystère se présentait sous la forme d'un visage connu. Je lançai un regard furtif à Robbie. Le connaissais-je vraiment si bien que je le croyais ? Nous étions amis depuis toujours, pourtant il ne m'avait jamais montré sa maison, ni présentée à ses parents. Les rares fois où je lui avais proposé de le rejoindre chez lui, il avait toujours trouvé une excuse pour se dérober : ses parents n'étaient pas là, ou bien ils faisaient des travaux dans la cuisine — une cuisine que je n'avais jamais vue par la suite. Le plus curieux, c'était que, jusqu'à présent, je n'avais jamais vraiment réfléchi à cela. Robbie était là, tout simplement, comme par magie, sans passé, sans maison, sans parents. Quel genre de musique écoutait-il ? Était-il déjà tombé amoureux ?

Tu n'en as pas la moindre idée, fit une petite voix dans ma tête. *En fait, tu ne le connais pas du tout.*

Un frisson me parcourut le dos et je collai mon front contre la fenêtre.

Le bus fit une pause à un carrefour ; on quittait les abords de la ville pour s'enfoncer dans la cambrousse. Pour rejoindre mon quartier, en fait. Des gouttes de pluie s'écrasaient contre la vitre, voilant d'auréoles floues le paysage de bayou. Les arbres n'étaient plus que de grandes formes sombres et confuses.

D'un coup, je clignai des yeux et me redressai sur mon siège. Au loin, en plein marécage, la silhouette d'un cavalier se dessinait sous les branches d'un chêne immense. La crinière et la queue de sa monture, une immense bête noire, volaient au vent malgré la pluie. Le cavalier, grand et mince, portait un habit noir rehaussé d'argent. Une cape sombre flottait sur ses épaules. A travers la pluie, j'aperçus un bref instant son visage : il était jeune, pâle, très beau… et me regardait intensément.

— Rob, dis-je en arrachant mes écouteurs, regarde ce…

Mais le visage de Robbie était déjà tout près du mien, et ses yeux verts fixaient le cavalier avec dureté. Mal à l'aise, je m'écartai un peu ; il ne le remarqua même pas. Je vis ses lèvres remuer, et l'entendis chuchoter un seul mot, si bas que je faillis ne pas l'entendre.

— *Ash.*

— Ash ? répétai-je. C'est qui, Ash ?

Le bus redémarra et reprit sa route. Robbie se tassa au fond de son siège, les traits figés, comme taillés dans le marbre. Je déglutis et lançai un dernier regard par la fenêtre ; mais le cavalier et sa monture avaient disparu, comme s'ils n'avaient jamais existé.

Décidément, tout prenait une tournure de plus en plus étrange.

— C'est qui, Ash ? demandai-je à nouveau.

Mon ami semblait perdu dans son monde intérieur ; il ne répondit pas.

— Hé ! Robbie !

Je lui tapotai l'épaule ; il sursauta et me prêta enfin attention.

— C'est qui, Ash ? répétai-je.

L'espace d'un instant, ses yeux brillèrent comme ceux d'un animal sauvage, puis il cligna des yeux et reprit une expression normale.

— Oh, dit-il, c'est juste un vieux copain que je n'ai pas vu depuis longtemps. Ne t'inquiète pas pour ça, princesse.

Le ton de sa voix était étrange, comme s'il m'intimait l'ordre d'oublier ce que je venais de voir. Je fus un peu agacée par ses cachotteries, mais je décidai de passer outre ; de toute façon, j'avais perdu le fil de la discussion.

Comme le bus s'approchait de notre arrêt, Robbie se leva d'un bond et se précipita vers la sortie. Éberluée, je rangeai soigneusement mon iPod dans mon sac (il n'aurait plus manqué qu'il prenne la pluie) avant de quitter le bus à mon tour.

— Je dois filer, m'annonça Robbie quand je le rejoignis au bord de la route.

Ses yeux verts ne cessaient de scruter les bois, comme s'il s'attendait à voir surgir quelqu'un d'entre les arbres. Je regardai autour de moi ; à part le pépiement d'un oiseau au-dessus de nos têtes, tout était silencieux.

— J'ai… euh… j'ai oublié un truc chez moi, ajouta-t-il d'un air contrit. On se voit tout à l'heure, princesse ? Je passe avec la bouteille de champagne, comme on a dit ?

— Eh bien… d'accord.

J'avais complètement oublié son histoire de bouteille.

— Rentre directement chez toi, d'accord ? ajouta Robbie en plissant les yeux. Ne t'arrête pas en route et ne parle à personne, compris ?

Je me mis à rire nerveusement.

— Attends, tu te prends pour ma mère ? Bientôt tu vas me dire de ne pas courir avec des ciseaux à la main et de regarder des deux côtés avant de traverser la route ?

Robbie eut un sourire narquois qui lui ressemblait davantage.

— En plus, continuai-je, tu crois que je vais croiser qui, dans ce trou paumé ?

L'image du garçon sur le cheval noir me vint à l'esprit, et mon estomac se serra de nouveau. Qui était-il ? Pourquoi est-ce que je pensais à lui, alors qu'il n'existait peut-être même pas ! Tout cela devenait vraiment trop absurde. S'il n'y avait pas eu la réaction déconcertante de Robbie, j'aurais pensé que le cavalier faisait lui aussi partie de mes hallucinations.

— Très bien, dit Robbie d'un air narquois. A plus tard, princesse. Fais gaffe à Leatherface sur le chemin du retour, hein !

Je fis mine de lui décocher un coup de pied. Il partit en courant sur la route, et j'entendis encore son rire, au fur et à mesure qu'il s'éloignait. Prenant mon sac sur mes épaules, je commençai lentement à remonter le chemin qui menait à la maison.

— Maman ? lançai-je en ouvrant la porte. Maman, je suis rentrée !

Seul le silence me répondit. Un silence qui pesait dans l'air. Un silence qui ressemblait à une grande bête vivante, tapie au cœur de la maison, qui m'observait de ses yeux froids. Mon cœur se mit à battre de manière irrégulière. Quelque chose n'allait pas.

— Maman ? répétai-je en faisant un pas dans la maison. Luke ? Il y a quelqu'un ?

Derrière moi, la porte se referma en grinçant. Je progressai lentement jusqu'au salon. La télévision était allumée — une vieille série en noir et blanc —, mais il n'y avait personne dans le canapé en face. J'éteignis la télé et pénétrai dans le hall qui menait à la cuisine.

A première vue, tout paraissait normal, si ce n'est que la porte du frigo était entrouverte. Puis mon attention fut attirée par un petit objet qui jonchait le sol. Je crus d'abord qu'il s'agissait d'un chiffon ; à y regarder de plus près, je m'aperçus que c'était Floppy. La tête du lapin en peluche était arrachée et du coton s'échappait de son cou béant.

En me redressant, j'entendis un petit bruit de l'autre côté de la pièce. Je contournai la table, et mon estomac se contracta si violemment que la bile me monta à la gorge.

Ma mère gisait sur le carrelage noir et blanc, étendue sur le dos, bras et jambes écartés. Le côté gauche de son visage était couvert de sang. Son sac à main grand ouvert à côté de ses doigts blancs et inertes. Le contenu du sac était éparpillé autour d'elle. Derrière elle, dans l'embrasure de la porte, la tête inclinée sur le côté comme un chat, il y avait mon petit frère.

Et il la regardait en souriant.

— Maman ! hurlai-je en me jetant à terre à côté d'elle. Maman, est-ce que ça va ?

Je lui secouai l'épaule, mais elle ne réagit pas.

Pourtant, sa peau était chaude ; cela voulait dire qu'elle était encore vivante, non ?

Bon Dieu, où est Luke ? Je la secouai à nouveau : sa tête se balança mollement d'un côté à l'autre. Cela me donna la nausée.

— Maman ! Réveille-toi ! Tu m'entends ? C'est moi, Meghan !

Je regardai autour de moi, paniquée, puis attrapai un torchon mouillé sur le bord de l'évier. Tandis que je tamponnai son visage ensanglanté, je pris à nouveau conscience de la présence d'Ethan. Ses yeux bleus, écarquillés, s'étaient remplis de larmes.

— Maman a glissé, murmura-t-il.

Je remarquai qu'il y avait une flaque transparente et poisseuse sur le sol, devant le réfrigérateur. J'y passai un doigt tremblant et le reniflai. Cela sentait l'huile de tournesol. Qu'est-ce qui s'était passé ? Je finis de nettoyer le visage de maman et découvris une petite entaille au niveau de la tempe, dissimulée sous le sang et les cheveux.

— Est-ce qu'elle va mourir ? demanda Ethan.

Je lui décochai un regard perçant. Il y avait des larmes au coin de ses yeux immenses, mais sa voix vibrait surtout de curiosité.

Je détournai le regard et réfléchis rapidement. En l'absence du Luke, la seule solution était d'appeler une ambulance. Mais à l'instant où je me relevais pour aller téléphoner, maman remua légèrement et ouvrit les yeux.

Mon cœur bondit dans ma poitrine.

— Maman ! Ne bouge pas. Je vais appeler les secours.

Elle se redressa avec difficulté. Une fois assise, l'air hébété, elle regarda autour d'elle en clignant des yeux.

— Meghan ?

Elle porta une main à sa joue, puis regarda avec horreur ses doigts tachés de sang.

— Qu'est-ce qui s'est passé ? J'ai… j'ai dû tomber.

— Tu t'es cogné la tête, dis-je en cherchant des yeux le téléphone. Tu as peut-être un traumatisme crânien. Ne bouge pas, j'appelle une ambulance.

— Une ambulance ? s'écria maman en se redressant. Non, non ! Je n'ai rien. Je vais me nettoyer le visage et me mettre un pansement. Pas besoin d'ambulance.

— Mais, maman…

— Je te dis que je n'ai rien, Meg.

Elle ramassa le torchon et commença à s'essuyer le visage.

— Désolée de t'avoir fait peur, mais ce n'est qu'un peu de sang. Rien de grave. Et puis, on n'a pas les moyens de payer une consultation à l'hôpital.

D'un coup, elle se raidit et balaya la pièce du regard.

— Où est ton frère ?

Surprise, je tournai les yeux vers la porte. Ethan n'y était plus.

Quand Luke rentra à la maison, les protestations de maman furent inutiles. Dès qu'il vit sa pâleur et remarqua son pansement, il insista pour l'emmener à l'hôpital. Mon beau-père pouvait se montrer très obstiné parfois, et maman finit par capituler. Elle me donna toutes sortes de consignes — « Surveille Ethan, qu'il ne se couche pas trop tard, sors une pizza du congélateur » — même quand Luke l'aida à enfiler son manteau, la fit monter dans sa Ford cabossée et mit le moteur en marche.

La camionnette s'éloigna à toute vitesse en direction de la grand-route, et disparut dans un virage. Un silence glacial retomba sur la maison. Je me frottai les bras en frissonnant. Du jour au lendemain, la maison où j'avais passé une bonne partie de mon existence était devenue presque effrayante ; j'avais l'impression que des êtres maléfiques étaient tapis dans les coins et attendaient le moment propice pour me sauter dessus. Mon regard s'arrêta sur les restes chiffonnés de Floppy qui jonchaient le carrelage. Cela me serrait le cœur, mais m'angoissait un peu, aussi. Aucun membre de notre famille n'aurait mis en morceaux la peluche préférée de mon frère. Quelque chose de grave s'était passé ici.

Des bruits de pas légers se firent entendre derrière moi. Je me retournai : Ethan se tenait dans l'encadrement de la porte et avait les yeux rivés sur moi. Je n'avais pas l'habitude de le voir sans son lapin. Le plus bizarre, c'est qu'il ne semblait pas affecté par cette perte.

— J'ai faim, dit-il. Fais-moi à manger, Meggie.

Son ton impérieux me fit grimacer.

— Ce n'est pas encore l'heure du dîner, dis-je en croisant les bras. Il va falloir que tu attendes.

Il plissa les yeux et retroussa les lèvres. Pendant une fraction de seconde, je crus voir ses canines briller comme des crocs pointus.

— Non ! grogna-t-il en s'avançant vers moi. J'ai faim maintenant !

Soudain effrayée, j'eus un mouvement de recul. Aussitôt, le visage renfrogné de mon frère redevint lisse et doux ; ses yeux écarquillés se firent suppliants.

— S'il te plaît, Meggie, gémit-il. J'ai tellement faim !

Il fit une moue boudeuse, et sa voix redevint menaçante.

— Maman non plus n'a pas voulu me donner à manger.

— D'accord, d'accord ! Si ça suffit à te faire taire…

J'avais peur, et cela me mettait en colère. J'avais peur d'Ethan. De mon petit frère de quatre ans et demi qui, jusqu'à présent, n'avait jamais eu de sautes d'humeur infernales de ce genre. Peut-être qu'il était bouleversé par l'accident de maman. Peut-être que si je lui donnais à manger, il s'endormirait et me ficherait la paix. Avec raideur, je m'avançai vers le congélateur, sortis une pizza du carton d'emballage et la jetai dans le four.

Pendant qu'elle cuisait, je tentai de nettoyer la flaque d'huile devant le frigo. Comment était-elle arrivée là ? Je me le demandai encore plus quand je retrouvai la bouteille vide au fond de la poubelle. Un quart d'heure plus tard, je sentais l'huile à plein nez, et le sol restait gras mais il était un peu moins glissant.

Un grincement me fit sursauter. Je me retournai : Ethan avait ouvert la porte du four et tendait la main dans l'air brûlant.

— Ethan !

Je lui attrapai le poignet et le tirai en arrière, sans tenir compte de son hurlement de protestation.

— Qu'est-ce que tu fais, espèce d'idiot ? Tu cherches à te brûler ?

— J'ai faim !

— Tu te rassois tout de suite ! m'écriai-je.

Je le soulevai et l'installai de force sur une chaise devant la table. Il essaya de me frapper, l'ingrat ! Je résistai à l'envie de lui coller une gifle.

— Ce que tu peux être pénible, aujourd'hui !

Maintenant, tu restes là et tu te tiens tranquille. Je te donne à manger dans une minute.

Quand je sortis la pizza du four, il n'attendit pas qu'elle refroidisse, se jetant dessus comme un chien affamé. Avec stupeur, je le regardai dévorer les tranches l'une après l'autre. Il déchiquetait plus qu'il ne mastiquait. Ses mains et son visage furent rapidement couverts de sauce tomate et de fromage. En moins de deux minutes, il engloutit toute la pizza, jusqu'aux dernières miettes.

Il se lécha les mains, puis me regarda en fronçant les sourcils.

— Encore faim.

— Ça m'étonnerait ! rétorquai-je. Si tu manges une bouchée de plus, tu vas être malade. Va jouer dans ta chambre.

Il me regarda d'un œil torve, et j'eus soudain l'impression que sa peau devenait plus sombre, plus ridée, qu'elle se ratatinait autour de son corps d'enfant dodu. Sans crier gare, il bondit de la chaise, se rua sur moi et me mordit à la jambe.

— Aïe !

La douleur parcourut mon mollet telle une décharge électrique. J'attrapai Ethan par les cheveux et tentai de le faire lâcher prise ; mais il s'accrocha à moi comme une sangsue et enfonça plus profondément encore ses dents dans ma chair. J'avais l'impression que des tessons de bouteille se plantaient dans ma jambe. Mes yeux se remplirent de larmes et je me sentis chanceler sous la douleur.

— Meghan !

Robbie se découpait dans l'embrasure de la porte, un sac sur l'épaule, les yeux écarquillés d'horreur.

Ethan leva brusquement la tête. Ses lèvres étaient barbouillées de sang. En voyant Robbie, il se mit à *feuler* — impossible de l'exprimer autrement — et détala comme un insecte en direction de l'escalier.

Je m'effondrai dans le canapé en tremblant comme une feuille. Ma jambe était douloureuse, ma respiration saccadée. Une tache de sang s'épanouissait, telle une fleur écarlate, sur le tissu de mon jean. Je la regardais sans un mot, en état de choc.

Robbie vint s'accroupir à côté de moi et remonta l'ourlet de mon pantalon pour examiner ma jambe. La douceur de ses gestes me surprit ; on aurait dit qu'il avait fait ça toute sa vie.

— Robbie, chuchotai-je tandis qu'il se penchait sur ma jambe, qu'est-ce qui m'arrive ? J'ai l'impression de devenir folle. Ethan vient de m'attaquer comme… comme une bête sauvage.

— Ce n'est pas ton frère, marmonna Robbie.

Il finit de remonter la jambe du pantalon, révélant la plaie ensanglantée sous mon genou. Des perforations sanglantes, aux bords déchiquetés, dessinaient l'empreinte d'une mâchoire ; la peau, tout autour, se teintait déjà de mauve.

— C'est pas beau à voir, fit Robbie en sifflant doucement. Ne bouge pas, je reviens tout de suite.

— Comme si j'étais capable de bouger, répondis-je machinalement.

Puis je compris soudain le sens de sa phrase précédente.

— Attends. Tu as dit qu'Ethan n'était pas mon frère ? Qu'est-ce que tu racontes ?

Sans répondre, Rob se dirigea vers son sac à dos, qu'il avait laissé près de la porte, et en sortit une fine et longue bouteille verte, ainsi qu'un minuscule verre en cristal. Je restai interloquée. Pourquoi ouvrait-il le champagne maintenant ? J'étais blessée, j'avais mal, et mon petit frère était devenu un monstre. Ce n'était vraiment pas le moment de faire la fête.

Avec un soin extrême, Robbie remplit le petit verre de champagne et revint vers moi, en prenant soin de ne pas en perdre une goutte.

— Tiens. Bois ça. Et dis-moi où je peux trouver des serviettes de toilette.

— Dans la salle de bains. Ne prends pas les blanches, ce sont les préférées de maman.

Tandis qu'il s'éloignait, j'examinai avec méfiance le verre qu'il m'avait donné. Il contenait à peine une gorgée d'un liquide qui ne ressemblait pas du tout à du champagne — du moins, pas à l'idée que je m'en faisais. Je m'étais attendue à ce qu'il soit blanc ou rosé, pétillant et mousseux. Mais le liquide dans le verre était d'un rouge très sombre, couleur de sang, et une fine brume tremblait à sa surface.

— C'est quoi, ce truc ?

Robbie, qui revenait de la salle de bains avec une grande serviette blanche, leva les yeux au ciel.

— Tu ne peux pas me faire confiance, pour une fois ? Ça t'aidera à faire passer la douleur. Bois-le, s'il te plaît.

Je reniflai le contenu du verre, m'attendant à des notes de fruits ou de fleurs.

Cela ne sentait rien. Pas la moindre odeur.

Tant pis. Je levai le verre et me portai un toast silencieux. *Bon anniversaire, Meg.*

Le vin emplit ma bouche et me submergea de sensations. Il avait le goût de tout et de rien : du crépuscule et de la brume, du givre et de la lune, du vide et de la mélancolie. La pièce se mit à tourner autour de moi, et je m'affaissai dans le canapé. Mon champ de vision sembla se rétrécir, et les contours devinrent flous et sombres. J'avais à la fois sommeil et envie de vomir.

Quand je revins à moi, Robbie enveloppait ma jambe d'un pansement de gaze. Je ne me rappelais pas l'avoir vu nettoyer ou désinfecter la plaie. J'étais hébétée, engourdie, et je me sentais incapable de réfléchir.

— Voilà, dit-il en se redressant. Ça, c'est fait. Au moins, tu ne vas pas perdre ta jambe.

Il leva vers moi un regard inquiet.

— Comment tu te sens, princesse ?

— Euh…, répondis-je bêtement.

Ma tête était pleine de coton. Il y avait quelque chose dont je ne me souvenais pas, quelque chose d'important. Pourquoi Robbie me pansait-il la jambe ? Je m'étais blessée, ou quoi ?

L'instant d'après, tout me revint à l'esprit.

— Ethan m'a mordue ! m'écriai-je, indignée. Et toi… tu as dit que ce n'était pas lui ! Que ce n'était pas mon frère ! Qu'est-ce qui se passe, Robbie ?

— Détends-toi, princesse.

Il lança la serviette ensanglantée au loin et se laissa tomber sur un pouf.

— J'espérais ne pas en arriver là, soupira-t-il. Je suppose que c'est de ma faute. Je n'aurais pas dû te laisser seule, tout à l'heure.

— Quoi ?

— Tu n'étais pas censée voir tout ça.

Je ne comprenais rien à ce qu'il racontait. J'avais l'impression qu'il réfléchissait à voix haute.

— Tu as toujours eu une vision puissante, poursuivit-il. On le savait dès le départ. Mais je ne m'attendais pas à ce qu'ils s'en prennent à ta famille. Ça change toute la donne.

— Rob, si tu ne m'expliques pas ce qui se passe, je te préviens…

Il me lança un regard espiègle, traversé par une lueur farouche. Sa voix se fit douce et menaçante.

— Tu es sûre de vouloir connaître la vérité ? Une fois que tu commenceras à voir des choses, tu ne pourras plus t'arrêter. Il y a des gens qui en perdent la raison.

Il soupira et son regard s'adoucit.

— Je ne veux pas que ça t'arrive, princesse. On n'est pas obligé d'en prendre le risque, tu sais. Si tu veux, je peux t'aider à tout oublier.

— Oublier ?

Il hocha la tête en soulevant la bouteille de vin.

— Ce que tu viens de boire, c'est du vin de brume. Je t'en ai servi une toute petite gorgée. Si tu en bois un verre entier, tout redeviendra normal.

Il tint la bouteille en équilibre entre deux de ses doigts, et la fit osciller d'un côté à l'autre.

— Un verre, et tu oublieras tout. Le comportement de ton frère n'aura plus rien d'anormal. Rien ne te semblera étrange ou effrayant. Tu sais ce qu'on dit, hein… L'ignorance, c'est le bonheur.

Je me sentais encore tout étourdie, mais la colère se mit à brûler au fond de moi.

— Tu veux que je boive ce… truc, et que j'oublie qui est vraiment mon frère. Mon unique frère. C'est bien ça ?

— Vu sous cet angle, évidemment…

Ma colère était telle qu'elle balaya ma peur.

— C'est hors de question ! m'exclamai-je en serrant les poings. C'est mon frère, Rob ! Tu es complètement inhumain, ou juste idiot ?

A ma grande surprise, il eut un large sourire. Lâchant la bouteille, il la rattrapa au dernier moment et la posa sur le sol.

— La première réponse est la bonne, dit-il d'une voix très basse.

— Quoi ?

— Je ne suis pas humain.

Il souriait encore, et, derrière ses lèvres retroussées, ses dents brillaient dans la pénombre.

— Je t'avais prévenue, princesse. Je ne suis pas comme toi. Et maintenant, ton frère n'est plus comme toi non plus.

En dépit de la peur qui m'étreignait, je me penchai vers lui et lui saisis les épaules.

— Ethan ? Qu'est-ce que tu veux dire ? Qu'est-ce qu'il a ?

— Ce n'est pas Ethan, dit Robbie en croisant les bras. Celui qui t'a attaquée tout à l'heure est un changelin.

4

Puck

Je regardai Robbie dans le blanc des yeux en me demandant s'il s'agissait encore de l'une de ses blagues débiles. Lui m'observait calmement, en jaugeant ma réaction. L'ombre d'un sourire flottait encore sur son visage, mais son regard était devenu dur. Il ne plaisantait pas.

— Un changelin ? bégayai-je enfin. Tu veux dire que c'est…

— Une fée, oui. En général, c'est un petit de troll ou de gobelin, mais il arrive que les elfes, c'est-à-dire la noblesse des fées, fassent eux aussi des échanges. Ton frère a été remplacé, Meg. Cette chose n'est pas Ethan.

— Tu es complètement dingue, murmurai-je dans un souffle.

Si je n'avais pas été coincée à côté de lui dans le canapé, j'aurais déjà quitté la pièce.

— Tu as complètement perdu les pédales, Robbie.

Il va falloir arrêter les dessins animés japonais. Les fées, ça n'existe pas.

— Vraiment ? soupira-t-il. C'est tout ce que tu trouves à dire ? Comme c'est décevant. Je m'attendais à mieux de ta part, princesse.

— De ma part ? m'écriai-je en me relevant brusquement. Et toi, tu entends ce que tu dis ? Tu t'attends vraiment à ce que je gobe tout ce que tu racontes ? Mon frère est une sorte de nain couvert de paillettes, avec des ailes de papillon, c'est ça ?

— Ne te fais pas plus bête que tu ne l'es, répondit-il avec douceur. Tu penses à la fée Clochette, comme quatre-vingt-dix pour cent des humains quand on leur parle de fées. Sache que les vraies fées n'ont rien à voir avec ça. A part les lutins, bien sûr, mais ça, c'est une autre histoire.

Je secouai la tête. Mille pensées contradictoires agitaient mon esprit.

— On en reparlera plus tard, conclus-je. Il faut que j'aille voir Ethan.

Robbie croisa les mains derrière la tête et s'adossa au mur. Je lui lançai un dernier regard furieux avant de m'engouffrer dans l'escalier.

Jonchée de livres, de jouets cassés et de vêtements froissés, la chambre de mon frère était un véritable champ de bataille. Ethan, cependant, n'était pas là.

J'entendis soudain un faible bruit sous le lit. Comme un crissement d'ongles sur le plancher.

— Ethan ?

Je m'accroupis, écartai les figurines et les mécanos cassés, et scrutai l'espace sombre sous le lit. Tout au fond, dans un coin, une petite silhouette était blottie. Ethan me tournait le dos, et il tremblait.

— Ethan ? dis-je doucement. Est-ce que ça va ? Et si tu sortais de là ? Je ne suis pas fâchée contre toi, tu sais.

C'était un mensonge — mais j'étais effectivement plus choquée que fâchée. Surtout, je voulais saisir mon frère par la peau du cou, le traîner dans le salon et prouver à Robbie que ce n'était ni un troll, ni un enfant échangé, ni quoi que ce soit du même genre.

La silhouette remua un peu.

— Il est encore là, le monsieur qui fait peur ? demanda mon frère d'une petite voix effrayée.

J'aurais pu trouver ça attendrissant, si je n'avais pas eu aussi mal au mollet.

— Non, mentis-je. Il est parti. Tu peux sortir, maintenant.

Il ne bougea pas. Je me sentais de plus en plus agacée.

— Ethan, ça commence à devenir pénible. Sors de là tout de suite, tu as compris ?

Je passai la tête sous le lit et tendis la main pour l'attraper.

Mon frère se retourna d'un seul coup. Ses yeux étaient jaunes et luisants, et il se jeta sur mon bras. J'eus à peine le temps de le retirer que ses mâchoires se refermèrent sur le vide dans un claquement de dents atroce. Ses canines, pointues et acérées, semblaient celles d'un requin ; sa peau était bleuâtre, comme celle d'un enfant noyé. Il poussa un grognement furieux. Je me mis à hurler et, rampant à reculons, trébuchant sur des Legos et autres jouets éparpillés, je rejoignis le mur du fond, bondis sur mes pieds et me précipitai dans le couloir.

Et percutai Robbie, qui m'attendait devant la porte.

Il m'attrapa par les épaules et me laissa le cribler de coups de poing. Je n'avais pas cessé de hurler. J'étais à peine consciente de ce que je faisais. Il supporta mon attaque en silence, jusqu'à ce que je m'effondre contre lui et enfouisse ma tête contre sa poitrine. Il me serra alors dans ses bras tandis que je pleurais tout mon saoul.

Enfin, les larmes cessèrent, me laissant vidée et tremblante. Je m'écartai un peu et m'essuyai les yeux du revers de la main. Robbie gardait le silence ; sa chemise était trempée par mes larmes. La porte de la chambre d'Ethan était fermée, mais j'entendais des bruits sourds et des gloussements diaboliques à l'intérieur.

— Robbie, chuchotai-je, tu crois qu'Ethan a vraiment disparu ? Tu es sûr qu'il n'est pas caché quelque part ?

D'un air grave, il eut un hochement de tête négatif.

Je regardai la porte de la chambre et me mordis la lèvre.

— Mais… où est-il, alors ?

— Sans doute au pays des fées.

C'était dit avec un tel sérieux que je faillis éclater de rire. Mon frère avait été volé par des fées et remplacé par un double maléfique. *Volé par des fées !* J'avais envie de me pincer pour vérifier que ce n'était pas un rêve. Pour être sûre que je n'étais pas en train de dormir, ivre morte, sur le canapé. Sans réfléchir, je me mordis l'intérieur de la joue de toutes mes forces. La douleur et le goût du sang m'indiquèrent, hélas, que tout cela était bien réel.

Je levai les yeux vers Robbie, et son expression acheva de dissiper mes doutes. Mon ventre se contracta, et j'eus un haut-le-cœur. Je commençais à avoir vraiment peur.

— D'accord, dis-je en me forçant à rester calme. Et maintenant, on fait quoi ?

— C'est à toi d'en décider, princesse. Il arrive que des familles humaines élèvent des changelins comme si c'étaient leurs propres enfants. Sans se douter de la supercherie, évidemment. En règle générale, tant qu'on leur donne à manger et qu'on les laisse tranquilles, les changelins s'habituent relativement vite à leur nouveau foyer. Ils sont très pénibles au départ, mais la plupart des familles finissent par s'y faire.

Robbie eut un sourire sans joie.

— Avec un peu de chance, tes parents vont croire qu'il traverse juste un moment difficile, et que cela passera avec le temps.

— Robbie, ce truc m'a mordue, et je crois qu'il a aussi fait tomber maman dans la cuisine. C'est pas seulement pénible, ça. C'est carrément dangereux.

Je lançai un regard noir en direction de la chambre d'Ethan et fus parcourue d'un frisson.

— Je veux qu'il s'en aille. Je veux qu'on me rende mon frère. Que peut-on faire ?

Robbie avait l'air embarrassé.

— Eh bien, il existe plusieurs façons de se débarrasser des changelins. Une méthode ancienne consistait à brasser de la bière ou à cuire du ragoût dans des coquilles d'œuf, pour pousser le changelin à demander des explications. Mais ça, ça marche en cas d'échange de nouveau-né — si le bébé se met à parler, il trahit son imposture, et ses véritables parents sont alors obligés de le reprendre. Je ne pense pas que ça marcherait sur quelqu'un de l'âge de ton frère.

— C'est tout ?

— Euh… On peut aussi battre le changelin jusqu'à ce qu'il soit à l'agonie. En général, les fées l'entendent hurler et finissent par rendre l'enfant qu'elles ont enlevé. On peut aussi mettre le changelin dans le four et le faire cuire, encore vivant, jusqu'à ce que…

— Arrête.

Je commençais à avoir la nausée.

— Tout ça, c'est hors de question, Robbie. J'en suis incapable. Il doit y avoir un autre moyen.

Robbie hésita, se gratta la nuque, puis ajouta :

— Le seul autre moyen, c'est d'aller chercher ton frère au pays des fées. Si on ramène l'enfant véritable dans son foyer, le changelin est obligé de partir. Mais…

Il s'interrompit.

— Mais quoi ?

— Eh bien… Tu ne sais pas qui a enlevé ton frère. Et comme tu ne le sais pas, tu ne ferais que tourner en rond. Au cas où tu te poserais la question, c'est une très, très mauvaise idée, de tourner en rond au pays des fées.

Je regardai Robbie en plissant les yeux.

— Je ne sais pas qui l'a enlevé, dis-je, mais toi, tu le sais.

Il se balança nerveusement d'un pied sur l'autre.

— J'ai ma petite idée, avoua-t-il.

— Qui ?

— C'est juste une supposition, tu sais. Je peux

me tromper. Pas la peine d'en tirer des conclusions hâtives.

— Robbie !

— La cour Unseelie, soupira-t-il.

— La *quoi* ?

— La cour Unseelie, dite aussi cour d'Hiver ou cour des Ténèbres. La cour de Mab, reine de l'Air et des Ténèbres, ennemie jurée du roi Oberon et de la reine Titania. Elle est très puissante. Et très cruelle, aussi.

— Attends, attends, répliquai-je en levant les mains. Oberon ? Titania ? Comme dans le *Songe d'une nuit d'été ?* Mais tout ça, c'est des personnages de la mythologie ancienne, non ?

— Ils sont anciens, oui. Mais ce ne sont pas des mythes. Les seigneurs de la Faérie sont immortels. Tant qu'on écrira des chansons, des contes et des légendes sur eux, ils ne mourront pas. Nous sommes nés des rêves et des peurs des mortels ; du moment que quelqu'un se souvient de nous, même de manière vague, nous continuerons à vivre.

— Tu n'arrêtes pas de dire « nous », comme si tu faisais partie de ces fameux immortels.

Robbie eut un sourire à la fois fier et narquois. Je déglutis avec difficulté.

— Qui es-tu vraiment ?

— Ah, ça, eh bien…

Il haussa les épaules et tenta vainement de prendre un air modeste.

— Si tu as lu le *Songe d'une nuit d'été,* tu me connais peut-être. Sans le faire exprès, j'ai affublé quelqu'un d'une tête d'âne et rendu Titania amoureuse de lui… Ça te dit quelque chose ?

Je fis défiler dans ma tête des bribes de souvenirs de lecture. J'avais étudié la pièce en classe de cinquième, mais j'en avais oublié une bonne partie de l'intrigue… Il y avait tant de personnages, tant de noms à retenir, tant d'histoires d'amour qui se nouaient et se dénouaient que cela en devenait presque ridicule. Les prénoms de quelques mortels me revinrent : Hermia, Helena, Demetrius. Du côté des fées, il y avait Oberon, Titania et…

— Incroyable…, murmurai-je en m'adossant au mur.

Je regardai mon ami d'enfance d'un œil neuf.

— Robbie Goodfell. Nom de… C'était pourtant simple. Tu es Robin Goodfellow.

Il se mit à sourire de plus belle.

— Tu peux m'appeler Puck.

Puck.

Le Puck de Shakespeare était ici, chez moi, dans le couloir de ma chambre à coucher.

— Tu te fiches de moi, dis-je en secouant la tête.

Après tout, c'était *Robbie,* mon meilleur ami. S'il

avait été un être surnaturel, tout droit sorti des temps légendaires, il m'en aurait parlé, non ?

Et pourtant… Cela paraissait effrayant, c'est sûr, mais plus j'y songeais, plus la vérité s'imposait. Je n'étais jamais allée chez lui et n'avais jamais rencontré ses parents. Il ne rendait jamais aucun devoir et il passait les cours à dormir, pourtant les profs l'adoraient. Quand il était dans les parages, toutes sortes de choses bizarres se produisaient : des souris et des grenouilles se faufilaient dans la salle de classe, les noms des élèves se mélangeaient sur les feuilles des interros. Robbie s'amusait toujours beaucoup de ces incidents, mais personne ne l'avait jamais accusé d'en être responsable…

Je reculai d'un pas, atterrée.

— Non, désolée, je ne marche pas. Puck est une légende. Un mythe. Il n'existe pas. Je ne te crois pas.

Robbie eut à nouveau un sourire troublant.

— Dans ce cas, princesse, permets-moi d'essayer de te convaincre.

Il leva les deux bras à l'horizontale, comme s'il entrait en lévitation. Au rez-de-chaussée, la porte d'entrée s'ouvrit en grinçant. J'espérais de tout cœur que ce n'étaient pas maman et Luke. *Oui, maman, tout s'est bien passé. Ethan s'est transformé en démon et mon meilleur ami se prend pour un lutin. Et toi, quoi de neuf ?*

L'instant d'après, un grand oiseau noir apparut

dans le couloir. Je me baissai en poussant un cri ; le corbeau fondit sur Robbie et alla se percher sur son bras. Tous deux me fixèrent de leurs yeux brillants ; Robbie se mit à sourire.

Dans une bourrasque de vent, le couloir se remplit soudain de corbeaux aux cris assourdissants. Ils tournoyèrent autour de Robbie en battant des ailes, et l'attaquèrent de leurs serres et de leurs becs crochus. Des plumes volèrent en tous sens et Robbie disparut dans la nuée d'oiseaux. Subitement, les oiseaux s'éparpillèrent et s'engouffrèrent dans l'escalier qui menait au rez-de-chaussée. Une fraction de seconde plus tard, la porte d'entrée se referma dans un claquement. Puis ce fut le silence.

Le souffle coupé, je me tournai vers Robbie.

Il n'était plus là.

A l'endroit où il s'était tenu, il ne restait que quelques plumes noires éparses.

Tout cela était trop pour moi. J'avais l'impression que ma raison partait en lambeaux, comme un vêtement qu'on déchiquette.

En étouffant un cri, je courus en direction de ma chambre. Je claquai la porte derrière moi, me jetai sur mon lit et enfouis ma tête sous l'oreiller, sans cesser de trembler. Je n'avais qu'une envie : dormir. Avec un peu de chance, au réveil tout serait redevenu normal.

La porte de ma chambre s'ouvrit et un battement

d'ailes se fit entendre. Je n'avais pas envie de regarder ; je remontai les couvertures au-dessus de ma tête. Il fallait que ce cauchemar prenne fin ! J'entendis un soupir, puis des pas étouffés qui s'approchaient de moi.

— J'ai essayé de te prévenir, princesse.

Je jetai un coup d'œil par-dessus les couvertures. Robbie était penché sur moi ; il souriait d'un air triste. A sa vue, je fus envahie par un mélange de soulagement, de colère et de terreur. Je rejetai les couvertures et m'assis dans mon lit. Il attendait, les mains dans les poches, comme s'il me mettait au défi de le contredire à nouveau.

— Tu es vraiment Puck ? dis-je enfin. *Le* Puck de toutes les vieilles histoires ?

Robbie s'inclina devant moi.

— Le seul et unique, dit-il.

Mon cœur battait à tout rompre. Je pris une profonde inspiration et lançai un regard furieux à l'inconnu qui se tenait devant moi. Tant d'émotions contradictoires se bousculaient en moi que je ne savais même plus ce que je ressentais. Finalement, je me décidai pour la colère. Robbie était mon meilleur ami depuis des années, et il n'avait jamais jugé utile de me dire la vérité !

— Tu aurais pu m'en parler, dis-je d'un ton froid. Je n'aurais pas trahi ton secret.

Il eut un petit sourire sceptique qui acheva de m'exaspérer.

— Très bien. Au lieu de me coller, comme tu le fais depuis des années, pourquoi tu ne retournes pas au pays des fées, ou je ne sais où ? Tu es bien censé être le fou du roi Oberon, non ?

— Tu me fais de la peine, princesse, rétorqua-t-il sur un ton enjoué. Dire que je venais juste de décider de t'aider à retrouver ton frère !

Ma colère disparut aussitôt, laissant place à la peur. Avec toutes ces histoires de fées et de rois, j'en avais presque oublié ce qui était arrivé à Ethan.

Je frissonnai et sentis mon ventre se nouer. J'avais toujours l'impression d'être plongée dans un cauchemar. Mais Ethan avait disparu, et les fées existaient bel et bien. Il fallait que je l'admette.

Robbie me dévisageait en silence. Une plume noire tomba de ses cheveux et flotta lentement vers le lit. Je la ramassai avec précaution et la fis tourner entre mes doigts. Elle était bien réelle.

— Tu vas m'aider ? chuchotai-je.

Les coins de sa bouche se retroussèrent.

— Tu connais un moyen d'entrer en Faérie sans moi ? dit-il d'un air malicieux.

— Non.

— Alors tu as besoin de mon aide.

Il se mit à sourire et se frotta les mains.

— En plus, je ne suis pas rentré chez moi depuis un moment, et ça commence à me manquer. Il ne se passe jamais rien ici. Et puis, j'ai toujours eu envie d'attaquer la cour Unseelie par surprise.

Je ne partageais pas son enthousiasme, mais je n'avais pas le choix.

— On part quand ? demandai-je.

— Le plus tôt sera le mieux. Tu veux prendre quelques affaires, princesse ? On risque de ne pas revenir avant un bon bout de temps.

Je hochai la tête en essayant de garder mon calme.

— Laisse-moi une minute pour me préparer.

Robbie sortit dans le couloir. Je saisis mon sac à dos orange et le posai sur le lit, en me demandant ce que je devais emporter. Que fallait-il prévoir pour un long week-end en Faérie ? Un peu au hasard, je fourrai dans mon sac un jean, un T-shirt, une lampe de poche et un tube d'aspirine. Puis je descendis dans la cuisine, où je pris un Coca et quelques paquets de chips. Il fallait espérer que Robbie saurait où trouver de la nourriture en route… Enfin, sans trop savoir pourquoi, j'attrapai mon iPod et le glissai dans la poche latérale de mon sac.

Maman devait m'inscrire à la conduite accompagnée, aujourd'hui.

Je me mordis la lèvre. Comment réagiraient Luke et ma mère devant ma disparition ? J'avais toujours respecté les règles. Je n'étais pas du genre à sortir en douce, ni à rentrer après l'heure convenue. Je me demandais ce que Robbie entendait par « un bon bout de temps ». Connaissant Luke, il risquait de ne même pas s'apercevoir de mon absence ; mais maman se ferait certainement du souci. Attrapant un bloc-notes, je décidai de rédiger un petit mot. Mais mon stylo resta suspendu au-dessus de la feuille.

Que dire ? « *Maman, Ethan a été kidnappé par des fées. Je suis partie le chercher. Méfie-toi de celui qui l'a remplacé, c'est sans doute un petit troll.* » Cela semblait tout de même un peu dingue. Finalement, je griffonnai rapidement :

« *Maman, il y a quelque chose dont je dois m'occuper. Je reviendrai vite, c'est promis. Ne t'inquiète pas pour moi. Meghan* »

J'affichai le mot sur la porte du frigo, en essayant de ne pas penser que je ne reviendrais peut-être jamais. Puis je pris mon sac et remontai au premier étage.

Robbie m'attendait sur le palier, les bras croisés, un sourire nonchalant sur les lèvres.

— Prête ?

J'avais une boule dans la gorge.

— C'est dangereux, là-bas ?

— Extrêmement, répondit-il en faisant un pas vers la chambre d'Ethan. C'est justement pour ça que c'est amusant. Il y a tellement de façons de mourir… Empalé sur une épée en cristal, entraîné sous l'eau et dévoré par un cheval ondin, transformé en araignée ou en rosier pour l'éternité…

Il se tourna vers moi.

— Alors ? Tu viens, ou pas ?

Je plaquai mes mains tremblantes contre ma poitrine.

— Pourquoi tu me racontes tout ça ? Tu essaies de me faire peur ?

— Oui, répliqua-t-il sans sourciller. Je veux que tu saches quels dangers tu vas devoir affronter. Tu es toujours partante, princesse ? Parce que sinon, ma première offre reste valable.

Je me rappelai le goût du vin de brume, terrible et délicieux ; un frisson me parcourut.

— Non, fis-je sèchement. Hors de question que je laisse Ethan dans les mains de ces monstres. J'ai déjà perdu mon père, je ne veux pas perdre mon frère aussi.

D'un coup, une idée me coupa le souffle. Pourquoi n'y avais-je pas pensé avant ? *Papa* ! Mon cœur s'emballa, et des images de rêves oubliés défilèrent devant mes yeux : mon père qui s'enfonçait sous l'eau d'un étang, pour ne jamais en ressortir… Avait-il été enlevé par des fées, lui aussi ? Etait-il possible de le retrouver ? de le ramener ?

— Allons-y, dis-je en regardant Robbie droit dans

les yeux. On a déjà assez perdu de temps. S'il faut y aller, rien ne sert d'attendre.

Il cligna des yeux, et une drôle d'expression s'afficha sur son visage. J'attendis qu'il reprenne la parole. Mais il secoua la tête, comme s'il sortait d'une transe, et reprit son air normal.

— D'accord, princesse, dit-il. Mais je t'aurai prévenue.

Il sourit et ses yeux étincelèrent de manière étrange.

— La première chose à faire, c'est de trouver un passage vers le pays imaginaire, celui que vous appelez le pays des fées. Ce n'est pas facile ; en général, les portes sont bien cachées. Heureusement, j'ai une idée pour en trouver une.

Il se tourna et frappa à la porte.

— Toc, toc ! lança-t-il d'une voix sonore.

Il y eut d'abord un silence. Puis un bruit sourd suivi d'un fracas, comme si un objet lourd venait de s'écraser contre la porte.

— Allez-vous-en ! cria une voix rageuse.

— Ah, non ! s'offusqua Rob. Ça ne marche pas comme ça. Moi, je dis, « Toc, toc », et toi, tu réponds « Qui est là ? »

— Fous le camp !

— Mauvaise réponse, répondit Rob calmement.

J'étais horrifiée d'entendre mon frère parler ainsi, même si je savais que ce n'était pas vraiment lui.

— Allez, fit Rob d'une voix aimable, je vais t'aider à trouver la bonne réponse.

Il s'éclaircit la gorge et frappa à nouveau trois grands coups.

— Toc, toc, toc ! Qui est là ? Puck ! Puck qui ? Puck, celui qui va te changer en porcelet et te rôtir à la broche si tu te mets en travers de notre chemin !

Puis il ouvrit la porte d'un coup sec.

Le faux Ethan nous attendait, debout sur le lit, un livre dans chaque main. En nous voyant, il feula comme un chat et les jeta sur nous. Robbie esquiva, mais un livre de poche me frappa au ventre et m'arracha un cri de douleur.

— Allez, hop ! marmonna Robbie.

Je sentis une vibration parcourir l'air. Les livres éparpillés dans la pièce se mirent à osciller ; puis ils décollèrent du sol et des rayonnages et fondirent sur Ethan comme une volée de mouettes déchaînées. Je restai clouée sur place. A chaque minute, ma vie devenait plus irréelle. Le faux Ethan se mit à rugir et à cracher de fureur ; il gesticulait pour tenter d'esquiver les livres. L'un d'eux le frappa au visage et le fit tomber du lit. Mon soi-disant frère s'écrasa sur le sol, émit un hurlement de rage et plongea sous le lit. Je vis ses petits pieds disparaître dans l'obscurité ; il y eut un bruit de griffes crissant sur le plancher. Le monstre poussa des grognements, jura, mais resta tapi dans l'ombre.

— Quelle bande d'amateurs, dit Robbie en hochant la tête.

Les livres s'immobilisèrent et s'abattirent sur le plancher dans un grand fracas.

— Allons-y, princesse.

Je le rejoignis en me frayant un chemin entre les livres qui jonchaient le sol. J'essayais de garder une attitude détachée, comme si les fées et les livres volants faisaient partie de mon quotidien.

— Alors, dis-je, il est où, ce passage vers la Faérie ? Tu dois dessiner un cercle sur le sol, réciter une formule magique, ce genre de choses ?

— Pas exactement, ricana Robbie. Tout ça, c'est bien trop compliqué. Pour trouver un passage vers le pays des fées, il suffit de chercher dans les endroits chargés de croyances, de créativité et d'imagination. Les chambres d'enfant, par exemple. Il y en a souvent un dans le placard ou sous le lit.

Floppy a peur du monsieur dans le placard, chuchota la voix d'Ethan dans ma tête. Je fis des excuses silencieuses à mon demi-frère. Quand je le retrouverais, la première chose que je lui dirais, c'était que maintenant, je croyais aux monstres, moi aussi.

— Regardons dans le placard, murmurai-je en enjambant livres et jouets.

Je posai une main un peu tremblante sur la poignée, et inspirai un grand coup. *Ce n'est pas le moment de changer d'avis.* Puis j'ouvris la porte.

Un petit cri m'échappa, et je bondis en arrière. Une haute silhouette dégingandée, au visage squelettique, se tenait devant moi. Un costume noir couvrait son corps émacié, et un chapeau melon noir était posé sur son crâne. Ses lèvres exsangues s'étirèrent, découvrant de fines dents pointues.

— C'est mon placard ! fit-il d'une voix sifflante.

De l'une de ses mains osseuses, il referma.

— Mon placard ! A moi !

La porte claqua.

Robbie soupira. Il s'avança d'un pas assuré, toqua trois fois à la porte et l'ouvrit en grand.

Cette fois, le placard était vide ; ou plutôt, il ne contenait plus que des chemises sur cintres, des cartons à chaussures et autres affaires anodines. Robbie écarta les cintres, enjamba les cartons, s'avança vers la cloison du fond et la tapota du bout des doigts. Je m'approchai avec curiosité.

— Il est où, ce truc ? grommela-t-il en posant ses mains sur le bois.

Je m'avançai jusqu'à la porte du placard et regardai par-dessus son épaule.

— Je sais que tu es là, dit-il en s'adressant à la cloison. Mais où est la… Ah ! La voici.

Il s'accroupit, prit une profonde inspiration et souffla sur le mur, soulevant une nuée de poussière qui se mit à flotter autour de lui en volutes orange, pleines de paillettes dorées.

Quand il se redressa, une poignée en or s'était matérialisée sur la cloison. Le contour de la porte était à peine visible ; un mince filet de lumière filtrait par l'interstice du bas.

— Princesse, dit Rob en se tournant vers moi, votre voiture est avancée. Deux allers simples pour le pays des fées.

J'attendis un instant que les battements frénétiques de mon cœur s'apaisent. En vain. *Cette histoire est complètement dingue,* fit une voix dans ma tête. Comment savoir ce qui nous attendait derrière cette porte ? Quelles horreurs se tapissaient dans la pénombre ? Une fois passée de l'autre côté, je ne reviendrais peut-être jamais. Si je devais changer d'avis, c'était maintenant.

Non. Je ne peux pas renoncer. Ethan est là-bas, il m'attend. Il compte sur moi.

J'aspirai une grande bouffée d'air et fis un pas en avant.

A cet instant, je sentis une petite main griffue empoigner ma cheville. Tirée violemment, je faillis perdre l'équilibre. Un cri de victoire sauvage s'éleva de sous le lit. Alors, déterminée, je poussai un hurlement furieux, me libérai d'un grand coup de pied, me jetai dans le placard et claquai la porte derrière moi.

5

Au pays des fées

Dans l'obscurité poussiéreuse du placard d'Ethan, seul le liseré lumineux de la porte se découpait sur la cloison. Je ne voyais pas Robbie, mais je l'entendais respirer calmement, tout près de moi.

— Prête ? chuchota-t-il.

Je sentis son souffle chaud sur ma joue. Avant que je n'aie pu répondre, il ouvrit la porte vers le pays des fées.

Une lumière pâle et argentée inonda le placard. Dans l'embrasure de la porte, je vis une clairière entourée d'arbres immenses. Leurs hautes branches étaient si finement entrelacées qu'elles cachaient le ciel. Une légère brume flottait au-dessus du sol. La forêt était sombre et immobile, comme figée dans un éternel crépuscule. Çà et là, des taches de couleurs éblouissantes se détachaient de la grisaille : fleurs aux pétales bleu électrique qui se balançaient doucement dans la brume, liane entortillée autour d'un chêne mourant, et dont les longues épines rouge vif contrastaient avec l'écorce beige de l'arbre qu'elle était en train de faire mourir.

Un souffle d'air chaud emplit le placard, chargé de senteurs étonnantes — cannelle et feuilles broyées, pommes et fumée de bois, lavande et terre labourée, tout cela mêlé à une vague et écœurante odeur de pourriture et de décomposition. Je crus sentir aussi une odeur métallique, presque cuivrée, mais cela ne dura qu'un instant. L'air était empli de nuées d'insectes, et si je tendais l'oreille, je pouvais percevoir des chants lointains. Au premier coup d'œil, la forêt m'avait semblé figée, muette ; mais je percevais maintenant de légers mouvements dans l'ombre, et j'entendais les feuilles bruisser tout autour de nous. J'avais l'impression que des yeux invisibles m'observaient de partout ; j'en avais la chair de poule.

Robbie passa la porte, regarda autour de lui et se mit à rire.

— Enfin ! soupira-t-il en écartant les bras comme pour embrasser le paysage. Je suis enfin rentré chez moi !

Il pivota sur lui-même en riant aux éclats, puis se laissa tomber en arrière et disparut dans la brume.

La gorge serrée, je fis un pas en avant et passai à mon tour dans le pays des fées.

Des volutes de brume s'enroulèrent autour de mes

chevilles et me caressèrent la peau de leurs doigts humides.

— Rob ? chuchotai-je.

Un silence moqueur me répondit. Du coin de l'œil, je vis une grosse boule blanche se glisser entre les arbres.

— Robbie ? répétai-je en avançant à pas prudents vers l'endroit où il était tombé. Tu es là ? Rob ?

— Hou ! fit-il en se relevant brusquement, comme un vampire surgissant de son cercueil.

Je poussai un hurlement à glacer le sang.

— Je me trompe, dit Rob, ou tu es un peu à cran aujourd'hui ?

Il fut pris d'un éclat de rire et, avant que je ne puisse l'étrangler, s'enfuit en courant.

— Vaudrait mieux passer au décaféiné, princesse, lança-t-il par-dessus son épaule. Si tu dois sauter au plafond chaque fois qu'un croque-mitaine pointe le bout de son nez, tu seras morte d'épuisement bien avant d'être sortie de cette forêt.

Il avait troqué son jean et son T-shirt élimés contre un pantalon vert et un vêtement marron à capuche. A cause de la brume, je ne voyais pas bien ses pieds, mais j'avais l'impression qu'il portait des bottes de cuir souple. Son visage aussi me paraissait différent : plus mince, plus anguleux, avec des traits plus marqués.

Avec ses cheveux roux et ses yeux verts, il avait l'air d'un renard espiègle.

La transformation la plus notable était celle de ses oreilles. Fines et légèrement pointues, elles surgissaient de part et d'autre de sa tête comme… comme celles d'un elfe. A l'instant où je me fis cette réflexion, les dernières traces du Robbie Goodfell que je connaissais depuis toujours s'évaporèrent. Mon ami d'enfance disparut, comme s'il n'avait jamais existé, me laissant seule avec Puck.

— Qu'est-ce qui t'arrive, princesse ? bâilla-t-il en s'étirant. On dirait que tu viens de perdre ton meilleur ami.

Soit mon imagination me jouait des tours, soit il avait grandi de plusieurs centimètres en quelques secondes. Quoi qu'il en fût, je n'avais pas envie de m'attarder sur ce sujet.

— Comment tu as fait pour changer de vêtements ? demandai-je. Et pour faire voler les livres dans la chambre ? C'était de la magie, ça ?

— Le glamour, dit-il en souriant.

Je lui lançai un regard perplexe.

— Je n'ai pas eu le temps de me changer avant de partir, et le roi Oberon n'aime pas que l'on se présente devant lui en habits de mortels. Alors j'ai utilisé le glamour pour me rendre présentable. Tout comme j'en utilisais, dans l'autre monde, pour me donner l'air humain.

— Attends, attends…

Je me rappelai une conversation — entendue ou rêvée ? — entre Robbie et l'infirmière.

— Là-bas, chez moi, il y a d'autres… d'autres êtres dans ton genre, qui se promènent tranquillement, au nez et à la barbe de tout le monde ?

Puck m'adressa un sourire inquiétant.

— On est partout, princesse. Sous ton lit, dans le grenier, au milieu des gens que tu croises dans la rue.

Son sourire s'élargit et devint féroce.

— Le glamour se nourrit des rêves et de l'imaginaire des mortels. Les écrivains, les artistes, les petits garçons qui se prennent pour des chevaliers exercent tous une attraction irrésistible sur les fées. Pourquoi crois-tu que tant d'enfants ont des amis imaginaires ? Ton frère en avait un, d'ailleurs. Il l'appelait Floppy, me semble-t-il ; ce n'était pas son vrai nom, bien sûr. Dommage que le changelin ait réussi à le tuer.

Mon estomac se noua.

— Mais… personne ne peut vous voir ?

— Soit nous restons invisibles, soit nous utilisons le glamour pour dissimuler notre véritable apparence.

Puck s'adossa à un tronc d'arbre et entrelaça ses mains derrière sa tête — un geste qui me rappelait douloureusement Robbie.

— Ne sois pas si choquée, princesse. Les mortels sont très forts pour ne pas voir tout ce qui pourrait les perturber. Évidemment, quelques-uns d'entre eux sont capables de voir à travers la brume et le glamour. En général, ce sont des personnes très spéciales, des rêveurs innocents et naïfs. Ces gens-là attirent encore plus les fées que ne le font les artistes.

— Comme Ethan, dis-je à mi-voix.

Il me lança un drôle de regard.

— Comme toi, princesse.

Il semblait sur le point d'ajouter quelque chose, mais à cet instant, une branche craqua dans la pénombre.

— Houlà, fit-il en se redressant. En route. Il est dangereux de s'attarder où que ce soit. Ici, il ne faut surtout pas se faire remarquer.

— Quoi ? m'exclamai-je en lui emboîtant le pas. Je croyais qu'on était chez toi, ici !

— La Faérie appartient à toutes les fées, dit Puck sans se retourner. Elle est divisée en territoires, ou plus précisément en cours. La cour Seelie est le domaine du roi Oberon, tandis que la reine Mab règne sur les territoires Unseelie. En règle générale, il est interdit de blesser, de tuer ou de torturer les autres fées sans l'autorisation des souverains de sa cour.

Il se retourna et ajouta :

— Mais ici, nous sommes en territoire neutre, au pays des fées sauvages. N'importe quoi peut arriver.

On peut croiser aussi bien une bande de satyres qui te feront danser jusqu'à épuisement puis te violeront chacun à leur tour, qu'une horde de loups qui nous dévoreront tous les deux. Quoi qu'il en soit, je pense que tu n'as pas envie de t'y attarder, n'est-ce pas ?

A nouveau, la peur s'empara de moi. Depuis quelques heures, j'avais continuellement peur. Je n'avais plus envie d'être ici, dans cette forêt sinistre, avec cette personne que je croyais autrefois connaître, mais dont je m'apercevais à présent que je ne savais rien. J'avais envie de rentrer chez moi. Sauf que ce chez-moi était devenu presque aussi terrifiant que la Faérie. J'étais déboussolée, égarée dans un monde malveillant, et je me sentais trahie.

Ethan, fit une voix dans ma tête. *C'est pour lui que tu es là. Une fois que tu l'auras retrouvé, tu pourras rentrer à la maison et tout redeviendra comme avant.*

Le bruissement des feuilles et le craquement de branches s'intensifièrent.

— Princesse ! chuchota Puck à mon oreille.

Je sursautai et réprimai un cri. Il m'attrapa le poignet et ajouta à voix basse :

— Les gens de mauvaise compagnie dont je t'ai parlé ont dû flairer notre piste. Ils sont tout près.

Il parlait d'une voix calme, mais son regard révélait sa tension intérieure.

— Si tu ne veux pas que ton premier jour en Faérie soit le dernier, il faudrait voir à se dépêcher un peu.

Je me retournai : la porte par laquelle nous étions entrés se découpait encore au milieu de la clairière.

— On repassera par ici pour rentrer chez moi ? demandai-je tandis qu'il me prenait la main et m'entraînait.

— Non.

— Mais alors...

— Écoute, princesse, cette porte ne va pas rester ici à t'attendre. Mais ne t'inquiète pas. Puck est là. L'heure venue, on trouvera un autre passage.

Nous partîmes en courant vers la limite de la clairière, où s'élevait une haie de ronces aux épines jaunes et crochues, aussi longues que mon pouce. J'étais certaine que nous serions mis en lambeaux, mais, à notre approche, les branches tremblèrent et s'écartèrent, révélant un étroit passage au cœur de la haie. Quand nous y fûmes entrés, les ronces se refermèrent derrière nous, effaçant toute trace de notre passage.

Nous marchâmes pendant des heures. Du moins, c'est ce qu'il me sembla. Puck avançait à un rythme constant, sans jamais ralentir ni accélérer. Au loin, derrière nous, les bruits s'estompaient, puis reprenaient de plus belle. Parfois le chemin parvenait à un carrefour, et se divisait en plusieurs embranchements ;

mais Puck ne montrait jamais la moindre hésitation. A plusieurs reprises, je crus voir du coin de l'œil quelque chose bouger — une tache de couleur, une silhouette entre les arbres —, mais chaque fois que je me retournais, le mystérieux objet avait disparu. Parfois, j'étais sûre d'entendre des chants ou de la musique, mais je ne parvenais jamais à les distinguer clairement. La lumière lugubre qui régnait sur la forêt ne variait pas ; quand je demandai à Puck à quelle heure la nuit tomberait, il leva un sourcil et me dit qu'elle tomberait quand elle en aurait envie.

Agacée, je jetai un coup d'œil à ma montre… et restai figée sous le choc. Les aiguilles avaient cessé de tourner. Soit la pile était morte, soit une force mystérieuse l'empêchait de fonctionner.

Ou alors, le temps n'existe pas ici. Je ne sais pourquoi, mais cette idée me troubla encore plus que tout le reste.

J'avais mal aux pieds, mal aux jambes, et l'estomac complètement noué par l'angoisse, quand enfin l'espèce de demi-jour sinistre qui régnait sur la forêt s'estompa. Puck s'arrêta et laissa son regard errer au-dessus de la cime des arbres. Une lune énorme brillait dans le ciel, si près de nous que l'on distinguait chacun de ses cratères.

— On ferait sans doute mieux de s'arrêter, marmonna-t-il avec réticence.

Je m'écroulai sur un tronc d'arbre pourrissant, et il me lança un sourire oblique.

— Je n'ai pas franchement envie que tu ailles mettre le pied sur un monticule dansant, ni que tu suives un lapin blanc dans un trou noir. Viens, je connais un endroit où on pourra se reposer sans être dérangés. Ce n'est plus très loin.

Il me saisit la main et me força à me relever. Je ne tenais plus sur mes jambes, et faillis retomber en arrière. J'étais épuisée, de mauvaise humeur, et la dernière chose dont j'avais envie, c'était de marcher encore. Je jetai un coup d'œil autour de moi, et aperçus, derrière un bosquet, un ravissant petit étang. L'eau luisait au clair de lune ; sa surface miroitante m'attirait irrésistiblement.

— Et si on s'arrêtait là ? demandai-je.

— Hors de question, dit Puck. Ce genre d'endroit grouille de sirènes et de chevaux ondins. C'est trop risqué.

A cet instant, je vis l'onde se plisser de manière concentrique ; une forme sombre en surgit. Une grande tête noire chevaline, à la peau luisante comme celle d'un phoque, me dévisagea d'un air mélancolique. Je lui tournai le dos et m'empressai de suivre Puck.

Quelques minutes plus tard, nous nous arrêtâmes devant un immense tronc d'arbre. L'écorce était si sombre et noueuse que je crus presque distinguer dans ses replis des créatures ridées, entassées les unes sur les autres et agitant leurs bras crochus avec indignation.

Puck s'accroupit entre les racines et frappa le tronc de son poignet. Je m'avançai pour regarder par-dessus son épaule, et sursautai en remarquant une toute petite porte à la base du tronc, haute de peut-être trente centimètres. Sous mes yeux ébahis, elle s'entrouvrit.

— Quoi ? Qui est là ? fit une voix grinçante et rauque.

Une tête sortit de la porte entrebâillée, celle d'un petit bonhomme à la peau couleur de noix. Ses cheveux ressemblaient à un fagot de brindilles, et il portait une tunique et des guêtres brunes ; le tout donnait l'impression d'une branche d'arbre dotée de deux gros yeux d'insecte, noirs et brillants.

— Bonsoir, Twiggs, dit Puck.

Le petit homme cligna des yeux en regardant l'être qui se dressait au-dessus de lui.

— C'est toi, Robin Goodfellow ? glapit-il. Je ne t'avais pas vu dans nos contrées depuis un bon moment. Quel bon vent t'amène ?

— J'accompagne mademoiselle, dit Puck en s'écartant pour que Twiggs puisse me voir.

Deux yeux de fouine se fixèrent sur moi, clignèrent… puis s'écarquillèrent de surprise avant de revenir vers Puck.

— C'est… c'est la…

— Oui.

— Elle est au…

— Non.

— Vingt dieux.

Twiggs ouvrit la porte en grand et, d'un geste de son bras noueux, nous fit signe d'entrer.

— Venez vite. Si les dryades vous aperçoivent, elles le répéteront à tout le monde, ces pipelettes.

Il disparut à l'intérieur du tronc. Puck se tourna vers moi.

— Je n'arriverai jamais à rentrer là-dedans, dis-je. A moins que tu n'aies sur toi un champignon magique qui fasse rétrécir. Mais de toute façon, je refuserais de le manger. J'ai vu *Alice au pays des merveilles,* tu sais.

Il me prit la main en souriant.

— Ferme les yeux et avance doucement, dit-il.

Je lui obéis, m'attendant à me heurter au tronc. Au bout de quelques pas, ne sentant aucun obstacle, j'eus très envie d'ouvrir les yeux ; mais je tins bon. Je sentis bientôt l'air se réchauffer, et entendis une porte claquer derrière nous.

— Tu peux ouvrir les yeux, dit Puck.

Je me trouvai au centre d'une petite pièce ronde et douillette. Les murs étaient en bois lisse et rouge, le sol couvert d'un tapis mousseux. Au centre de la pièce, calé sur trois souches d'arbre, un grand rocher plat faisait office de table. Le panier posé dessus contenait des baies de la taille de ballons de foot. A l'autre bout de la pièce, une échelle en corde montait le long du mur. Je la suivis du regard… et faillis m'évanouir. Le tronc creux se prolongeait à perte de vue. Au-dessus de nous, des centaines d'insectes rampaient sur les parois ou flottaient en l'air. Ils étaient gros comme des chiots, et leurs arrière-trains brillaient d'une lueur jaune-vert fluorescente.

— Tu as fait des travaux, Twiggs, dit Puck. La dernière fois que je suis passé, c'était juste un trou dans un tronc.

Il se laissa tomber sur un ballot de fourrures qui servait de canapé. Je remarquai dans le tas une tête d'écureuil encore attachée à sa peau, et dus détourner le regard.

Twiggs eut l'air ravi du compliment. Il avait notre taille, à présent — enfin, sans doute que c'était nous qui faisions sa taille à lui. Une odeur de cèdre et de mousse se dégageait de lui.

— Oui, je suis assez attaché à mon petit intérieur, répondit-il en se dirigeant vers la table.

Il prit un couteau, divisa une baie géante en trois et disposa les tranches sur des assiettes en bois.

— N'empêche que je vais peut-être devoir déménager. Il se dit des choses inquiétantes en ce moment, et les dryades viennent me les rapporter. Comme quoi des zones entières de la Forêt Sauvage seraient mortes, qu'elle se réduirait de jour en jour. Et que personne ne peut l'expliquer.

— Tu sais très bien ce qui se passe, répondit Puck en caressant la queue de la peau d'écureuil. Tout le monde le sait. Ce n'est pas nouveau.

— Non, Puck. L'incrédulité des mortels a toujours grignoté la Faérie, mais pas comme ça. Là, c'est… c'est autre chose. Pas facile à expliquer. Tu verras, si tu te promènes un peu.

Twiggs nous tendit à chacun une assiette garnie d'une immense tranche de baie rouge, d'un demi-gland et d'une pile de petits tortillons blancs qui ressemblaient à des larves. Le fruit rouge était délicieux, mais je refusai de toucher aux asticots et les donnai tous à Puck. Après le dîner, Twiggs me fit un lit de peaux d'écureuils, et, bien qu'un peu dégoûtée, je m'endormis aussitôt.

Cette nuit-là, je fis un rêve.

Je rentrais chez moi. La maison était plongée dans le silence et l'obscurité. Seule la pendule du séjour brillait faiblement : elle indiquait 3 h 19. Sans toucher terre, je montai l'escalier qui menait au premier étage. La porte de ma chambre était fermée, et des ronflements d'ours s'élevaient de celle de mes parents. En revanche, au bout du couloir, la porte d'Ethan était légèrement entrouverte. Je m'avançai à pas furtifs et jetai un coup d'œil dans l'entrebâillement de la porte.

Un inconnu se tenait dans la chambre de mon frère. Il était grand, mince, vêtu d'un habit noir et argenté. Difficile de lui donner un âge : il avait le corps d'un jeune homme, mais son immobilité absolue lui donnait l'air bien plus âgé que moi ; et surtout, il avait l'air très dangereux.

Avec stupéfaction, je reconnus le cavalier qui m'avait épiée entre les arbres, au retour de l'école. Que faisait-il ici, chez moi ? Comment avait-il pu entrer ? Je songeai à entrer pour lui demander des explications, quand je remarquai un détail qui me glaça le sang. Ses cheveux couleur de jais se répandaient en cascade sur ses épaules ; mais ils ne cachaient pas totalement ses oreilles.

Ce n'était pas un humain, mais *l'un d'entre eux*. Un elfe. Il y avait un elfe chez moi, dans la chambre de mon frère. Je me mis à trembler et reculai de quelques pas.

A cet instant, il se tourna vers moi. Son regard me transperça, comme si j'avais été transparente. J'en eus le souffle coupé. Il était à tomber par terre. Du genre famille royale d'un pays lointain. S'il était entré dans ma classe, les élèves comme les profs se seraient jetés à ses pieds. Mais sa beauté était froide et dure, comme celle d'une statue de marbre : inhumaine, venue d'un autre monde. Sous sa longue frange effilée, ses yeux obliques brillaient d'un éclat d'acier.

Le changelin n'était pas en vue, mais je l'entendais fureter sous le lit. L'être devant moi ne semblait pas s'en soucier. Il posa une main pâle sur la poignée du placard, et l'ombre d'un sourire se dessina sur ses lèvres.

Je le vis pénétrer dans le placard. La porte se referma derrière lui dans un cliquetis. Puis ce fut le silence.

Je m'avançai à pas feutrés en gardant un œil sur l'espace sombre en dessous du lit. J'entendais toujours des grattements, mais, cette fois, le petit démon n'essaya pas de m'attraper. Arrivée devant la porte du placard, je refermai les doigts autour de la poignée et la tournai aussi silencieusement que possible.

— Mon placard ! hurla l'homme au chapeau melon en surgissant devant moi. Il est à moi, à moi !

Je me réveillai en hurlant.

Pendant quelques secondes, je regardai autour de moi, en proie à la panique : je ne reconnaissais rien. Mon cœur battait à tout rompre et une sueur glacée couvrait mon visage. Des images de cauchemar défilaient devant mes yeux : mon frère qui m'attaquait, Robbie qui faisait voler les livres dans sa chambre, une porte qui s'ouvrait sur un monde étrange et terrifiant.

Un ronflement sonore attira mon attention. En face de moi, Puck dormait sur le canapé, enveloppé dans une peau d'écureuil, la tête cachée sous le bras.

La mémoire me revint d'un coup et mon cœur se serra. Tout cela n'était pas un cauchemar. Je n'avais pas rêvé. Ethan avait bien disparu, remplacé par un monstre. Robbie était un elfe. Et moi, j'étais au beau milieu d'un pays imaginaire, à la recherche de mon petit frère, alors que je n'avais aucune idée de l'endroit où il se trouvait, et presque aucun espoir de le retrouver.

Je me blottis sous les couvertures en tremblant. Il faisait frais, maintenant, et les lucioles géantes avaient cessé de briller. La maison n'était éclairée que par une faible lumière orange filtrant par la fenêtre. Twiggs avait dû oublier d'éteindre la véranda.

Je me raidis subitement et me rassis dans le lit. La lumière orange était celle d'une bougie ; au-dessus de la flamme, un visage se pressait contre la vitre et regardait à l'intérieur du tronc. J'ouvris la bouche pour réveiller Puck, mais, à cet instant, deux yeux bleus se fixèrent sur moi. Un visage que je connaissais par cœur s'écarta à reculons et disparut dans la nuit.

C'était Ethan.

***

Je sautai du lit et me ruai vers la porte, sans prendre le temps d'enfiler mes chaussures. Puck ronfla et se retourna sous ses fourrures ; je ne m'arrêtai pas pour le réveiller. Ethan était là, dehors ! Si j'arrivais à le rattraper, on pourrait rentrer à la maison et oublier toute cette histoire absurde.

Je sortis du tronc d'arbre et balayai la forêt du regard. Il me fallut quelques secondes pour m'apercevoir que j'avais retrouvé ma taille normale, alors que la porte mesurait toujours trente centimètres de haut. Pour l'instant, je ne pensais qu'à retrouver mon frère et à le ramener chez nous.

La forêt était plongée dans la pénombre. Au loin, entre les arbres, une petite lumière vacillante s'éloignait lentement.

— Ethan ! m'écriai-je. Ethan, attends-moi !

Ma voix résonna dans la forêt silencieuse. Je me mis à courir en écrasant les brindilles sous mes pieds nus et en dérapant sur la boue et les cailloux. Mon gros orteil heurta un objet pointu ; je m'étais sans doute blessée, mais mon cerveau n'enregistrait plus la douleur. Au loin, devant moi, je voyais la petite silhouette se frayer un chemin entre les arbres, tenant la bougie à bout de bras. Malgré les branches qui m'éraflaient et s'accrochaient à mes cheveux et à mes vêtements, je courais à toute vitesse ; pourtant, il m'était impossible de réduire la distance qui me séparait de mon frère.

D'un coup, il s'arrêta et me lança un sourire par-dessus son épaule. Éclairé par la lumière tremblotante de la bougie, son visage avait un aspect étrange, presque sinistre. Je rassemblai mes dernières forces et accélérai encore ; j'étais sur le point de le rattraper quand le sol se déroba sous mes pieds ; je tombai dans le vide en hurlant. Une eau glacée se referma sur ma tête et envahit ma bouche et mes narines.

Je remontai à la surface en suffoquant, le visage brûlant de douleur, les membres déjà engourdis. Au-dessus de moi, un gloussement se fit entendre, et je vis une lueur jaune flotter dans l'air. Elle y resta un moment, comme pour savourer mon humiliation, puis elle disparut entre les arbres dans un rire strident.

Je nageai sur place en cherchant un moyen de sortir de là. Le bassin était bordé d'une berge abrupte et glissante. Quelques arbres tendaient leurs branches au-dessus de l'eau, mais elles restaient hors d'atteinte. J'essayai de m'agripper aux herbes qui poussaient sur la rive, mais elles restaient entre mes mains et je retombai à chaque fois dans l'eau, dans un grand éclat d'eau. Il fallait trouver autre chose.

Puis j'entendis l'eau clapoter au milieu du bassin, et je compris que je n'étais pas seule.

Un rayon de lune éclairait l'eau de son éclat argenté. Hormis le bourdonnement des insectes, la nuit était silencieuse. A l'autre bout du bassin, des lucioles dansaient à la surface, en dardant des lueurs jaunes, roses ou bleues. Peut-être avais-je rêvé. Rien ne semblait bouger, à part un bout de bois mort qui dérivait lentement vers moi.

Je clignai des yeux ; le bout de bois avait la forme d'une tête de cheval — en imaginant que les chevaux puissent nager à la manière des crocodiles. Puis je vis ses yeux blancs, vides d'expression, ses dents fines et luisantes, et la panique s'empara de moi.

— Puck ! hurlai-je. Puck, à l'aide !

Je tentai désespérément de me hisser sur la berge. Les mottes de terre auxquelles je m'accrochais se détachaient les unes après les autres ; à peine avais-je trouvé un appui que je retombais dans l'eau.

Je regardai derrière moi. Le monstre chevalin n'était plus qu'à un ou deux mètres dans mon dos : il avait sorti la tête de l'eau et ses babines se retroussaient sur des dents tranchantes comme des aiguilles.

Mon Dieu, je vais mourir ! Ce truc va me bouffer ! Aidez-moi ! Au secours !

Je labourai la berge de mes mains… et trouvai enfin une branche solide. Je m'y agrippai, tirai de toutes mes forces et me hissai hors de l'eau, à l'instant même où le monstre passait à l'attaque en rugissant. Son nez gluant frôla la plante de mon pied, et j'entendis ses mâchoires se refermer dans le vide avec un claquement sinistre.

Puis j'atterris sur la terre ferme, suffocante et tremblante, et le cheval diabolique replongea sous la surface de l'eau.

Puck me trouva quelques minutes plus tard, roulée en boule près de la berge, trempée jusqu'aux os. Il m'aida à me relever, l'air à la fois compatissant et exaspéré.

— Tu n'as rien ?

Il passa les mains sur mes bras et mon dos pour vérifier que je n'étais pas cassée en mille morceaux.

— Tu m'entends, princesse ? Dis quelque chose.

Je hochai la tête en frissonnant.

— J'ai… j'ai vu Ethan. Je l'ai suivi, mais il s'est transformé en une petite lumière jaune et il s'est envolé. Ensuite, un truc qui ressemblait à un cheval a essayé de me dévorer…

J'avais la gorge serrée. Je réfléchis et ajoutai :

— Ce n'était pas lui, hein ? Une fée m'a joué un mauvais tour. Et je suis tombée dans le panneau.

— Exact, soupira-t-il en m'entraînant avec lui. Les farfadets sont ainsi ; ils te montrent ce que tu as envie de voir pour te convaincre de les suivre. Celui-ci était particulièrement vicieux : il t'a emmenée tout droit dans le bassin d'un cheval ondin. Je pourrais te dire de ne jamais t'éloigner toute seule, mais ce serait sans doute peine perdue... Enfin, on va quand même essayer.

Il s'arrêta et se tourna vers moi, les yeux rivés dans les miens.

— Quoi qu'il arrive, princesse, ne te promène jamais seule, tu as compris ? Aux yeux des habitants de ce monde, tu n'es qu'un jouet, ou un bon repas. Ne l'oublie pas.

— D'accord, marmonnai-je. J'ai compris.

Nous avançâmes sur le sentier jusqu'au grand arbre noueux. La porte découpée dans le tronc n'était plus visible, mais mon sac à dos et mes tennis attendaient à son pied — signe que notre présence chez Twiggs était devenue indésirable. En frissonnant, je glissai mes pieds ensanglantés dans mes chaussures. Je haïssais ce monde et tous ceux qui l'habitaient. Je n'avais qu'une envie : rentrer chez moi.

— Eh bien, poursuivit Puck d'un ton enjoué, si tu as fini de jouer avec les farfadets et les chevaux ondins, je crois qu'on peut repartir. Au fait, si jamais l'envie te prend de boire le thé avec un ogre, préviens-moi. Je prendrai mon gourdin.

Je lui décochai un regard noir. Il me répondit par un sourire narquois. Au-dessus de nos têtes, le ciel devenait moins sombre, et prenait la même teinte grise et sinistre que la veille. Dans la pénombre, nous traversâmes une forêt silencieuse comme la mort, nous enfonçant toujours plus profondément dans le pays des fées.

6

La chasse sauvage

Il ne nous fallut pas longtemps pour atteindre une parcelle stérile de la forêt.

La Forêt Sauvage était un endroit sinistre et silencieux, mais bien vivant. De grands arbres centenaires y étendaient leurs branches, des plantes s'y épanouissaient, des taches de couleur vive ponctuaient la grisaille. Des animaux se glissaient entre les arbres et des êtres étranges se tapissaient dans l'ombre ; on ne les distinguait jamais clairement, mais on sentait qu'ils étaient là et qu'ils vous observaient.

Pourtant, tout à coup, il n'y eut plus aucun arbre devant nous. Nous nous tenions à la lisière d'une clairière déserte.

Le peu d'herbe qui subsistait était jaune et sec, perdu dans un paysage minéral. Les quelques arbres visibles étaient rabougris, noirs, et dépourvus de feuilles. De loin, leurs branches étincelaient telles de sinistres sculptures métalliques. L'air sentait le métal chaud et la poussière.

Puck resta un long moment silencieux, à regarder autour de lui.

— Twiggs avait raison, dit-il enfin.

Il avança la main pour toucher une branche, puis recula en frissonnant.

— Ce n'est pas naturel, dit-il. Il y a quelque chose qui empoisonne la forêt.

A mon tour, je levai la main vers une branche scintillante et poussai un petit cri.

— Aïe !

— Quoi ? s'écria Puck en faisant volte-face.

Je lui montrai mon doigt. Des perles de sang suintaient d'une mince entaille.

— C'est l'arbre… Il m'a coupée !

Il examina mon doigt en fronçant les sourcils, puis l'enveloppa d'un mouchoir sorti de sa poche.

— Des arbres métalliques, murmura-t-il. Ça, c'est du jamais vu. Si jamais tu vois des dryades en fer forgé, préviens-moi tout de suite.

Je lançai un regard sombre à la branche qui m'avait coupée, et vis une goutte de mon sang étinceler avant de tomber sur le sol desséché. Les fins branchages de l'arbre étaient luisants, comme s'ils avaient été affutés.

— Je me demande si Oberon est au courant, grommela Puck en s'accroupissant pour examiner une touffe d'herbe morte. Twiggs a dit que ça s'étendait, mais il n'avait pas l'air de savoir d'où ça venait.

Il se releva en chancelant. Je lui attrapai le bras pour l'aider à retrouver l'équilibre.

— Ça va, Puck ?

— Ça va, princesse, dit-il avec un sourire triste. Je suis un peu affecté par l'état de mon pays natal, mais que peut-on y faire ?

Il toussa et agita la main devant son visage, comme s'il venait de respirer une odeur infecte.

— L'air d'ici me rend malade, dit-il. Fichons le camp.

J'inspirai profondément, mais je ne sentis rien d'autre que l'odeur de la terre, mêlée peut-être à quelque chose de métallique et de rouillé. Puck s'éloignait déjà, les sourcils froncés par la colère ou l'inquiétude, et je me pressai derrière lui.

Quelques heures plus tard, nous entendîmes les premiers hurlements.

Puck se figea au milieu du sentier, si brusquement que je faillis le percuter. Avant que je n'aie eu le temps de poser la moindre question, il leva la main pour m'imposer le silence.

C'est alors que j'entendis au loin, porté par la brise, un concert de cris et d'aboiements. Mon cœur s'emballa, et je me rapprochai de mon compagnon.

— Qu'est-ce que c'est ?

— Une partie de chasse, marmonna Puck, en laissant son regard se perdre dans le vide.

Il fit une grimace et ajouta :

— Il ne manquait plus qu'on se fasse traquer et dépecer comme des lapins. Pour l'instant, personne n'avait essayé de me tuer, je me disais aussi.

Mon sang se glaça.

— On est poursuivis ?

— Tu n'as jamais vu de chasse sauvage, hein ? grommela Puck en se passant la main dans les cheveux. Ah, la barbe. Ça va tout compliquer. Écoute, princesse, on va devoir remettre à plus tard la visite guidée du pays des fées.

Les aboiements se rapprochaient, rauques et profonds, comme sortis de la gueule de monstres énormes.

— On ne s'enfuit pas en courant ? chuchotai-je.

— Tu n'arriveras jamais à les semer, dit Puck en s'éloignant à reculons. Ils ont flairé notre piste, et aucun mortel n'a jamais échappé à une chasse sauvage.

Il soupira et eut un geste de désespoir un peu grandiloquent.

— La seule chose qui puisse nous sauver, c'est le sacrifice de ma dignité. Ah, ce que je peux endurer par amour ! Les Parques se rient de mes tourments.

— Mais qu'est-ce que tu racontes ?

Puck me fit l'un de ses sourires légendaires, puis commença à se transformer sous mes yeux.

Son visage s'étira et s'amincit ; son cou s'allongea. Ses bras furent pris de spasmes ; ses doigts devinrent noirs et fusionnèrent pour former des sabots. Il cambra le dos, sa colonne vertébrale s'allongea et ses jambes se changèrent en un arrière-train aux muscles noueux. Enfin, sa peau se couvrit de poils et il se mit à quatre pattes. Devant moi, il n'y avait plus un elfe, mais un cheval gris au poil lustré et à la crinière broussailleuse. La métamorphose avait pris moins de dix secondes.

Me rappelant ma mésaventure avec le monstre de l'étang, j'eus un mouvement de recul ; mais le cheval piaffa d'impatience et agita la queue d'un air irrité. Je vis ses yeux briller comme des émeraudes, et cela me rassura un peu.

Les hurlements étaient maintenant tout près de nous, et de plus en plus déchaînés. Je me précipitai vers le cheval et tentai de me hisser sur son dos, en m'accrochant à sa crinière. J'avais grandi dans une ferme, mais je n'étais montée à cheval que deux ou trois fois dans ma vie, et il me fallut plusieurs tentatives avant d'y arriver. Puck s'ébroua et eut des mouvements de tête sceptiques, agacé par mon incompétence.

Enfin, j'atterris sur son dos, me redressai tant bien

que mal et attrapai sa crinière. Puck roula des yeux, puis se cabra à moitié et s'élança entre les buissons. Nous étions partis.

Monter à cru, ce n'est pas très agréable, surtout si vous n'êtes maître ni de votre monture ni de votre itinéraire. Pour tout vous dire, ce fut sans doute le trajet le plus terrifiant de toute ma vie. Les arbres défilaient si vite qu'ils en devenaient flous, les branches me fouettaient le visage, et la peau de mes jambes me brûlait à force de serrer les flancs du cheval. Je m'agrippais de toutes mes forces à sa crinière, mais cela ne m'empêchait pas de basculer sur le côté chaque fois que Puck changeait de direction. Et, malgré le hurlement du vent dans mes oreilles, j'entendais encore les aboiements féroces de ceux qui nous pourchassaient et qui semblaient à présent nous talonner. Je n'osais même pas regarder par-dessus mon épaule.

Je perdis toute notion du temps. Puck ne ralentissait pas ; il ne paraissait pas essoufflé, mais son corps s'était couvert de sueur, ce qui rendait mon assise plus précaire encore. Mes jambes s'engourdirent, et j'eus l'impression que mes mains appartenaient à quelqu'un d'autre.

Soudain, une immense bête noire surgit d'entre les fougères, sur notre droite, et se rua vers nous en ouvrant la mâchoire. C'était un chien, le plus grand que j'aie jamais vu, et il y avait des flammes bleues dans son regard. Puck bondit sur le côté pour l'éviter et se cabra, manquant me projeter sur le sol. Je me mis à hurler et le vis décocher un violent coup de sabot à l'animal qui l'attaquait. Touché en pleine poitrine, le chien s'écarta en glapissant.

Les buissons se mirent à frémir et cinq autres molosses déboulèrent devant nous. Ils nous encerclèrent en grognant et en aboyant, puis se jetèrent en avant, pour essayer de mordre les pattes du cheval, et bondirent en arrière quand il les visa de ses sabots. Moi, je me cramponnais à Puck, tétanisée ; je voyais les mâchoires des monstres claquer à seulement quelques centimètres de mes pieds ballants.

Au loin, entre les arbres, apparut soudain une silhouette élancée, chevauchant un majestueux cheval noir. C'était le garçon dont j'avais rêvé, celui que j'avais aperçu dans le bus. Un sourire s'afficha sur son visage à la fois angélique et cruel ; il banda un arc muni d'une flèche étincelante.

— Puck ! hurlai-je, tout en sachant qu'il était déjà trop tard. Attention !

Les feuilles des arbres bougèrent, au-dessus de la tête du cavalier, puis une lourde branche s'abattit brusquement sur lui et heurta son bras à l'instant où il tira. Je sentis l'air vibrer près de mes tempes, et vis la flèche qui m'avait frôlée se planter dans le tronc d'un pin. Telle une toile d'araignée, un fin réseau de gel s'étendit autour de sa pointe. Puck tourna la tête vers le tireur ; celui-ci ajustait une nouvelle flèche à sa corde. Avec un hennissement aigu, mon cheval se cabra et bondit par-dessus la meute de chiens, échappant par miracle à leurs mâchoires béantes. Nous repartîmes au galop, les chiens sur nos talons.

Une flèche siffla près de mes oreilles, et je lançai un regard par-dessus mon épaule. Le deuxième cavalier nous talonnait en zigzaguant entre les arbres ; je le vis sortir une troisième flèche de son étui. Puck s'ébroua et vira brusquement de bord, manquant me jeter à terre.

Nous nous enfoncions dans une partie plus dense de la forêt. Ici, les arbres étaient gigantesques, et tellement proches les uns des autres que Puck devait sans cesse dévier de sa route pour se faufiler entre eux. Les chiens s'étaient laissé distancer, mais j'entendais encore leurs aboiements et, de temps à autre, j'apercevais leurs corps noirs et sveltes courant à travers les sous-bois. Le cavalier n'était plus visible, mais je savais qu'il nous suivait, prêt à nous transpercer le cœur de ses flèches mortelles.

Comme nous passions sous les branches d'un chêne géant, Puck s'arrêta net, puis se cabra si violemment qu'il me propulsa en l'air. Lâchant sa crinière, je volai au-dessus de sa tête et me retrouvai perchée à l'intersection de deux énormes branches. J'avais le cœur dans la gorge, la respiration coupée, et une douleur lancinante dans les côtes. Mes yeux se remplirent de larmes. Puck s'ébroua et s'éloigna au galop ; les chiens lui emboîtèrent le pas et disparurent dans l'ombre de la forêt.

Quelques instants plus tard, le cheval noir et son cavalier passèrent sous mon arbre.

L'espace d'un instant, le cheval ralentit ; terrifiée, je retins ma respiration, certaine que le cavalier allait lever la tête. Puis le hurlement d'un chien déchira l'air ; le chasseur éperonna sa monture et passa son chemin. Quelques secondes s'écoulèrent. Les aboiements de la meute s'estompèrent dans le lointain, et le silence s'installa. J'étais seule, en plein milieu de la forêt.

— Eh bien, fit une voix tout près de moi, quelle aventure !

7

Où il est question de gobelins et de Grimalkin

Je faillis tomber de l'arbre, et me retins avec difficulté de hurler. M'agrippant à une branche, je cherchai du regard celui qui venait de parler ; mais je ne vis que des feuilles, dans la lumière grise et monotone qui filtrait à travers les branches.

— Où êtes-vous ? demandai-je. Montrez-vous !

— Je ne suis pas caché, petite fille, reprit la voix d'un ton amusé. Si tu ouvrais un peu les yeux ? Comme ça.

Deux yeux grands comme des soucoupes apparurent à moins de deux mètres de moi. L'instant suivant, je me retrouvai nez à nez avec un énorme chat gris.

— Là, ronronna-t-il en m'observant de son regard jaune. Tu me vois, maintenant ?

Sa longue fourrure ébouriffée avait exactement la couleur de l'écorce de l'arbre ; il se fondait dans le paysage.

— Mais… tu es un chat ! m'exclamai-je bêtement.

Je fus presque certaine de le voir hausser un sourcil.

— C'est un peu simpliste, comme définition, mais on peut dire ça, oui.

Il se leva et fit le gros dos avant de se rasseoir et d'enrouler sa queue touffue autour de ses pattes arrière.

— On m'appelle Grimalkin, Cait Sith, ou la créature du diable ; mais peu importe, n'est-ce pas ?

Je restai interloqué ; mais la douleur aiguë qui me brûlait les côtes ramena mes pensées vers d'autres sujets. En particulier, vers le fait que Puck m'avait abandonnée dans un monde où j'étais considérée comme un quatre-heures, et contre lequel j'étais absolument incapable de me défendre.

A ma stupéfaction initiale succéda la colère. Puck m'avait bel et bien laissée tomber pour sauver sa peau ! Je fis prise d'une telle terreur que je faillis éclater en sanglots. Comment avait-il pu me faire ça ? Sans lui, je n'avais aucune chance de m'en sortir. J'allais finir dévorée par un cheval aquatique, étripée par une horde de loups, ou tout simplement errer dans la forêt pour l'éternité, parce que j'étais sûre qu'ici, le temps ne s'écoulait pas.

Je pris une profonde inspiration et tentai de me calmer. *Robbie ne m'a pas laissée tomber. Il n'aurait jamais fait ça.* Peut-être m'avait-il abandonnée ici pour servir de leurre et éloigner la chasse de moi. Peut-être croyait-il m'avoir sauvé la vie. Peut-être me l'avait-il vraiment sauvée ! Quoi qu'il en soit, j'espérais qu'il reviendrait vite. Je n'étais pas capable de quitter la Faérie sans son aide.

Le chat gris… comment avait-il dit s'appeler ? Grimalkin, voilà. Grimalkin me scrutait comme si j'étais un insecte particulièrement intéressant. D'un coup, ma méfiance s'éveilla. Il avait l'air d'un énorme chat domestique, d'accord ; mais les chevaux, normalement, n'étaient pas carnivores, et les troncs d'arbre n'étaient pas habités par de petits bonshommes en forme de brindilles ! Cet animal était peut-être en train de se demander quelle partie de mon corps il allait déguster en premier. Je déglutis et croisai son regard ; il était troublant d'intelligence.

— Qu'est-ce… qu'est-ce que vous me voulez ? demandai-je d'une voix tremblante.

— Petite humaine, fit le chat d'un ton condescendant, réfléchis un instant à l'absurdité de ta question. J'étais à moitié assoupi dans mon arbre, sans déranger personne, à me demander si j'allais partir à la chasse, quand tu as atterri sur une branche tel un kangourou volant, en faisant fuir les oiseaux à des kilomètres à la ronde. Et tu as l'audace de me demander ce que je te veux, *moi* ?

Il me lança un regard de mépris typiquement félin.

— On m'avait dit que les mortels étaient mal élevés, mais tout de même !

— Désolée, dis-je sans réfléchir. Je ne voulais pas vous offenser.

Grimalkin agita la queue, puis me tourna le dos et commença à faire sa toilette.

— Euh, repris-je au bout d'un moment, je me demandais si… si vous pouviez m'aider.

Il cessa un instant de se lécher, puis reprit sa tâche sans lever la tête.

— Pourquoi le ferais-je ?

— Je suis à la recherche de mon frère, poursuivis-je. Il a été enlevé par la cour Unseelie.

— Hum. Passionnant.

— Aidez-moi, je vous en supplie ! Donnez-moi un indice, montrez-moi la bonne direction, ce que vous voulez, mais faites quelque chose, n'importe quoi ! Je vous le revaudrai, je le jure.

Le chat bâilla, dénudant de longues canines et une langue rose pâle. Enfin, il releva les yeux vers moi.

— Tu me demandes un service, c'est bien ça ?

— Oui. Je me débrouillerai pour vous rendre la pareille. Je vous le promets.

Une de ses oreilles frétilla, et il prit un air amusé.

— Attention aux mots que tu prononces, jeune humaine. Es-tu sûre de vouloir contracter une dette envers moi ?

Je n'hésitai même pas. J'avais tellement besoin d'aide que j'étais prête à accepter n'importe quelle condition.

— Oui ! Je vous en supplie, aidez-moi à retrouver Puck. Je veux dire, le cheval que je montais tout à l'heure. En fait, ce n'est pas vraiment un cheval, c'est un…

— Je le connais, fit Grimalkin doucement.

— Vraiment ? Génial ! Vous ne savez pas où il est allé, par hasard ?

Il m'observa d'un regard impassible. Puis, sans dire un mot, il agita la queue, bondit sur une branche en contrebas et se laissa tomber sur le sol. Après quoi il s'étira, cambra le dos et s'éloigna sans se retourner.

Je m'empressai de me libérer des branchages qui me retenaient prisonnière, et me laissai glisser à mon tour. Je tombai sur les fesses ; un juron très grossier m'échappa. Je me redressai, m'époussetai les fesses et cherchai Grimalkin du regard.

— Petite humaine, voici le marché que je te propose.

Il se glissa hors des buissons, tel un fantôme gris ; seuls ses grands yeux jaunes m'apparaissaient avec netteté.

— Je t'aide à retrouver Puck. En échange, tu me devras une petite faveur. Entendu ?

La manière dont il prononça le mot « marché »

me donna la chair de poule ; mais j'acquiesçai en hochant la tête.

— Bien. Suis-moi et ne traîne pas.

Je ne sais pas si vous avez déjà essayé de suivre un chat à travers les ronces et les broussailles d'une forêt dense, mais c'est loin d'être une partie de plaisir. Je perdis Grimalkin de vue à d'innombrables reprises ; chaque fois, je passais de longues et terrifiantes minutes à le chercher du regard et à prier pour que je ne sois pas perdue. Quand enfin je l'apercevais au loin, entre les arbres, un soulagement intense m'envahissait ; deux minutes plus tard, je l'avais perdu à nouveau.

Pour ne rien arranger, je ne cessai de me demander ce qui était arrivé à Puck. Était-il mort, abattu par le cavalier noir et mis en lambeaux par ses chiens ? Ou avait-il vraiment pris la fuite, en décidant de me laisser me débrouiller seule ?

En moi, l'angoisse le disputait à la colère. Au bout d'un moment, je décidai de tourner mes pensées vers mon nouveau guide. Le chat semblait bien connaître la forêt ; mais comment pouvait-il savoir où se trouvait Puck ? Pourquoi lui faisais-je confiance ? Et s'il me conduisait tout droit dans un piège ?

Tandis que je ruminais ces sombres pensées, Grimalkin disparut à nouveau.

Nom d'un chien ! Si ça continue, je vais lui attacher une clochette autour du cou !

Le crépuscule approchait, et une grisaille plus sinistre que jamais s'installa au-dessus de la forêt. Je m'arrêtai et balayai les buissons du regard. Où était passé l'insupportable félin ? Un bruissement dans les broussailles, devant moi, me fit sursauter ; jusqu'à présent, Grimalkin s'était montré parfaitement silencieux.

— Hé ! L'humaine ! chuchota subitement la voix du chat. Cache-toi !

— Où ? demandai-je.

Trop tard. Les branches craquèrent, des buissons se fendirent, et une horde de monstres m'encercla.

C'étaient de petits êtres répugnants, hauts de moins d'un mètre, à la peau jaunâtre, au gros nez bulbeux et aux longues oreilles pointues. Ils étaient vêtus de haillons et serraient entre leurs doigts griffus des lances aux pointes en os taillé. Ils avaient une expression cruelle sur le visage et des yeux de fouine. Leur bouche, déformée par un mauvais sourire, découvrait des dents cassées.

L'espace d'un instant, ils me dévisagèrent, comme pétrifiés de surprise. Puis, comme un seul homme, ils se mirent à piailler et se ruèrent sur moi. Je me recroquevillai sur moi-même pour tenter de me protéger contre les pointes de leurs armes.

— C'est quoi, ce truc ? s'écria l'un des monstres.

Des rires et des commentaires grossiers fusèrent.

— Un elfe ! dit une autre voix. Un elfe qu'a perdu ses oreilles !

— Une fille-chèvre, je te parie ! C'est bon à manger, ça !

— C'est pas une chèvre, imbécile ! Elle a même pas de sabots !

Je tremblais de plus en plus, mais il n'y avait rien à faire. Aucune échappatoire.

— On la ramène au chef ! dit enfin l'un d'entre eux. Lui, il saura nous dire ce que c'est et si ça se mange.

— On la montre au chef, ouais !

Un grand coup me frappa derrière mes genoux. Je m'écroulai dans un gémissement de douleur, et toute la horde m'encercla en poussant des cris et des huées. Je me débattis de toutes mes forces, lançai des coups de pied et fis des moulinets avec mes bras ; quelques créatures volèrent dans les buissons, mais elles se relevaient à chaque fois et attaquaient de plus belle, en poussant des cris perçants. Les coups pleuvaient de tous côtés.

Au bout d'un moment, je fus frappée à l'arrière du crâne. Des étoiles dansèrent devant mes yeux, puis je sombrai dans l'inconscience.

Je me réveillai avec un mal de crâne lancinant. J'étais en position assise, et j'avais l'impression que des manches à balai me rentraient dans le dos. J'inspectai mon crâne à tâtons, m'attendant à trouver des entailles ou des fractures. Mais à part une bosse énorme en haut du front, tout semblait intact.

Quand je fus certaine de n'être blessée nulle part, j'ouvris les yeux.

Pour le regretter aussitôt.

J'étais enfermée dans une cage. Une toute petite cage faite de branchages et de liens en cuir. J'avais à peine la place de lever la tête. Dès que je bougeais, quelque chose de coupant m'éraflait le bras et me faisait saigner. En réalité, bon nombre des branches qui servaient de barreaux étaient hérissées de longues épines.

Dehors, au-delà de la cage, des huttes en terre étaient disséminées autour d'un grand feu. De petits êtres laids et trapus erraient entre les habitations ; ils se disputaient, se battaient ou rongeaient des os. Un petit groupe était occupé à vider mon sac à dos. Ils jetèrent mes vêtements sur le sol, mais les chips et l'aspirine les intéressèrent davantage : ils ouvrirent les emballages, y goûtèrent et se chamaillèrent pour savoir à qui ils reviendraient. A la grande exaspération des autres, l'un des monstres réussit à ouvrir la canette de soda et à asperger ses compagnons de liquide pétillant.

Un autre, plus petit encore que ses congénères, et vêtu d'une veste rouge maculée de boue, s'aperçut que j'étais réveillée. Avec un feulement sauvage, il se précipita vers ma cage et enfonça sa lance entre les barreaux. J'eus un mouvement de recul, mais je ne pouvais lui échapper ; les épines de la cage m'entaillaient la chair, tandis que la pointe de la lance s'enfonçait dans ma cuisse.

— Aïe, arrêtez ! m'écriai-je.

Cela ne fit que l'encourager.

Avec un gloussement de joie, il me piqua de sa lance jusqu'à ce que je parvienne à en attraper la pointe et à la coincer entre mes mains. Le monstre se mit à grogner et tenta de m'arracher son arme : une lutte acharnée et ridicule s'ensuivit. Finalement, un autre gobelin posa les yeux sur nous, se précipita de l'autre côté de la cage et me porta un coup de lance dans l'épaule. Je relâchai la lance de la créature à la veste rouge avec un glapissement de douleur.

— Greertig, joue pas avec la viande ! fit sèchement celui qui venait d'intervenir. Faut pas lui faire perdre trop de sang.

— Je vérifie qu'elle est tendre, c'est tout, rétorqua le premier.

Il cracha sur le sol, puis me lança un regard avide.

— Qu'est-ce qu'on attend, hein ? Pourquoi on la mange pas ?

— Parce que le chef est pas encore rentré.

Le plus grand me fixa à son tour ; à ma grande horreur, je vis un filet de salive couler sur son menton.

— Faut qu'il la voie pour qu'on soit sûrs que ça se mange.

Tous deux me lancèrent un regard de regret avant de repartir à pas lourds vers le feu de camp, en crachant et en se chamaillant. Je ramenai mes genoux contre ma poitrine et tentai de calmer mes tremblements.

— Si tu dois absolument pleurer, souffla une voix dans mon dos, fais-le en silence. Les gobelins adorent la peur, ils ne feront que te tourmenter davantage.

— Grimalkin ?

Je me tortillai et parvins à me retourner. Tapi au pied de la cage, le chat gris était presque invisible. Il plissait les yeux et mâchouillait un lien en cuir d'un air concentré.

— Ne me regarde pas, idiote !

Je détournai rapidement la tête.

— Les gobelins ne sont pas très malins, mais s'ils te voient parler toute seule, ils risquent quand même de se poser des questions. Reste tranquille, je vais te libérer.

— Merci d'être venu, chuchotai-je. Je te dois la vie.

Au loin, deux gobelins se disputaient la cage

thoracique d'un malheureux animal. Au bout d'un moment, l'un des deux asséna un violent coup de massue à son adversaire et s'enfuit à toutes jambes en emportant son trophée. L'autre resta un moment hébété, puis bondit sur ses pieds et se lança à sa poursuite.

Grimalkin eut un reniflement de mépris et se remit à mâcher les liens.

— Tu n'as pas de nouvelle dette envers moi, dit-il la bouche pleine. Nous avons déjà passé un marché. J'ai promis de te conduire jusqu'à Puck, et je tiens toujours mes promesses. Maintenant, tais-toi et laisse-moi travailler.

Je hochai la tête et m'enfermai dans le silence. Cependant, quelques minutes plus tard, de grands cris s'élevèrent au sein du camp. Chacun sauta sur ses pieds, feulant et courant en tous sens. Bientôt une silhouette trapue sortit de la forêt d'un pas tranquille et s'avança jusqu'au milieu du camp.

C'était un gobelin, mais il était plus grand et plus robuste que les autres, et il avait l'air plus méchant encore. Il portait un uniforme écarlate, aux boutons de cuivre et aux manches retroussées ; ses basques traînaient dans la poussière. Il était armé d'une grande lame courbe et dentelée, couleur de bronze. Les autres gobelins s'écartèrent sur son passage : je compris alors qu'il s'agissait du chef.

— Silence, bande de chiens galeux ! rugit-il, en lançant un coup de pied à deux gobelins qui ne s'étaient pas éloignés assez vite de son chemin. Espèces de vauriens ! J'ai passé la journée à piller les alentours, et vous, qu'est-ce que vous avez fait de beau ? Rien ! Même pas attrapé le moindre lapin. Vous me dégoûtez !

— Chef, chef ! s'écrièrent plusieurs gobelins en sautillant sur place. Regardez, regardez ! On a attrapé quelque chose ! On vous l'a ramené !

— Eh ?

Le chef balaya le camp d'un regard mauvais et ses yeux vinrent se poser sur moi.

— C'est quoi ? Ne me dites pas que vous avez réussi à attraper un elfe !

Il s'avança vers moi d'un pas nonchalant. Je ne pus m'empêcher de jeter un coup d'œil rapide à Grimalkin, en espérant qu'il aurait le temps de s'enfuir. Le chat avait déjà disparu.

J'avais une énorme boule dans la gorge. Je tentai de déglutir et levai les yeux vers ceux du chef.

— Par les noisettes de Pan ! souffla-t-il. C'est pas un elfe, bande d'imbéciles. Sauf si elle s'est fait retailler les oreilles.

Il plissa son nez sale et huma l'air.

— En plus, elle sent pas pareil. Hé ! Toi, là ! Le faux elfe !

De son épée, il frappa les barreaux de la cage et me fit sursauter.

— D'où tu sors ?

Je pris une profonde inspiration. Le reste de la tribu se rassembla autour de ma cage. Quelques-uns me regardaient avec curiosité ; mais la plupart semblaient surtout mourir de faim.

— Je suis… une fée otaku, improvisai-je.

Le chef grimaça d'un air contrarié ; les autres semblèrent perplexes. Des chuchotements s'élevèrent de la foule et se répandirent dans toute l'assistance.

— Une fée quoi ?

— Jamais entendu parler.

— C'est bon, ça ?

— On est sûrs que ça se mange ?

Le chef se gratta la tête.

— J'avoue que jusqu'ici, je n'ai jamais croisé de fée otaku. Aucune importance. Tu sembles jeune, en bonne santé et ta chair a l'air tendre. Tu suffiras à nourrir ma bande pendant deux jours, peut-être même trois. Alors, otaku, qu'est-ce que tu préfères ?

Il leva son épée avec un grand sourire.

— Bouillie vivante, ou embrochée au-dessus du feu ?

Je serrai les poings pour empêcher mes mains de trembler.

— Cela m'est complètement égal, répondis-je en

essayant de prendre un ton désinvolte. Le résultat sera le même. Un poison mortel coule dans mes veines. Une seule bouchée de ma chair fera bouillir votre sang et fondre vos organes. Vous finirez réduits en une bouillie fumante.

Des sifflements fusèrent; plusieurs gobelins se mirent à grogner et à montrer les dents. Je croisai les bras, redressai la tête et dévisageai leur chef.

— Allez-y, mangez-moi. Demain, vous ne serez plus qu'un tas de gloubi-boulga.

Bon nombre de gobelins reculèrent d'un pas, mais le chef ne bougea pas.

— Fermez-la, bande de pleutres, dit-il à ses troupes.

Puis il me lança un regard acerbe et cracha par terre.

— Tu dis qu'on ne peut pas te manger. C'est dommage. Mais ne t'imagine pas que tu vas t'en sortir. Je vais te tuer quand même. Mais en te saignant lentement, pour que tu ne m'éclabousses pas de ton sale sang venimeux. Après, je t'écorcherai et j'accrocherai ta peau à l'entrée de ma hutte. Et puis, je garderai tes os pour faire des pointes de flèche. Comme disait ma grand-mère, faut rien gaspiller.

— Attendez ! m'écriai-je, tandis qu'il s'avançait en brandissant son épée. Je… Ce serait du gaspillage !

Il me lança un regard méfiant.

— Il y a moyen de purifier mon sang pour me

rendre comestible. Si je dois mourir de toute façon, je préfère être mangée que torturée.

— Je savais bien qu'on allait s'entendre, fit le chef avec satisfaction.

Il se tourna vers ses sous-fifres en gonflant le torse.

— Z'avez vu, bande de chiens ? Votre chef veille encore sur vous. Ce soir, on festoie !

De bruyantes acclamations saluèrent cette annonce. Le chef se tourna vers moi et leva son épée à hauteur de mon visage.

— Alors, otaku, c'est quoi ton secret ?

Je réfléchis à toute vitesse.

— Pour ôter le poison de mon sang, il faut me faire bouillir dans une grande marmite avec plusieurs ingrédients purificateurs. De l'eau pure d'une cascade, un gland cueilli sur le plus haut chêne de la forêt, des champignons bleus, et... euh...

— Me dis pas que t'as oublié, marmonna le chef d'un ton sinistre.

Il fit passer la pointe de sa lame entre les barreaux de la cage.

— Sinon, je peux t'aider à retrouver la mémoire.

— De la poussière de lutin ! ajoutai-je précipitamment. Récoltée sur un lutin vivant. S'il est mort, la recette ne marche pas.

Je priai pour qu'il y ait des lutins dans ce monde. S'il n'y en avait pas, j'étais bonne pour la marmite.

— Hum, grogna le chef en se tournant vers l'assistance. Z'avez compris, bande d'idiots ? Qu'on m'apporte tout ça avant l'aube ! Ceux qui cherchent pas, y mangeront pas ! Remuez-vous, bon sang !

La tribu s'éparpilla. Crachant, jacassant et s'injuriant, ils disparurent l'un après l'autre dans la forêt. A la fin, il ne restait plus que le chef, et un garde solitaire appuyé sur sa lance tordue.

— Crois pas me piéger en m'indiquant des faux ingrédients, dit le chef d'un ton menaçant. Je vais te couper le doigt, le balancer dans la casserole et le faire goûter à l'un de mes hommes. S'il meurt ou qu'il se désintègre, t'as pas fini de souffrir, je te le garantis. Pigé ?

Je réussis tout juste à hocher la tête. Je savais qu'aucun des gobelins ne mourrait, puisque j'avais inventé de toutes pièces cette histoire de poison. N'empêche, je n'étais pas franchement ravie à l'idée de perdre un doigt ; pour tout dire, cette perpective me glaçait d'horreur.

Le chef cracha sur le sol et balaya du regard le camp presque désert.

— Peuh, grommela-t-il, aucun de ces crétins n'est capable d'attraper un lutin. Et si par mégarde ils en trouvent un, ils sont capables de le bouffer. Je ferai mieux d'y aller moi-même. Bugrat !

A quelques mètres de moi, l'unique gobelin présent dans le camp se mit au garde-à-vous.

— Oui, chef ?

— Surveille bien notre dîner, lui lança le chef, en replaçant son épée dans son fourreau. Si elle essaie de s'échapper, coupe-lui les pieds.

— C'est comme si c'était fait, chef.

— Je pars à la chasse.

Le chef me lança un dernier regard d'avertissement avant de disparaître dans les broussailles.

— Bien joué, murmura Grimalkin d'un ton presque admiratif.

Je hochai la tête, incapable de parler. Au bout d'un moment, les bruits de mâchonnement reprirent.

Le chat avançait lentement dans sa besogne. De mon côté, je me mordais les lèvres, me tordais les mains et me retenais de lui demander toutes les vingt secondes où il en était. Le temps s'étira sans fin ; je lançais régulièrement des regards angoissés en direction de la forêt, m'attendant à voir surgir le chef des gobelins ou ses subalternes. Le garde faisait les cent pas autour du camp ; chaque fois qu'il passait devant ma cage, il me lançait un regard mauvais et provoquait la fuite de Grimalkin. Enfin, peu après son huitième ou neuvième passage, la voix du chat s'éleva derrière moi.

— C'est bon. Je crois que tu devrais réussir à sortir, maintenant.

En me tortillant, je parvins à me retourner et à faire face au fond de la cage. Plusieurs lanières de cuir étaient tranchées net, témoignant des mâchoires puissantes et des dents acérées de mon compagnon.

— Allez, allez, on y va, feula-t-il en fouettant l'air de sa queue. Tu t'émerveilleras plus tard. Je les entends revenir.

La seconde suivante, j'entendis des craquements de branches et des rires criards dans le lointain. Le cœur battant, j'empoignai les barreaux, en prenant soin d'éviter les épines, et tentai de les faire céder. Ils résistèrent, maintenus en place par des entrelacs de branchages. J'avais l'impression de forcer à mains nues un épais buisson de ronces : les branches s'écartaient juste assez pour me faire croire qu'elles allaient céder, puis reprenaient leur place initiale.

Le chef des gobelins apparut à la lisière de la forêt, suivi par trois de ses complices. Il tenait dans son poing une petite chose frétillante ; les trois autres avaient les mains pleines de champignons bleu pâle.

— Les champignons, c'était facile, ricana le chef en lançant un regard railleur à ses compagnons. Même un imbécile est capable de les ramasser. Si j'avais attendu que ces crétins nous ramènent un lutin, on y aurait encore été à la…

Il s'interrompit et tourna brusquement les yeux vers moi. L'espace d'un instant il me dévisagea, stupéfait, puis plissa les yeux et serra les poings. La créature qu'il tenait dans la main émit un cri perçant ; le gobelin le broya entre ses doigts et jeta au sol son corps inerte. Avec un rugissement furieux, il dégaina son épée. Je me mis à hurler et à pousser sur les barreaux de toutes mes forces.

Dans un grand craquement, le fond de la cage céda enfin. J'étais libre.

— Cours ! hurla Grimalkin.

Je ne me le fis pas dire deux fois. Nous nous précipitâmes vers la forêt, suivis par les cris enragés des gobelins qui s'étaient lancés à notre poursuite.

8

Dans la clairière de la licorne

Je courais comme une dératée entre les arbres, en essayant de ne pas perdre de vue la silhouette grise de Grimalkin. Les feuilles me giflaient le visage, les branches craquaient sous mes pieds et, derrière moi, les grognements des gobelins ne cessaient de s'amplifier, ponctués par les cris de rage de leur chef.

— Par ici ! me lança Grimalkin en plongeant dans un buisson de ronces. Si nous parvenons à atteindre la rivière, nous sommes sauvés ! Les gobelins ne savent pas nager.

Je le suivis, persuadée que les épines allaient déchirer mes vêtements et entailler ma chair. Mais les branches s'écartèrent pour me laisser passer, comme elles l'avaient déjà fait lorsque j'étais avec Puck, et j'en fus quitte pour quelques égratignures. Au moment où je sortis du buisson, un grand craquement s'éleva derrière moi, suivi de jurons et de cris de douleur. Le passage s'avérait apparemment plus difficile pour les gobelins… Tout en continuant à courir, je remerciai les forces mystérieuses qui nous protégeaient.

Malgré ma respiration haletante, je percevais au loin le bruit de l'eau. Tout à coup, j'atteignis l'extrémité de la forêt et me retrouvai au sommet d'une pente abrupte qui donnait sur une berge caillouteuse. Un fleuve immense s'écoulait devant moi, large d'une bonne centaine de mètres ; il n'y avait ni pont ni bateau en vue. La brume qui flottait à la surface de l'eau m'empêchait de distinguer la rive opposée. Presque invisible au milieu de cette brume, Grimalkin m'attendait au bord de l'eau, en agitant impatiemment la queue.

— Dépêche-toi ! glapit-il tandis que je trébuchais sur les galets. En face, c'est le territoire du roi des Aulnes. Il faut traverser à la nage, et *vite* !

J'eus une seconde d'hésitation. S'il y avait des chevaux ondins dans les petits bassins tranquilles, que risquai-je de trouver dans ce grand fleuve sombre ? Des images de poissons carnivores et autres monstres aquatiques défilèrent dans ma tête.

Un projectile frôla mon bras et alla se fracasser sur les galets de la berge. C'était une lance de gobelin ; sa pointe blanche en os se détachait sur les cailloux sombres. Je sentis le sang refluer de mon visage. Si je ne parvenais pas à traverser ce fleuve, je finirais rôtie à la broche.

Je dégringolai le long de la berge et me jetai à l'eau. Elle était glacée. Le souffle coupé, je luttai contre le courant qui m'entraînait en aval. Je suis assez bonne nageuse, mais j'étais paralysée par la peur et le froid, et je n'arrivais pas à respirer. Je me débattis un instant et bus la tasse : l'eau envahit mes narines et me brûla les poumons. Pendant ce temps, le courant ne cessait de m'entraîner au loin. Je sentis la panique m'envahir.

Une autre lance siffla au-dessus de ma tête. Je jetai un coup d'œil derrière moi : les gobelins, attroupés sur le rivage, escaladaient les rochers et me bombardaient de projectiles. Une nouvelle bouffée de terreur me donna la force de réagir. Je me mis à nager vers la rive opposée, moulinant des bras et des jambes, en luttant de toutes mes forces contre le courant. D'autres lances tombèrent dans l'eau autour de moi ; mais, les gobelins, heureusement, étaient autant incapables de viser que de réfléchir.

Au moment où j'atteignai la nappe de brume, je fus brutalement frappée à l'épaule ; une terrible brûlure s'étendit à mon dos tout entier. Je poussai un cri de douleur et sombrai sous la surface. Mon bras était paralysé. Je m'enfonçais de plus en plus profondément sous l'eau, persuadée que mon heure était venue.

A cet instant, quelque chose me saisit par la taille et m'entraîna vers le haut. Quand je sortis enfin la tête de l'eau, j'aspirai une énorme bouffée d'air et tentai de regarder autour de moi ; mais la brume m'empêchait de distinguer quoi que ce soit.

Je compris cependant que l'on m'entraînait vers la berge. Au bout d'un moment, mes pieds touchèrent la terre ferme. Je me retrouvai étendue sur l'herbe, presque inconsciente, le visage chauffé par le soleil. Je finis par ouvrir doucement les yeux.

Une jeune femme était penchée sur moi. Ses cheveux blonds frôlaient mes joues et ses grands yeux verts semblaient à la fois curieux et inquiets. Sa peau avait la couleur de l'herbe en été ; de minuscules écailles argentées brillaient autour de son cou. Elle sourit, et je vis que ses dents étaient pointues et acérées comme celles d'une anguille.

Je ravalai le cri qui montait dans ma gorge. Cette… euh… jeune femme ?… venait de me sauver la vie, même si c'était pour me manger ensuite. Il aurait été très malpoli de lui hurler au visage ; en outre, tout geste brusque de ma part risquait de l'inciter à m'attaquer. Je ne devais surtout pas lui montrer qu'elle me faisait peur. Après avoir pris une profonde inspiration, je me redressai et m'assis. Ma douleur à l'épaule me fit grimacer

— Euh… Bonjour, bégayai-je.

Elle s'écarta un peu et me dévisagea en clignant des yeux. Je fus déçue de voir qu'elle n'avait pas de queue de poisson, mais des jambes normales

— même si ses mains et ses pieds étaient palmés, avec des ongles extrêmement pointus. Elle était moulée dans une petite robe blanche dont l'ourlet dégoulinait d'eau.

— Je m'appelle Meghan. Et vous ?

Elle inclina la tête comme un chat qui se demande s'il va jouer avec sa souris avant de la manger.

— Tu as une drôle de tête, dit-elle d'une voix qui ondulait comme l'eau sur les rochers. Tu fais partie de quelle espèce, au juste ?

— Moi ? Je suis humaine.

Je regrettai ces mots à l'instant même où je les prononçai. J'avais déjà eu l'occasion de me rendre compte que les habitants de cette contrée n'avaient aucun scrupule à manger des êtres doués de conscience et de parole… Ici, j'occupais la même place dans la chaîne alimentaire qu'un lapin ou qu'un écureuil. C'était une pensée effrayante, et une vraie leçon d'humilité.

— Humaine ? répéta la fille.

Elle inclinant la tête de l'autre côté ; des ouïes toutes roses se dessinaient sous son menton.

— Mes sœurs m'ont parlé des humains, reprit-elle. Elles m'ont dit qu'elles les attiraient sous l'eau en chantant.

Elle eut un grand sourire qui dénuda ses dents pointues.

— Je me suis entraînée, moi aussi. Tu veux entendre mon chant ?

— Certainement pas, fit Grimalkin, surgissant d'entre les herbes hautes.

Sa queue se dressait en brosse au-dessus de son corps. Des gouttes d'eau ruisselaient sur son poil trempé ; il avait l'air furieux.

— Allez, ouste ! grogna-t-il à l'intention de la fille.

Elle s'écarta en sifflant, les lèvres retroussées sur ses dents acérées. Grimalkin n'eut pas l'air impressionné.

— Fiche-moi le camp, dit-il. Je ne suis pas d'humeur à plaisanter avec des sirènes.

La fille battit en retraite et se glissa dans l'eau comme l'aurait fait un phoque. Parvenue au milieu de la rivière, elle se retourna pour nous lancer un regard furieux, avant de plonger sous la surface dans un grand éclat d'eau.

— Ce qu'elles peuvent être irritantes, pesta Grimalkin.

Il se tourna vers moi, les yeux plissés, et ajouta :

— Tu ne lui as rien promis, j'espère ?

— Non, répondis-je, exaspérée.

J'étais soulagée de revoir le chat, bien sûr, mais je n'appréciais pas son attitude. Ce n'était quand même pas ma faute si les gobelins nous avaient pris en chasse !

— Tu n'avais pas besoin de lui parler sur ce ton, Grim. Elle m'a sauvé la vie.

Le chat secoua sa queue en brosse, m'aspergeant de fines goutelettes.

— Elle t'a sortie de l'eau par pure curiosité. Si je n'étais pas intervenu, elle t'aurait soit dévorée sur place, soit attirée au fond de l'eau pour te noyer. Heureusement, les sirènes ne sont pas très courageuses. Elles préfèrent se battre sous l'eau, où elles ont l'avantage. Maintenant, je propose qu'on trouve un endroit pour se reposer. Tu es blessée, et moi, fatigué par cette traversée à la nage. Es-tu capable de marcher ?

Je me mis debout en grimaçant. Mon épaule me brûlait, mais si je plaquais mon bras contre ma poitrine, la douleur s'atténuait. En me mordant la lèvre, j'emboîtai le pas à Grimalkin ; nous tournâmes le dos à la rivière et nous enfonçâmes dans le territoire du roi des Aulnes.

J'avais beau être trempée, épuisée et blessée, je n'en fus pas moins totalement abasourdie. Bientôt, j'eus mal aux yeux à force de les écarquiller. Le paysage de cette rive n'avait rien à voir avec la forêt grise et sinistre des fées sauvages. Ici, les couleurs étaient éclatantes jusqu'à l'excès. Les arbres étaient trop verts, les teintes des fleurs criardes. Les feuilles, acérées comme des lames de rasoir, luisaient au soleil, et les pétales dardaient des éclats de diamant. C'était très beau, mais je n'arrivais pas à me défaire d'un sentiment d'appréhension. Tout semblait… faux, comme recouvert d'un vernis brillant et artificiel.

Mon épaule me faisait toujours aussi mal, et la peau, autour de la blessure, était rouge et gonflée. A mesure que le soleil montait dans le ciel, la douleur se répandit le long de mon bras, puis dans tout mon dos. Des gouttes de sueur coulèrent sur mon visage et me piquèrent les yeux. Mes jambes se mirent à trembler.

Je finis par m'effondrer au pied d'un grand pin, le corps brûlant et glacé à la fois. Grimalkin fit demi-tour et revint vers moi en quelques pas, la queue levée. Pendant un instant, je vis deux chats s'approcher de moi ; je clignai des yeux jusqu'à ce qu'ils n'en fassent plus qu'un.

— J'ai un problème, murmurai-je en haletant.

Le chat me dévisageait calmement. Tout à coup, ses pupilles quittèrent son visage et se mirent à flotter vers moi. Je clignai des yeux à toute vitesse, et elles retrouvèrent leur emplacement normal.

— Du venin de rêve, fit Grimalkin en hochant la tête. Les gobelins l'utilisent pour empoisonner les pointes de leurs flèches et de leurs lances. Quand les hallucinations commencent, cela veut dire qu'on n'en a plus pour longtemps.

J'inspirai une bouffée d'air avec difficulté.

— Tu ne connais pas un antidote ? murmurai-je en m'efforçant d'ignorer une fougère qui rampait vers moi comme une araignée. Il n'y a personne qui puisse m'aider ?

— Si, répondit Grimalkin en s'étirant. C'est chez lui que nous allons. Ce n'est plus très loin, à présent. Ne me quitte pas des yeux et essaie de faire abstraction du reste, quoi qu'il arrive.

Je dus m'y prendre à trois fois pour me remettre debout, mais quand j'y parvins enfin, je réussis à garder l'équilibre suffisamment longtemps pour faire un pas en avant. Puis un autre, et encore un autre. Je suivis Grimalkin sur des kilomètres — du moins, c'est l'impression que j'en eus. Une fois passé l'arbre qui m'attaqua à grands coups de branches, je perdis la notion du temps et de la distance. Je faillis perdre Grimalkin de vue, à plusieurs reprises, car des silhouettes terrifiantes se dressaient devant moi et tentaient de m'attraper de leurs longs doigts noueux. Dans l'ombre, des formes indistinctes gesticulaient en m'appelant par mon prénom. Le sol n'était plus qu'une masse grouillante d'araignées et de mille-pattes qui grimpaient le long de mes jambes. Une biche s'arrêta au milieu du sentier, inclina la tête et me demanda l'heure.

Enfin, Grimalkin s'arrêta. Il sauta sur un rocher, lequel émit un cri de protestation, et se tourna vers moi.

— Désormais, tu dois te débrouiller seule, me lança-t-il. Continue à marcher jusqu'à ce qu'il se montre. Il me doit un service, mais il a tendance à se méfier des humains... Tu as donc une chance sur deux qu'il accepte de t'aider. Malheureusement, c'est le seul qui en est capable.

Je fronçai les sourcils. Les paroles prononcées par le chat bourdonnaient dans mes oreilles comme un insecte.

— De qui parles-tu, au juste ?

— Tu le reconnaîtras quand tu le verras.

Le chat inclina la tête et me lança un drôle de regard.

— Tu es encore vierge, je suppose ?

Je décidai de mettre cette question sur le compte de mes hallucinations. De toute façon, Grimalkin disparut aussitôt, me laissant troublée et complètement désorientée. Agitant la main pour chasser les guêpes qui bourdonnaient autour de mes oreilles, je me remis à marcher d'un pas hésitant.

Une liane s'enroula autour de ma cheville pour me faire trébucher, et je m'écrasai dans un parterre de fleurs jaunes. Elles levèrent leurs minuscules visages vers moi et se mirent à hurler, remplissant l'air de pollen. Quand je me redressai, je me retrouvai dans une clairière tapissée de fleurs et éclairée par la lune. Autour de moi, des arbres dansaient, des rochers riaient et des petits points lumineux voletaient dans l'air.

Je me sentis soudain épuisée, engourdie des pieds à la tête. Je m'adossai à un tronc d'arbre et regardai les petites lumières voltiger autour de moi. Je pris vaguement conscience que j'avais cessé de respirer ; mais cela me sembla sans importance.

Un rayon de lune s'écarta des arbres et s'avança vers moi en balayant le paysage. Je l'observai distraitement : c'était une hallucination, comme tout le reste. A mesure que le rayon approchait, il brillait de plus en plus fort, et se transformait tantôt en biche, tantôt en chèvre ou en poney. Une corne lumineuse se dressa lentement au milieu de son front, et il fixa sur moi deux yeux couleur vieil or.

— Bonjour, Meghan Chase.

— Bonjour, dis-je sans bouger les lèvres. Est-ce que je suis morte ?

— Pas tout à fait.

La licorne secoua sa crinière avec un petit rire, et ajouta :

— Ton destin n'est pas de mourir ici, princesse.

— Ah bon…

Je réfléchis un instant. Les pensées tournaient lentement dans ma tête cotonneuse.

— Comment connaissez-vous mon nom ?

— Ceux d'entre nous qui observent le ciel s'attendent à ton arrivée depuis longtemps, Meghan Chase. Les catalyseurs brillent toujours, et ta lumière est différente de toutes celles que j'ai eu l'occasion de voir. Reste à savoir la voie que tu prendras, et comment tu choisiras de régner.

— Je ne comprends pas.

— C'est normal.

La licorne s'avança vers moi et souffla sur mon visage. Une brise argentée caressa ma peau, et mes paupières se fermèrent.

— Dors, ma princesse. Ton père t'attend. Et dis à Grimalkin que je n'ai pas choisi de t'aider parce que j'ai des obligations envers lui, mais pour des raisons qui me sont propres. Le prochain service qu'il me demandera sera le dernier.

Je n'avais pas envie de dormir. Des questions lancinantes tournaient dans ma tête. Au sujet de mon père, par exemple. J'ouvris la bouche ; mais, à cet instant, la corne de la bête se posa sur ma poitrine, et une vague de chaleur se diffusa dans tout mon corps. Je poussai un petit cri de stupeur et ouvris les yeux.

La clairière nocturne avait disparu. J'étais au milieu d'une vaste prairie ; de hautes herbes se balançaient au vent, et une faible lueur rose éclairait l'horizon. De vagues souvenirs d'un rêve bizarre défilèrent dans ma tête : des arbres dansants, une biche douée de parole, une mystérieuse créature faite de givre et de clair de lune. Comment distinguer la réalité des hallucinations ? Quoi qu'il en soit, je me sentais mieux, maintenant ; j'étais même en pleine forme.

J'entendis les herbes bruisser près de moi, comme si quelqu'un ou quelque chose s'approchait à pas de loup.

Je pivotai sur mes talons. A quelques mètres de moi, mon sac à dos traînait dans l'herbe. Je me précipitai pour le ramasser et l'ouvrir. Les provisions avaient disparu, bien sûr, ainsi que l'aspirine et la lampe de poche, mais, au fond du sac, il y avait mes vêtements de rechange, roulés en boule.

J'en restai bouche bée. Comment mon sac à dos avait-il pu atterrir ici, depuis le camp des gobelins ? Grimalkin n'était sûrement pas retourné le chercher — pour cela, il aurait dû retraverser le fleuve à la nage. Et pourtant, mes affaires étaient bien là. Mes vêtements étaient sales et humides, mais je pouvais toujours les faire sécher.

D'un coup, une pensée me traversa l'esprit.

J'ouvris la poche latérale du sac. Mon iPod était trempé.

— Ah, merde.

L'écran était voilé et flou. Je secouai l'appareil et entendis un glouglou. Ce n'était pas bon signe. Je branchai quand même le casque et allumai l'appareil. Rien. Même pas un grésillement. Il était bel et bien mort. Un an d'économies venait de partir en fumée.

Je le rangeai dans mon sac avec tristesse. Ce ne serait pas aujourd'hui que j'écouterai Aerosmith. J'étais sur le point de partir à la recherche de Grimalkin, quand un gloussement au-dessus de ma tête me fit lever les yeux.

Perchée sur une branche, une petite bête difforme m'observait de ses yeux verts et luisants. Je distinguai son corps sinueux, aux longs bras maigres et aux oreilles de gobelin. Mais ce n'était pas un gobelin. C'était quelque chose de beaucoup plus petit… et qui semblait bien plus intelligent.

Le monstre croisa mon regard ; un sourire s'épanouit sur son visage, découvrant des dents pointues, au reflet bleuté… puis il disparut. Et quand je dis « disparut », ce n'est pas une métaphore. Il s'effaça littéralement en une fraction de seconde, comme une image sur un écran d'ordinateur.

Comme la chose que j'avais vue au labo informatique.

Inutile de s'attarder ici.

Quelques minutes plus tard, je retrouvai Grimalkin. Il prenait le soleil sur un rocher, les yeux clos, en ronronnant. En m'entendant arriver, il entrouvrit un œil.

— On y va, dis-je, le sac sur l'épaule. Tu me conduis jusqu'à Puck, je récupère Ethan, et on rentre à la maison. Et si je ne revois pas un seul gobelin, cheval ondin, sirène ou autre créature bizarre jusqu'à la fin de ma vie, je ne m'en plaindrai pas.

Grimalkin bâilla. Puis il prit tout son temps pour se relever, s'étirer, se gratter les oreilles, et commença à longuement lécher son pelage. Je mourais d'envie de l'attraper par la peau du cou — tout en sachant qu'il m'étriperait vivante si jamais je m'y risquais. Quand il s'estima enfin prêt, il annonça :

— Nous sommes tout près d'Arcadie, la résidence estivale de la cour.

Il sauta à terre et me regarda d'un air solennel.

— Je te rappelle que tu m'as promis une petite récompense si je t'aidais à rejoindre Puck. Dès qu'on l'aura retrouvé, je t'indiquerai le prix à payer. Ne l'oublie pas.

Nous marchâmes pendant des heures dans une forêt qui semblait se resserrer autour de nous. Du coin de l'œil, je voyais des branches, des feuilles et même des arbres entiers se mouvoir et se tendre vers moi pour m'attraper. Parfois, je croyais reconnaître un arbre ou un buisson que j'avais dépassé peu de temps auparavant. Des rires résonnaient à la cime des arbres, et de mystérieuses lueurs se déplaçaient en clignotant à l'horizon. Je vis même un renard, coiffé d'un crâne humain, se faufiler derrière une souche d'arbre… Rien de tout cela ne gênait Grimalkin, qui trottait devant moi, la tête haute, et ne se retournait jamais pour voir si je suivais.

La nuit était tombée, et une énorme lune bleutée flottait dans le ciel quand le chat s'arrêta enfin. Les oreilles plaquée contre la tête, il se mit à feuler, quitta le sentier et s'enfonça dans un massif de fougères. Je levai les yeux : au loin, deux cavaliers avançaient vers nous, vêtus d'habits qui étincelaient sous la lune. Ils montaient des chevaux gris argenté dont les sabots ne touchaient pas le sol. En m'apercevant, ils se mirent au galop.

Sans bouger, je les regardai s'approcher de moi. Inutile d'essayer de courir plus vite que des chevaux… A mesure qu'ils progressaient, je distinguais mieux les cavaliers : l'allure élancée, ils avaient des traits ciselés et de beaux cheveux cuivrés, attachés en catogan. Leurs cottes de mailles argentées brillaient sous le clair de lune, et ils portaient de longues et fines épées à la ceinture.

Les chevaux m'entourèrent en soufflant bruyamment ; de fines volutes blanches sortaient de leurs naseaux. Du haut de leurs montures, les chevaliers m'apparurent d'une beauté surnaturelle : leurs traits étaient trop délicats, trop parfaits pour êtres réels.

— Etes-vous Meghan Chase ?

La voix du chevalier était haute et claire comme le son d'une flûte ; ses yeux, couleur de ciel d'été, étaient resplendissants.

— Oui, murmurai-je.

— Alors suivez-nous. Sa Majesté le roi Oberon, seigneur de la cour d'Eté, vous demande.

9

Dans la cour Seelie

J'étais perchée sur un cheval devant l'un des elfes, qui m'entourait la taille d'un bras et tenait les rênes de l'autre. Grimalkin, devenu une boule de poils chaude et lourde, dormait sur mes genoux et refusait obstinément de me parler. Les chevaliers non plus n'avaient voulu répondre à aucune de mes questions. Où allions-nous ? Connaissaient-ils Puck ? Et pourquoi le roi Oberon voulait-il me voir ? Je ne savais même pas si j'avais un statut de prisonnière ou d'invitée ; mais je me disais que je l'apprendrais bien assez tôt.

Les chevaux volaient au-dessus du sol, et bientôt les arbres se firent moins denses. Passé la lisière de la forêt, je vis s'élever devant nous une immense butte couverte d'herbes. Elle nous dominait de toute sa splendeur : son sommet semblait frôler la voûte du ciel. Surmontée d'épineux et de ronces, elle avait l'air d'une grande tête barbue. A son pied se dressait une haie circulaire hérissée d'épines géantes, parfois plus longues que mon bras. Les chevaliers éperonnèrent leurs montures et les dirigèrent vers la partie la plus dense de la haie. Je ne fus pas surprise de voir les ronces s'écarter à notre passage pour former une arche, puis se refermer derrière nous dans un grand craquement.

Ce qui me stupéfia, en revanche, ce fut la manière dont les chevaux s'élancèrent droit vers la butte, sans ralentir. Je me cramponnai à Grimalkin, qui se mit à grogner. La butte ne s'ouvrit pas en deux, ni ne s'écarta pour nous laisser passer ; *nous passâmes à travers elle.* Un frisson parcourut mon dos et se répandit dans tout mon corps.

L'instant suivant, je me retrouvai dans un décor irréel et chaotique.

Autour de nous s'étendait une immense cour circulaire cernée de colonnes d'ivoire, de statues de marbre et d'arbres en fleur. Des fontaines lançaient des jets d'eau, des lumières multicolores se reflétaient dans l'eau des bassins, des plantes de toutes les couleurs s'élançaient vers le ciel. Des accords de musique flottaient dans l'air : harpes et tambours, cordes et flûtes, cloches et sifflets se mêlaient en une mélodie triste et gaie à la fois. Des larmes me montèrent aux yeux ; j'eus soudain envie de me laisser glisser à terre et de danser jusqu'à ce que la musique me consume. Grimalkin s'en aperçut et planta ses griffes dans mon poignet, rompant le sortilège.

— Reprends-toi, humaine! grommela-t-il.

Il y avait des elfes partout : assis sur les bancs et les marches en marbre, dansant en petits groupes, déambulant à travers la cour. Je ne savais où poser les yeux. A moitié caché dans l'ombre d'un buisson, un homme au torse nu, dont les jambes poilues se terminaient par des sabots, me lança un clin d'œil. Une fille menue, à la peau verte, sortit d'un tronc d'arbre et gronda un enfant qui se suspendait aux branches. Le petit garçon lui tira la langue, agita sa queue d'écureuil et s'élança vers la cime de l'arbre.

Je sentis qu'on me tirait les cheveux, et tournai la tête. Un être minuscule voletait en bourdonnant près de mon épaule, ses ailes légères vibrant comme celles d'un oiseau-mouche. J'eus un hoquet de surprise, mais le chevalier derrière moi ne lui accorda même pas un regard. La petite fée volante me sourit et me tendit un fruit tout rond, bleu vif avec des taches orange, qui ressemblait à un grain de raisin. Par politesse, je lui souris moi aussi et hochai la tête pour la saluer ; elle fronça les sourcils et me fit signe de tendre la main. Puis elle déposa le fruit dans ma paume, gloussa légèrement et s'envola à toute vitesse.

Le fruit dégageait un arôme exquis qui me mit l'eau à la bouche.

— Attention, me lança Grimalkin. Les nourritures et les boissons de la Faérie ne sont pas faites pour quelqu'un comme toi. Ne mange rien. D'ailleurs, je te conseille de ne parler à personne avant qu'on ait retrouvé Puck. Quoi que tu fasses, n'accepte aucun cadeau, de qui que ce soit. La nuit va être longue.

A regret, je laissai tomber mon cadeau dans une fontaine. D'immenses poissons verts et dorés vinrent s'agglutiner autour du fruit. Devant nous, les elfes se dispersèrent pour nous laisser passer. Les chevaliers qui m'escortaient traversèrent la cour et s'arrêtèrent devant un haut rempart de pierre, devant lequel se dressait un portail argenté. Deux mastodontes de trois mètres de haut, à la peau bleue et aux défenses d'éléphant, montaient la garde. Sous leurs sourcils noirs, leurs yeux étaient jaunes et luisants. Bien que comprimés dans de ridicules uniformes rouges, dont les boutons de cuivre semblaient sur le point de sauter, ils étaient absolument effrayants.

— Des trolls, marmonna Grimalkin, tandis que je me collais contre mon chevalier. Tu as de la chance d'être chez Oberon. A la cour d'Hiver, ils emploient des ogres.

A quelques mètres du portail, les chevaliers s'arrêtèrent et nous firent descendre.

— Soyez courtoise envers le roi des Aulnes, mon enfant, dit celui qui m'avait portée sur son cheval.

Puis il fit faire demi-tour à sa monture et s'éloigna.

Je restai seule, avec un chat et un sac à dos, face à deux trolls géants.

Grimalkin, dans mes bras, commença à s'agiter ; je le laissai bondir sur le pavé.

— Allons-y, soupira-t-il. Qu'on nous conduise devant le seigneur aux oreilles pointues, et qu'on en finisse.

Les deux trolls baissèrent les yeux vers le chat, qui s'avançait hardiment vers eux. On aurait dit un petit insecte gris en train de ramper entre leurs pieds griffus. L'un des monstres remua, et je me préparai à voir Grimalkin réduit en miettes. Mais le troll tendit soudain le bras pour ouvrir un pan de l'immense portail, tandis que, de l'autre côté, son compagnon faisait de même. Grimalkin me lança un regard, dressa la queue et passa sous la grande arche. Je pris une profonde inspiration, lissai mes cheveux tout emmêlés et m'y engouffrai à mon tour.

De l'autre côté du portail, la forêt était dense ; on aurait dit que le rempart avait été construit pour la contenir. Au milieu de cette masse florissante, il y avait une ouverture toute ronde : c'était l'entrée d'un tunnel fait d'arbres en fleur, au parfum si puissant qu'il me fit tourner la tête.

Je m'avançai dans le tunnel et, quelques minutes plus tard, en atteignis la sortie. Écartant un rideau de lianes, je vis une vaste clairière entourée d'arbres géants. Les troncs centenaires et les branches entrelacées formaient une sorte de cathédrale, un palais végétal doté de colonnes massives et d'une voûte de feuillage. Je savais que nous étions sous terre, et qu'il faisait nuit, dehors ; mais des rayons de soleil se glissaient entre les feuilles et couvraient de taches dorées le sol de la forêt. Des boules lumineuses tournaient dans l'air, et l'eau d'une cascade ruisselait doucement dans un bassin. Les couleurs étaient éblouissantes.

Au centre de la clairière se tenaient une centaine d'elfes, tous vêtus d'habits étranges et somptueux. Je devinai à leur allure qu'il s'agissait des nobles de la cour.

Leur longue chevelure était flottante, ou rassemblée en coiffures invraisemblables au sommet de leurs têtes. Des satyres aux jambes poilues et de petits bonshommes entièrement recouverts de fourrure circulaient entre les invités, chargés de verres et de plateaux de nourriture. Des chiens au corps souple et au poil couleur de mousse tournaient autour de la foule, dans l'espoir d'obtenir des miettes. Des elfes en armure argentée se tenaient avec raideur à la lisière de la clairière ; des aigles, ou même de minuscules dragons, étaient posés sur leurs poignets dressés.

Au centre de l'assistance s'élevaient deux trônes, qui semblaient avoir surgi du sol moussu. De part et d'autre des trônes, deux centaures en livrée montaient la garde. Le trône de droite était vide ; sur son accoudoir était posé un corbeau en cage. Le grand oiseau croassait et battait des ailes contre les barreaux de sa prison ; ses yeux ronds étaient d'un vert étonnamment vif. Le trône de gauche, par contre, était occupé.

Les mains croisées sur les genoux, le roi Oberon — ce ne pouvait être que lui — observait calmement la foule. Comme les autres elfes nobles, il était grand et élancé ; ses cheveux argentés descendaient jusqu'à sa taille, et ses yeux étaient d'un vert glacial. Sa couronne de bois de cerf projetait sur son visage de longues ombres sinistres, telles des griffes géantes. Le pouvoir et l'autorité irradiaient de lui.

Nos yeux se croisèrent au-dessus de la foule. Oberon leva un sourcil gracieux, au-dessus de son regard d'aigle ; mais son visage demeura impassible. A cet instant, tous les elfes qui nous entouraient se turent et rivèrent leurs yeux sur moi.

— Parfait, marmonna Grimalkin d'un ton agacé. Maintenant, tout le monde a remarqué qu'on était là. Allons-y, fillette.

Mes jambes étaient molles, ma bouche sèche, mais je me forçai à avancer. Les courtisans et courtisanes s'écartèrent pour me laisser passer ; par respect ou dédain, je n'aurais su le dire. Un chien vert me renifla et grogna sourdement ; le silence, sinon, était total.

Que faisais-je ici ? Je n'en avais pas la moindre idée. Grimalkin était censé m'aider à retrouver Puck, et voilà que le roi Oberon m'avait convoquée. J'avais l'impression de m'éloigner de plus en plus de mon objectif — secourir Ethan. Sauf si Oberon savait où il se trouvait, bien sûr.

Ou s'il le tenait lui-même prisonnier.

J'arrivai au pied du trône. Le cœur battant la chamade, ne sachant que faire, je posai un genou sur le sol et inclinai la tête. Je sentais les regards de la foule posés sur ma nuque ; il me sembla soudain que les elfes qui m'entouraient étaient aussi âgés que les arbres de la forêt.

— Relève-toi, Meghan Chase, dit enfin Oberon.

Sa voix était douce, mais certaines inflexions plus graves me firent penser à un océan rugissant ou à une tempête déchaînée. A chacune de ses paroles, le sol tremblait sous mes pieds. Réprimant ma peur, je me levai juste à temps pour voir une expression fugitive traverser son visage impassible. De la fierté ? De l'amusement ? Elle disparut avant que je n'aie pu l'interpréter.

— Tu t'es introduite sans permission dans nos contrées, dit-il sévèrement.

Un murmure parcourut la foule.

— Tu n'aurais jamais dû poser les yeux sur le pays

des fées, mais tu as rusé pour convaincre un membre de cette cour de t'y faire entrer. Pourquoi ?

A court d'inspiration, je décidai de dire la vérité.

— Je suis à la recherche de mon frère, Votre Majesté. Il s'appelle Ethan Chase.

— As-tu des raisons de croire qu'il se trouve ici ?

— Je… je ne sais pas.

Je lançai un regard désespéré à Grimalkin, lequel se léchait la patte arrière en m'ignorant ostensiblement.

— Mon ami Robbie… je veux dire Puck… m'a dit qu'Ethan avait été enlevé par des fées et remplacé par un enfant d'ici.

— Je vois.

Oberon inclina la tête vers la cage posée sur l'autre trône.

— Une transgression de plus, Robin.

Je restai bouche bée.

— Puck ?

Le corbeau tourna son regard vers moi, croassa doucement et sembla hausser les épaules. Je lançai un regard furieux à Oberon.

— Qu'est-ce que vous lui avez fait ?

— Il avait l'ordre de ne jamais te faire venir ici, poursuivit Oberon d'une voix calme mais sans pitié. De ne jamais te révéler nos habitudes, notre mode de vie, ni même notre existence. Il m'a désobéi, je l'ai donc puni. Peut-être le transformerai-je à nouveau d'ici quelques siècles, quand il aura eu le temps de se repentir.

— Il essayait juste de m'aider !

Oberon me fit un sourire dépourvu de chaleur.

— Nous, les immortels, nous ne voyons pas la vie de la même manière que les humains. Puck n'avait aucun intérêt à sauver un enfant humain, surtout si cela allait à l'encontre de mes ordres directs. Qu'il ait cédé à tes désirs me laisse penser qu'il a passé trop de temps parmi les mortels ; il s'est imprégné de vos mœurs et de vos émotions capricieuses. Il est temps qu'il réapprenne à se comporter en elfe.

— Mais… Ethan ?

— Je ne sais pas.

Oberon s'adossa à son trône et haussa les épaules.

— Il n'est pas sur mes terres. C'est tout ce que je peux dire.

Le désespoir s'abattit sur mes épaules. Oberon ne savait pas où se trouvait Ethan et s'en moquait complètement. Puck était désormais incapable de me servir de guide. J'étais revenue à la case départ. J'allais devoir me débrouiller seule pour trouver l'autre cour, celle des Unseelie, m'y infiltrer et secourir mon frère. A supposer que j'arrive à rester en un seul morceau. Peut-être Grimalkin accepterait-il de m'aider ? Je baissai les yeux vers le chat : il était obnubilé par sa toilette. Non, c'était une mauvaise idée.

Devant l'immensité de la tâche qui m'attendait, les larmes me vinrent aux yeux. Par où commencer ? Comment faire pour survivre dans ce monde hostile ? Sans le vouloir, je pris un ton revêche pour répliquer à Oberon.

— Très bien. Je vais y aller, maintenant. Si vous ne voulez pas m'aider, je vais continuer à chercher toute seule.

— J'ai bien peur, dit Oberon, que je ne puisse t'autoriser à partir tout de suite.

— Quoi ? Pourquoi ?

— Tout le monde est au courant de ta présence dans le royaume. En dehors de cette cour, j'ai de nombreux ennemis. Ils risquent de se servir de toi pour parvenir jusqu'à moi. Je ne peux en courir le risque.

— Je ne comprends pas.

Je balayai du regard les courtisans qui nous entouraient : la plupart avaient une expression froide et inamicale. Je me retournai vers Oberon et ajoutai sur un ton suppliant :

— Que pourraient-ils bien me vouloir ? Je suis une simple humaine. Je n'ai rien à voir avec vous. Je veux juste retrouver mon frère.

— Tu te trompes, soupira Oberon.

Pour la première fois depuis le début de l'entretien, j'eus l'impression qu'il sentait le poids des ans peser sur ses épaules. Je le trouvai soudain très vieux. Il avait toujours l'air aussi puissant, mais une forme de lassitude s'était emparée de lui.

— Tu as plus de liens avec notre monde que tu ne le crois, Meghan Chase. Il se trouve que tu es ma fille.

10

La fille du roi des Aulnes

Je dévisageai Oberon avec stupéfaction tandis que le monde vacillait sous mes pieds. Le roi soutint mon regard d'un air calme et imperturbable ; ses yeux étaient redevenus vides. Autour de nous, un silence de mort régnait. Je ne voyais plus que le roi ; la foule environnante s'était comme effacée, nous laissant face à face, seuls au monde.

Enfin, d'un croassement indigné, Puck brisa le silence.

— Quoi ? m'étranglai-je en retrouvant ma langue. C'est n'importe quoi ! Maman était mariée à mon père. Elle est restée avec lui jusqu'à ce qu'il disparaisse. Ensuite, elle s'est remariée avec Luke.

— C'est vrai, dit Oberon. Mais son premier mari n'était pas ton père, Meghan. Ton père, c'est moi.

Il se leva et son manteau royal ondula autour de lui.

— Tu es à moitié elfe. Mon sang coule dans tes veines. Pourquoi crois-tu que j'ai demandé à Puck de t'empêcher de voir notre monde ? Parce que tu y es naturellement disposée. La plupart des mortels sont aveugles, mais toi, tu as été capable de voir à travers la brume dès le départ.

Je me souvins soudain de tous ces moments où j'avais aperçu quelque chose du coin de l'œil, une silhouette entre les arbres, le contour d'un objet qui ne pouvait être là…

— Je ne vous crois pas, répondis-je en secouant la tête. Ma mère aimait mon père. Elle n'aurait jamais…

Je m'interrompis ; je ne voulais même pas réfléchir aux conséquences de tout cela.

— Ta mère est une très belle femme, dit Oberon doucement. Et vraiment extraordinaire, pour une mortelle. Les humains doués de talents artistiques arrivent toujours à voir quelques bribes du monde féérique qui les entoure. Elle allait souvent peindre et dessiner dans le parc. C'est là, au bord de l'étang, que nous nous sommes rencontrés.

— Arrêtez ! crachai-je entre mes dents. Vous mentez. Je ne suis pas comme vous. C'est impossible.

— Seulement à moitié, concéda Oberon.

Du coin de l'œil, je vis des moues de dégoût et de mépris s'afficher sur les visages des courtisans.

— Mais cela suffit pour que mes ennemis essaient de m'atteindre en s'en prenant à toi. Ou même en te retournant contre moi. Tu es plus dangereuse que tu ne le crois, ma fille. Et c'est pourquoi tu dois rester ici.

Il me semblait que l'univers tout entier s'effondrait sur ma tête.

— Pendant combien de temps ? murmurai-je.

Je songeai à ma mère, à Luke, au lycée, à tout ce que j'avais laissé derrière moi, dans mon monde. S'était-on déjà rendu compte de ma disparition ? Et si, à mon retour, un siècle s'était écoulé, et tous ceux que je connaissais étaient morts ?

— Jusqu'à ce que j'en décide autrement, fit Oberon, du même ton que ma mère lorsqu'elle voulait couper court à une conversation. Au moins jusqu'à la fin d'Elysium. La cour d'Hiver arrive dans quelques jours, et je préfère te garder à l'œil jusque-là.

Il frappa dans ses mains : une femme satyre sortit de la foule et vint s'incliner devant lui.

— Conduisez ma fille à ses appartements, ordonna-t-il. Qu'elle y soit installée à son aise.

— Oui, Votre Majesté, murmura la satyre.

Elle s'éloigna dans un bruit de sabots, sans un regard pour moi. Oberon posa la tête sur le dossier de son trône, le visage figé, les yeux vides.

Mon entretien avec le roi des Aulnes était terminé.

Je reculai de quelques pas, m'apprêtant à suivre la fille aux jambes de chèvre, quand la voix de Grimalkin s'éleva à mes pieds. Je sursautai : j'avais complètement oublié ce fichu chat.

— Je vous demande pardon, Votre Majesté.

Il se redressa et enroula sa queue autour de ses pattes.

— Il nous reste un détail à régler, poursuivit-il. Voyez-vous, cette jeune personne a une dette envers moi. Elle m'a promis une faveur si je la conduisais saine et sauve jusqu'ici, et elle ne s'est pas encore acquittée de son obligation.

Je lui lançai un regard noir. Pourquoi abordait-il ce sujet maintenant, devant tout le monde ? Oberon, pour sa part, me fixait d'un air grave.

— Est-ce vrai ? me demanda-t-il.

Je confirmai d'un hochement de tête, en me demandant pourquoi les nobles me dévisageaient tous avec horreur et compassion.

— Grim m'a aidé à échapper aux gobelins, expliquai-je. Il m'a sauvé la vie. Sans lui, je ne…

Je croisai le regard d'Oberon et ne pus finir ma phrase.

— Tu lui dois la vie, en plus, soupira-t-il. Très bien, Cait Sith. Que veux-tu de moi ?

Grimalkin baissa les yeux et se mit à ronronner.

— Un petit service, ô grand seigneur, dont nous reparlerons plus tard.

— Bien.

Le roi des Aulnes hocha la tête et sa silhouette sembla s'allonger. Son ombre se projeta sur le chat, qui cligna des yeux et plaqua ses oreilles contre sa tête. Au-dessus de nos têtes, un lointain coup de tonnerre se fit entendre, puis un vent froid secoua les branches et fit voler des pétales de fleur sur l'assistance. La lumière diminua brutalement, et les courtisans se réfugièrent en bordure de la clairière ; certains disparurent tout à fait. Les yeux d'Oberon brillaient d'un éclat ambré.

— Mais je te préviens, félin, ajouta-t-il d'une voix tonitruante, tu ne te joueras pas de moi. Si tu cherches à me ridiculiser, je répondrai à ton souhait de la manière la plus désagréable qui soit.

— Bien sûr, Votre Majesté, répondit Grimalkin d'une voix apaisante. Je reste votre fidèle serviteur.

— Il faut être bien sot pour se fier à la flatterie d'un chat, dit Oberon.

Il s'adossa de nouveau à son trône et reprit son masque inexpressif. Le vent retomba, le soleil se remit à briller, et tout redevint normal.

— Tu as ma parole, Grimalkin. Maintenant, disparais.

Le chat inclina la tête et revint vers moi en se dandinant, sa grande queue touffue dressée à la verticale.

— Qu'est-ce que tu trafiques, Grim ? lui demandai-je avec exaspération. Je croyais que c'était moi qui te devais une faveur. C'est quoi, ces histoires avec Oberon ?

Grimalkin ne daigna même pas s'arrêter. La tête

et la queue hautes, il passa devant moi sans un mot, se glissa dans le tunnel de verdure et disparut.

— Par ici, dit la satyre en me frôlant le bras.

Nous quittâmes la grande salle sous les regards hostiles des elfes nobles et de leurs chiens.

— Je ne comprends pas, murmurai-je sur un ton pitoyable tandis que nous traversions la clairière.

J'étais abasourdie ; je dérivais dans un océan d'incompréhension dans lequel je craignais fort de me noyer. Comment en étais-je arrivée là, alors que je cherchais juste à retrouver mon petit frère ?

La satyre me lança un regard compatissant. Elle mesurait une dizaine de centimètres de moins que moi, et ses grands yeux noisette étaient assortis à ses cheveux bouclés. J'essayai de ne pas regarder sa moitié inférieure poilue, mais c'était d'autant plus difficile qu'une légère odeur animale flottait autour d'elle. Elle ne me conduisit pas vers le tunnel, mais à l'autre bout de la clairière. Le feuillage des arbres y était si dense que le soleil ne pouvait le transpercer ; tout était plongé dans une pénombre émeraude.

— Vous savez, dit-elle, ce n'est pas si mal, ici. Peut-être même que vous vous y plairez. Votre père vous fait un grand honneur.

— Ce n'est pas mon père ! rétorquai-je sèchement.

Elle tourna vers moi ses grands yeux humides, et sa lèvre inférieure se mit à trembler.

— Désolée, soupirai-je. Je suis encore sous le choc. Il y a à peine deux jours, j'étais chez moi, endormie dans mon lit. Je ne croyais pas aux gobelins, ni aux elfes, ni aux chats qui parlent, et je ne demandais certainement pas à vivre tout ça.

— Le seigneur Oberon a pris de grands risques pour vous, dit la satyre sur un ton plus ferme. Vous devez votre vie au chat, ce qui veut dire qu'il aurait pu vous demander n'importe quoi. Le roi a endossé votre dette pour éviter que Grimalkin ne vous oblige à empoisonner l'un de ses ennemis ou à lui céder votre premier-né.

— Quoi ? dis-je en grimaçant. Il aurait fait ça ?

— Qui sait ce qui se passe dans la tête d'un chat ? répliqua la satyre en se frayant un chemin à travers un enchevêtrement de racines. Quoi qu'il en soit… ici, faites attention à ce que vous dites. Si vous faites une promesse, elle vous engage à vie. Des guerres ont déjà été déclarées à cause de « petites faveurs ». Soyez particulièrement prudente en compagnie des dames et des seigneurs de la cour. Ce sont des experts en manœuvre politique et en manipulation…

Elle pâlit brusquement et mit la main devant sa bouche.

— Pardonnez-moi, j'en ai trop dit. Si jamais le roi apprend…

— Je ne dirai rien, promis-je.

— Je vous en sais gré, Meghan Chase. A votre place, certains n'auraient pas hésité à profiter de ma maladresse. J'ai encore beaucoup à apprendre sur les mœurs de la cour.

— Comment vous appelez-vous ?

— Tansy.

— Eh bien, depuis mon arrivée dans ce monde, vous êtes la seule qui ait été gentille avec moi sans rien attendre en retour. Merci.

— Ne me remerciez pas, dit-elle d'un air embarrassé. Vous n'avez pas besoin de contracter une dette envers moi. Venez, je vais vous montrer votre chambre.

Nous nous tenions à la lisière des arbres. Un mur de ronces en fleur, si dense que je ne voyais pas à travers, s'élevait au-dessus de nous. Entre les fleurs roses et mauves, des épines menaçantes se dressaient.

Tansy tendit la main et frôla un pétale. La haie fut parcourue d'un frisson, puis elle s'enroula sur elle-même et se redéploya de manière à former un tunnel, semblable à celui par lequel nous étions arrivés, Grimalkin et moi. Au bout de ce couloir végétal se dessinait une petite porte rouge.

Médusée, je suivis Tansy dans le tunnel et passai la porte, qu'elle tint ouverte pour moi. Je me retrouvai dans une chambre à coucher au décor éblouissant. Le sol en marbre blanc était incrusté de motifs de fleurs, d'oiseaux et d'animaux. Sous mon regard incrédule, certains d'entre eux se mirent à bouger doucement. Au centre de la pièce, de l'eau ruisselait d'une fontaine ; non loin, une montagne de gâteaux, un service à thé et des bouteilles de vin étaient disposés sur une table ronde. Un immense lit couvert de soie occupait tout un pan de mur, face à une cheminée ouverte. Un feu y brûlait, et ses flammes crépitantes ne cessaient de se modifier, passant du vert au bleu puis du bleu au rose, pour devenir vertes à nouveau.

— Nous sommes dans la suite réservée aux invités d'honneur, annonça Tansy, en regardant autour d'elle avec envie. Votre père vous accorde vraiment un très grand privilège.

— Tansy, arrêtez de dire que c'est mon père.

Je soupirai et parcourus du regard la chambre luxueuse.

— Mon père était représentant en assurances à Brooklyn. Si je n'étais pas complètement humaine, je le saurais, non ? Vous ne croyez pas que j'aurais un signe particulier, comme des ailes ou des oreilles pointues ?

Tansy cligna des yeux, et son regard me fit frissonner. Puis, dans un claquement de sabots, elle se dirigea vers une grande commode surmontée d'un miroir, et me fit signe de la rejoindre.

Je m'avançai avec réticence. Au fond de moi, une

petite voix me dit que je n'avais pas envie de lui obéir, ni de voir ce qu'elle allait me montrer. Mais il était trop tard. D'un geste solennel, Tansy m'indiqua mon reflet dans la glace et, pour la deuxième fois de la journée, ma vie fut complètement chamboulée.

Je ne m'étais pas vue depuis le jour où j'avais passé la porte du placard avec Puck. Je savais que mes vêtements étaient sales, tachés, et déchiquetés par des branches, des épines et des griffes de gobelin. En dessous du cou, je savais à quoi m'attendre : je ressemblais à un clochard qui errait dans les bois sans se laver depuis des semaines.

Mais je ne reconnus pas mon visage.

Je savais que c'était mon reflet, évidemment. Il se déplaçait en même temps que moi, et quand je clignais des yeux, il faisait pareil. Mais ma peau était nettement plus pâle qu'avant, les os de mon visage plus marqués, et mes yeux étaient énormes, comme ceux d'une biche éblouie par des phares. De part et d'autre de ma tête, dépassant de mes cheveux sales et emmêlés, se dressaient deux longues oreilles pointues.

Prise de vertige, je contemplai le miroir, incapable de comprendre ce que je voyais. *Non !* hurlait mon cerveau, rejetant de toutes ses forces l'image qu'il avait devant lui. *Ce n'est pas toi ! C'est un mensonge !*

Le sol tangua sous mes pieds. Je n'arrivais plus à

respirer. Tout à coup, l'adrénaline qui s'était accumulée en moi au cours des deux derniers jours me submergea complètement. La pièce se mit à tourbillonner, et je sombrai dans l'inconscience.

DEUXIÈME PARTIE

11

La promesse de Titania

— Meghan, fit la voix de ma mère dans le couloir, lève-toi ! Tu vas être en retard au lycée.

En grognant, je pointai le bout du nez au-dessus des couvertures. C'était déjà le matin ? Apparemment. Une lumière grise et voilée filtrait par la fenêtre de ma chambre et éclairait la pièce. Mon réveil indiquait 6 h 48.

— Meghan ! répéta ma mère en frappant sèchement à la porte. Tu es debout ?

— Oui, oui ! braillai-je sans bouger.

Je n'avais qu'une envie : qu'elle s'en aille.

— Eh bien, dépêche-toi ! Tu vas rater le bus !

Je sortis du lit en traînant les pieds, saisit les vêtements qui traînaient sur le sol, enfilait les moins sales d'entre eux, et attrapai mon sac à dos. Mon iPod glissa de la poche latérale et tomba sur le lit. Mais… il était trempé ! Que s'était-il passé ?

— Meghan ! Il est presque 7 heures ! Je te préviens,

si jamais je dois t'emmener au lycée en voiture, tu seras privée de sorties pendant un mois !

— C'est bon, c'est bon ! Pas la peine de crier !

Je m'avançai d'un pas grognon vers la porte et l'ouvris d'un geste furieux.

Ethan se tenait devant moi. Le visage bleu et fripé, les lèvres étirées en un rictus sinistre, il avait un couteau de boucher dans la main. Ses mains et son visage étaient couverts de sang.

— Maman a glissé, chuchota-t-il.

Puis il planta le couteau dans ma jambe.

Je me réveillai en hurlant.

Des flammes vertes crépitaient dans la cheminée, éclairant la chambre de lueurs étranges. Haletante, je reposai ma tête sur les oreillers en soie ; leur contact frais et lisse estompa peu à peu les images de mon cauchemar.

J'étais prisonnière de la cour Seelie, tout comme ce pauvre Puck enfermé dans sa cage. Ethan, le vrai, était détenu quelque part dans ce monde et attendait d'être secouru. Je me demandai s'il tenait le coup, s'il était aussi terrifié que moi. Si le démon qui s'était infiltré chez nous avait fait du mal à Luke et à maman. Je priai pour que la blessure de maman ne soit pas grave, pour que le changelin qui avait remplacé mon frère n'ait pas fait d'autres dégâts.

Et puis, étendue dans un lit qui n'était pas le mien, au beau milieu du royaume des fées, je me mis à penser à tout autre chose. Quelque chose qu'Oberon m'avait dit.

Cet homme n'est pas ton père, Meghan. Ton père, c'est moi.

Cet homme *n'est* pas ton père, avait-il dit. Pas *n'était*. Comme s'il était encore vivant. Comme si Oberon savait où il se trouvait. A cette idée, mon cœur s'emballa. Mon père était forcément là, quelque part en Faérie, j'en étais sûre ! Peut-être même tout près de moi. Si seulement je pouvais le retrouver !

Mais il fallait parer au plus pressé. D'abord, sortir d'ici.

Je m'assis dans le lit… et croisai le regard impénétrable du roi des Aulnes.

Il se tenait à côté de la cheminée. Baignant dans la lumière vacillante des flammes, son visage était encore plus étrange et fantomatique. Son ombre s'étendait jusqu'à l'autre bout de la pièce, et sa couronne de bois de cerf projetait de longs doigts crochus sur les couvertures. Dans la semi-pénombre, ses yeux verts luisaient comme ceux d'un chat.

Il hocha la tête et, d'une main élégante et fine, me fit signe d'avancer.

— Viens.

Bien que douce, sa voix vibrait d'autorité.

— Approche. Nous avons à parler, ma fille.

Je ne suis pas ta fille ! pensai-je, mais les mots refusèrent de sortir de ma bouche. Du coin de l'œil, j'aperçus le miroir de la commode… et mon reflet aux longues oreilles. Je détournai le regard en frissonnant.

Rejetant les couvertures, je vis que j'avais changé de vêtements. Au lieu du T-shirt et du pantalon sales et déchirés que je portais depuis deux jours, j'étais affublée d'une chemise de nuit blanche ornée de dentelles. Et j'avais l'air plus ou moins propre. Mais le plus incroyable, c'était la tenue qui m'attendait au bout du lit : une robe ridicule, incrustée d'émeraudes et de saphirs, assortie d'une cape et de longs gants qui remontaient jusqu'aux coudes. A la vue de cet accoutrement, je ne pus m'empêcher de froncer le nez.

— Où sont mes affaires ? demandai-je en me tournant vers Oberon. Mes affaires à moi.

Il eut une petite grimace.

— Je n'aime pas voir de vêtements de mortel dans ma cour, dit-il calmement. Puisque tu vas passer un certain temps ici, il me semble que tu dois t'habiller en fonction de ton rang. J'ai fait brûler tes haillons de mortelle.

— *Quoi ?*

Oberon plissa les yeux ; j'étais peut-être allée trop loin. Le roi de la cour Seelie n'était sans doute pas habitué à être remis en question.

— Euh… désolée, marmonnai-je en me glissant hors du lit. De quoi vouliez-vous me parler ?

Le roi des Aulnes soupira et me regarda d'un air embarrassé.

— Tu me mets dans une position difficile, ma fille, murmura-t-il enfin en se tournant vers le feu. De ma progéniture, tu es la seule à t'être aventurée dans notre monde. Je dois dire que je ne m'attendais pas à ce que tu y survives aussi longtemps, même avec l'aide de Robin.

— Votre progéniture ? répétai-je. Vous voulez dire que j'ai des frères et sœurs ? Des demi-frères et des demi-sœurs, plutôt ?

— Aucun d'entre eux n'est vivant, fit Oberon en balayant l'air de sa main. Depuis plus d'un siècle, d'ailleurs. Ta mère est la seule humaine qui ait attiré mon attention depuis presque deux cents ans.

J'avais la gorge serrée, et la colère montait en moi.

— Pourquoi ? demandai-je. Pourquoi elle ? Elle était déjà mariée à mon père, non ? Ça vous était égal ?

— Complètement, répondit Oberon. Qu'ai-je à faire des rituels humains ? Je n'ai besoin de l'autorisation de personne pour prendre ce dont j'ai envie. Et puis, si elle avait vraiment été heureuse avec son mari, elle n'aurait pas cédé à mes avances.

Le salopard. Je me mordis la langue pour ne pas l'insulter. J'avais beau être furieuse, je n'étais pas suicidaire. Mais le regard d'Oberon se fit plus appuyé, comme s'il lisait dans mes pensées. Il coula sur moi un long regard pénétrant, qui me mettait au défi de m'opposer à lui. Nous nous dévisageâmes ainsi un bon moment ; les ombres ondulaient autour de nous tandis que je luttais pour soutenir son regard. Autant essayer de résister à une tornade. Au bout d'un moment, je finis par frissonner et baisser les yeux.

Le visage d'Oberon s'adoucit, et un petit sourire étira ses lèvres.

— Tu lui ressembles beaucoup, ma fille, dit-il sur un ton de fierté et de résignation mêlées. Ta mère était remarquable, pour une mortelle. Si elle avait été des nôtres, ses peintures auraient pris vie, tant elle y mettait de soin. En l'observant au parc, j'ai senti sa solitude, son isolement, son désir de vivre de manière plus intense. Elle souhaitait que quelque chose d'extraordinaire arrive dans son existence.

Je ne voulais pas l'écouter. Je ne voulais pas gâcher mon souvenir de notre vie d'autrefois. Je voulais continuer à croire que mes parents s'aimaient, qu'ils étaient tout l'un pour l'autre et que nous étions parfaitement heureux. Je ne voulais pas entendre parler d'une mère esseulée qui s'était laissé piéger par des ruses et des sortilèges de fées. En quelques phrases, Oberon venait de faire voler mon passé en éclats. J'avais l'impression de n'avoir jamais connu ma mère.

— J'ai attendu un mois pour me montrer à elle, poursuivit Oberon, sans se douter qu'il me mettait à la torture. J'ai appris à connaître ses habitudes, ses émotions, le moindre de ses gestes. Quand je me suis enfin révélé à elle, je n'ai dévoilé qu'un pan de ma véritable nature. J'étais curieux de savoir comment elle réagirait, face à l'extraordinaire ; je pensais qu'elle se raccrocherait à son incrédulité de mortelle. Mais elle m'a accueilli avec une joie sans retenue, comme si elle m'attendait depuis toujours.

— Arrêtez, dis-je d'une voix étranglée.

J'avais la nausée ; je fermai les yeux pour ne pas vomir.

— Je ne veux pas entendre ça, dis-je. Et mon père, il était où, pendant tout ce temps ?

— Le *mari de ta mère*, reprit Oberon en pesant ses mots, s'absentait très souvent le soir. Peut-être est-ce pour cela que ta mère avait l'impression de vouloir autre chose de la vie. C'est ce que je lui ai donné : une nuit de cette magie, de cette passion qui lui manquait. Une seule ; puis je suis rentré en Arcadie et le souvenir de notre rencontre s'est estompé de son esprit.

— Elle ne se souvient pas de vous ? dis-je en levant

brusquement les yeux. C'est pour ça qu'elle ne m'a jamais rien dit ?

Oberon hocha lentement la tête.

— Les mortels ont tendance à oublier qu'ils ont rencontré ceux de notre espèce, répondit-il doucement. Tout au plus croient-ils avoir fait un rêve particulièrement saisissant. En général, nous finissons par nous effacer complètement de leur mémoire. Tu as bien dû t'en apercevoir, non ? Même les gens avec qui tu vis, que tu côtoies quotidiennement, ont du mal à se souvenir de ton existence. Cependant, j'ai toujours soupçonné ta mère d'en savoir plus que les autres, plus qu'elle ne voulait bien le montrer. Surtout après ta naissance.

Le ton de sa voix s'assombrit ; ses yeux légèrement bridés devinrent noirs, et ses pupilles disparurent. Son ombre s'étendit sur le sol et m'encercla de ses longs doigts crochus.

— Elle a voulu nous cacher ton existence, gronda-t-il, les dents serrées. Nous empêcher de te voir. M'en empêcher, moi !

Oberon s'interrompit. Il avait l'air plus inhumain que jamais. De hautes flammes jaillirent dans la cheminée et se reflétèrent dans ses yeux.

— Et pourtant, te voilà.

Oberon cligna des yeux. Sa voix s'adoucit et les flammes s'apaisèrent.

— Quand tu t'es tenue devant moi, ton apparence humaine s'est enfin estompée. Dès l'instant où tu as posé le pied en Faérie, ce n'était plus qu'une question de temps : tes véritables origines allaient redevenir visibles. Désormais, je dois être extrêmement prudent.

Il se redressa et serra son manteau autour de ses larges épaules, se préparant à partir.

— Je ne peux être trop méfiant, Meghan Chase. Ceux qui voudraient t'utiliser pour me nuire sont nombreux, même au sein de ma cour. Fais attention à toi, ma fille. Même moi, je ne puis te protéger en toutes circonstances.

Je me laissai retomber sur le lit. Les idées se bousculaient dans ma tête. Oberon me regarda encore un instant, un pli amer au coin de la bouche, puis partit sans se retourner. Quand je levai les yeux, il avait disparu.

Un coup frappé à la porte me fit violemment sursauter. Combien de temps s'était écoulé depuis le départ d'Oberon ? Je n'en avais pas la moindre idée. J'étais encore étendue sur le lit. Dans la cheminée, le feu avait faibli. Tout semblait irréel, brumeux, comme si mon entretien avec le roi des Aulnes n'avait été qu'un rêve.

On frappa à nouveau.

— Entrez ! dis-je en tentant de sortir de ma torpeur.

La porte s'ouvrit dans un grincement, et Tansy entra en souriant.

— Bonsoir, Meghan Chase. Comment vous sentez-vous aujourd'hui ?

Je sautai du lit et me rendis compte que j'étais encore en chemise de nuit.

— Ça peut aller, répondis-je en balayant la chambre du regard. Où sont mes vêtements ?

— Le roi Oberon vous a fait apporter une robe, dit Tansy, en pointant le doigt vers le pied du lit. Il l'a fait confectionner sur mesure pour vous.

— Non, merci. Je préfère mes vêtements à moi.

L'air éberluée, la petite satyre s'approcha du lit et prit l'ourlet de la robe entre ses doigts.

— Mais… mais Sa Majesté veut que vous portiez cette robe.

Que je puisse défier la volonté d'Oberon la laissait stupéfaite.

— Elle ne vous plaît pas ?

— Tansy, je ne veux pas mettre ce truc.

— Mais pourquoi ?

L'idée de me balader avec cette tente de cirque sur le dos me faisait horreur, voilà pourquoi ! Toute ma vie, je n'avais porté que des jeans et des T-shirts miteux. Je venais d'une famille pauvre, où l'on n'avait pas les moyens de se payer des vêtements de marque. Au lieu de me lamenter sur mon sort, j'assumais mon côté grunge et méprisais les filles riches et superficielles qui passaient des heures à retoucher leur maquillage aux toilettes. Je n'avais porté une robe qu'une seule fois de ma vie, pour un mariage.

En outre, m'afficher dans cette tenue tape-à-l'œil choisie par Oberon revenait à admettre que j'étais sa fille. Et ça, je n'étais pas près de le faire.

— Je n'en ai pas envie, c'est tout. Je préfère mes propres affaires.

— Elles ont été brûlées.

— Où est mon sac à dos ?

Je venais de me souvenir des vêtements de rechange que j'avais emportés. Ils étaient froissés, dégoûtants, ils sentaient le moisi, mais cela valait toujours mieux que les habits tarabiscotés des fées.

Je finis par retrouver mon sac, caché derrière la commode. Quand j'ouvris la fermeture Eclair, une odeur aigre et humide s'en échappa. Une boule de vêtements froissés en dégringola. Puis mon iPod cassé tomba sur le sol en marbre, non loin des pieds de Tansy.

La satyre poussa un cri aigu et, d'un bond, se réfugia sur le matelas. Agrippée à la colonne de lit, les yeux écarquillés, elle contemplait avec effroi l'objet tombé au sol.

— Qu'est-ce que c'est ?

— Ça ? C'est un iPod.

Je ramassai l'appareil et le lui montrai.

— C'est une machine qui joue de la musique, mais je ne peux pas vous faire de démonstration, parce qu'elle est cassée. Désolée.

— Elle pue le fer !

Ne sachant que répondre, j'optai pour un froncement de sourcils perplexe.

Tout en me fixant de ses grands yeux marron, Tansy descendit lentement de son perchoir.

— Vous… vous pouvez le tenir dans votre main ? chuchota-t-elle. Sans vous brûler ? Sans que cela ne vous empoisonne le sang ?

— Euh… Oui, je crois.

— Je vous supplie de le ranger, ajouta-t-elle en frissonnant.

Haussant les épaules, j'attrapai mon sac à dos et fis glisser l'appareil dans une poche latérale. Tansy poussa un soupir de soulagement.

— Pardonnez-moi, Meghan Chase, je ne voulais pas vous effrayer. Sa Majesté le roi Oberon m'a chargée de vous tenir compagnie jusqu'à Elysium. Aimeriez-vous visiter le reste de la cour ?

Pas vraiment, pensai-je. Mais ce serait sans doute mieux que de rester enfermée dans cette chambre à me tourner les pouces. Et, qui sait ? Peut-être que je trouverais un moyen de m'évader de cette prison.

— D'accord, dis-je à la satyre. Mais d'abord, je vais me changer.

Elle lança un regard à la boule de vêtements qui gisait sur le sol, et ses narines frémirent. Elle se retenait manifestement de me livrer le fond de sa pensée.

— Comme vous voudrez. Je vous attends dehors.

En enfilant mon jean baggy et mon T-shirt fripé et sale, je sentis une joie mauvaise monter en moi. *Il a brûlé mes affaires, hein ?* Je sortis mes tennis et y glissai mes pieds. *Eh bien, moi, je ne fais pas partie de sa cour, et je ne prétends certainement pas être sa fille. Quoi qu'il en dise.*

Je trouvai une brosse sur la commode et la passai rapidement dans mes cheveux. En me regardant dans le miroir, je sentis mon ventre se contracter. Je me reconnaissais encore moins que la veille, même si je n'arrivais pas à mettre le doigt sur ce que j'avais de différent. Tout ce que je savais, c'était que plus je restais ici, plus mon vrai moi s'effaçait.

Frissonnante, j'attrapai mon sac à dos et le jetai sur mes épaules, réconfortée par le contact avec cet objet familier. Même s'il ne contenait plus qu'un iPod cassé, il était à moi. Je quittai la chambre en évitant de croiser à nouveau mon reflet dans la glace, et m'avançai dans le tunnel de ronces.

Des rayons de lune filtraient entre les branches

et couvraient le sol d'ombres argentées. Combien de temps avais-je dormi ? La nuit était tiède, et des accords de musique flottaient au loin dans la brise. Tansy s'approcha : dans la pénombre, elle paraissait plus animale que tout à l'heure. Puis un rayon de lune éclaira son visage et lui redonna un aspect humain. Avec un sourire, elle me prit la main et m'entraîna avec elle.

Le tunnel me parut plus long, cette fois : il décrivait des tours et des détours dont je ne me souvenais pas. A un moment, je lançai un regard par-dessus mon épaule et vis les ronces se refermer derrière nous.

— Euh…

— Tout va bien, dit Tansy. La Haie permet d'accéder à toutes les parties de la cour. Il suffit de connaître le chemin.

— Où allons-nous ?

— Vous verrez.

Le tunnel s'ouvrit brusquement sur un verger éclairé par la lune. De la musique parvint à mes oreilles : une belle fille svelte à la peau verte jouait d'une harpe dorée. Plus loin, un groupe de filles elfes étaient rassemblées autour d'une haute chaise au dossier en lianes. Des roses blanches fleurissaient sur les tiges qui s'élevaient des accoudoirs.

Au pied de la chaise, il y avait un humain. Je me frottai les yeux pour être sûre que je ne rêvais pas.

C'était bien ça. Un jeune homme aux cheveux blonds bouclés et au regard vide et confus. Il était torse nu et portait au cou un collier doré, relié à une fine chaîne argentée. Agglutinées autour de lui, les jeunes elfes déposaient des baisers sur ses épaules, caressaient sa poitrine et lui parlaient à l'oreille. L'une d'elles passa sa langue rose sur le cou de l'humain, tout en traçant de ses ongles des balafres sanglantes sur son dos. Le jeune humain s'arc-bouta de plaisir ; prise de nausée, je détournai le regard.

L'instant suivant, je les oubliai complètement.

Sur le trône était installée une femme d'une beauté tellement surhumaine que j'eus honte de mes vêtements pouilleux et de mon apparence débraillée. Sous la lumière de la lune, ses cheveux prenaient des teintes variées : tantôt ils semblaient argentés, tantôt d'or rutilant. Elle dégageait une impression de puissance, mais d'arrogance aussi.

Tansy m'entraîna vers elle et s'inclina ; l'inconnue plissa ses beaux yeux bleus et me regarda comme si j'étais une limace couverte de bave.

— Alors, c'est ça, la petite bâtarde d'Oberon ?

La poisse. Je savais qui elle était : le deuxième protagoniste du *Songe d'une nuit d'été.* C'était elle qui occupait l'autre trône, au côté d'Oberon ; elle était presque aussi puissante que lui.

— Titania, dis-je en m'inclinant. Votre Majesté…

— Ça s'exprime comme si ça me connaissait, fit-elle d'un air faussement surpris. Comme si le fait d'être un rejeton d'Oberon pouvait la protéger de ma colère.

Ses yeux brillèrent comme des joyaux ; elle eut un sourire qui la rendit plus belle et plus effrayante encore.

— Mais je suis d'humeur clémente aujourd'hui. Peut-être que je ne vais pas lui couper la langue pour la donner aux chiens, après tout. On verra.

Titania reporta son regard sur Tansy, toujours inclinée derrière moi, et lui fit signe d'approcher de son long doigt recourbé.

— Viens ici, demi-chèvre.

Tête baissée, Tansy avança lentement, jusqu'à se tenir devant la reine des fées. Celle-ci se pencha pour lui parler à l'oreille, mais sa voix était assez forte pour que je puisse l'entendre.

— Je vais te faire l'honneur d'être mon interprète, lui expliqua-t-elle comme à un enfant. Je te poserai toutes les questions à toi, et tu me transmettras les réponses de la bâtarde. Si elle s'avise de m'adresser directement la parole, je la transforme en biche et je lance mes chiens à ses trousses jusqu'à ce qu'ils la mettent en morceaux ou qu'elle meure d'épuisement. Est-ce bien clair ?

— Oui, Votre Majesté, murmura Tansy.

Parfaitement clair, vieille mégère, pensai-je.

— Excellent.

Titania se carra sur son trône, l'air satisfaite. Elle me décocha un sourire crispé et hostile, puis se tourna vers Tansy.

— Demi-chèvre, que fait cette bâtarde ici ?

— Que faites-vous ici ? répéta Tansy en s'adressant à moi.

— Je cherche mon frère, répondis-je, en veillant à poser mon regard sur Tansy et non sur la reine des glaces qui se tenait à son côté.

— Elle est à la recherche de son frère, confirma Tansy en se tournant vers la reine des fées.

Bon sang, ça allait prendre des heures !

— Il a été enlevé et emmené au pays des fées, ajoutai-je avant que Titania n'ait pu poser une autre question. Puck m'a fait entrer ici en passant par le placard. Je suis venue chercher mon frère, pour le ramener à la maison et nous débarrasser du changelin qui l'a remplacé. C'est tout ce que je veux. Je partirai dès que je l'aurai retrouvé.

— Puck ? répéta la reine d'un air songeur. Voilà donc où il était passé, depuis tout ce temps. Oberon s'est vraiment donné beaucoup de mal pour te cacher. Et toi, tu n'as rien trouvé de mieux à faire que de tout gâcher en débarquant ici…

Elle secoua la tête en soupirant.

— Demi-chèvre, lança-t-elle à Tansy, demande à

la bâtarde si elle préfère être transformée en biche ou en lapine.

— Vo… Votre Majesté ? bégaya Tansy.

Je sentis les ombres se refermer autour de moi. Le cœur battant, je cherchai du regard une échappatoire. Autour de nous se dressait une haie dense et épineuse ; je ne voyais aucune issue.

— C'est une question simple, reprit Titania d'un ton léger. Préfère-t-elle que je la transforme en biche ou en lapine ?

C'est la satyre, tout à coup, qui eut l'air d'une lapine prise au piège.

— Sa… Sa Majesté désire savoir si vous…

— Oui, j'ai entendu. Biche ou lapine. Et si je vous répondais : aucun des deux ?

Je trouvai enfin le courage de lever les yeux et de soutenir le regard de la reine.

— Écoutez, je sais que vous me détestez, mais laissez-moi retrouver mon frère et le ramener chez nous. Il n'a que quatre ans, il doit être mort de peur. Je sais qu'il m'attend quelque part. Quand je l'aurai retrouvé, on partira et vous ne nous reverrez plus jamais. Je vous le promets.

Un sentiment de triomphe illumina le visage rageur de Titania.

— La créature a osé m'adresser la parole. Son destin est scellé.

La reine leva une main gantée, et un éclair déchira l'air au-dessus de nos têtes.

— Va pour la biche. Qu'on lâche les chiens ! Ce sera une magnifique partie de chasse.

Sa main s'abaissa vers moi, et je fus aussitôt prise de spasmes. Hurlant de douleur, je me recroquevillai et sentis ma colonne vertébrale craquer et s'allonger. Des tenailles invisibles se refermèrent autour de mon visage et l'étirèrent en forme de museau. Je sentis mes jambes s'allonger et s'affiner, mes doigts fusionner pour former des sabots. Je hurlai à nouveau ; mais c'est un bramement de biche qui sortit de ma gorge.

Soudain, tout s'arrêta. Dans un immense claquement, comme celui d'un élastique, mon corps reprit sa forme initiale, et je m'effondrai en haletant sur le sol.

Encore sous le choc, je vis Oberon surgir à l'entrée du tunnel, suivi par deux chevaliers en armure. Pendant une fraction de seconde, je crus voir Grimalkin à ses pieds ; puis je clignai des yeux et n'observais plus que des ombres grises. En voyant apparaître le roi, la harpiste cessa de jouer, et les fées qui entouraient le prisonnier plièrent le genou et inclinèrent la tête.

— Madame mon épouse, commença Oberon d'un ton calme en s'avançant dans la clairière, je ne puis vous laisser faire.

Titania se leva, le visage figé par la colère.

— Vous osez me parler sur ce ton ! cracha-t-elle

d'une voix forte, qui fit trembler les branches autour d'elle. Alors que vous m'avez caché son existence, et que vous avez même chargé votre sale petit chouchou de la protéger !

Une grimace de haine déforma son visage, et un coup de tonnerre résonna au-dessus de nos têtes.

— Vous refusez que je prenne un concubin, poursuivit-elle, et vous avez le culot de vous afficher devant toute la cour avec cette abominable sang-mêlé ! Vous vous couvrez de honte, le savez-vous ? Toute la cour se moque de vous dans votre dos, et pourtant vous continuez à la protéger.

— Peut-être, répondit Oberon d'une voix posée, mais c'est ma fille, mon sang coule dans ses veines, et je vous interdis de lui faire du mal. Si vous devez vous en prendre à quelqu'un, madame, c'est à moi, non à elle. Elle n'y est pour rien.

— Et si je la transformais en chou, répliqua la reine en me décochant un regard noir, et que je la plantais dans mon jardin, pour que les lapins la mangent ? Là-bas, au moins, elle servirait à quelque chose.

— Ne la touchez pas, dit Oberon d'une voix plus forte.

Son manteau se gonfla autour de lui et il parut grandir ; son ombre s'allongea sur le sol.

— Je vous l'interdit, mon épouse. J'ai promis qu'il ne lui arriverait aucun mal tant qu'elle ferait partie de ma cour. Vous devez vous conformer à ma promesse. Ai-je été assez clair ?

De nouveaux éclairs jaillirent dans le ciel, et la terre se mit à trembler sous l'intensité des regards échangés par le couple royal. Les filles, rassemblées au pied du trône, se recroquevillèrent de terreur ; les gardes d'Oberon posèrent la main sur leurs épées. Une branche cassée traversa l'air en manquant de peu la harpiste, tapie contre un tronc d'arbre. Quant à moi, je me recroquevillai sur le sol en essayant de me faire oublier.

— Très bien, mon époux, finit par dire Titania d'une voix glaciale.

Le vent mourut progressivement, et le sol cessa de trembler.

— Conformément à vos ordres, je ne ferai aucun mal à la sang-mêlé tant qu'elle sera dans l'enceinte de la cour.

— Vos servantes non plus, ajouta Oberon avec un bref hochement de tête.

La reine pinça les lèvres comme si elle venait d'avaler un citron.

— Comme vous voudrez.

— Parfait, soupira le roi des Aulnes. Nous reparlerons de tout cela plus tard. Je vous souhaite une bonne nuit, madame.

Il pivota sur ses talons et quitta la clairière, suivi

de ses gardes. J'avais envie de le héler ; mais je ne voulais pas donner l'impression que je cherchais sa protection, surtout après l'humiliation qu'il venait d'infliger à Titania.

Elle devait être furieuse…

J'avalai ma salive et me tournai vers la reine des fées. Elle me regardait fixement, comme si elle espérait que j'allais me désintégrer sur place.

— Eh bien, demi-sang, dit-elle d'une voix venimeuse, tu as entendu ce qu'a dit le roi ? Disparais de ma vue avant que je ne change d'avis et te transforme en escargot.

Je n'étais que trop heureuse de la quitter. Mais, à l'instant où je me relevai, Titania claqua des doigts.

— Attends ! ordonna-t-elle. J'ai une meilleure idée. Approche, demi-chèvre !

Tansy se leva à son tour, les yeux exorbités et les pattes tremblantes.

— Emmène la bâtarde d'Oberon aux cuisines, ordonna la reine. Dis à Sarah qu'elle a une nouvelle apprentie. Si la demi-sang doit rester, qu'elle se rende utile, au moins.

— Mais, mais… Votre Majesté…

Je m'émerveillai de ce que Tansy eût le courage de s'opposer à la reine.

— Le roi a dit…

— Ah, l'interrompit la reine avec un grand sourire,

mais le roi n'est plus là. Et ce qu'il ne sait pas ne peut le déranger. Maintenant allez-vous-en, avant que je ne perde définitivement patience.

Nous partîmes en courant, tant nous étions pressées de fuir Titania et de nous réfugier dans le tunnel. Arrivée devant la haie de ronces, je sentis une terrible vibration traverser l'air, et entendis les filles pousser des cris de consternation. L'instant suivant, un renard se précipita sous nos yeux dans le tunnel. Il s'arrêta quelques mètres plus loin et se retourna pour nous regarder : ses yeux ambrés brillaient de terreur et de désarroi. J'eus le temps de voir briller un collier doré autour de son cou, puis il disparut entre les ronces en glapissant.

Je suivis Tansy dans le labyrinthe végétal, en essayant de comprendre et de récapituler ce qui venait de se passer. Titania me détestait : ça, c'était une très mauvaise nouvelle. Si je dressais la liste de tous ceux dont je ne voulais surtout pas comme ennemis, la reine des fées arriverait sûrement en tête. A partir de maintenant, j'allais devoir faire extrêmement attention, sous peine de finir comme champignon dans un potage.

Tansy restait muette. Nous arrivâmes bientôt devant une immense porte en pierre à deux battants, d'où s'échappaient des volutes de vapeur et des odeurs lourdes et grasses.

La satyre poussa les portes, et un souffle d'air brûlant nous enveloppa. Je clignai mes yeux pleins de larmes et vis une vaste cuisine devant moi. Des fours en brique grondaient, des marmites en cuivre bouillonnaient sur des feux ouverts, et des senteurs variées assaillaient les narines. De petits bonshommes poilus, en tabliers, se pressaient d'un poste à l'autre, remuant, enfournant et goûtant des plats divers. Sur une longue table était disposée une carcasse de sanglier ensanglantée, que débitait une énorme femme à la peau verte et aux défenses de sanglier.

Lorsqu'elle nous aperçut, elle s'approcha de nous à pas lourds. Son tablier était couvert de sang et de petits morceaux de viande.

— Pas de tire-au-flanc dans ma cuisine ! grogna-t-elle en agitant son couteau de boucher sous mon nez. J'ai rien à vous donner. Allez voir ailleurs, bande de vauriennes.

— Sa… Sarah Ecorche-Chair, je vous présente Meghan Chase, murmura Tansy.

Je lançai à la trollesse un pâle sourire qui signifiait : « Ne me tuez pas tout de suite, s'il vous plaît ! »

— Elle doit vous aider en cuisine, sur ordre de la reine.

— J'ai pas besoin de l'aide d'une demi-sang rachitique, dit Sarah. Elle ferait que nous ralentir, et on se crève déjà à la tâche, avec tout ce qu'il faut préparer pour Elysium.

Elle me jaugea de la tête aux pieds, soupira, puis se gratta la tête avec le manche de son couteau.

— Bon, dit-elle enfin, je pourrai sans doute lui trouver quelque chose à faire. Mais la prochaine fois que Sa Majesté veut torturer quelqu'un, qu'elle l'envoie aux écuries ou au chenil. Tu le lui diras de ma part. Moi, j'ai besoin de personne.

Tansy acquiesça et prit congé le plus vite possible, me laissant seule avec la trollesse verte. De grosses gouttes de sueur perlaient sur mon front, et ce n'était pas à cause de la chaleur.

— Écoute-moi bien, morveuse, grommela la cuisinière en pointant son couteau vers moi. Je me fiche que tu sois la bâtarde du roi. Ici, tu es dans ma cuisine. Les règles sont simples : si tu veux manger, tu travailles. Et si tu ne veux pas travailler, sache que j'aime bien m'amuser avec la cravache que tu vois pendue là-bas au mur. On ne m'appelle pas Sarah Ecorche-Chair pour rien.

Le reste de la soirée se passa dans une sorte de brouillard. J'essuyai des flaques de sang, balayai les bouts de viande qui traînaient par terre, vidai la cendre des fourneaux, récurai des montagnes de vaisselle. Chaque fois que je m'arrêtais pour étirer mes membres fourbus, la trollesse apparaissait devant moi pour aboyer des ordres et me presser de passer à la corvée suivante. Vers la fin de la soirée, m'ayant surprise assise sur un tabouret, elle marmonna quelque chose au sujet des « fainéants d'humains », m'arracha mon balai et le remplaça par le sien. Dès que mes mains se furent refermées autour du manche, le balai prit vie et se mit à décrire de grands cercles vigoureux, m'emportant dans une danse frénétique. Je voulus lâcher l'instrument diabolique, mais mes doigts semblaient soudés à son manche. Impossible de m'en défaire ! Je balayai jusqu'à ce que mes jambes soient douloureuses et mes bras brûlants, jusqu'à être aveuglée par la sueur qui dégoulinait de mon front.

Enfin, la trollesse claqua des doigts et le balai cessa de s'agiter. Mes genoux ployèrent sous moi et je m'effondrai sur le sol.

— Ça t'a plu, demi-sang ? demanda Sarah Ecorche-Chair.

Voyant que j'étais trop essoufflée pour répondre, elle poursuivit :

— Demain, ce sera pareil, je te le promets. Tiens.

Deux morceaux de pain et un morceau de fromage tombèrent sur le sol à côté de moi.

— Ça, c'est ta paye pour ce soir. Tu devrais pouvoir le manger sans trop de risques. Demain, t'auras peut-être quelque chose de meilleur.

— Merci, marmonnai-je en me préparant à rejoindre ma chambre.

Il était hors de question, me dis-je, que je revienne demain. J'allais « oublier » la peine à laquelle m'avait condamnée la reine jalouse, et trouver un moyen pour m'évader de la cour Seelie.

— A demain, lançai-je.

La trollesse me barra le chemin.

— Où tu crois aller, demi-sang ? Tu fais partie de mon personnel, maintenant. Ça veut dire que tu m'appartiens.

Elle m'indiqua une porte en bois dans le coin de la pièce.

— Les quartiers des domestiques sont complets. Tu dormiras dans le garde-manger.

Elle me fit un sourire féroce, dévoilant de grosses dents jaunes et émoussées.

— On reprend à l'aube. A demain, morveuse.

Je mangeai mon misérable repas et cherchai un coin où dormir, entre les caisses d'oignons, de navets et d'étranges légumes bleus. Je n'avais pas de couverture, mais je n'en avais pas besoin, tellement il faisait chaud. J'étais sur le point de poser la tête sur un sac de blé, en guise d'oreiller, quand je songeai soudain à mon sac à dos. J'avais vu Sally le balancer sur une étagère. Je sortis de mon placard pour le récupérer.

Il ne contenait plus qu'un iPod cassé, mais il était à moi, et c'était le seul souvenir qui me restait de mon ancienne vie.

Je revenais vers mon placard, le sac à la main, quand je sentis quelque chose bouger à l'intérieur. Je sursautai et le lâchai sans réfléchir ; un petit ricanement s'en éleva.

Me faufilant vers le plan de travail, j'attrapai un couteau et défis la fermeture Eclair avec précaution.

A l'intérieur, il n'y avait rien. A part mon iPod cassé. En soupirant, je refermai le sac, l'emportai dans le garde-manger et le jetai dans un coin. Puis je m'étendis sur le sol, calai ma tête sur le sac de blé et laissai mes pensées dériver. Je songeai à Ethan, à ma mère, au lycée. S'était-on aperçu de ma disparition ? Des équipes de secouristes battaient-elles les bois à ma recherche ? Des flics accompagnés de chiens inspectaient-ils les derniers endroits où l'on m'avait vue ? Ou bien tout le monde m'avait-il déjà oubliée ? A supposer que je retrouve Ethan, me resterait-il un foyer où revenir ?

Je me mis à trembler, et mes yeux s'embrumèrent. Bientôt les larmes se mirent à couler sur mes joues, trempant mes cheveux et le sac de blé sous ma tête. J'enfouis mon visage contre le tissu rêche et me mis à sangloter. J'avais touché le fond. Je couchais par terre dans un placard sans lumière, je n'avais plus aucun espoir de trouver Ethan, plus rien à attendre que de la peur, de la douleur et de l'épuisement. J'étais prête à tout laisser tomber.

Petit à petit, comme mes sanglots s'apaisaient et que ma respiration devenait plus calme, je me rendis compte que je n'étais pas seule.

Levant la tête, je vis d'abord mon sac à dos qui gisait sur le sol, sa fermeture Eclair ouverte telle une gueule béante. A l'intérieur, mon iPod brillait d'un éclat métallique.

Puis je vis les deux yeux verts.

Mon cœur cessa de battre. Je me redressai brusquement et me heurtai le crâne à une étagère. Une pluie de poussière tomba sur moi tandis que je bondissais en arrière pour me réfugier dans le coin du placard. Je connaissais ces yeux qui luisaient d'intelligence ; je les avais déjà vus. Le monstre était minuscule, avec une peau grasse et noire et de longs bras grêles. Mis à part ses grandes oreilles de gobelin, il ressemblait à un improbable croisement entre un singe et une araignée.

Il sourit ; ses dents phosphorescentes éclairèrent le placard d'une pâle lueur bleue.

Puis il se mit à parler.

Sa voix sèche grésillait comme une radio mal réglée. Au début, je ne pus le comprendre. Puis, comme si l'on avait réglé la fréquence, les grésillements s'atténuèrent et je pus distinguer quelques mots.

—… ils t'attendent… Viens… métal… ton frère…

— Ethan ? dis-je en manquant sauter au plafond. Où il est ? Que savez-vous de lui ?

— Ils… t'attendent… à la cour de Fer.

La créature crachota une dernière fois, puis ses dents s'éteignirent et il disparut, plongeant le réduit dans le noir.

Seule dans l'obscurité, le cœur battant, je réfléchis aux propos sibyllins du petit monstre. Je n'avais pas retiré grand-chose de notre conversation, si ce n'était que mon frère était vivant et que quelqu'un m'attendait à la cour de Fer.

O.K., Meghan. Ils sont là, quelque part. Ton père et ton frère. Tu ne peux pas les laisser tomber. Alors, tu arrêtes de pleurnicher et tu te ressaisis.

J'inspirai à fond et rangeai l'iPod dans la poche de mon jean. Si jamais le monstre revenait me donner des nouvelles d'Ethan, je voulais être prête à le suivre. Je m'étendis à nouveau sur le sol frais, fermai les yeux et commençai à me préparer mentalement à de nouvelles aventures.

Les deux jours suivants passèrent à toute vitesse. Je fis tout ce que me demanda la trollesse : laver la vaisselle, astiquer le sol, débiter des carcasses animales jusqu'à ce que mes mains soient couvertes de sang. L'écorcheuse ne me jetait plus de sortilèges, et me regardait même avec une sorte de respect, bien que cela lui coutât, visiblement. Elle me donnait à manger des choses simples : du pain, du fromage, de l'eau. Selon elle, n'importe quoi de plus sophistiqué risquait de détraquer mon organisme à moitié humain. Le soir, je rampais, épuisée, jusqu'à ma couche dans le réduit, et m'endormais aussitôt. La petite créature noire ne me rendit plus visite, après le premier soir ; par bonheur, mes cauchemars aussi avaient cessé.

Le jour, je gardais les yeux et les oreilles grands ouverts, glanant des informations susceptibles de m'être utiles, quand viendrait enfin l'heure de mon évasion. En cuisine, le regard d'aigle de l'écorcheuse rendait toute évasion impossible. La trollesse avait l'habitude d'apparaître comme par magie à l'instant précis où je finissais une tâche et songeais à prendre une pause. Un soir, j'essayai tout de même de me faufiler hors de la cuisine, après son départ ; quand j'arrivai devant la grande porte à double battant, elle s'ouvrit non sur le tunnel de ronces, mais sur un minuscule réduit. Je faillis perdre espoir, ce soir-là ; mais je m'efforçai d'être patiente. Une occasion se présenterait bien un jour, ne cessais-je de me répéter. Il suffisait d'être prête à la saisir.

Je discutais autant que possible avec les autres

commis de cuisine, pour la plupart des farfadets et des gnomes domestiques ; mais ils étaient tellement occupés que je ne pus en tirer grand-chose. J'appris tout de même quelque chose de crucial : La fête d'Elysium, pour laquelle nous travaillions tous comme des esclaves, aurait lieu dans quelques jours. Ce jour-là, comme le prescrivait la tradition, les cours Seelie et Unseelie se retrouveraient en terrain neutre pour parler politique, signer de nouveaux accords et tenter de maintenir la paix fragile qui régnait entre elles. Comme nous étions au printemps, la cour Unseelie se déplacerait sur le territoire d'Oberon ; l'hiver, c'étaient les Unseelie qui devenaient les hôtes. Toute la suite royale était invitée à la fête et nous, le personnel de cuisine, avions l'obligation d'y assister.

Je continuai à travailler d'arrache-pied tout en élaborant mes propres plans pour la fête.

Mais, le troisième jour de mon exil aux cuisines, nous eûmes de la visite.

J'étais occupée à plumer de petites cailles que Sarah Ecorche-Chair me tendait après leur avoir brisé le cou. J'essayais de ne pas la regarder tandis qu'elle mettait la main dans la cage, attrapait un oiseau aux yeux brillants et aux ailes battantes, et lui tordait le cou dans un petit bruit mat. Puis, comme si elle venait d'équeuter un fruit, elle le jetait dans une corbeille et en saisissait prestement un autre.

Les portes s'ouvrirent brusquement, inondant la pièce de lumière. Trois chevaliers apparurent dans l'entrée ; leurs longs cheveux argentés étaient rassemblés en queue-de-cheval, et leurs visages étaient hautains et arrogants.

— Nous sommes venus chercher la demi-sang, annonça l'un d'entre eux d'une voix tonnante. Elle doit nous suivre. Ordre du roi Oberon.

Sarah l'écorcheuse me lança un regard torve avant de saisir une autre caille dans la cage.

— C'est pas moi que ça dérange, grommela-t-elle. Cette sale gosse fait que nous encombrer depuis qu'elle est arrivée. Sortez-la de ma cuisine, et bon débarras !

Elle ponctua cette déclaration d'une torsion de la main qui brisa net le cou de l'oiseau. Aussitôt, un farfadet quitta son poste devant le four, me fit signe de me pousser et sauta sur mon tabouret pour prendre ma place.

Je m'avançai vers les chevaliers, puis me souvins de mon sac à dos, resté dans le réduit. Marmonnant des excuses, je me précipitai pour le récupérer et le jetai sur mon épaule, avant de traverser la cuisine. Pas un seul farfadet ne leva les yeux sur mon passage ; seule Sarah Ecorche-Chair me darda un regard noir. Un curieux sentiment, mélange de soulagement et de culpabilité, monta en moi tandis que je quittais la cuisine sous l'escorte des deux elfes.

Ils me conduisirent à travers le tunnel de ronces jusqu'à une nouvelle porte, qu'ils ouvrirent sans cérémonie. Je me retrouvai dans une petite chambre à coucher, nettement moins somptueuse que la précédente, mais très agréable quand même. Derrière une porte latérale légèrement entrouverte se dessinait un bassin rond, d'où s'élevait de la vapeur. J'avais terriblement envie de prendre un bain.

Derrière moi, il y eut un bruit de sabots. Deux satyres entrèrent, précédées d'une femme mince et élancée, à la peau très pâle et aux cheveux de jais. Elle portait une robe si noire qu'elle semblait absorber la lumière, et ses longs doigts blancs ressemblaient à des pattes d'araignée.

A moitié cachée derrière l'inconnue, une satyre me lança un regard furtif. C'était Tansy ; elle me fit un sourire timide, comme si elle craignait que je la tienne pour responsable de ma mésaventure avec Titania. Ce n'était pas le cas ; elle n'avait été qu'un pion entre les mains de la reine, tout comme moi. Mais, avant que je n'aie pu la rassurer, la dame aux cheveux noirs s'avança vers moi et posa sur mes joues ses longs doigts osseux. Ses yeux noirs, sans iris ni pupilles, balayèrent mon visage.

— Quelle horreur ! dit-elle d'une voix douce comme de la soie et tranchante comme l'acier. Je n'ai jamais rien vu d'aussi laid. Sans parler de la crasse. Qu'est-ce qu'il s'imagine, Oberon ? Je ne fais pas de miracle !

Je m'arrachai à sa prise ; les satyres lancèrent de petits cris effrayés, mais la dame eut l'air plutôt amusé.

— Enfin, reprit-elle, je vais faire de mon mieux. Écoute-moi bien, demi-sang…

— Je ne m'appelle pas demi-sang, dis-je sèchement. Mon nom est Meghan. Meghan Chase.

Mon interlocutrice ne cilla pas.

— Tu livres ton nom bien légèrement, mon enfant. Tu as de la chance que ce ne soit pas le vrai ; tu te retrouverais vite, sinon, dans une situation tout à fait regrettable. Très bien, Meghan Chase. Je suis Dame Tisserande, et je te demande de bien m'écouter. Sa Majesté Oberon m'a demandé de te rendre présentable pour la fête d'Elysium, ce soir. Il ne veut pas que sa fille se balade en haillons de mortelle devant la cour Unseelie. Je lui ai dit de ne pas s'attendre à des merveilles, mais je vais voir ce que je peux faire.

Elle m'indiqua la pièce attenante et ajouta :

— Maintenant, il faut parer au plus pressé. Tu pues l'humain, le troll et le sang animal. Va prendre un bain.

Elle tapa dans ses mains et les deux satyres s'avancèrent en trottant.

— Tansy et Clarissa t'assisteront. Pendant ce temps,

je vais essayer de dessiner une tenue qui t'évitera de couvrir ton père de ridicule.

Je coulai un regard à Tansy, mais elle gardait les yeux baissés. En silence, je suivis les deux satyres jusqu'au bassin, ôtai mes vêtements crasseux et me glissai dans l'eau chaude.

Quel bonheur ! Je me laissai flotter quelques instants, m'imprégnant jusqu'aux os de cette douce chaleur, qui apaisait les courbatures des trois derniers jours. Tout en rêvassant, je me demandai s'il arrivait aux elfes de transpirer ou de se salir ; ils avaient toujours l'air immaculés.

Je dus m'assoupir, car je fis de nouveaux cauchemars : des hordes d'araignées noires grouillaient sur mon corps et me recouvraient de leur toile, comme si j'avais été une mouche géante. Je me réveillai en frissonnant ; mon corps tout entier me démangeait. J'étais étendue sur le lit et Dame Tisserande se tenait au-dessus de moi.

— Eh bien, soupira-t-elle tandis que je me levais péniblement, ce n'est pas ma plus grande réussite, mais cela fera l'affaire. Viens, ma fille, regarde-toi dans le miroir.

Je lui obéis… et laissai échapper un hoquet de stupéfaction. J'étais moulée dans une robe scintillante, au tissu plus léger que de la soie. Au moindre de mes mouvements, elle ondulait comme la surface de l'eau.

Des manches en dentelle flottaient autour de mes bras, effleurant ma peau. Mes cheveux avaient été frisés et rassemblés en un haut chignon maintenu par des épingles aux têtes scintillantes. Un énorme saphir jetait ses feux bleus au creux de ma gorge.

— Eh bien ? dit Dame Tisserande. Qu'en penses-tu ?

Elle caressa l'une des manches, contemplant son œuvre comme un artiste devant sa toile.

— C'est… magnifique, réussis-je à articuler. Je ne me reconnais pas.

Je regardai encore un instant la princesse elfe qui se reflétait dans la glace, puis me mis à glousser.

— Je ne vais pas me transformer en potiron à minuit, j'espère ?

— Si tu contraries les mauvaises personnes, c'est tout à fait possible.

La tisserande frappa dans ses mains ; comme des automates, Tansy et Clarissa surgirent de la pénombre, les cheveux lissés, vêtues de robes blanches toutes simples. Sous la frange noisette de Tansy, je vis pointer deux petites cornes. Elle tenait mon sac à dos orange du bout des doigts, comme si elle avait peur qu'il morde.

— J'ai demandé aux filles de laver tes vêtements de mortelle, ajouta la Dame Tisserande en se détournant du miroir. Oberon voulait qu'ils soient détruits, mais j'avais trop de travail pour m'occuper de ça, alors je les ai remis dans ton sac. De toute façon, après Elysium, je reprendrai la robe ; tu risques d'avoir besoin de tes anciens habits.

— Euh… d'accord.

J'inspectai rapidement mon sac : mon jean et mon T-shirt étaient pliés à l'intérieur, mon iPod toujours rangé dans la poche latérale. Je songeai à laisser ces affaires ici, puis décidai que ce n'était pas prudent. Oberon pouvait encore essayer de les faire brûler. Je finis donc par mettre mon sac sur mon dos, un peu gênée. La princesse des péquenauds, avec son sac à dos orange.

— Allons-y, s'exclama Dame Tisserande en jetant un châle vaporeux autour de sa gorge. Elysium nous attend. Et toi, demi-sang, sache que j'ai passé du temps sur cette robe. Alors, essaie de ne pas te faire tuer tout de suite, d'accord ?

12

La fête d'Elysium

Nous traversâmes le tunnel en ronces et débouchâmes dans la grande cour. Comme lors de ma précédente visite, elle était remplie de courtisans ; mais, ce soir, l'ambiance était plus sombre. Les elfes dansaient, bondissaient et s'ébattaient avec abandon au son d'une musique sauvage et obsédante. Un satyre agenouillé derrière une elfe à la peau rouge lui caressait les côtes ; voyant qu'elle ne lui résistait pas, il se mit à l'embrasser dans le cou. Deux femmes aux oreilles de renard tournaient autour d'un lutin à l'air hébété, leurs yeux dorés luisant de désir. Un groupe de nobles, visiblement perdus dans la musique, se livrait à une chorégraphie hypnotique, aux mouvements lents et sensuels.

J'eus subitement le désir de me joindre à eux, de renverser la tête en arrière et de me laisser submerger par la musique, sans plus me soucier de rien. Je fermai les yeux : les accords cadencés soulevèrent mon âme et l'emportèrent vers les cieux. Mon cœur se serra et mon corps se mit à tanguer au rythme de la musique. Tout à coup, j'ouvris les yeux et ne pus m'empêcher de sursauter. Malgré moi, je m'étais avancée jusqu'au cercle des danseurs.

Je me mordis la lèvre, et le goût du sang me ramena à la raison. *Reprends-toi, Meghan. Tu ne dois pas baisser la garde. Autrement dit, tu ne manges pas, tu ne danses pas, et tu ne parles pas aux inconnus. Concentre-toi sur ce que tu dois faire.*

Je repérai Oberon et Titania assis à une longue table, entourés de trolls et de chevaliers de la cour Seelie. Placés côte à côte, les deux souverains s'ignoraient ostensiblement. Le menton calé dans les mains, Oberon contemplait sa cour ; Titania était figée comme de la glace.

Puck n'était pas en vue. Oberon l'avait-il libéré ?

— On profite des festivités ? lança une voix que je connaissais.

— Grimalkin !

Perché sur le bord d'un bassin, la queue enroulée autour de ses pattes, le chat gris me regardait, comme à son habitude, avec la plus totale indifférence.

— Qu'est-ce que tu fais là ? lui demandai-je.

— Je dormais, dit-il en bâillant.

Il se leva, s'étira, fit le gros dos et me lança un regard en coin.

— Alors, humaine, comment va la vie à la cour d'Oberon ?

— Tu savais ! m'écriai-je. Depuis le départ, tu savais qui j'étais. Voilà pourquoi tu as accepté de me conduire jusqu'à Puck — pour faire chanter Oberon.

— Du chantage ? répondit Grimalkin en clignant des yeux. En voilà un mot barbare. Meghan Chase, tu as encore beaucoup à apprendre sur le monde des fées. Tu crois que d'autres auraient agi différemment ? Ici, tout a un prix. Demande à Oberon. Ou à ton Puck chéri, tiens.

J'étais sur le point de lui demander ce qu'il sous-entendait par là, quand une ombre fine s'allongea devant moi. Je me retournai et me retrouvai nez à nez avec Dame Tisserande.

— Le cortège de la cour d'Hiver va bientôt arriver, chuchota-t-elle. Tu dois prendre ta place à table, à côté du roi Oberon. Il a requis ta présence. Viens vite.

Ses doigts agrippèrent mon épaule, et elle me conduisit jusqu'à la table où attendaient Oberon et les nobles de la cour d'Été. Le roi garda prudemment une attitude neutre ; mais Titania me fixa avec une telle haine que j'eus envie de partir en courant. Entre la dame-araignée dans mon dos et la reine de la cour Seelie devant moi, j'étais à peu près certaine de finir la soirée transformée en souris ou en cafard.

— Présente tes respects à ton père, dit Dame Tisserande à mon oreille.

Elle me poussa vers le roi des Aulnes. Je déglutis et, sous le regard sévère des nobles qui l'entouraient, m'avançai vers lui.

Je ne savais pas quoi dire. Je ne savais pas quoi faire. J'étais terrorisée, comme si on m'avait demandé de lire un exposé devant tous les élèves du lycée et que j'avais oublié mes notes. Priant pour qu'un indice me mette sur la voie, je croisai les yeux verts d'Oberon et fis une révérence maladroite.

Le roi des Aulnes bougea légèrement. Son regard se posa sur mon sac à dos orange, et il plissa les yeux. Mes joues s'enflammèrent ; mais il était trop tard, à présent, pour m'en débarrasser.

— La cour salue Meghan Chase, dit Oberon d'une voix froide et solennelle.

Il marqua une pause, comme s'il s'attendait à ce que je réponde ; mais j'étais incapable de parler. Le silence se prolongea et des ricanements s'élevèrent de la foule. Enfin, Oberon m'indiqua d'un geste une chaise vide, à l'autre bout de la table. Je m'assis, écarlate, sous les regards de la cour tout entière.

— Belle performance, fit une voix à mes pieds.

Grimalkin sauta sur la chaise à côté de la mienne.

— Tu as visiblement hérité du talent oratoire de ton père. Dame Tisserande doit être très fière de toi.

— La ferme, Grim, marmonnai-je en rangeant mon sac sous ma chaise.

A cet instant, la musique cessa et des trompettes se mirent à sonner.

— Ils sont arrivés, dit Grimalkin en plissant les yeux. Ça va devenir intéressant.

Il avait presque l'air de sourire.

Les trompettes résonnèrent à nouveau, plus assourdissantes encore. A l'autre bout de la cour, le rempart de ronces s'ouvrit et s'enroula sur lui-même de manière à former une arche élégante, plus haute que tout ce que j'avais vu jusqu'ici. Au milieu des ronces, des boutons de roses noires s'ouvrirent subitement.

Puis un vent glacé se mit à souffler de l'autre côté du portail, déposant un manteau de glace sur les arbres à proximité.

Une silhouette s'avança à petits pas sous l'arche. Un frisson me parcourut, qui n'avait rien à voir avec le froid. C'était un gobelin à la peau jaune couverte de verrues, qui portait une veste noire aux boutons dorés. Il promena un regard sournois sur l'assistance, bomba la poitrine et articula d'une voix rauque :

— Sa Majesté la reine Mab, dame de la cour d'Hiver, souveraine des territoires d'Automne, reine de l'Air et des Ténèbres !

Enfin, les Unseelie firent leur entrée.

A première vue, ils n'avaient pas l'air tellement

différents des Seelie. Les petits bonshommes portant la bannière de la cour d'Hiver ressemblaient à des nains de jardin, vêtus de capes et de chapeaux rouges. Puis je remarquai leurs rictus et la folie qui luisait dans leurs yeux ; ils n'avaient vraiment rien de sympathique.

— Des bonnets-rouges, marmonna Grimalkin en plissant le nez. Tu ferais mieux de les éviter. La dernière fois qu'ils sont venus, un phouka un peu bête leur a proposé un jeu d'osselets truqué. Ça a mal fini.

— Qu'est-ce qui s'est passé ? m'exclamai-je, en me demandant ce qu'était un phouka.

— Ils l'ont mangé.

Des ogres passaient le portail, immenses et trapus. Leurs visages étaient rudes et bornés, et leurs défenses luisantes de bave. Ils portaient des menottes aux poignets et des chaînes argentées autour de leurs cous énormes. Traînant les pieds tels des gorilles drogués, ils semblaient indifférents aux regards meurtriers que leur lançaient les trolls de la cour d'Été.

Il y eut encore des croque-mitaines maigres et fuyants, comme celui qui rôdait dans le placard d'Ethan, si ce n'est que ceux-ci rampaient le long du sol comme des insectes géants. Des gobelins crachant et sifflant. Un bouc noir aux jambes d'homme, dont les cornes se courbaient en pointes cruelles. Et bien d'autres encore, tous plus affreux les uns que les autres. En m'apercevant, ils me lançaient des regards concupiscents et se léchaient les babines. Heureusement, les regards sévères d'Oberon et de Titania les empêchaient d'approcher.

Enfin, quand l'assistance eut presque doublé en nombre, la reine Mab fit son apparition.

Tout d'abord, la température diminua brutalement d'environ dix degrés. Mes bras se couvrirent de chair de poule, et je regrettai de ne porter qu'une robe en gaze et en toile d'araignée. J'étais sur le point de me déplacer vers l'autre bout de la table, qui paraissait plus abrité du vent, quand une bourrasque de neige jaillit de la bouche du tunnel. Puis je vis apparaître une femme extraordinaire ; de celles qui font pleurer d'envie les autres femmes, et pour lesquelles les hommes sont prêts à déclarer la guerre.

Elle n'était ni très grande, comme Oberon, ni particulièrement mince, comme Titania ; mais elle attirait à elle tous les regards. Ses cheveux étaient si noirs qu'ils paraissaient presque bleus ; ils dégringolaient dans son dos telle une cascade d'encre de Chine. Ses yeux, couleur de nuit sans lune, contrastaient vivement avec sa peau d'albâtre, et ses lèvres étaient pourpres. Sa robe frémissait sur elle comme une ombre vivante. Et, tout comme Oberon et Titania, elle irradiait le pouvoir.

Toutes ces fées rassemblées dans la clairière, Seelie

et Unseelie confondues, me rendaient extrêmement nerveuse. Au moment où je songeais que la situation ne pourrait être plus angoissante, la suite de Mab fit son entrée.

Il y eut d'abord deux elfes, grands et beaux comme tous ceux de leur espèce, le visage anguleux et les membres longs et gracieux. Ils portaient leurs habits noir et argent avec l'assurance tranquille de la noblesse ; leurs cheveux de jais, tirés en arrière, mettaient en valeur leurs traits fiers et cruels. Tels des princes de l'ombre, ils marchaient derrière Mab, leurs mains longues et fines posées sur la poignée de leurs épées, leur cape volant derrière eux.

Le troisième était vêtu comme eux de noir et d'argent, portait aussi une épée à la ceinture, et ses traits fins étaient bien ceux d'un aristocrate. Mais, contrairement aux autres, il paraissait indifférent à ce qui l'entourait, et avait presque l'air de s'ennuyer. Un rayon de lune se refléta dans ses yeux et les fit briller comme des pièces d'argent.

Mon cœur se glaça et je sentis mon estomac se serrer. C'était le garçon de mes rêves, celui qui nous avait pris en chasse, Puck et moi, dans la forêt. Je lançai un regard paniqué autour de moi, cherchant où me cacher avant qu'il ne me reconnaisse. Grimalkin me lança un regard perplexe et battit l'air de sa queue.

— C'est lui ! chuchotai-je en lui montrant les nobles

qui suivaient la reine. Ce type, là ! C'est lui qui me poursuivait, l'autre jour, quand je me suis retrouvée dans ton arbre. Il a essayé de me tuer !

Grimalkin cligna des yeux, de plus en plus étonné.

— C'est le prince Ash, dit-il. Le fils cadet de la reine Mab. Il paraît qu'il adore la chasse et qu'il passe le plus clair de son temps dans la Forêt Sauvage, au lieu de rester à la cour avec ses frères.

— Je me fiche de savoir qui il est, sifflai-je en me baissant vivement. Il ne faut pas qu'il me voie. Où est la sortie ?

Grimalkin émit une sorte de ricanement.

— A ta place, humaine, je ne m'inquièterais pas trop. Ash ne prendra pas le risque de t'attaquer ici et de s'attirer les foudres d'Oberon. La violence est strictement proscrite pendant les festivités d'Elysium.

Avec un reniflement de mépris, il ajouta :

— De toute façon, plusieurs jours se sont écoulés depuis qu'il t'a prise en chasse. A mon avis, il t'a complètement oubliée.

Je lui lançai un regard furieux. Du coin de l'œil, je vis mon assaillant s'incliner devant Oberon, puis devant Titania, en prononçant des mots que je ne pus distinguer. Oberon hocha la tête et le prince s'écarta, toujours incliné. Quand il se redressa, son regard balaya la table…

Et s'arrêta sur moi.

Il plissa les yeux, puis hocha imperceptiblement la tête et se mit à sourire. Mon cœur s'accéléra.

Ash ne m'avait pas oubliée. Loin de là.

A mesure que la soirée avançait, je regrettais de plus en plus mes jours tranquilles en cuisine.

Et pas seulement à cause d'Ash. La garde royale Unseelie me fichait la trouille — et je n'étais pas la seule. Les tensions entre les Seelie et les Unseelie étaient palpables ; on voyait bien qu'il s'agissait d'anciens ennemis. Seul l'attachement des fées aux règles et à l'étiquette — ainsi que l'autorité de leurs maîtres — empêchait la cérémonie de tourner au bain de sang.

C'est du moins ce que me dit Grimalkin. Résolue à le croire sur parole, je me fis toute petite sur ma chaise et essayai de ne pas me faire remarquer.

Oberon, Titania et Mab ne quittèrent pas leurs places. Les trois fils de Mab, installés à leur gauche, ne bougèrent pas non plus ; à mon grand soulagement, Ash était à l'autre bout de la table. Des plats furent servis, du vin versé dans les verres, et les souverains se mirent à parler entre eux. Au bout d'un moment, Grimalkin bâilla à se décrocher la mâchoire, sauta de la chaise et disparut.

Quand enfin les divertissements commencèrent, j'avais l'impression d'être à table depuis des siècles.

Trois jeunes garçons arborant des costumes de couleurs vives et des queues de singe bondirent sur la scène dressée devant la table royale. Ils firent des sauts et des roulades incroyables, se croisant et rebondissant l'un sur l'autre. Puis un satyre fit danser une humaine au son de son pipeau jusqu'à ce qu'elle s'écroule, les pieds en sang, le visage exprimant l'horreur et l'extase. Une femme superbe, aux sabots de chèvre et aux dents de piranha, chanta une romance au sujet d'un homme qui suivait son amante sous les eaux du lac pour ne plus en ressortir. Quand la chanson prit fin, j'aspirai une grande bouffée d'air et me rendis compte que j'avais retenu mon souffle en écoutant sa voix.

L'instant suivant, je constatai qu'Ash avait disparu.

Je balayai la cour du regard, cherchant dans la foule son visage pâle et ses cheveux noirs.

Un petit rire s'éleva à côté de moi, et mon cœur cessa de battre.

— Voici donc la fameuse demi-sang d'Oberon, murmura Ash d'un ton pensif.

Je me tournai vers lui. Ses yeux froids et cruels avaient une lueur de moquerie. De près, il était encore plus beau, avec ses pommettes saillantes et les longues mèches rebelles qui lui tombaient devant les yeux. Je m'aperçus que je mourais d'envie de plonger mes mains dans ses cheveux. Horrifiée, je serrai les poings et tentai de me concentrer sur les paroles du prince.

— Quand je pense, dit-il cordialement, que j'ai failli te tuer sans savoir qui tu étais !

Je me ratatinai sur ma chaise en lançant un coup d'œil furtif à Oberon et à la reine Mab. Ils étaient en pleine conversation ; ni l'un ni l'autre ne semblait nous avoir remarqués. Je ne pouvais tout de même pas les interrompre juste parce qu'un prince Unseelie m'avait adressé la parole.

Et puis, j'étais moi-même devenue une princesse… du moins, aux yeux des autres. Ash, en tout cas, avait l'air de le croire. Je pris une profonde inspiration et le regardai droit dans les yeux.

— Je te préviens, dis-je en notant avec satisfaction que ma voix ne tremblait pas, si tu lèves le petit doigt sur moi, mon père te tranchera la tête et la fera empailler.

— Il y a pire, comme mort, dit-il en haussant les épaules.

Puis il ajouta avec un sourire :

— Ne t'inquiète pas, princesse. Je ne vais pas désobéir aux règles d'Elysium. Je n'ai aucune envie de m'exposer à la colère de Mab. Je ne suis pas ici pour ça.

— Mais alors… qu'est-ce que tu veux ?

— T'inviter à danser, dit-il en s'inclinant devant moi.

— *Quoi ?*

Je n'en croyais pas mes oreilles.

— Tu as essayé de me tuer ! lui rappelai-je.

— En réalité, j'essayais surtout de tuer Puck. Tu t'es trouvée au mauvais endroit, au mauvais moment. Voilà tout. J'avoue que si je t'avais eue en ligne de mire, j'aurais sans doute tiré.

— Pourquoi est-ce que j'accepterais de danser avec toi ?

— Parce que c'est du passé, dit-il d'un air affable. Et parce qu'il est de tradition qu'un garçon et une fille de territoires opposés dansent ensemble pour montrer la bonne volonté qui existe entre nos peuples.

— Eh bien, dis-je en croisant les bras, c'est une tradition ridicule.

Il haussa un sourcil.

— Tu veux vraiment froisser notre monarque, la reine Mab, en refusant mon invitation ? Elle risque de le prendre mal et de tenir Oberon pour responsable. Et elle est très rancunière.

La poisse. J'étais prise au piège. J'étais déjà sur la liste noire de Titania, je n'avais pas besoin d'être sur celle de Mab en plus.

— Tu veux dire que je n'ai pas le choix.

— On a toujours le choix, dit Ash en me tendant

la main. Je ne te force pas. Je ne fais que suivre les ordres de ma reine. Mais sache que toute la cour s'attend à nous voir danser ensemble.

Avec une pointe d'amertume, il ajouta :

— Je te promets de me conduire en gentleman jusqu'à la fin de la soirée. Tu as ma parole.

— Ça suffit ! dis-je en croisant les bras sur ma poitrine. Je ne ferais que te ridiculiser, de toute façon. Je ne sais pas danser.

— Tu es la fille d'Oberon, répliqua-t-il calmement. Bien sûr que tu sais danser.

Je luttai un instant contre moi-même. *C'est un prince de la cour Unseelie. Il sait peut-être quelque chose au sujet d'Ethan. Ou de papa ! Allez Meghan, tu peux au moins lui poser la question.*

J'inspirai une grande bouffée d'air. La main tendue, Ash attendit patiemment. Quand enfin je posai mes doigts sur sa paume, il eut un léger sourire. Sa main remonta le long de mon bras : sa peau était froide, et la proximité de son corps me fit frissonner. Il sentait la neige et autre chose, un parfum inconnu, pas désagréable, mais étrange.

Nous nous éloignâmes ensemble de la table. Mon cœur se souleva en voyant des centaines d'yeux se fixer sur nous. Les Seelie comme les Unseelie s'écartaient en s'inclinant pour nous céder le passage. Nous arrivâmes au pied de la scène.

— Je ne vais pas y arriver, chuchotai-je en prenant appui contre le bras d'Ash. Laisse-moi partir. J'ai mal au ventre.

— Ne t'inquiète pas.

Sans me regarder, il me fit monter sur la piste de danse. Puis, la tête haute, le visage inexpressif, il se tourna vers les trois souverains attablés. Je balayai la foule du regard et me mis à trembler.

Ash m'aggripa le bras.

— Contente-toi de faire comme moi, dit-il.

Il s'inclina en direction de la table d'Oberon ; je fis moi aussi une révérence. Le roi des Aulnes hocha la tête d'un air solennel. Ash se tourna vers moi, me prit les deux mains et en plaça une vers son épaule.

L'orchestre se mit à jouer.

Ash fit un pas vers moi, et je faillis trébucher en essayant de l'imiter. Pendant un moment, nous arpentâmes maladroitement la scène ; moi, en me concentrant pour ne pas marcher sur les pieds d'Ash ; lui, en se déplaçant avec la grâce d'un tigre. Par chance, il n'y eut ni huées, ni projectiles ; mais je me déplaçais comme une zombie sur l'estrade, en attendant que l'humiliation prenne fin.

Au bout d'un moment, ce cauchemar éveillé fut interrompu par un petit rire.

— Arrête de réfléchir, me dit Ash.

Il m'entraîna dans une grande pirouette et je finis plaquée contre son torse.

— Ne pense plus aux spectateurs ni aux pas de danse. Ferme les yeux et écoute la musique.

— Facile à dire ! grommelai-je.

Il me fit virevolter à nouveau, si rapidement que j'en eus le vertige et fermai les yeux. *Rappelle-toi ce que tu fais ici*, me dis-je. *Pense à Ethan.*

O.K. J'ouvris les yeux et plongeai mon regard dans celui du prince.

— Alors, dis-je sur le ton de la conversation, tu es le fils de la reine Mab, c'est bien ça ?

— Il me semble que c'est un fait établi.

— Dis-moi, est-ce que ta mère aime… euh… collectionner des choses ?

Ash me regarda d'un air bizarre, et j'ajoutai à toute vitesse :

— Des humains, par exemple. Elle en a beaucoup dans sa cour ?

— Quelques-uns.

Ash me fit tourner à nouveau et, cette fois, je me laissai emporter par le mouvement. Quand je revins dans ses bras, je vis que ses yeux brillaient.

— Mab a tendance à se lasser des mortels, au bout de quelques années, ajouta-t-il. Soit elle les libère, soit elle les transforme en quelque chose de plus intéressant, selon son humeur. Pourquoi ?

Mon cœur s'accéléra.

— Est-ce qu'elle aurait un petit garçon humain ? Quatre ans, cheveux châtains bouclés, yeux bleus ? Du genre paisible et discret ?

— Je n'en ai pas la moindre idée. Je n'ai pas été à la cour depuis un bon moment. De toute façon, je ne me tiens pas au courant des mortels que la reine se procure et libère au fil des ans.

— Ah, fis-je en baissant les yeux.

Encore un plan qui tombait à l'eau.

— Mais… quand tu n'es pas à la cour, où es-tu ?

— Dans la Forêt Sauvage, répondit Ash avec un sourire qui me glaça le sang. Je chasse. Et je laisse rarement mes proies s'échapper. Tu as de la chance que Puck soit aussi lâche.

Avant que je n'aie pu répondre, il m'attira contre lui et, la bouche contre mon oreille, ajouta :

— Mais je ne regrette pas de t'avoir laissée vivre. Je t'avais bien dit qu'une fille d'Oberon saurait danser.

J'avais oublié la musique. Je pris brusquement conscience que mon corps avait basculé en pilotage automatique et que je virevoltais sur la piste comme si j'avais fait ça toute ma vie. Nous cessâmes de parler, emportés par la danse. Quand la musique s'éleva crescendo dans la nuit, l'émotion m'envahit, et il n'y eut plus que nous deux au monde, tournant sur nous-mêmes à l'infini.

Puis la danse arriva à son terme. Ash me fit faire une dernière pirouette, et mon visage se retrouva à quelques centimètres du sien. Ses yeux gris brillaient intensément. Nous restâmes un instant immobiles, nos cœurs battant à tout rompre. Le monde, autour de nous, avait disparu. Ash cligna des yeux et esquissa un sourire. Je n'avais qu'un pas à faire pour trouver ses lèvres.

Un hurlement déchira la nuit et nous ramena à la réalité. Le prince me relâcha et s'écarta brusquement de moi, le visage à nouveau figé en un masque impénétrable.

Il y eut un autre cri, suivi d'un rugissement qui fit trembler les tables. Les verres de cristal se fracassèrent sur le sol. Derrière la foule, la grande haie de ronces tressaillit violemment. Autour de moi, chacun se mit à crier et à gesticuler. Oberon se leva et, d'une voix retentissante, rappela les courtisans à l'ordre. L'espace d'un instant, tous se turent.

La haie s'ouvrit dans un craquement assourdissant, et une bête monstrueuse s'en libéra à coups de griffes. Des traînées de sang sillonnaient son pelage fauve. Ce n'était pas un monstre du genre croque-mitaine tapi dans l'ombre, mais un vrai, de ceux qui vous ouvrent le ventre pour vous dévorer les entrailles. Il avait trois têtes, toutes plus horribles les unes que les autres : une tête de lion, qui serrait un satyre ensanglanté entre ses mâchoires ; une tête de chèvre, aux yeux blancs luisant de folie ; et une tête de dragon, qui crachait des flammes et de la fumée.

Une chimère, fit une voix dans ma tête.

L'espace d'une seconde, le monstre s'immobilisa et contempla de ses six yeux la fête qu'il venait d'interrompre. Puis la tête de lion écarta les mâchoires et laissa le satyre mort tomber sur le sol. Ce n'était plus qu'une bouillie de membres sanglants et mutilés. Dans la foule, quelqu'un se mit à hurler.

La chimère poussa un nouveau rugissement ; ses trois voix se mêlaient en un bruit assourdissant. Puis elle se raidit, prit son élan, et la foule devant elle se dispersa à toute vitesse.

Elle bondit et retomba à côté d'un bonnet-rouge en fuite, qu'elle éviscéra d'un coup de griffes dans le ventre. Tandis que sa victime s'écroulait en retenant ses entrailles, la chimère renversa un troll et le cloua au sol. Dans un grognement furieux, le troll parvint à attraper la tête de lion à deux mains et à l'immobiliser ; mais la tête de dragon s'abaissa jusqu'à son cou, l'enserra dans ses mâchoires et le fit pivoter d'un coup sec. Des giclées de sang noir remplirent l'air d'une odeur cuivrée. Le troll eut un dernier frisson puis s'affaissa, inerte.

La chimère leva sa gueule de dragon ensanglantée. Son regard s'arrêta sur moi, figée au milieu de la piste. En rugissant, elle bondit jusqu'au bord de la scène. Mon cerveau m'intimait l'ordre de fuir, mais j'étais paralysée. Je ne pouvais que fixer du regard, fascinée, la bête qui prenait son élan et bandait ses muscles pour se jeter sur moi. Son haleine brûlante était lourde d'une odeur de sang ; j'aperçus un lambeau de chair rouge entre les dents de la tête de lion.

La chimère se jeta sur moi en poussant un cri. Je fermai les yeux, dans l'espoir que tout se passerait au plus vite.

13

Ma fuite de la cour Seelie

Un poids s'écrasa sur moi et me projeta en arrière. J'atterris sur l'épaule : une douleur fulgurante parcourut mon bras et me coupa le souffle.

Quand j'ouvris les yeux, Ash se tenait entre la chimère et moi et la menaçait de son épée. Un halo de givre et de brume entourait la grande lame aux reflets bleus. Le monstre, exaspéré, poussa un rugissement et tenta d'écraser le prince du revers de la patte ; mais celui-ci esquiva et lui entailla le pied d'un coup de sa lame de glace. La chimère eut un cri de douleur presque humain. Ash roula sur lui-même, bondit sur ses pieds et tendit le bras au-dessus de sa tête. Des étincelles bleues jaillirent de son poing fermé. Comme le monstre pivotait sur lui-même pour revenir à l'attaque, Ash ouvrit grand les doigts et projeta vers son adversaire une multitude d'éclats de glace, luisants et acérés, qui déchiquetèrent les flancs du monstre.

— Aux armes ! s'écria Oberon. Chevaliers, retenez la bête ! Protégez nos hôtes ! Vite !

La voix de Mab s'éleva à son tour pour distribuer des ordres à la cantonade. L'instant d'après, des elfes lourdement armés surgissaient dans la clairière et bondissaient sur scène en lançant des cris de guerre. Du côté des courtisans, c'était le sauve-qui-peut général : ils fuyaient à toutes jambes, laissant la défense de leurs souverains respectifs aux renforts qui arrivaient en masse. Des trolls et des ogres frappèrent la chimère de leurs grosses massues garnies de pointes de fer, des bonnets-rouges la tailladèrent de leurs couteaux de bronze, et des chevaliers Seelie lacérèrent ses flancs de leurs épées enflammées. Je vis les frères d'Ash se joindre à la mêlée en brandissant leurs lames de glace. La chimère eut un rugissement de douleur : sérieusement blessée, elle parut sur le point de s'incliner devant ses assaillants.

Puis la tête de dragon se releva. Des nuages de fumée sortirent de ses mâchoires, et elle inonda ses assaillants de flots de feu liquide. Plusieurs elfes s'effondrèrent en hurlant, saisis de convulsions violentes ; la chair fondait sur leurs os. Le monstre voulut descendre de la scène, mais les elfes l'encerclèrent de plus belle et le retinrent en l'attaquant de toutes parts.

Quand le dernier courtisan eut évacué la salle, le roi des Aulnes se leva. Ses longs cheveux argentés flottaient dans son dos, et son visage avait pris une expression étrange et terrifiante. Il leva les mains : la terre se mit à trembler sous nos pieds. Les assiettes s'écrasèrent au sol, les branches des arbres vibrèrent, et l'escadron d'elfes s'éloigna à reculons de la chimère enragée. Celle-ci grogna et fit claquer ses dents ; son regard se troublait, comme si elle ne parvenait pas à comprendre ce qui se passait.

La scène — une plaque de marbre épaisse de plus d'un mètre — se lézarda dans un horrible craquement. De cette faille surgirent d'immenses racines, qui se déployèrent de tous côtés. Massives et couvertes d'épines luisantes, elles s'entortillèrent autour de la chimère comme de gigantesques serpents. Le monstre rugit et entailla de ses griffes le bois mouvant qui l'encerclait, mais les racines ne firent que resserrer leur prise.

Les elfes revinrent s'agglutiner autour de la chimère et l'attaquèrent à grands coups d'épée et de hache. Elle recommença à distribuer des coups de griffes et de dents à ceux qui s'aventuraient trop près. Un ogre parvint à écraser sa massue contre le flanc de la bête, mais reçut un coup de patte sauvage qui lui ouvrit l'épaule. Un chevalier Seelie, qui avait réussi à blesser la tête de dragon, vit les mâchoires s'ouvrir et une cascade de feu liquide se déverser sur lui. Le chevalier bondit en arrière en hurlant, et le dragon leva les yeux pour lancer un regard noir au roi des Aulnes. Celui-ci se tenait debout derrière la table, les yeux fermés, le visage concentré. Le dragon retroussa les lèvres et aspira une grande bouffée d'air. Je hurlai en direction d'Oberon, pour l'avertir ; mais ma voix se perdit dans la cacophonie générale, et je compris qu'il était trop tard.

C'est alors que je vis Ash esquiver les griffes de la bête et brandir la lame étincelante de son épée. Il trancha net le cou du dragon, projetant son horrible tête sur le sol. D'un pas dansant, Ash s'écarta de la plaie, car le moignon continuait à déverser du sang et des flammes liquides. Des cris de douleur s'élevèrent des combattants aspergés par cette coulée de lave ; mais un troll profita de la confusion générale pour planter sa lance dans la gueule du lion et l'y enfoncer profondément, jusqu'à ce qu'elle ressorte de l'autre côté du crâne. De leur côté, trois bonnets-rouges se ruèrent sur la tête de chèvre, qu'ils mordirent et criblèrent de coups de couteau. La chimère eut un sursaut violent, se débattit, et enfin s'affaissa, prisonnière des racines, en proie à d'ultimes convulsions. Tandis qu'elle agonisait, les bonnets-rouges continuèrent à la lacérer de leurs armes et de leurs dents.

La bataille était finie. Ce n'était plus qu'une abominable boucherie : des corps mutilés et carbonisés s'entassaient comme des jouets cassés autour de la grande plaque de marbre fendue. Le visage contorsionné par la douleur, des elfes blessés essayaient d'étancher leurs plaies. L'odeur du sang et de la chair brûlée était suffocante.

Mon estomac se souleva. Me détournant du carnage, je rampai jusqu'au bord de la scène et vomis dans les rosiers.

— Oberon ! hurla une voix qui me glaça le sang.

Debout, les yeux dardant des éclairs, la reine Mab tendait un long doigt ganté en direction du roi des Aulnes.

— Comment avez-vous osé ! s'écria-t-elle d'une voix rauque.

La température chuta brusquement. En un instant, une fine gelée blanche recouvrit les branches et le sol.

— Comment avez-vous pu lâcher ce monstre pendant l'Elysium, où nous venons à vous en paix ! Vous avez brisé notre pacte. Je ne vous le pardonnerai jamais.

Oberon eut l'air peiné ; quant à la reine Titania, elle se leva d'un bond et fit crépiter un éclair au-dessus de sa tête.

— Quel culot ! s'exclama-t-elle. Vous nous accusez d'avoir convoqué cette créature alors que, de toute évidence, sa venue n'est qu'une manœuvre de la cour Unseelie pour nous fragiliser de l'intérieur !

Dans l'assistance, les elfes se mirent à parler à

voix basse et à lancer des regards méfiants envers leurs homologues de l'autre cour, avec lesquels ils se battaient pourtant côte à côte, quelques instants auparavant. Un bonnet-rouge à la bouche maculée de sang noir s'approcha et coula sur moi un regard avide.

— Ça sent l'humain, dit-il en se passant la langue sur les lèvres. La bonne chair sucrée de mortelle, pas comme ces monstres à la peau dure.

Je m'éloignai le plus rapidement possible le long de la scène, mais le bonnet-rouge me suivit.

— Reviens, petite fille, fredonna-t-il. Je te prendrai qu'une bouchée. Rien qu'une petite phalange.

— Du balai, fit Ash en surgissant devant moi, le visage constellé de sang noir. On a assez d'ennuis comme ça sans que tu manges la fille d'Oberon. Disparais.

Le bonnet-rouge fit la grimace et détala. En soupirant, mon sauveur m'examina du regard.

— Tu es blessée ?

— Non, murmurai-je. Tu viens de me sauver la vie.

J'étais sur le point de le remercier ; mais je m'arrêtai juste à temps pour me rappeler qu'en Faérie, les remerciements avaient tendance à se transformer en dettes… Cette idée me troubla.

— Je… je ne suis pas liée à toi ? demandai-je nerveusement.

Il leva un sourcil perplexe.

— Pas de dette à vie, pas d'obligation de t'épouser ni quoi que ce soit d'autre ?

— A moins que nos parents n'aient passé un marché à notre insu, non.

Ash lança un regard aux souverains qui se tenaient derrière nous. Oberon tentait de calmer Titania, laquelle refusait obstinément de se laisser raisonner, et dirigeait sa colère aussi bien contre lui que contre Mab.

— De toute façon, reprit-il, même s'ils avaient passé un marché, je pense qu'il vient d'être annulé. Ça sent la guerre.

— La guerre ?

Quelque chose de froid me toucha la joue. Je levai la tête et vis des flocons de neige tourbillonner dans le ciel zébré d'éclairs. Devant ce spectacle à la fois beau et sinistre, je fus prise d'un frisson.

— Que va-t-il se passer, si c'est la guerre ?

Ash fit un pas vers moi. Il leva la main jusqu'à mon visage et lissa mes cheveux en arrière : une décharge électrique me parcourut tout le corps. Il se pencha vers moi, et je sentis son souffle frais sur ma tempe.

— Je vais te tuer, chuchota-t-il à mon oreille.

Puis il s'éloigna sans se retourner et rejoignit ses frères, réunis autour de la table.

Grisée et terrifiée à la fois, je frôlai du bout des doigts l'endroit où sa main avait touché ma peau.

— Gare à toi, l'humaine !

A moitié caché dans l'ombre de la chimère morte, Grimalkin se tenait au coin de la scène.

— Ne donne jamais ton cœur à un prince de Faérie. Ça finit toujours mal.

— Qui t'a demandé ton avis ? lui lançai-je, exaspérée. Et pourquoi réapparais-tu toujours quand on n'a plus besoin de toi ? Tu as eu ce que tu voulais, non ? Pourquoi est-ce que tu continues à me suivre partout ?

— Parce que tu m'amuses.

Ses yeux dorés se tournèrent un instant vers les souverains, qui continuaient à se chamailler, puis revinrent se poser sur moi.

— Et parce que tu intéresses beaucoup le roi et les deux reines. Cela fait de toi un pion de grande valeur. Je me demande ce que tu vas faire, maintenant que tu sais que ton frère n'est pas chez Oberon ?

Je lançai un regard oblique vers Ash. Il se tenait à côté de ses frères et, comme eux, se montrait impassible devant la dispute qui faisait rage entre Mab et Titania. Oberon essayait de calmer les deux reines, mais en vain.

— Il faut que j'aille à la cour Unseelie, chuchotai-je. Je vais devoir chercher Ethan sur les terres de la reine Mab.

Grimalkin eut un sourire.

— J'en ai bien l'impression, ronronna-t-il. Le problème, c'est que tu ne sais pas comment t'y rendre. Le cortège de Mab est arrivé en voitures volantes, tu ne peux donc pas les suivre.

— Je pourrais peut-être me déguiser et me cacher dans une voiture.

— Eh bien, bonne chance ! répondit Grimalkin en éclatant de rire. Si les bonnets-rouges ne flairent pas ta présence, les ogres le feront. Le temps d'arriver à Tir Na Nog, il ne restera de toi que des os.

Le chat bâilla et se lécha une patte.

— Dommage que tu n'aies pas de guide. Quelqu'un qui connaît le chemin.

Furieuse, je rivai mon regard dans le sien : je savais où il voulait en venir.

— Je parie que tu sais y aller, toi, répondis-je d'une voix douce, en dissimulant ma colère.

— Possible, fit Grimalkin sans cesser de se lécher la patte.

— Et que tu es prêt à m'y emmener. Contre une petite faveur.

— Non, dit Grimalkin en levant les yeux. Une grande. Entrer en territoire Unseelie, ce n'est pas rien. Sache que mon prix sera élevé. Réfléchis bien : combien es-tu prête à payer pour sauver ton frère ?

Sans répondre, je tournai les yeux vers la table, près de laquelle les deux reines continuaient à se quereller.

— Pourquoi aurais-je fait venir cette chimère ? demandait Mab avec un sourire de mépris. J'ai perdu de bons et loyaux sujets, moi aussi. Pourquoi aurais-je lancé ce monstre contre les miens ?

— Vous vous fichez de savoir qui vous assassinez, rétorqua Titania, du moment que vous obtenez ce que vous voulez. Tout cela n'est qu'une ruse pour affaiblir notre cour sans que les soupçons ne se portent sur vous.

Mab se redressa de toute sa taille, et les flocons de neige qui tournoyaient dans le ciel se changèrent en grêlons.

— Voilà que vous m'accusez de tuer mes propres sujets ! Je refuse de me laisser insulter une seconde de plus. Oberon !

Elle se tourna vers le roi des Aulnes ; ses cheveux se dressèrent et se tordirent tels des serpents autour de son visage.

— Trouvez ceux qui ont fait ça, siffla-t-elle entre ses dents. Trouvez-les et livrez-les-moi, ou vous aurez à braver le courroux des Unseelie.

— Votre Majesté, répondit Oberon en levant la main, ne parlez pas trop vite, je vous en prie. Vous rendez-vous compte de ce que cela signifie pour nos deux camps ?

Mab resta de marbre.

— J'attendrai la veille de la Saint-Jean, dit-elle. Si d'ici là vous ne me livrez pas les responsables de ce massacre, vous devrez vous préparer à la guerre.

Elle se tourna vers ses fils, qui attendaient en silence.

— Qu'on fasse venir nos guérisseurs. Rassemblez nos blessés et nos morts. Nous rentrons dès ce soir à Tir Na Nog.

— Si tu décides de partir, me chuchota Grimalkin, c'est maintenant ou jamais. Après le départ de Mab, Oberon ne te laissera plus quitter la cour. Tu es trop précieuse pour cela. Il te retiendra ici contre ta volonté, enfermée à double tour s'il le faut, pour empêcher Mab de te mettre le grappin dessus. Dès demain, tu n'auras plus aucune occasion de t'échapper, et tu ne pourras jamais retrouver ton frère.

Je suivis des yeux Ash et ses frères, jusqu'à ce qu'ils disparaissent au milieu d'autres elfes aux habits noirs. Je tournai le regard vers le visage sombre et terrifiant du roi des Aulnes, et pris ma décision.

— D'accord. On fiche le camp d'ici.

— Très bien, dit Grimalkin en se relevant. Nous partons à l'instant, avant que le chaos ne se dissipe et qu'Oberon ne se souvienne de ton existence.

Il jeta un regard sur ma robe de bal et plissa le nez.

— Je vais chercher tes affaires. Reste ici et tâche de ne pas te faire remarquer.

Il agita la queue, se glissa dans l'ombre et disparut.

Restée seule près de la chimère morte, je regardai nerveusement autour de moi, bien décidée à rester hors du champ de vision d'Oberon.

Soudain, je vis un minuscule objet tomber de la crinière du lion. Il brilla faiblement dans la lumière, puis s'écrasa sur le marbre dans un bruit sourd. Je m'approchai avec curiosité, en surveillant du coin de l'œil l'énorme carcasse du monstre et les quelques bonnets-rouges qui continuaient à la charcuter. Sur le sol, un objet brillait d'un éclat métallique. Je m'agenouillai, le ramassai et l'examinai longuement.

On aurait dit un insecte en métal ; son corps rond avait la forme d'une tique. Il n'était pas plus gros que l'ongle de mon petit doigt, et ses pattes métalliques étaient repliées sur son abdomen, comme le font les insectes lorsqu'ils agonisent. Une substance noire et gluante le rendait tout poisseux ; à mon grand dégoût, je compris que c'était du sang de chimère.

Soudain, ses pattes s'agitèrent, et l'insecte bougea dans ma paume. Poussant un cri, je le jetai devant moi ; il détala sur le marbre, se glissa dans une fente et disparut.

J'étais en train d'essuyer mes mains couvertes de sang de chimère quand Grimalkin surgit devant moi, tenant dans sa gueule mon sac à dos orange.

— Par ici, marmonna-t-il.

Il me conduisit vers un bosquet d'arbres en bordure de la scène.

— Change-toi, et vite, m'ordonna-t-il tandis que nous nous cachions derrière les branches. Nous n'avons pas de temps à perdre.

Je sortis mes vêtements du sac à dos et les jetai sur le sol. A peine avais-je commencé à défaire ma robe que je remarquai le regard de Grimalkin — jaune, luisant et fixé sur moi.

— Je pourrais avoir un peu d'intimité ?

Le chat émit un feulement irrité.

— Il n'y a rien chez toi qui m'intéresse, l'humaine.

En grommelant, je retirai ma robe et enfilai mes vieux vêtements confortables. Au moment de lacer mes tennis, je vis Grimalkin se tourner vivement vers la clairière. Trois chevaliers Seelie traversaient la pelouse et se dirigeaient droit vers nous.

Le chat hérissa la queue.

— Ton absence a été remarquée. Par ici !

Je le suivis dans l'ombre des arbres jusqu'à la haie qui bordait la clairière. A notre approche, les ronces se replièrent sur elles-mêmes, révélant un passage juste assez large pour que je puisse m'y introduire à quatre pattes. Grimalkin s'y faufila prestement et disparut. En grimaçant, je m'agenouillai et pénétrai dans l'ouverture, traînant mon sac derrière moi.

Je me retrouvai dans un tunnel sombre et sinueux. En progressant au milieu des ronces, je me piquai plusieurs fois les mains. Dans un passage particulièrement étroit, où les épines ne cessaient de s'accrocher à mes bras, mes cheveux et mes vêtements, Grimalkin me lança un regard par-dessus son épaule et cligna des yeux.

— Essaie de ne pas mettre de sang partout. Il est fort possible que l'on nous suive, et tu es en train de laisser une jolie piste derrière toi.

— C'est ça, fis-je en tirant sur une mèche de cheveux pour la libérer des ronces. Tu crois que je le fais exprès, de me laisser piquer par ces saletés ? On est près de la sortie, au moins ?

— Pas loin. C'est un raccourci.

— Un *raccourci* ? On va ressortir dans le jardin de Mab, ou quoi ?

— Pas exactement.

Grimalkin s'assit et se gratta l'oreille.

— En réalité, ce chemin nous ramène dans ton monde.

Je levai brusquement la tête et me fis piquer le haut du crâne ; les larmes me vinrent aux yeux.

— Quoi ? Tu plaisantes ?

Le soulagement et l'excitation m'envahirent. J'allais pouvoir rentrer à la maison ! Je reverrais ma mère ;

elle devait être morte d'inquiétude. Je pourrais dormir dans mon lit et…

Mon euphorie s'évanouit d'un coup.

— Non, dis-je en sentant ma gorge se nouer. Je ne peux pas rentrer chez moi. Pas encore. Pas sans Ethan.

Je me mordis la lèvre, puis ajoutai d'un ton résolu :

— Je croyais que tu devais m'emmener à la cour Unseelie, Grim.

Le chat bâilla ; il avait l'air de s'ennuyer terriblement.

— Mais oui, ne t'inquiète pas. Les territoires Unseelie sont beaucoup plus proches de ton monde que des terres Seelie. On ira plus vite en passant par le monde des mortels.

— Ah, bon.

Je réfléchis un moment, puis ajoutai :

— Mais alors, pourquoi Puck m'a-t-il fait passer par la Forêt Sauvage, s'il est plus facile d'arriver directement chez les Unseelie ?

— Qu'est-ce que j'en sais ? Les passages vers le pays de Nulle Part sont difficiles à repérer. Certains se déplacent en permanence, mais la plupart débouchent sur la Forêt Sauvage. Seules quelques-uns permettent d'arriver directement dans les territoires Seelie ou Unseelie, et ils sont surveillés par des gardiens redoutables. Celui que nous empruntons maintenant est à sens unique. Une fois qu'on l'aura quitté, on ne pourra plus le retrouver.

— Il n'y a vraiment pas d'autre solution ?

— Il existe bien des chemins entre la Forêt Sauvage et Tir Na Nog, soupira Grimalkin, mais il aurait fallu affronter toutes les créatures qui l'habitent — les gobelins, par exemple, tu te souviens ? Soit dit en passant, ils sont loin d'être les plus dangereux. Et puis, les gardes d'Oberon doivent être lancés à ta poursuite, et la forêt est le premier endroit où ils iront te chercher. Le chemin le plus rapide pour aller chez les Unseelie est celui que je t'indique. Décide-toi, humaine. Tu veux toujours y aller ?

— Je n'ai pas vraiment le choix.

— Tu passes ton temps à dire ça, répliqua Grimalkin, mais on a toujours le choix, dans la vie. Maintenant, je propose qu'on arrête de parler et qu'on avance.

Nous continuâmes dans le tunnel jusqu'à ce que je perde toute notion du temps et de l'espace. Au début, j'essayais d'éviter les ronces qui m'égratignaient, puis, en désespoir de cause, je décidai de ne plus y prendre garde. Curieusement, je fus alors beaucoup moins meurtrie et pus avancer un peu plus vite. Devant moi, Grimalkin avançait à un rythme soutenu. De temps à autre, nous franchîmes des carrefours ; dans les tunnels latéraux, j'aperçus des formes floues, mais n'eus jamais le temps de les identifier.

Enfin, après un dernier virage, nous nous retrouvâmes face à un grand tube en ciment qui s'ouvrait devant nous. C'était un tuyau d'écoulement. A l'autre bout, il y avait du ciel bleu.

— Le monde mortel, c'est par ici, m'informa Grimalkin. Je te rappelle qu'une fois sortis, on ne pourra plus revenir par le même chemin. Il faudra en trouver un autre.

— Je sais.

Grimalkin posa sur moi un long regard pénétrant.

— Je te rappelle aussi que tu reviens du pays de Nulle Part. Le voile qui te brouillait la vue est tombé. Aux yeux des autres mortels, tu n'auras rien de particulier ; mais, de ton côté, tu verras les choses de manière un peu… différente. Essaie de ne pas en faire toute une histoire.

— Différente ? Comment ça ?

— Tu verras bien, grimaça Grimalkin.

A la sortie du tuyau, nous fûmes accueillis par des bruits assourdissants de circulation routière. Après toutes ces journées passées dans la nature, ce fut un véritable choc. Nous nous trouvions dans une zone urbaine ; de grands bâtiments nous surplombaient de part et d'autre d'une rue encombrée de voitures. C'était l'heure de pointe. Sur le trottoir, des piétons avançaient tête baissée, absorbés dans leurs pensées. Personne ne parut remarquer l'adolescente débraillée et un peu ensanglantée qui sortait en rampant du tuyau d'écoulement, suivie par un gros chat.

— Bon ! m'exclamai-je avec un grand sourire.

Malgré mes soucis, j'étais ravie de retrouver mon propre monde… et éblouie par les tours de verre et de métal qui s'élevaient au-dessus de nous. L'air était beaucoup plus froid qu'en Louisiane, et une neige boueuse couvrait les trottoirs. Levant la tête, je contemplai les gratte-ciel et fus saisie d'un léger vertige.

— Où sommes-nous ?

— A Détroit.

Grimalkin plissa les yeux et balaya du regard la rue et les gens qui défilaient devant nous.

— Un instant. Il y a longtemps que je ne suis pas venu ici. Laisse-moi réfléchir.

— Détroit, dans le Michigan ?

— Chut.

Tandis que Grimalkin se murait dans le silence, un type dégingandé en sweat-shirt à capuche rouge s'avança vers nous d'un pas chancelant. Il tenait à la main une bouteille, cachée dans un sac en papier. Il ressemblait à un clochard, ou plutôt à l'idée que je m'en faisais, car je n'en avais jamais vu en vrai. Je n'étais pas trop inquiète, toutefois : nous étions dans une rue passante, entourés d'une foule de témoins qui m'entendraient crier s'il essayait de nous faire du mal. Sans doute allait-il me demander de la monnaie ou une cigarette avant de passer son chemin.

Mais quand il se fut approché et qu'il releva la tête, je vis que ses lèvres se retroussaient sur des crocs acérés. Dans l'ombre de la capuche, je distinguai un visage ridé et barbu, aux yeux jaunes ; ses pupilles ressemblaient à celles d'un chat. Il se planta devant moi, le regard mauvais. Une horrible odeur de chair décomposée, d'œuf pourri et de poisson séché assaillit mes narines et me souleva le cœur.

— Écoute, ma jolie, grogna-t-il. Tu viens de *là-bas*, hein ? Je veux y retourner ! Ramène-moi !

Je reculai d'un pas… et vis Grimalkin bondir devant moi, gonflé en boule et deux fois plus gros que d'habitude. En entendant son miaulement, le clochard s'arrêta net et écarquilla les yeux. L'instant d'après, il poussa un cri et s'enfuit en courant, bousculant les piétons devant lui. Ceux-ci se mirent à jurer et se lancèrent des regards furieux, mais ils semblaient n'avoir pas remarqué le clochard qui s'enfuyait.

— C'était quoi, ça ? demandai-je à Grimalkin.

— Un norrgen, soupira-t-il. Ils sont vraiment repoussants. Le plus bizarre, c'est qu'ils ont une peur panique des chats. Celui-là a sans doute été banni du pays de Nulle Part, et il voulait que tu l'aides à y retourner.

Je cherchai le norrgen du regard, mais il avait disparu au milieu de la foule.

— Est-ce que toutes les fées qui vivent dans le monde humain sont des parias, comme lui ?

— Bien sûr que non, fit Grimalkin avec mépris. Beaucoup sont ici par choix ; ils peuvent rentrer en Faérie dès qu'ils en ont envie, à condition de trouver un passage. Les farfadets et les lutins domestiques, par exemple, s'installent dans une maison et la hantent pour toujours. D'autres s'intègrent à la société humaine et se nourrissent des rêves, des émotions et du talent des mortels. De temps en temps, il arrive même qu'une fée épouse un humain, lorsque celui-ci est exceptionnel. Malheureusement, leurs enfants sont presque toujours rejetés par notre société ; et le parent fée a tendance à s'en aller quand la vie de famille devient trop difficile.

Il agita la queue d'un air enjoué et ajouta :

— Bien sûr, certains ont été bannis ici pour toujours. Pendant un moment, ils parviennent à survivre sans trop de diffcultés ; mais toutes ces années passées au milieu des mortels finissent par avoir un effet néfaste sur eux. Sans doute à cause de la concentration en fer et en produits technologiques, qui est fatale pour ceux de notre espèce. Les bannis s'estompent petit à petit jusqu'à n'être plus que l'ombre d'eux-mêmes, une coquille vide entourée de glamour. Au bout d'un moment, ils cessent tout simplement d'exister.

— Ça pourrait t'arriver, à toi ? demandai-je avec angoisse. Ou à moi ?

Je me rappelai le regard horrifié de Tansy devant mon iPod. Puis je me souvins que Robbie, au lycée, séchait tous les cours d'informatique. J'avais toujours cru qu'il détestait taper sur un clavier. Je ne me doutais pas qu'il courait un danger grave.

— Peut-être, fit Grimalkin d'un air nonchalant. Mais cela prendrait deux ou trois décennies, et je n'ai pas l'intention de m'attarder ici. Quant à toi, tu es à moitié mortelle. Ton sang humain te protège contre le fer et les effets les plus nocifs de la science et de la technologie. A ta place, je ne me ferais pas trop de souci.

— Les effets nocifs de la science ?

Grimalkin leva les yeux au ciel.

— Si j'avais su que j'allais devoir te faire un cours d'histoire, j'aurais choisi un endroit plus confortable.

Il s'assit et reprit :

— Tu ne verras jamais une fée dans un musée de la science. Pourquoi ? Parce que la science s'occupe de prouver des théories et de comprendre l'univers. Elle enferme tout dans des explications claires, nettes et rationnelles. Les fées sont des êtres magiques, illogiques et inexplicables. La science est incapable de prouver notre l'existence ; par conséquent, de son point de vue, nous n'existons pas. Or, ce genre de scepticisme nous est fatal.

— Et Robbie ? Je veux dire, Puck ? Comment a-t-il pu passer toutes ces années avec moi, à l'école, alors que c'est truffé de fer partout ?

— Robin Goodfellow est une très vieille fée, répondit Grimalkin.

Cette description me mit mal à l'aise.

— On parle de lui dans tellement de contes, de poèmes et de chansons, qu'il est pour ainsi dire immortel. Du moins, tant que les mortels se souviendront de lui. Ce qui ne veut pas dire qu'il soit insensible au fer et à la technologie, loin de là. Puck est endurci, mais même lui ne peut résister indéfiniment à leurs effets.

— Alors… il aurait fini par mourir ?

— A petit feu, oui.

Grimalkin me fixa d'un regard solennel et ajouta :

— La Faérie elle-même se meurt, ma petite. Elle rétrécit de décennie en décennie. Trop de progrès, trop de technologie. Les mortels ne croient plus en rien, en dehors de la science. Même les enfants délaissent les vieilles histoires ; ils ne s'intéressent qu'aux gadgets, aux ordinateurs, aux jeux vidéo. Ils ne croient plus à la magie ni aux monstres. A mesure que les villes se développent et que la technologie envahit le monde, la croyance et l'imagination se tarissent, et notre monde s'efface.

— Que peut-on faire ? chuchotai-je.

— Rien, fit Grimalkin en se grattant l'oreille. Soit le pays des fées survivra jusqu'à la fin du monde, soit il disparaîtra d'ici quelques siècles. Un jour ou l'autre, tout finit par mourir. Si tu n'as pas d'autres questions, nous ferions mieux de nous mettre en route.

— Mais si le pays des fées disparaît, tu mourras, toi aussi ?

— Je suis un chat, dit-il, comme si c'était une réponse suffisante.

Je marchais sur le trottoir derrière Grimalkin tandis que le soleil disparaissait à l'horizon et que les lampadaires s'illuminaient l'un après l'autre.

Je voyais des fées partout. Elles marchaient à côté de nous, traînaient dans des allées sombres, se découpaient à contrejour sur les toits, se promenaient comme des funambules sur les fils électriques. Comment avais-je pu être aussi aveugle ? Je me rappelai soudain ce que m'avait dit Robbie, le soir de notre départ. Cela me paraissait très loin, maintenant, comme si une vie entière s'était écoulée depuis lors. *Une fois que tu commenceras à les voir, tu ne pourras plus t'arrêter. Tu sais ce qu'on dit, hein ? L'ignorance, c'est le bonheur !*

Si seulement je l'avais écouté !

Quelques pâtés de maisons plus loin, le chat s'arrêta brusquement. De l'autre côté de la rue, une boîte de nuit sur deux niveaux rayonnait dans la pénombre. Le Chaos bleu, annonçait un néon bleu et rose au-dessus de l'entrée. Des jeunes gens, avec des clous dans les narines et des boucles d'oreilles, patientaient devant la porte ; la lumière du néon se reflétait sur leurs cheveux décolorés.

— Nous y voilà, fit Grimalkin d'un ton satisfait. Ça a beaucoup changé depuis ma dernière visite, mais l'énergie autour d'un passage est toujours reconnaissable.

— Le passage ? Cette boîte de nuit est un passage ?

— Le passage se trouve à l'intérieur, ajouta Grimalkin d'un air las.

— Ils ne me laisseront jamais entrer. Il y a une queue d'un kilomètre et ça m'étonnerait que ce soit accessible aux mineurs.

— Ton cher Puck aurait pu t'expliquer un peu mieux les choses, soupira Grimalkin.

Il se glissa dans une allée sombre, et je le suivis. Avait-il décidé d'emprunter un autre passage ?

Grimalkin sauta sur une benne à ordures et se tourna vers moi. Je ne voyais que ses yeux, deux ronds jaunes qui flottaient dans la pénombre.

— Maintenant, dit-il en agitant la queue, écoute-moi bien, l'humaine. Tu es à moitié fée. Mais surtout, tu es la fille d'Oberon. Et il est grand temps que tu apprennes à canaliser ces pouvoirs qui font si peur à tout le monde.

— Je n'ai pas de…

— Bien sûr que si, tu as des pouvoirs, répliqua Grimalkin en plissant les yeux. Tu pues le pouvoir magique à plein nez. Voilà pourquoi les fées réagissent si fortement à ta présence. Simplement, tu ne sais pas encore l'utiliser. Mais je vais t'apprendre ; ce sera plus simple que de te faire entrer moi-même dans la boîte de nuit. Tu es prête ?

— Je ne sais pas.

— Parfait. D'abord, ferme les yeux.

Je m'exécutai, non sans appréhension.

— Maintenant, ouvre ton esprit et essaie de sentir le glamour autour de toi. L'air en est saturé, grâce aux émotions qui se concentrent dans la boîte de nuit. Nos pouvoirs se nourrissent de ce glamour. C'est grâce à lui que nous pouvons changer de forme, tuer quelqu'un par notre chant, ou devenir invisibles. Tu le sens ?

— Je ne…

— Arrête de parler et essaie de *sentir*.

Je fis de mon mieux, même si je ne savais pas vers quoi tout cela me menait. Je ne sentais que mon inconfort et ma peur.

Puis il y eut une explosion lumineuse derrière mes paupières.

C'était comme si les émotions se transformaient en couleurs — passion orange, désir écarlate, chagrin bleu — et se mêlaient en un tourbillon hypnotique dans ma tête. Je soupirai, et entendis Grimalkin ronronner de satisfaction.

— Voilà, dit-il. Le glamour, c'est ça. Les rêves et les émotions des mortels. Maintenant, ouvre les yeux. Nous allons commencer par le sortilège le plus simple, celui de l'invisibilité.

Je hochai la tête, encore sonnée par le torrent d'émotions qui avait inondé mon âme.

— O.K., dis-je. Devenir invisible. Trop facile, n'est-ce pas ?

— Ton scepticisme est un handicap, dit sévèrement Grimalkin. Si tu crois que c'est impossible, cela le devient.

— D'accord, d'accord. Pardon. Qu'est-ce que je dois faire ?

— Tente de te représenter le glamour, dit le chat en plissant les yeux. Imagine que c'est une cape qui te recouvre de la tête aux pieds. Tu peux lui donner la forme que tu veux, même celle d'un espace vide. En t'entourant de lui, tu dois te convaincre que personne ne peut te voir. Comme ça, regarde.

Les yeux du chat disparurent, puis le reste de son

corps. Bien que ce ne fût pas la première fois, cela me faisait toujours un drôle d'effet.

— Maintenant…

Le chat ouvrit les yeux, et son corps réapparut.

— A toi. Quand tu te sentiras invisible, on rentrera.

— Quoi ? Tu ne veux pas que je m'entraîne avant ?

— Il suffit d'y croire, humaine. Si tu n'y arrives pas la première fois, cela n'en sera que plus difficile par la suite. Allons-y. Et souviens-toi : pas de doutes.

— Compris. Pas de doutes.

Je pris une profonde inspiration, fermai les yeux et tentai de sentir le glamour autour de moi. Puis je me vis en train de m'estomper, de m'envelopper d'une cape d'air et d'ombre. Je remontai la capuche sur ma tête. *Personne ne peut me voir,* me dis-je, en essayant de ne pas me sentir trop idiote. *Je suis invisible.*

J'ouvris les yeux et regardai mes mains.

Elles étaient toujours là.

Je lançai un regard déçu à Grimalkin. Il hochait la tête.

— Vous, les humains, je ne vous comprendrai jamais. Tu as beau avoir vu des fées, des monstres et de la magie à gogo, tu n'arrives toujours pas à croire que tu peux devenir invisible.

Il soupira et sauta de la benne à ordures.

— Très bien. Je vais devoir m'occuper de tout.

14

Le Chaos bleu

Nous fîmes la queue pendant près d'une heure.

— Dire qu'on aurait pu éviter ça si tu avais bien voulu m'écouter, maugréa Grimalkin pour la centième fois.

Ses griffes s'enfoncèrent dans la chair de mon bras, et je résistai à l'envie de le balancer par-dessus la clôture comme un ballon de foot.

— Fiche-moi la paix, Grim. J'ai fait de mon mieux. On peut parler d'autre chose, maintenant ?

J'essayais de ne pas faire attention aux regards bizarres des gens qui m'entouraient. D'évidence, ils me prenaient pour une folle qui parlait toute seule. Je ne sais pas ce qu'ils voyaient, quand ils regardaient Grim : en tout cas, il avait tout du félin hostile. Et lourd, avec ça.

— Un simple sortilège d'invisibilité. Les chatons savent le faire avant d'apprendre à marcher.

Je me retins de répondre, car nous approchions enfin du videur. Grand, costaud, le regard sombre, il jeta un coup d'œil aux papiers d'identité du couple devant nous, puis leur fit signe de passer. Grim planta ses griffes dans mon bras, et j'avançai d'un pas.

Des yeux noirs me contemplèrent des pieds à la tête.

— Holà, chérie, dit le videur en faisant jouer les muscles de ses bras. Tu ferais mieux de rentrer à la maison. Y a école, demain.

J'avais la bouche trop sèche pour parler, mais Grim s'adressa au videur d'une voix douce et câline.

— Vous ne m'avez pas bien regardée, ronronna-t-il. Je fais plus jeune que mon âge.

— Ah, ouais ?

Il avait l'air sceptique ; mais il ne m'avait pas encore attrapée par le col pour me jeter dans la rue, et ça, c'était plutôt positif.

— Je peux voir tes papiers ?

Grim me donna un petit coup de patte, et je fis basculer le poids de son corps sur mon bras gauche afin de sortir ma carte d'abonnée au vidéoclub. Le videur l'examina avec méfiance pendant quelques secondes. Mon ventre se contracta et ma nuque se couvrit d'une sueur glacée. Grimalkin, lui, continuait à ronronner dans mes bras, imperturbable. Enfin, le videur me rendit ma carte d'un air réticent.

— C'est bon. Vas-y.

Il agita une main énorme devant moi, et nous passâmes la porte.

A l'intérieur, c'était effectivement le chaos. Je n'étais jamais entrée dans une boîte de nuit, et je fus d'abord tétanisée par les lumières et le volume sonore. De la fumée blanche flottait au ras du sol ; elle me rappelait les brumes de la Forêt Sauvage. Des spots colorés balayaient la piste, créant un espace irréel teinté de bleu, de rose et d'or. La musique assaillait mes tympans et vibrait dans ma poitrine. Comment pouvait-on communiquer au milieu de cette cacophonie ?

Sur la piste, les danseurs s'agitaient, couverts de sueur et débordants d'énergie. Certains dansaient seuls ; d'autres, en couple, dansaient collés l'un contre l'autre.

Autour d'eux, de manière frénétique, se repaissant du glamour qui emplissait l'air, dansaient les fées.

Elles portaient des pantalons en cuir et autres vêtements moulants, scintillants, à moitié déchirés, qui n'avaient rien à voir avec les atours médiévaux de la cour d'Été. Une fille avec des serres d'oiseau et une chevelure de plumes voletait dans la foule, entaillait la peau des garçons humains, puis penchait la tête pour lécher leur sang. Un elfe maigre comme un clou enroula ses longs bras autour d'un couple de danseurs et plongea ses doigts dans leurs cheveux. Deux filles aux oreilles de renard dansaient face à face, en coinçant un mortel entre leurs deux corps. Le visage renversé en arrière, apparemment inconscient des mains qui lui caressaient les fesses et les jambes, l'humain paraissait au bord de l'extase.

Grimalkin gigota dans mes bras et sauta à terre. Il partit en trottant vers le fond de la pièce, sa queue dressée comme un périscope au-dessus de la nappe de brume. Je le suivis en essayant de ne pas trop dévisager les danseurs surnaturels qui se mêlaient à la foule humaine.

Près du bar, je repérai une porte étroite sur laquelle était fixé le panneau « Réservé au personnel ». Une aura de glamour tellement forte le nimbait que j'eus du mal à poser les yeux sur lui. Je m'avançai vers la porte d'un pas nonchalant, mais le barman derrière le comptoir m'interpella d'un geste.

— Mauvaise idée, ma jolie, fit-il en plissant les yeux.

Ses cheveux sombres étaient attachés en queue-de-cheval et de petites cornes pointaient sur ses tempes. Il se dirigea vers l'autre côté du bar dans un bruit de sabots.

— Viens plutôt par ici, je vais te préparer quelque chose de bon. C'est la maison qui régale, qu'est-ce que tu en dis ?

Grimalkin sauta sur un tabouret et posa ses pattes avant sur le comptoir. A ses côtés, un humain continua à siroter son verre comme s'il n'avait rien vu. Le barman, en revanche, lança un regard irrité au chat.

— Nous avons besoin de parler à Shard, dit Grim.

— Elle est occupée, répondit le satyre.

Mais il ne parvint pas à soutenir le regard du chat, et se mit à astiquer furieusement le comptoir. Grim continua à le fixer des yeux, jusqu'à ce que le satyre lève enfin la tête.

— Je t'ai dit qu'elle était occupée, répéta-t-il. Maintenant, fichez-moi le camp avant que j'appelle les bonnets-rouges.

— En voilà des manières, susurra une voix glaciale dans mon dos. Ce n'est pas comme ça qu'on traite les clients, David. Surtout quand l'un d'entre eux est un vieil ami.

Derrière nous se tenait une femme svelte et de petite taille, à la peau très pâle et aux lèvres d'un bleu métallique, retroussées par une moue sarcastique. Des mèches bleues, vertes et blanches se hérissaient comme des stalagmites sur son crâne. Elle portait un pantalon en cuir et un T-shirt qui découvrait son nombril et couvrait à peine ses seins. Un poignard était sanglé à sa cuisse, dans un fourreau. Son nez, ses sourcils, ses lèvres et ses pommettes étaient couverts de clous d'or et d'argent. Son nombril était percé d'une barre en argent à laquelle pendait un minuscule bijou en forme de dragon.

— Bonjour, Grimalkin, dit-elle sur un ton résigné. Ça faisait longtemps. Quel bon vent t'amène… avec la mioche de l'Été collée à tes basques ?

Son regard bleu-vert se mit à pétiller et se posa sur moi avec curiosité.

— Nous avons besoin de passer en Tir Na Nog, fit Grimalkin sans hésiter. Ce soir, si possible.

— C'est tout ? dit-elle avec ironie.

Elle nous conduisit vers un box à l'écart de la foule et nous fit signe de nous asseoir. Une fois installée elle aussi, elle s'adossa à la banquette et fit claquer ses doigts. Un humain maigre et dégingandé sortit de l'ombre et vint se poster près d'elle, en la regardant avec adoration.

— Apporte-moi un Appletini, lui dit-elle. Si tu le renverses, je te transforme en cafard. Vous prenez quelque chose, tous les deux ?

— Non, dit Grimalkin fermement.

L'humain s'élança vers le bar, et Shard se pencha vers nous.

— Alors, vous voulez entrer dans le territoire de l'Hiver en utilisant mon passage. C'est bien ça ?

— Ce n'est pas *ton* passage, répliqua Grimalkin en fouettant de sa queue les coussins de la banquette.

— Peut-être, mais l'entrée se trouve dans *ma* cave, rétorqua Shard. Et si je laisse entrer la petite de l'Été sans prévenir Mab, elle sera furieuse. Ne me regarde pas comme ça, Grim. Je ne suis pas idiote. Je sais reconnaître la fille du roi des Aulnes quand je l'ai devant les yeux. La question est de savoir pourquoi je ferais ce que tu me demandes.

— Parce que tu me dois un service, dit Grimalkin en plissant les yeux. J'annulerai ta dette.

— Pour toi, d'accord, dit Shard. Mais elle ? Que peut-elle m'offrir ?

— Que voulez-vous ? m'écriai-je, avant qu'il n'ait pu répondre.

Le chat me lança un regard mécontent, mais je fis comme si je ne l'avais pas vu. Si quelqu'un devait passer un marché qui mettait en jeu mon avenir, c'était moi. Je ne voulais pas que Grimalkin promette mon premier-né à cette femme sans mon consentement.

Shard s'adossa à la banquette et croisa les jambes en souriant. Le grand maigrichon lui apporta son cocktail, un liquide vert surmonté d'un parasol en papier, et elle en sirota une gorgée sans me quitter des yeux.

— Bonne question, dit-elle enfin, en faisant tournoyer son verre devant son visage. Tu as l'air d'avoir terriblement besoin d'entrer chez Mab. Qu'est-ce que ça pourrait valoir, ça ?

Elle but une autre gorgée, plongée dans ses pensées.

— Et si tu me donnais ton nom ? proposa-t-elle enfin.

— Mon… mon nom ?

— C'est ça, dit-elle. Ce n'est pas grand-chose, au fond. Tu me promets simplement l'usage de ton nom, ton vrai nom, et on sera quittes.

— Elle est jeune, Shard, dit Grimalkin en plissant les yeux. Je ne sais même pas si elle le connaît.

— Pas grave, répondit Shard en souriant. Donne-moi le nom dont tu te sers en ce moment, et je me débrouillerai. Je trouverai bien à m'en servir un jour ou l'autre.

— Non, dis-je. Pas question.

— Eh bien, tant pis.

Shard haussa les épaules, vida son verre et glissa vers le bord de la banquette.

— Il faudra que vous trouviez un autre moyen d'entrer chez Mab. Ravie de vous avoir croisés. Maintenant, si vous voulez bien m'excuser, j'ai une boîte de nuit à diriger.

— Attendez ! m'écriai-je.

Shard s'immobilisa et me regarda avec impatience.

— D'accord, chuchotai-je. Je vous donnerai un nom. Quand vous l'aurez, vous ouvrirez l'entrée du passage, c'est bien ça ?

— Exactement, dit la fée avec un grand sourire.

— Tu es sûre ? me demanda Grimalkin à voix basse. Tu sais ce qui se passe, quand on donne son nom à une fée ?

J'ignorai sa mise en garde.

— Jurez-le, dis-je à Shard. Jurez que vous ouvrirez le passage une fois que je vous aurai donné le nom.

Le sourire de la fée devint mauvais.

— Pas si bête qu'elle en a l'air, marmonna-t-elle.

Puis, avec un haussement d'épaules, elle ajouta :

— Très bien. Moi, Shard, gardienne du passage du Chaos, je jure d'en ouvrir la porte après avoir reçu en paiement un nom prononcé par la demanderesse. Ça te va ?

Je fis oui de la tête.

— Bien.

Shard se passa la langue sur les lèvres ; ses yeux brillaient d'une convoitise animale.

— Maintenant, dis-moi le nom.

— D'accord.

Je pris une profonde inspiration et dis :

— Pépita Pierrafeu.

Shard resta interdite. L'espace d'un instant, elle sembla complètement déstabilisée, et je ne pus m'empêcher de savourer un sentiment de triomphe.

— Ce n'est pas ton nom, demi-sang. Ce n'est pas ce qu'on avait convenu.

Mon cœur s'accéléra, mais je répondis d'une voix ferme.

— Mais si. J'ai promis de vous donner *un* nom, pas le mien en particulier. J'ai tenu parole. Maintenant, montrez-nous l'entrée du passage.

A côté de moi, Grimalkin se mit à tousser pour masquer son fou rire. L'expression abasourdie de Shard laissa place à une colère glacée, et ses yeux virèrent au noir. Les poils se dressèrent sur ses bras : le verre devant elle se recouvrit de givre, avant d'exploser en éclats scintillants.

— Toi, dit-elle en posant sur moi un regard glacial, tu regretteras ton insolence. Un jour, tu me supplieras de t'épargner.

Les jambes tremblantes, je me levai et lui fis face.

— Mais d'abord, c'est à vous de nous montrer le passage.

Grimalkin cessa de rire et sauta sur la table.

— La petite n'est pas mauvaise en négociations, dit-il d'une voix amusée. Tu feras mieux la prochaine fois, Shard. Maintenant, nous devons y aller.

Les yeux de la fée étaient plus noirs que jamais, mais elle fit un effort visible pour se maîtriser.

— Très bien, dit-elle d'un air digne. Je respecterai le marché que nous avons passé. Attendez-moi ici. Je dois prévenir David que je vais m'absenter.

Elle s'éloigna avec raideur ; ses cheveux dressés en pics tremblaient de fureur.

— Bien joué, murmura Grimalkin. Shard n'a jamais su prendre le temps de réfléchir. Elle se croit trop maligne pour ça. Néanmoins, il est imprudent de contrarier une fée de l'Hiver. Elles n'oublient jamais une insulte, et tu risques de le regretter un jour.

Je ne trouvai rien à répondre. A quelques mètres de nous, Shard se penchait par-dessus le bar pour parler à l'oreille du satyre. Celui-ci tendit le cou pour me regarder, plissa les yeux, hocha rapidement la tête, puis baissa les yeux à nouveau et se remit à essuyer le comptoir.

Shard revint vers nous. Elle semblait plus calme, mais continuait à me fixer avec hostilité.

— Par ici, dit-elle sur un ton glacial.

Elle nous conduisit vers la porte réservée au personnel. Nous descendîmes trois ou quatre volées de marches et nous arrêtâmes devant une deuxième porte sur laquelle étaient peints en rouge vif les mots « Danger ! Entrée interdite. » Shard se tourna vers nous et me lança un petit sourire pervers.

— Ne vous laissez pas impressionner par Grumly. C'est notre dernier rempart contre ceux qui fourrent leur nez là où ils n'ont rien à faire. Régulièrement, un phouka ou un bonnet-rouge se croit plus malin que les autres et se faufile dans l'escalier pour voir ce qu'il y a en bas. Évidemment, je ne peux pas tolérer ça. Je me sers de Grumly pour les en dissuader.

Elle eut un petit rire :

— De temps en temps, il y a même des mortels

qui s'aventurent jusqu'ici. C'est toujours divertissant, et ça permet de faire des économies en nourriture.

Puis elle poussa la porte.

Une terrible puanteur m'assaillit, mélange de pourriture, de sueur et d'excréments. J'eus un mouvement de recul, le cœur dans la gorge. Le sol en pierre de la cave était jonché d'os, certains humains, d'autres non. Sur le mur du fond, près d'un tas de paille sale, il y avait une porte fermée. Je compris que c'était là l'entrée du territoire Unseelie et qu'il ne serait pas facile d'y accéder.

Au milieu de la pièce, une lourde chaîne attachée à un anneau, dans le sol, retenait le plus gros troll que j'aie jamais vu. Sa peau était mauve comme une ecchymose, et quatre défenses jaunâtres pointaient de sa mâchoire inférieure. Son torse était massif, ses muscles tendus sous sa peau tachetée, et ses doigts énormes se terminaient par des longs ongles noirs et crochus.

Il portait également un lourd collier ; des plaies sur son cou, rouges et à vif, indiquaient qu'il avait essayé d'arracher l'objet à l'aide de ses griffes. L'instant suivant, une idée me traversa l'esprit : le collier et les menottes étaient en fer. L'ogre se déplaçait en boitant, et sa patte menottée était couverte d'ampoules et de plaies.

— Intéressant, cracha Grimalkin. Il est vraiment si fort que ça, pour que tu sois obligée de l'attacher ?

— Il s'est échappé plusieurs fois, au début, dit Shard d'un air satisfait. A chaque fois, il a saccagé la boîte et dévoré deux ou trois clients avant qu'on n'ait pu le rattraper. Il a fallu prendre des mesures draconiennes. Depuis qu'on utilise le collier en fer, il se tient à carreau.

— Sauf que c'est en train de le tuer, dit Grimalkin d'un ton catégorique. Tu sais bien que cela réduit considérablement sa durée de vie.

— Pas de sermon, Grimalkin ! répliqua Shard. S'il n'était pas enfermé ici, il serait en train de tout saccager ailleurs. Le fer ne le tuera pas tout de suite. Les ogres cicatrisent très vite.

Elle s'avança d'un pas nonchalant vers le prisonnier, qui lui lança un regard plein de haine et de douleur.

— Allez, bouge de là ! lui ordonna-t-elle, en pointant du doigt la couche de paille. Couché, Grumly. Tout de suite.

L'ogre la regarda fixement, puis poussa un faible grognement et se dirigea vers sa paillasse, en traînant des pieds. Les maillons de sa chaîne tintèrent en heurtant le sol. Je ne pus m'empêcher d'avoir pitié de lui.

Shard ouvrit la porte près du tas de paille. Je vis un long couloir qui s'étendait à perte de vue. Un petit nuage de brume en sortit et se mit à flotter dans la cave.

— Eh bien ? nous lança la fée. Le passage est ouvert. Vous allez rester plantés là, ou quoi ?

En gardant un œil méfiant sur Grumly, je descendis les dernières marches qui menaient à la cave.

— Attends, murmura Grimalkin.

— Qu'est-ce qu'il y a ? dis-je. Tu as peur de l'ogre ? Shard l'empêchera de nous faire du mal, non ?

— Pas du tout, dit le chat. Ça ne fait pas partie du marché. Elle s'est engagée à ouvrir le passage vers Tir Na Nog, mais elle n'a jamais promis de nous protéger.

Je balayai la cave du regard. Grumly nous couvait des yeux, et un filet de bave dégoulinait de ses mâchoires. De l'autre côté de la petite porte, Shard me regardait d'un air narquois.

L'instant d'après, il y eut un vacarme terrible dans l'escalier, comme si une horde de sauvages s'y était engouffrée. Par-dessus la rambarde surgit un visage maléfique et ridé qui se mit à me scruter ; ses dents acérées luisaient dans la pénombre. Un bandana rouge tomba de sa tête et vint choir à mes pieds.

— Des bonnets-rouges ! m'écriai-je.

Sans réfléchir, je fis un pas dans la cave.

Grumly se rua vers moi en rugissant. Arrêté net par sa chaîne, il se mit à labourer le sol de ses griffes. Je reculai et me collai contre le mur : à trois mètres devant moi, l'ogre déchirait l'air de ses pattes. Je ne pouvais plus bouger. Grimalkin avait disparu. Le rire de Shard se mit à résonner, tandis qu'une dizaine de bonnets-rouges envahissaient la salle.

— Chouette, dit-elle en s'appuyant contre l'encadrement de la porte. Le spectacle commence.

15

Le retour de Puck

Les bonnets-rouges se déversèrent les uns après les autres dans l'escalier. Ils portaient des blousons de motard, des pantalons en cuir et des bandanas écarlates à la place de leurs habituels bonnets. Grognant et montrant les dents comme des chiens, ils se précipitèrent dans la cave et n'aperçurent Grumly qu'au dernier moment.

Dans un concert de grondements et de jurons, ils se réfugièrent hors de portée de l'ogre et dégainèrent des couteaux en bronze et des battes de base-ball.

— C'est quoi, ce truc ? hurla l'un d'entre eux. Le satyre nous avait promis de la chair tendre si on descendait jusqu'ici !

— Là ! grogna l'un de ses camarades en me montrant du doigt. Dans le coin ! Faudrait pas que ce monstre la bouffe sous notre nez !

Tout en se plaquant contre le mur pour échapper aux griffes de l'ogre, ils commencèrent à se déplacer vers moi. Grumly poussa un rugissement et frappa le sol de ses mains, mais il ne pouvait rien faire pour les atteindre. Transie d'horreur, je regardai la horde de petits monstres s'approcher en riant, leurs armes à la main. Ils allaient me dévorer vivante ; mais si je bougeais, ne serait-ce que d'un pas, Grumly me mettrait en morceaux.

Shard m'observait depuis l'ouverture du passage avec un sourire satisfait.

— Alors, petite garce ? lança-t-elle. Que dis-tu de notre marché, maintenant ? Si tu me donnes ton vrai nom, peut-être que je rappellerai les bonnets-rouges.

A cet instant, l'un d'entre eux se rua vers moi, bouche béante. Je levai un bras pour protéger mon visage ; il planta ses dents dans ma chair et ses mâchoires se refermèrent sur moi comme un étau. Je me mis à hurler, secouai mon bras de toutes mes forces et réussis à le dégager des mâchoires du petit monstre, qui vola dans les airs. Il atterrit tout près de l'ogre et bondit immédiatement sur ses pieds, en grognant de terreur ; la seconde suivante, la patte de Grumly le réduisait en bouillie.

Le temps tournait au ralenti. Une impression courante, sans doute, quand on est sur le point de mourir. Les bonnets-rouges m'encerclèrent en souriant, révélant leurs dents acérées. Grumly beugla en tirant sur sa chaîne. Shard éclata de rire.

Un grand oiseau noir apparut dans l'escalier en battant des ailes.

Les bonnets-rouges se ruèrent sur moi.

L'oiseau se mit à croasser, plongea en piqué et planta ses griffes dans le visage d'un bonnet-rouge. Surpris et désorientés, les bonnets-rouges hésitèrent un instant ; l'oiseau en profita pour crever les yeux du petit monstre à coups de bec. Réagissant enfin, ses compagnons brandirent leurs battes, prêts à frapper l'oiseau, mais celui-ci prit son envol à la dernière seconde ; le bonnet-rouge mutilé reçut les coups destinés au corbeau et se mit à hurler de douleur.

Au beau milieu de cette pagaille, l'oiseau sembla exploser et se métamorphoser en plein vol. Dans une pluie de plumes noires, une silhouette se dessina entre moi et les bonnets-rouges. Elle me lança un sourire que je connaissais bien.

— Salut, princesse. Désolé du retard. Trop d'embouteillages, le soir.

— Puck ! C'est toi !

Il me fit un clin d'œil, puis lança un regard à la fée de l'Hiver, qui se tenait toujours devant la porte du passage.

— Salut, Shard. Elle est sympa, ta boîte.

— C'est un honneur de te recevoir, Robin Goodfellow, répondit Shard avec un sourire mauvais. Si les bonnets-rouges laissent ta tête intacte, je la ferai empailler et je l'accrocherai au-dessus du bar.

Se tournant vers les bonnets-rouges, elle s'exclama :

— Tuez-le !

Les bonnets-rouges se jetèrent sur lui telle une horde de piranhas. Puck mit la main dans sa poche, en sortit un petit objet et le lança en l'air. L'instant suivant, une grosse bûche en bois s'écrasait au milieu de la horde.

— Rapportez ! dit Puck.

Avec des aboiements de rage, les petits monstres se jetèrent sur la bûche et se battirent pour s'en emparer. En quelques secondes, ils la mirent en miettes et se tournèrent vers nous, l'air furieux, en recrachant des copeaux de bois.

— Excuse-moi, princesse. Il faut que j'aille jouer avec les petits chiens.

Il s'avança vers eux avec un grand sourire. Les bonnets-rouges l'encerclèrent aussitôt, brandissant leurs couteaux et leurs battes de base-ball. Puck attendit la dernière seconde pour esquiver ; mais il bondit au milieu de la pièce, non vers le mur. La meute le suivit. Je retins ma respiration en voyant Grumly lever la patte pour l'écraser, mais Puck s'écarta juste à temps. A côté de lui, un bonnet-rouge fut aplati comme une crêpe.

— Oups ! s'écria Puck en esquivant le deuxième coup de patte de Grumly. Ce que je peux être maladroit !

Les bonnets-rouges se ruèrent vers lui avec des cris de haine.

Cette danse terrifiante se poursuivit tout autour de la pièce. Par ses railleries et ses provocations, Puck incitait les bonnets-rouges à s'aventurer à portée de l'ogre. Grumly rugissait et écrasait les petits monstres qui couraient dans ses pattes ; mais ils étaient rapides, et ils se méfiaient, à présent. Cela ne les empêcha pas de lancer une attaque tous azimuts contre Puck, lequel courait et bondissait autour des pieds de l'ogre. Il avait presque l'air de s'amuser. Moi, j'avais le souffle coupé : un seul faux pas, une seule erreur d'évaluation, et mon ami ne serait plus qu'une traînée rouge sur le sol.

D'un coup, l'air se fit plus froid. J'étais tellement concentrée sur Puck que je n'avais pas remarqué que Shard s'était approchée furtivement de moi. Elle se trouvait maintenant à moins d'un mètre. Ses yeux avaient repris leur noirceur maléfique et son bras se dressait au-dessus de sa tête. Une longue pique de glace apparut soudain dans sa main.

Un miaulement furieux déchira l'air, et un poids invisible sembla s'abattre sur le dos de la fée, car elle chancela et manqua tomber à terre. Je vis un objet doré briller sur sa poitrine : une clef, pendue à une chaîne. Avec un juron, Shard projeta son attaquant invisible contre le mur. Il y eut un bruit sourd, puis un feulement de douleur : Grimalkin apparut pendant une fraction de seconde, puis disparut à nouveau.

Je profitai de cet instant de distraction pour me jeter sur la clef que la fée portait autour du cou. Shard se retourna à une vitesse effrayante et referma deux mains pâles autour de ma gorge. Le souffle coupé, je levai le bras pour tenter de me dégager ; mais son corps semblait figé comme de la pierre. Sa peau glaciale brûlait ma chair ; des cristaux se formèrent sur mon cou tandis que Shard resserrait sa prise.

Je tombai à genoux, et mes yeux se brouillèrent.

Avec un cri perçant, Grimalkin bondit à nouveau sur le dos de la fée, toutes griffes dehors. Shard hurla et desserra son emprise. Libérée de ses mains glacées, je me relevai et poussai la fée à la renverse, sans lâcher la clef. Je sentis un craquement. La chaîne venait de se briser.

Suffocante, je fis quelques pas chancelants et regardai l'ogre droit dans les yeux.

— Grumly ! m'écriai-je d'une voix rauque. Grumly, regarde-moi ! Écoute-moi !

L'ogre cessa de pilonner le sol et tourna vers moi son regard torturé. Derrière moi, un nouveau miaulement déchira l'air, et le corps de Grimalkin s'écrasa sur le sol.

— Aide-nous ! m'exclamai-je en lui montrant la clef. Elle brilla sous la lumière et lança un éclat doré.

— Aide-nous, Grumly, et on te libérera ! On te détachera !

— Me dé… détacher ?

Soudain, on me frappa violemment derrière la tête. Je m'effondrai, presque K.-O., en serrant la clef dans mon poing. Un pied s'enfonça dans mes côtes et me força à me mettre sur le dos. Shard se tenait au-dessus de moi, le poignard à la main.

— *Non !*

Le meuglement de Grumly emplit la cave tout entière. Surprise, Shard leva les yeux et se rendit compte qu'elle était à sa portée. Trop tard. Du dos de la main, l'ogre propulsa la fée contre le mur, où elle s'écrasa dans un bruit sourd. Les bonnets-rouges eux-mêmes cessèrent de pourchasser Puck pour se tourner vers nous.

Je me relevai tant bien que mal. D'un pas titubant, je m'avançai vers Grumly, en espérant qu'il avait compris ma proposition et qu'il n'allait pas m'écraser pas comme une mouche.

Il ne fit pas un geste tandis que je m'approchais de la chaîne qui le retenait, puis de la menotte qui entaillait sa chair. Je mis la clef dans la serrure et tournai plusieurs fois, jusqu'au déclic. L'anneau de fer s'ouvrit.

Grumly rugit de joie et de colère. Son corps massif et lourd pivota avec une rapidité surprenante ; d'un coup de pied, il envoya un bonnet-rouge s'écraser contre le mur. Puck s'éloigna de lui à toute vitesse ; l'ogre leva la patte et écrasa deux autres monstres comme s'il s'agissait de cafards. Les bonnets-rouges devinrent enragés. Avec des hurlements atroces, ils s'agglutinèrent autour des pattes de l'ogre pour le mordre et le marteler de leurs battes de base-ball. Grumly tapa le sol de tous côtés, manquant m'écraser. La terre tremblait sous ses coups, mais je n'avais plus la force de bouger.

Puck me saisit les épaules et m'éloigna de la bataille en cours.

— Il faut partir pendant qu'ils sont occupés, murmura-t-il en lançant un regard par-dessus son épaule. Avance vers le passage.

— Et Grimalkin ?

— Je suis là, fit le chat en apparaissant à côté de moi.

Sa voix était un peu tendue, et il boitait de la patte gauche.

— Je suis tout à fait d'accord avec Puck, ajouta-t-il. C'est le moment de partir.

Nous nous dirigeâmes tous les trois vers la porte ; mais Shard se dressa tout à coup devant nous.

— Non ! fit-elle dans un grognement.

Son bras gauche pendait, inerte, le long de son

corps, mais sa main droite tenait fermement la pique de glace et la pointait sur ma poitrine.

— Vous ne passerez pas. Vous allez mourir ici, et je vous clouerai au mur pour que tout le monde puisse contempler vos cadavres.

Des pas lourds firent trembler le sol derrière nous.

— Grumly, dit Shard sans me quitter des yeux, tue-les. Tout est pardonné. Mets-les en pièces, mais lentement. Je veux qu'ils souffrent.

L'ogre grogna de nouveau. Une patte immense se posa à côté de moi.

— Amis ! gronda-t-il. Eux libéré Grumly. Amis !

Il avança encore d'un pas ; la blessure ouverte creusée par la menotte sur sa cheville était sanguinolente.

— Tuer maîtresse !

— Quoi ?

Shard fit un pas en arrière, en écarquillant les yeux. Grumly s'avança vers elle en levant ses poings immenses.

— Qu'est-ce que tu fais ? Arrière, espèce d'imbécile ! Je te l'ordonne ! Non, non !

— Allons-y, chuchota Puck en me prenant le bras.

Nous nous baissâmes pour nous faufiler sous les jambes de Grumly et nous élançâmes vers la porte ouverte. Juste avant qu'elle ne se referme derrière nous, je vis Grumly se dresser au-dessus de son ancienne maîtresse et celle-ci reculer, la pique pointée en avant.

***

Devant nous s'étendait un couloir interminable, empli de brume et de lueurs clignotantes. Je m'affaissai contre le mur et, les effets de l'adrénaline s'estompant, me mis à trembler comme une feuille.

— Tout va bien, princesse ? me demanda Puck.

Je titubai et me jetai à son cou. Il m'entoura de ses bras et m'attira contre lui. Je sentis sa chaleur, le battement rapide de son cœur, son souffle contre mon oreille. Enfin, je m'écartai et m'adossai à nouveau au mur. Puck s'y appuya d'une main.

— Je croyais qu'Oberon t'avait transformé en oiseau.

— Oui, mais quand il s'est aperçu que tu avais disparu, il m'a chargé de te retrouver.

— C'est toi qui nous suis depuis le début ! s'exclama Grimalkin, presque invisible dans la brume.

Puck aquiesca.

— J'étais sûr que vous chercheriez à passer chez les Unseelie. Ce raccourci, c'est moi qui l'ai créé ! Bref, en sortant du tunnel, j'ai demandé autour de moi. Un pixie m'a dit qu'il vous avait vus partir vers ce quartier. Je savais que Shard tenait une boîte de nuit dans le coin. Et, comme disent les mortels, le reste appartient à l'histoire.

— Je suis contente que tu nous aies retrouvés, dis-je en me redressant.

J'avais les jambes un peu moins molles, maintenant, et je ne tremblais presque plus.

— Tu m'as sauvé la vie, ajoutai-je. Une fois de plus. Je sais que tu n'aimes pas ça, mais je te remercie.

Puck me lança un regard oblique qui me déplut fortement.

— Ne me remercie pas si vite, princesse. Oberon est très contrarié par ton départ de ses terres, où tu te trouvais en sécurité.

Il se frotta les mains, visiblement mal à l'aise.

— Je suis censé te ramener à la cour.

J'avais l'impression qu'il venait de me décocher un coup de pied au ventre.

— Mais… tu ne vas quand même pas…

Il détourna le regard, et mon désespoir grandit.

— Puck, tu ne peux pas faire ça. Il faut que j'aille à la cour Unseelie retrouver Ethan et le ramener chez nous.

Puck passa la main dans ses cheveux ; c'était un geste étrangement humain.

— Tu ne comprends pas, dit-il d'un ton hésitant. Je suis le laquais préféré d'Oberon, mais sa patience a des limites. Si je le déçois à nouveau, je risque bien pire que d'être transformé en corbeau pendant deux siècles. Il pourrait me bannir pour toujours du pays des fées. Je ne pourrais plus jamais rentrer chez moi.

— Je t'en supplie, dis-je en lui prenant la main.

Il évita mon regard.

— Puck, on se connaît depuis toujours. Ne me fais pas ça.

Je lâchai sa main et le regardai en plissant les yeux.

— Tu es conscient que tu vas devoir me ramener à mon corps défendant et que je ne t'adresserai plus jamais la parole.

— Ne le prends pas mal, répondit Puck en me regardant enfin. Tu ne sais pas dans quoi tu t'es fourrée. Si Mab te met la main dessus… tu ne te rends pas compte de quoi elle est capable.

— Je m'en fiche. Tout ce que je sais, c'est que mon frère n'est pas loin d'ici, et qu'il est en danger. Il faut que je le retrouve. Et c'est ce que je vais faire, avec ou sans ton aide.

— Je pourrais te jeter un sortilège, murmura Puck, songeur. Ça m'éviterait pas mal de problèmes.

— Non, lança Grimalkin avant que je puisse répliquer. Puck, tu sais que tu ne le feras pas, ce n'est pas la peine de frimer. De toute façon, je connais la solution.

— Ah, vraiment ?

— C'est une faveur, dit Grimalkin en agitant la queue. Une faveur que me doit le roi.

— Ça ne l'empêchera pas de me bannir.

— Non, concéda le chat. Mais je pourrais lui

demander de limiter ton exil. A quelques décennies, par exemple. C'est mieux que rien.

— Hum, hum, fit Puck d'un air dubitatif. En retour, je te devrai une petite faveur, c'est ça ?

— Tu m'as mêlé à cette histoire à la seconde où tu as fait tomber la petite dans mon arbre, dit tranquillement Grimalkin. Je ne pense pas que c'était une coïncidence, pas de la part de Robin Goodfellow. Tu devais bien savoir que nous en arriverions là.

— Je sais surtout qu'il faut être fou pour passer un marché avec un chat.

Puck soupira, puis se frotta les yeux du revers de la main.

— Très bien, dit-il enfin. Tu as gagné, princesse. De toute façon, la liberté, c'est assez surfait.

Une bouffée d'espoir monta en moi.

— Alors… tu vas nous aider ?

— Pourquoi pas ? répondit Puck avec un sourire résigné. Sans moi, de toute façon, vous vous feriez dévorer vivants. Et puis, une attaque contre la cour Unseelie, je ne peux quand même pas rater ça.

— En route, alors, dit Grimalkin. Plus nous perdons du temps, plus les rumeurs au sujet de notre fuite se répandront. Tir Na Nog n'est plus très loin.

Puck m'aida à me relever. Le chat s'éloignait déjà vers le bout du couloir.

Nous marchâmes pendant quelques minutes. L'air

se fit de plus en plus vif et froid : bientôt un glacis de givre couvrit les murs, et des stalactites pendirent du plafond.

— On approche, dit la voix désincarnée de Grimalkin, au milieu de la brume.

Le couloir se terminait de manière abrupte devant une simple porte en bois. Une fine épaisseur de neige se dessinait dans l'interstice avec le sol, et l'on entendait le vent hurler de l'autre côté.

Puck s'avança devant nous.

— Mesdames et messieurs, annonça-t-il d'un air grandiloquent, bienvenue à Tir Na Nog, pays de l'hiver sans fin et de la neige à gogo.

Quand il ouvrit la porte, un tourbillon de neige poudreuse caressa mon visage, et de petits cristaux de glace se formèrent sur mes cils. Clignant des yeux, je fis un pas en avant.

De l'autre côté de la porte se trouvait un jardin figé par le gel. Les rosiers qui grimpaient le long de la clôture étaient saisis par la glace, et le chérubin en pierre de la fontaine, au centre du jardin, crachait de l'eau gelée. Au loin, derrière les arbres dénudés et les buissons épineux, se découpait le toit pointu d'une vaste demeure victorienne. Je me retournai vers Grim et Puck : ils se tenaient sous une treille d'où pendaient des lianes mauves et des fleurs de cristal bleu. A l'instant où il franchirent la porte, le tunnel s'effaça derrière eux.

— Charmant, dit Puck en regardant autour de lui. J'adore cette ambiance de mort et de désolation. Dommage que le jardinier ne soit pas là, on aurait pu lui demander quelques tuyaux.

— On est loin d-d-de la cour de Mab ? demandai-je en claquant des dents.

— Environ deux jours de marche, répondit Grimalkin en bondissant sur une souche d'arbre.

Il secoua ses pattes l'une après l'autre, puis s'assit précautionneusement.

— Il faut trouver un abri. Je ne suis pas à l'aise dans ce climat, et la petite va mourir de froid.

— A votre place, je ne m'inquiéterais pas trop, lança une voix au bout du jardin.

Une silhouette armée d'une épée, dissimulée derrière un arbre, fit un pas en avant. Mon cœur bondit dans ma poitrine, puis se mit à battre à tout vitesse. La brise faisait voler les cheveux noirs de celui qui s'avançait vers nous avec grâce, silencieux comme une ombre. Grimalkin feula et disparut ; Puck me poussa derrière lui.

— Je vous attendais, murmura Ash, brisant le silence.

16

Les fées de Fer

— Ash ! m'exclamai-je.

La mince silhouette du jeune prince se dirigeait vers nous. Il était d'une beauté à couper le souffle ; son visage pâle semblait flotter au-dessus de ses vêtements sombres. Je me rappelai son sourire et l'éclat qui brillait dans ses yeux tandis que nous dansions. Il n'y avait plus trace de sourire sur son visage, et son regard était froid. Ce n'était plus le prince avec lequel j'avais dansé à Elysium, mais un pur prédateur.

— Ash, dit Puck d'un ton léger, quelle bonne surprise. Comment nous as-tu trouvés ?

— Ce n'était pas difficile, répondit Ash avec froideur. La princesse m'a dit qu'elle cherchait à retrouver quelqu'un qui s'était introduit sur notre territoire. Il n'y a pas tant de passages que ça pour passer du monde mortel à Tir Na Nog, et Shard ne se cache pas de garder l'un d'entre eux. Je me suis dit que je n'avais qu'à vous attendre ici.

— Bien joué, dit Puck d'un air narquois. Mais tu

as toujours été un fin stratège, n'est-ce pas ? Qu'est-ce que tu veux, Ash ?

— Ta tête, répondit-il à voix basse. Sur un piquet. Mais ce sera pour plus tard.

Me désignant de la pointe de son épée, il ajouta :

— C'est pour elle que je suis là.

Mon cœur se serra. *Il est venu me chercher pour me tuer, comme il me l'a promis à Elysium.*

— Tu devras d'abord me passer sur le corps, répliqua Puck.

Il souriait comme s'il s'agissait d'une conversation anodine, mais je le sentais de plus en plus tendu.

— C'est plus ou moins ce que j'avais prévu de faire.

Le prince leva son épée ; sa lame était blanche de givre et nimbée d'un halo brumeux.

— Aujourd'hui, je vais enfin la venger, qu'elle puisse reposer en paix.

Une ombre passa sur son visage, et il ferma les yeux. Quand il les rouvrit, une seconde plus tard, ils étaient froids et animés d'une lueur mauvaise.

— Prépare-toi, dit-il à Puck.

— Écarte-toi, princesse, m'avertit Puck en me prenant le bras.

Il se baissa et sortit de sa botte un poignard à la lame courbe et transparente comme du verre.

— Ça risque de devenir un peu brutal.

— Non ! dis-je en l'attrapant par la manche. Ne te

bats pas contre lui, Puck. L'un de vous deux pourrait être tué.

— C'est souvent comme ça, dans les duels, répondit Puck avec un sourire effrayant. Mais ta sollicitude me touche. Deux secondes, petit prince.

Ash inclina la tête. Puck me saisit le poignet, me conduisit derrière la fontaine et se pencha sur moi. Son souffle était chaud sur mon visage glacé.

— Je n'ai pas le choix, princesse. Ash ne nous laissera pas partir sans que je me batte avec lui. Ça devait finir par arriver.

L'espace d'un instant, une expression de regret passa sur son visage.

— Quoi qu'il en soit, dit-il en me relevant la tête, avant que je n'aille me battre, tu pourrais m'embrasser pour me porter chance, non ?

Je restai interloquée. Pourquoi me demandait-il de l'embrasser ? Il n'y avait certainement rien de ce genre entre nous… du moins je le croyais…

Mais je n'avais pas le temps de tergiverser. Je me penchai vers lui et l'embrassai sur la joue. Sa peau était chaude et sa barbe naissante piquait un peu.

— Ne meurs pas, chuchotai-je avant de m'écarter.

Puck eut l'air déçu, mais cela ne dura qu'une fraction de seconde.

— Moi ? Mourir ? On ne t'a pas dit, princesse ? Je m'appelle Robin Goodfellow.

Agitant les bras, il brandit son couteau et courut vers le prince.

Ash s'élança à son tour, masse sombre et floue sur le blanc de la neige ; son épée s'abattit sur Puck en sifflant dans l'air. Puck fit un bond de côté ; la lame se planta dans un tas de neige, projetant sur moi un tourbillon de flocons glacés qui brûlèrent ma peau comme des orties. Le souffle coupé, je me frottai les yeux ; quand je les rouvris, Ash et Puck se livraient une bataille sans merci, apparemment décidés à s'entretuer.

Esquivant un coup féroce, Puck sortit quelque chose de sa poche et le lança sur son adversaire. Dans un grognement sauvage, un immense sanglier aux défenses luisantes apparut entre les deux adversaires et se rua sur le prince. Celui-ci abattit son épée de glace, et le sanglier se désintégra dans un tourbillon de feuilles mortes. Ash tendit le bras : une nuée d'éclats de glace acérés volèrent en direction de Puck. Je poussai un cri d'horreur ; mais Puck prit une grande bouffée d'air et se mit à souffler, comme pour éteindre les bougies d'un gâteau d'anniversaire. Les pointes de glace se transformèrent en marguerites ; bombardé de fleurs, Puck se mit à sourire.

Ash repassa à l'attaque ; sa lame fendit l'air en sifflant. Puck esquiva, para le coup de son poignard et battit en retraite devant l'assaut féroce du prince d'Hiver. Il attrapa une poignée de brindilles au pied d'un arbre, souffla dessus et les jeta en l'air. L'instant suivant, *trois* Puck s'élançaient vers leur adversaire en arborant les mêmes sourires malicieux. Trois lames de poignard brillèrent, trois silhouettes encerclèrent le prince de l'ombre. Pendant ce temps, le vrai Puck s'adossait à son arbre et regardait Ash se démener.

Mais ce dernier n'était pas prêt à déclarer forfait. Pivotant sur lui-même, il esquiva et para les attaques successives des trois sosies. Il se baissa pour passer sous la garde du premier, puis se redressa brusquement et le coupa en deux au niveau du ventre. Le sosie redevint un bout de bois et tomba en deux morceaux sur le sol. Ash virevolta pour faire face au deuxième, qui arrivait par le côté. Son épée décrivit un moulinet rapide ; la tête de son adversaire vola et se transforma elle aussi en brindille. Le dernier Puck attaqua par-derrière, le poignard brandi au-dessus de sa tête. Ash ne prit même pas la peine de se retourner ; il se contenta de lever son épée en arrière, pointe inclinée vers le haut. Emporté par son élan, le troisième Puck s'embrocha sur la lame, qui lui transperça le corps. Sans même lui jeter un coup d'œil, le prince d'Hiver retira son épée d'un geste brusque. Un dernier bout de bois s'écrasa sur le sol.

Ash abaissa son épée et regarda autour de lui avec méfiance. Je suivis son regard… et sursautai. Profitant de ce que nous étions distraits par ses sosies, Puck avait disparu. Le prince d'Hiver s'avança doucement, l'épée tendue devant lui. Son regard se posa un instant sur moi, et tout mon corps se contracta ; mais il se détourna presque aussitôt.

Comme il passait sous un grand pin gelé, une silhouette se dressa subitement devant lui. Le prince fit un bond de côté, évitant de justesse le couteau de son adversaire ; celui-ci perdit l'équilibre et chancela vers l'avant. En rugissant de fureur, Ash planta son épée dans le dos de Puck et le cloua au sol.

Je me mis à hurler… puis me tus. Pendant une fraction de seconde, Ash regarda la feuille morte embrochée sur son épée ; puis il se jeta précipitamment sur le côté tandis que son adversaire se laissait tomber de l'arbre, le poignard à la main.

Puck partit d'un grand éclat de rire tandis qu'Ash chancelait et tombait à terre. Le prince d'Hiver se tenait le bras ; des gouttes de sang perlaient entre ses doigts pâles.

— Tu as bien failli y passer, mon vieux, s'exclama Puck. C'est pourtant un coup classique. Tu es un peu rouillé, non ?

— Je commence surtout à en avoir assez de me battre contre des doubles, fit Ash en se redressant.

Il laissa retomber son bras blessé et ajouta :

— Apparemment, le code de l'honneur n'est plus

en vigueur à la cour Seelie. Es-tu le vrai Puck, ou est-il trop lâche pour m'affronter en chair et en os ?

Puck lui lança un regard dédaigneux avant de disparaître dans une pluie scintillante. Un nouveau Puck, caché derrière l'arbre, fit un pas en avant. Il avait un sourire mauvais sur les lèvres.

— Très bien, prince, dit-il en s'avançant vers lui. Si c'est ce que tu veux, je peux te tuer à l'ancienne.

Je les regardai se battre en me demandant que faire. Je ne voulais pas qu'ils meurent, ni l'un ni l'autre, mais je ne savais absolument pas comment mettre fin à ce duel. Hurler de toutes mes forces ou me jeter entre eux pour les séparer semblait une mauvaise idée ; l'un d'entre eux serait distrait par mon intervention, et l'autre en profiterait pour le passer au fil de son épée. Mon ventre se tordait de désespoir. Je ne m'étais pas rendu compte que Puck était aussi violent ; mais à présent, l'éclat sauvage qui brillait dans ses yeux me disait qu'il tuerait le prince d'Hiver sans hésiter.

Il y a une histoire que j'ignore, pensai-je soudain en voyant Ash viser d'un geste brutal le visage de Puck, qu'il rata de peu. *Il s'est passé quelque chose entre eux, pour qu'ils se détestent autant. Je me demande s'ils étaient amis, autrefois.*

Soudain, un frisson me parcourut le dos. Ce n'était pas le froid, mais un étrange malaise… Je tendis l'oreille : sous le bruit des lames qui s'entrechoquaient, j'entendis une sorte de bruissement, comme des milliers d'insectes rampant vers nous.

— Cours !

La voix de Grimalkin me fit sursauter ; je l'avais complètement oublié. Des empreintes de pattes se creusèrent à toute vitesse dans la neige, puis des griffes invisibles crissèrent contre l'écorce d'un arbre tandis que le félin se réfugiait en haut d'une branche.

— On nous attaque ! Cache-toi, vite !

Je lançai un regard aux deux elfes, toujours aux prises l'un avec l'autre. Le bruissement s'accentua ; il s'accompagnait à présent de crépitements et de rires aigus. Brusquement, des centaines de paires d'yeux vert électrique surgirent entre les arbres. Puck et Ash prirent enfin conscience qu'il se passait quelque chose et baissèrent les armes ; mais il était trop tard.

Tel un tapis vivant, les bêtes couvraient le sol à perte de vue. Elles nous cernaient de toutes parts : c'étaient de petites créatures à la peau noire, aux bras grêles, aux grandes oreilles et aux dents bleuâtres. J'entendis les cris de surprise des elfes et le miaulement horrifié de Grimalkin, qui se réfugia au sommet de son arbre. Je n'avais pas le temps de fuir. Les petites bestioles m'attaquèrent tel un essaim de guêpes, courant sur mes jambes et remontant le long de mon dos. Des griffes se plantèrent dans ma chair et mes oreilles résonnèrent de cris perçants. Je me mis à hurler et à me débattre. Aveuglée, je finis par perdre l'équilibre et m'écroulai sous le poids des petits corps. J'atterris sur une masse grouillante et mouvante : des centaines de mains me soulevèrent et m'emportèrent, telles des fourmis supportant une sauterelle.

— Puck ! hurlai-je. Grimalkin ! A l'aide !

Je luttai pour me libérer ; mais dès que j'échappais à l'emprise de quelques monstres, une dizaine d'autres se glissaient à leur place pour me porter à bout de bras. Je ne touchai pas le sol un seul instant.

J'entendis mes amis crier dans le lointain ; mais, portée par ce matelas vivant et bourdonnant, je m'éloignai d'eux à toute vitesse.

Je ne sais combien de temps le trajet dura. Dès que je me débattais, des griffes s'enfonçaient dans ma chair, transformant mon matelas en lit de clous. Je cessai bientôt de batailler pour essayer de me concentrer sur le chemin que nous empruntions. Ce n'était pas facile. Renversée sur le dos, je ne voyais distinctement que le ciel. Quand j'essayais de tourner la tête, on me tirait les cheveux jusqu'à ce que les larmes me viennent aux yeux. Je finis par me résigner à attendre sans bouger. Au bout d'un moment, épuisée par le froid et l'angoisse, je fermai les yeux et finis bientôt par sombrer dans l'inconscience.

Quand je revins à moi, le ciel nocturne avait laissé

place à une voûte de glace. Je compris rapidement que nous étions sous terre. L'air se fit plus froid encore quand le tunnel s'ouvrit sur une vaste cathédrale souterraine, qui scintillait d'une beauté étrange et austère. De longues stalactites effilées tombaient du plafond. En passant sous ces piques immenses, qui brillaient comme des lustres de cristal, je priai pour qu'elles ne me transpercent pas le corps.

Mes lèvres étaient engourdies par le froid, et je claquais des dents. Mais à mesure que nous nous enfoncions sous terre, l'air se réchauffait un peu. Un bruit sourd résonnait dans les galeries inférieures : une sorte de sifflement, comme de la vapeur s'échappant d'un tuyau fendu. Des filets d'eau coulaient du plafond, trempant mes vêtements, et certaines stalactites semblaient sur le point de se décrocher.

Le sifflement s'accentua, accompagné de vrombissements et d'une odeur de fumée. Bientôt, je m'aperçus que des stalactites s'étaient bien écrasées sur le sol, brillant comme du verre cassé.

Mes ravisseurs me firent entrer dans une nouvelle caverne, au sol jonché d'éclats de glace. Des gouttes d'eau tombaient régulièrement du plafond et formaient des flaques. Les petites bêtes me déposèrent sur le sol et détalèrent à toute vitesse. Tout en frottant mes membres froids et douloureux, je regardai autour de moi. On m'avait laissée au milieu d'une salle presque vide. Dans un coin, une caisse en bois était remplie de cailloux noirs. Du charbon, peut-être ? D'autres caisses semblables étaient entassées à l'autre bout de la grotte, à côté d'une arche en bois qui donnait sur un passage obscur.

Un sifflement perçant, comme celui d'une locomotive entrant en gare, s'éleva du tunnel ; une épaisse fumée noire en sortit. Une odeur de cendres et de souffre me piqua le nez, et une voix tonitruante se mit à résonner dans la caverne.

— VOUS L'AVEZ CAPTURÉE ?

Les dernières bestioles s'éparpillèrent, et deux ou trois stalactites s'écrasèrent au sol en une succession rapide, presque musicale. Des pas cliquetèrent sur le sol ; je me réfugiai derrière une colonne de glace. Une silhouette gigantesque et difforme se devinait dans la pénombre. Je me mis à trembler.

Sous mes yeux écarquillés, un immense cheval noir surgit du nuage de fumée. Ses yeux brillaient comme des charbons ardents, ses narines dilatées soufflaient de la vapeur. Au début, je crus qu'il portait une armure de fer ; ses flancs étaient couverts de métal sombre et rouillé, et il se déplaçait d'un pas lourd. Puis je compris que *son corps lui-même était en fer.* Des pistons et des engrenages se dessinaient le long de ses côtes. Sa crinière et sa queue étaient composées de câbles d'acier, et l'on apercevait, à travers les interstices entre les plaques de fer de son corps, le feu qui brûlait dans son ventre. Il tourna vers moi sa face terrifiante et ses naseaux se mirent à cracher des flammes.

Je titubai en arrière. Cette fois, j'étais morte.

— ES-TU MEGHAN CHASE ?

La voix du cheval fit trembler la pièce. De nouvelles stalactites s'écrasèrent sur le sol, mais c'était le cadet de mes soucis. Je me recroquevillai devant le monstre de fer, qui se cabra et souffla des flammes.

— RÉPONDS-MOI, L'HUMAINE. TU ES BIEN MEGHAN CHASE, FILLE DU ROI DE LA COUR D'ÉTÉ ?

— Oui, murmurai-je. Et vous, qui êtes-vous ? Qu'est-ce que vous me voulez ?

Le cheval s'approcha de moi, broyant la glace de ses sabots.

— JE SUIS LE CHEVAL DE FER, répondit-il. L'UN DES LIEUTENANTS DU ROI MACHINA. JE T'AI FAIT CAPTURER SUR ORDRE DE SA MAJESTÉ. TU VAS M'ACCOMPAGNER A LA COUR DU ROI DE FER.

Sa voix tonitruante commençait à me donner mal à la tête.

— Le roi de Fer ? répétai-je stupidement. Qui c'est, ce…

— SA MAJESTÉ MACHINA, confirma le cheval

de fer. SOUVERAIN DE LA COUR DE FER ET ROI DE TOUTES LES FÉES DE FER.

Un frisson me parcourut l'échine. Je regardai les innombrables yeux verts des petites créatures, qui brillaient le long des parois de la grotte, puis le corps massif du cheval de fer. La tête commençait à me tourner. Qu'est-ce que c'était que cette histoire de fées de Fer ? D'où sortaient-elles ? A ma connaissance, aucun conte, poème ou légende ne les mentionnait. Mais surtout, il y avait ce « roi Machina »…

— Qu'est-ce qu'il me veut, votre roi ?

— CE N'EST PAS À MOI DE VOUS LE DIRE. JE ME CONTENTE DE SUIVRE SES ORDRES. JE PEUX VOUS INFORMER, CEPENDANT, QUE VOUS AVEZ INTÉRÊT À COOPÉRER SI VOUS VOULEZ REVOIR VOTRE FRÈRE.

— Ethan ?

Je levai les yeux vers la face impassible du cheval.

— Comment connaissez-vous son nom ? Est-ce qu'il va bien ? Où est-il ?

— SUIVEZ-MOI, ET VOUS AUREZ LES RÉPONSES À VOS QUESTIONS. LA COUR DE FER ET LE ROI MACHINA VOUS ATTENDENT.

Je me redressai, tandis que le cheval faisait volte-face et s'éloignait bruyamment en direction du tunnel. Ses pistons et ses engrenages grinçaient à chacun de ses pas. Il était vieux, compris-je en voyant un boulon se détacher et tomber à terre. C'était un ancien modèle. Existait-il des spécimens plus récents ? Des êtres de fer plus rapides, plus silencieux, plus efficaces encore ? Au bout d'un moment, je décidai que je n'avais pas vraiment envie de savoir.

Près de l'entrée du tunnel, le cheval piaffait d'impatience. Ses sabots crissant au sol faisaient voler des étincelles, et son regard vide était fixé sur moi.

— SUIS-MOI, m'ordonna-t-il en expirant de la vapeur. NOUS ALLONS EMPRUNTER UN PASSAGE QUI MÈNE À LA COUR DE FER. SI TU REFUSES D'AVANCER, LES GREMLINS TE PORTERONT.

Il secoua sa crinière et se cabra en crachant du feu.

— OU ALORS, JE POURRAIS COURIR DERRIÈRE TOI EN SOUFFLANT DES FLAMMES…

Une lance de glace vola dans l'air, vint se planter entre les côtes du cheval et se transforma en vapeur sous l'effet des flammes. Le cheval émit un sifflement perçant et fit volte-face ; les gremlins s'agitèrent nerveusement en regardant autour d'eux.

— Hé, le canasson ! lança une voix familière. Sympa, comme refuge ! Mais si je puis me permettre une critique, tu aurais pu choisir un endroit un peu plus résistant à la chaleur, non ?

— Puck ! m'écriai-je.

A l'autre bout de la grotte, l'elfe aux cheveux roux, tout sourires, me fit un signe de la main. Le cheval de fer se mit à hennir et se dirigea droit vers lui. Puck ne bougea pas. La bête de fer le renversa et le piétina de ses sabots d'acier.

— Ouille ! Ça doit faire mal, lança un nouveau Puck, à quelques mètres de là. Il faut vraiment qu'on parle de ton incapacité à gérer ta colère.

Le cheval s'ébroua et s'élança vers le deuxième Puck, à l'autre bout de la pièce. Les gremlins suivirent leur maître en riant et en sifflant, tout en gardant leurs distances.

Une main froide se plaqua sur ma bouche et étouffa mon cri de terreur. Je tournai la tête et rencontrai un regard argenté.

— Ash ?

— Par ici, murmura-t-il en me prenant la main. Tant que cet idiot peut les distraire…

— Non, attends. Le cheval sait quelque chose sur mon frère.

Ash plissa les yeux.

— Un instant d'hésitation, et Goodfellow mourra. De toute façon, je ne te donne pas le choix.

Il m'entraîna le long de la paroi. Je me laissai faire, trop abasourdie pour lui demander pourquoi il venait à mon secours. Ne voulait-il pas ma mort ? M'enlevait-il simplement pour pouvoir me tuer lui-même ? Non, c'était absurde ; il aurait pu m'ôter la vie tandis que Puck combattait le cheval de fer.

— Salut ! résonna la voix de Puck au loin. Désolé, vilain canasson, tu t'es encore trompé ! Allez, courage, tu vas finir par y arriver !

Le cheval, qui venait de broyer un faux Puck sous ses sabots, leva des yeux incandescents de rage. En voyant un autre sosie se dresser devant lui, il se cabra, prêt à bondir. C'est à cet instant qu'un gremlin nous repéra, Ash et moi. Il se mit à glapir pour alerter son maître.

Près de moi, le prince jura à voix basse. Le cheval de fer fit volte-face. Dans un hennissement lugubre et une explosion de flammes, il fonça vers nous telle une locomotive. Ash dégaina son épée et fit voler des éclats de glace en direction du monstre ; mais ceux-ci s'écrasèrent contre sa robe métallique et ne firent que l'enrager davantage. Alors que le cheval arrivait droit sur nous, Ash me poussa sur le côté et plongea à terre, évitant de justesse les sabots d'acier. Roulant sur lui-même, il se dressa derrière le monstre et tenta de lui entailler le flanc. Le cheval baissa la tête et le frappa dans les côtes. Il y eut un terrible craquement ; Ash s'effondra sur le sol. Il ne bougeait plus.

Une volée de corbeaux fondit sur le cheval avant qu'il n'ait pu achever le prince à coups de sabot. Ils tournoyèrent autour de lui en l'attaquant du bec. Le cheval rugit et s'abattit sur la volée d'oiseau, qu'il réduisit à des cendres fumantes. Tandis qu'Ash luttait pour se relever, Puck surgit à côté de moi et me prit par la main.

— C'est l'heure de partir, annonça-t-il allégrement. Ash, soit tu te lèves, soit tu restes ici. Nous, on s'en va.

Nous prîmes tous les trois nos jambes à nos cous, dérapant sur la glace fondue et les flaques d'eau, poursuivis par les hennissements déchaînés du cheval et les sifflements des gremlins. Je n'osai pas me retourner. Les parois de la grotte vibraient, et des piques de glace fusaient tout autour de nous, mais nous ne ralentîmes pas l'allure.

Une forme grise et floue fit des bonds vers nous.

— Tu l'as retrouvée, dit Grimalkin en lançant un regard noir à Puck. Espèce d'idiot. Je t'avais dit de ne pas te battre contre ce truc en métal.

— C'est pas le moment de râler ! lui lança Puck d'une voix haletante.

Nous nous élançâmes vers le bout du tunnel. Grimalkin courait derrière nous, les oreilles plaquées en arrière. Les cris des gremlins résonnaient le long des murs. Apercevant au loin la sortie du souterrain, hérissée de stalactites, je piquai un sprint.

Le cheval de fer hennit, et un énorme bout de glace s'écrasa sur le sol à quelques centimètres de moi.

— Enterrez-les ! s'écria Grimalkin qui trottait à mes côtés. Que le plafond s'abatte sur eux ! Maintenant !

Puis il accéléra, franchit la sortie et disparut.

Nous sortîmes derrière lui un instant plus tard et tombâmes en chancelant dans la neige. Je tournai la tête : dans le tunnel, des dizaines d'yeux verts avançaient vers nous. Les sabots du cheval résonnaient derrière eux.

— Continuez à courir ! hurla Ash.

Il fit volte-face, porta un poing fermé à son visage et inclina la tête. La silhouette rougeoyante du cheval se dessina dans le tunnel, ceinte d'un halo de flammes.

Ash rouvrit les yeux et tendit la main devant lui.

Un grondement sourd fit vibrer le sol, et les grandes stalactites à l'entrée du passage vacillèrent d'avant en arrière. A l'instant où les gremlins atteignaient la sortie, le plafond du souterrain s'effondra, dans un bruit assourdissant de verre brisé. Des hurlements perçants s'élevèrent, et l'on entendit au loin un hennissement désespéré.

Puis ce fut le silence. Ash, qui se tenait à moins d'un mètre du mur de glace qui scellait désormais l'entrée du souterrain, s'effondra dans la neige.

J'allais me précipiter vers lui, mais Puck m'attrapa le bras

— Holà, princesse. Qu'est-ce que tu crois ? Au cas où tu l'aurais oublié, le prince est notre ennemi. On ne lui vient pas en aide.

— Il est blessé.

— Raison de plus pour partir.

— Il vient de nous sauver la vie !

— Il vient surtout de sauver la sienne, fit Puck sans lâcher mon bras.

Je lui décochai un coup de coude et il me libéra enfin.

— Écoute, soupira-t-il. Tu crois vraiment qu'Ash va tout d'un coup devenir sympa ? S'il nous a aidés, c'est pour pouvoir te livrer à Mab. Elle te veut vivante, pour faire pression sur Oberon. C'est la seule et unique raison. S'il n'était pas blessé, il serait déjà en train d'essayer de me tuer.

Je lançai un regard à Ash, qui gisait immobile dans la neige. Des flocons le recouvraient peu à peu.

— On ne peut pas le laisser mourir ici.

— C'est un prince d'Hiver, Meghan. Il ne va pas mourir de froid. Crois-moi.

Je lui lançai un regard mauvais.

— Tu es pire qu'eux.

Il cligna des yeux, surpris. Je m'écartai de lui.

— Je vais au moins voir ce qu'il a. Et tu en penses ce que tu veux.

Puck leva les mains en signe de reddition.

— Très bien, princesse. Je vais me porter au secours du fils de Mab, ennemie éternelle de notre cour. En sachant qu'il va me poignarder dans le dos dès que je baisserai ma garde.

— Pas d'inquiétude, marmonna Ash en se relevant lentement.

Il se tenait les côtes d'une main et agrippait son épée de l'autre. Il secoua la tête pour faire tomber la neige de ses cheveux, puis leva son arme.

— On peut régler ça tout de suite, si tu veux.

Puck dégaina son arme avec un large sourire.

— Avec plaisir, dit-il en s'avançant d'un pas. Ça devrait aller assez vite.

Je me précipitai devant lui pour lui barrer le passage.

— Maintenant, ça suffit ! Vous arrêtez tout de suite ! Posez vos armes, tous les deux. Ash, tu n'es pas en état de te battre. Et toi, Puck, tu devrais avoir honte d'accepter son défi alors qu'il est blessé. Asseyez-vous et taisez-vous.

Ils me dévisagèrent, stupéfaits, puis, lentement, baissèrent leurs armes. Un rire grinçant résonna dans les branches d'un arbre ; Grimalkin apparut en agitant la queue.

— C'est la digne fille d'Oberon, après tout, lança-t-il avec un fin sourire. La reine Titania serait fière d'elle.

Puck se laissa tomber sur une souche d'arbre et croisa les bras sur sa poitrine. Ash continuait à me scruter d'un air insondable. Sans un regard pour Puck, je m'avançai vers le prince. Il plissa les yeux et sa main se crispa autour de son épée ; mais il ne me faisait pas peur. Pour la première fois depuis mon arrivée dans ce monde, je n'avais plus peur du tout.

— Prince, dis-je en m'approchant de lui, je te propose un marché.

Il haussa les sourcils.

— Nous avons besoin de ton aide, poursuivis-je en le regardant droit dans les yeux. Je ne sais pas d'où sortaient ces monstres, mais le cheval m'a dit qu'il faisait partie de la cour de Fer. Il a aussi parlé d'un certain Machina, roi de Fer. Tu en as entendu parler ?

— Le roi de Fer ? Jamais. Si ce roi Machina existe, il menace notre existence à tous. Les deux cours voudront en savoir plus sur lui et sur cette… cour de Fer.

— Je dois le trouver, dis-je d'un ton résolu. Il détient mon frère. Il faut que tu nous aides à quitter le territoire Unseelie et à trouver la cour du roi de Fer.

Ash fit la moue.

— Pourquoi ferais-je cela ? demanda-t-il doucement. Sa voix ne contenait aucune moquerie. Il était parfaitement sérieux.

— Parce que… parce que tu es blessé. Et que tu n'es plus en état de me capturer. Surtout avec Puck, qui meurt d'envie de te planter son poignard entre les côtes.

Je lançai un regard à l'elfe roux qui boudait sur sa bûche, et poursuivis à voix basse.

— Voici le marché que je te propose. Si tu m'aides à retrouver mon frère et à le ramener à la maison, je t'accompagnerai à la cour Unseelie. Sans protester. Et Puck te laissera en paix.

Les yeux d'Ash se mirent à briller.

— Tu aimes tellement ton frère que tu es prête à renoncer à ta liberté pour lui ?

Je pris une profonde inspiration.

— Oui.

Il y eut un petit silence. De peur de changer d'avis, j'ajoutai rapidement :

— Marché conclu ?

Il inclina la tête d'un air intrigué.

— Non, Meghan Chase. Ce n'est pas un marché. C'est un contrat.

— Parfait.

Je m'éloignai à reculons, les jambes tremblantes. Si je ne m'asseyais pas rapidement, j'allais tomber par terre.

— Et pas question d'essayer de tuer Puck, non plus.

— Ça ne fait pas partie du contrat, répliqua Ash.

Son visage se tordit et il tomba à genoux en se tenant le ventre. Un filet de sang coula entre ses lèvres.

— Puck ! m'écriai-je en me retournant. Viens vite !

— Alors, on est tous copains, maintenant ? marmonna Puck sans bouger. Et si on prenait le thé, pour se réchauffer un peu ?

— Puck ! hurlai-je, exaspérée.

Ash leva la tête et regarda son ennemi.

— C'est l'heure de la trêve, Goodfellow, dit-il d'une voix rauque. Nous sommes à quelques lieues du manoir de Froidepeine. Il est vide en ce moment, la dame de la maison est à la cour. On y sera tranquilles. Je propose de remettre notre duel à plus tard, une fois qu'on sera en sécurité, et que la princesse pourra se protéger du froid. Sauf si tu préfères m'achever tout de suite.

— Non, non. On s'entre-tuera plus tard.

Puck se releva et s'avança vers nous en fourrant son poignard dans sa botte. Il passa le bras du prince sur ses épaules et l'aida à se remettre debout. Ash poussa un grognement de douleur et pinça les lèvres. Je lançai un regard de reproche à Puck, qui fit semblant de ne pas le voir.

— C'est parti, soupira-t-il. Tu viens, Grimalkin ?

— Oui, bien sûr.

Le chat descendit de l'arbre et atterrit dans la neige avec un bruit sourd. Il y avait une lueur amusée dans ses yeux dorés.

— Je ne raterais cela pour rien au monde.

17

L'oracle

Le manoir de Froidepeine méritait amplement son nom. Sa façade monumentale était enduite de glace, sa pelouse gelée, les buissons de son parc couverts de cristaux. A l'intérieur, ce n'était pas beaucoup mieux. Les escaliers étaient glissants, les parquets de vraies patinoires, et mon souffle répandait dans l'air de grandes volutes blanches, tandis que nous parcourions des couloirs sombres et frigorifiés. Au moins les domestiques étaient-ils obligeants, même s'ils me donnaient la chair de poule : c'étaient des gnomes squelettiques, pâles comme des linceuls, aux doigts longs et fins, qui se faufilaient sans dire mot à travers toute la maison. Leurs yeux sans pupilles semblaient trop grands pour leurs visages, et ils nous regardaient d'un air mélancolique, comme si nous étions à l'article de la mort.

Malgré leur allure fantomatique, ils nous accueillirent poliment, s'inclinèrent devant Ash et veillèrent à ce qu'il soit installé à son aise dans l'une des chambres du manoir. Le froid mordant ne semblait pas l'affecter ; moi, je claquai des dents et frissonnai, jusqu'à ce que l'un des domestiques m'apporte une lourde couette et reparte sans un mot.

Enroulée dans la couette, je jetai un œil dans la chambre d'Ash. Le prince était assis sur le lit, entouré de gnomes de glace. Son torse et ses bras nus, sveltes et musclés, évoquaient davantage un danseur qu'un culturiste : il possédait une grâce qu'aucun humain ne pouvait égaler. D'un geste machinal, il repoussa une mèche de cheveux tombée devant ses yeux.

Mon cœur se serra, et je m'éloignai à reculons de la porte entrebâillée. *Qu'est-ce qui t'arrive ? Ce type, c'est Ash, prince de la cour Unseelie. Il a essayé de tuer Puck, et il risque de te massacrer toi aussi. Il n'a rien de sexy. Rien du tout.*

Or, il était extrêmement sexy. Inutile de le nier. Mon cerveau et mon cœur n'étaient pas sur la même longueur d'onde ; j'avais intérêt à résoudre le conflit rapidement. *Bon, d'accord. Il est à tomber par terre. L'attirance que tu éprouves pour lui est purement physique. Tous les elfes sont beaux. Ça ne veut rien dire du tout.*

Forte de ce raisonnement, je pénétrai dans la chambre du prince.

Il leva les yeux vers moi. Deux gnomes étaient occupés à panser son torse ; au-dessus du ventre, je vis une grande blessure sombre.

— C'est là où…

Ash hocha la tête. Je ne pus détourner les yeux de sa chair noircie et couverte d'ampoules.

— On dirait presque une brûlure.

— La bête avait des sabots en fer, dit Ash. Le fer a tendance à brûler, quand il n'est pas tout simplement mortel. J'ai eu de la chance qu'il n'ait pas frappé plus près du cœur.

Les gnomes serrèrent le bandage autour de son torse, lui arrachant une grimace de douleur.

— C'est grave ? demandai-je.

— Les fées guérissent plus vite que les mortels.

Il posa ses jambes sur le sol, et les gnomes s'écartèrent pour le laisser passer.

— Surtout quand on est dans son propre territoire. Je devrais être sur pied d'ici demain.

— Ah, bon.

J'avais tout d'un coup le souffle court, et j'étais incapable de quitter Ash des yeux.

— C'est… euh… tant mieux.

Il fit un pas vers moi avec un sourire froid.

— Tant mieux ? répéta-t-il d'une voix sarcastique. Tu te trompes, princesse. Tout aurait été plus simple pour toi si Puck m'avait tué quand il en avait l'occasion.

Les poils de mes bras se hérissaient, mais je refusai de battre en retraite.

— Non, je ne crois pas. J'ai besoin de votre aide

à tous les deux pour quitter le territoire Unseelie et retrouver mon frère. Et puis, je n'allais quand même pas le laisser te tuer de sang-froid.

— Pourquoi pas ?

Il était tout près de moi, à présent ; de pâles cicatrices couraient sur son torse.

— Puck semble t'être très dévoué. Peut-être attends-tu que nous ayons quitté Tir Na Nog pour lui donner l'ordre de me poignarder dans le dos ? Imagine que nous nous battions à nouveau, et que je le tue.

— Arrête, dis-je en soutenant son regard. C'est quoi, ton problème ? Je t'ai donné ma parole, Ash. Pourquoi me parles-tu comme ça ?

— Je cherche à savoir où tu te places, c'est tout.

Ash recula d'un pas ; il ne souriait plus.

— J'aime bien sonder mes ennemis avant que le combat ne commence. Repérer leurs forces et leurs faiblesses.

— On ne va pas se battre, tous les deux.

— Certains combats se déroulent sans épées.

Ash revint vers le lit, dégaina son arme et en examina la lame étincelante.

— Les émotions peuvent être des armes mortelles. Parfois, pour remporter la bataille, il suffit de connaître les limites de son adversaire. Toi, par exemple…

Il se tourna et pointa son épée sur moi, les yeux rivés dans les miens.

— Tu ferais n'importe quoi pour retrouver ton frère. Te mettre en danger, négocier avec l'ennemi, renoncer à ta liberté. Tu ferais sans doute la même chose pour tes amis et toutes les personnes qui comptent pour toi. Ta loyauté est ton point faible, et tes ennemis ne manqueront pas de l'utiliser contre toi. C'est l'aspect le plus dangereux de ta personnalité.

— Et alors ? dis-je en resserrant la couette autour de mes épaules. Tu es en train de me dire que je ne trahirais jamais mes amis ou ma famille. Je ne vois pas en quoi c'est une faiblesse.

Il m'observa, les yeux brillants, le visage indéchiffrable.

— Et si tu devais choisir entre la vie de ton frère et la mienne, que ferais-tu ? La réponse devrait aller de soi. Mais serais-tu capable de trancher ?

Je me mordis la lèvre en silence. Ash hocha lentement la tête puis détourna les yeux.

— Je suis fatigué, dit-il en s'asseyant sur le lit. Tu ferais mieux d'aller demander à Puck ce qu'on va faire une fois partis d'ici. Sauf, bien sûr, si tu sais comment trouver la cour de ce fameux Machina. Moi, je n'en ai pas la moindre idée. Mais si je dois vous aider, il faut d'abord que je me repose.

Il s'étendit et mit un bras devant ses yeux. Je quittai la chambre à reculons, la tête pleine de pensées sombres.

Je trouvai Puck adossé au mur du couloir, les bras croisés.

— Comment va notre joli cœur ? Survivra-t-il à l'épreuve du feu ?

— Il va bien, dis-je sans m'arrêter. Il a une vilaine brûlure là où le cheval l'a frappé, et je pense qu'il a plusieurs côtes cassées, mais il n'a rien voulu me dire.

Puck m'emboîta le pas.

— Excuse-moi si ça ne me fend pas le cœur, dit-il en levant les yeux au ciel. Je ne sais pas comment tu as fait pour le convaincre de nous aider, princesse ; mais je ne lui fais pas confiance du tout. Négocier avec un prince d'Hiver, ce n'est jamais une bonne idée. Que lui as-tu promis ?

— Rien, dis-je en évitant son regard.

Sentant son incrédulité, je passai à l'offensive pour détourner son attention.

— C'est quoi, au fait, votre problème à tous les deux ? Il m'a dit qu'un jour tu l'avais poignardé dans le dos. C'est vrai ?

— Ah…

La voix de Puck s'érailla ; je compris que j'avais mis le doigt sur un sujet sensible.

— C'était une erreur, ajouta-t-il doucement. Je ne l'ai pas fait exprès.

Il haussa les épaules, et un sourire narquois s'afficha à nouveau sur son visage.

— De toute façon, dit-il, ça n'a aucune importance. Je ne suis pas le méchant de l'histoire, princesse.

— Non, admis-je, c'est vrai. Mais je vais avoir besoin de votre aide à tous les deux pour délivrer Ethan. Surtout depuis que ce roi de Fer tient tellement à me voir. Tu sais quelque chose sur lui ?

— Je n'en ai jamais entendu parler, dit Puck en redevenant sérieux.

Nous pénétrâmes à cet instant dans la salle à manger. Au centre se dressait une longue table ornée d'une magnifique sculpture en glace. Perché sur la table, Grimalkin plongeait la tête dans un bol qui sentait fortement le poisson. Il leva les yeux en nous entendant entrer et passa sa langue rose vif sur ses petites dents pointues.

— Entendu parler de qui ? demanda-t-il.

— Du roi Machina.

Je pris une chaise et m'installai à table, le menton dans les mains.

— L'espèce de cheval métallique a dit qu'il régnait sur les fées de Fer.

— Hum. Jamais entendu parler, moi non plus.

Grimalkin replongea sa tête dans le bol et lappa bruyamment. Puck vint s'asseoir à côté de moi.

— Ça paraît impossible, murmura-t-il en mettant lui aussi sa tête dans ses mains. Des fées de Fer ?

C'est une hérésie ! Cela va à l'encontre de tout ce que nous connaissons.

Il se frotta les tempes et ajouta en plissant les yeux :

— Pourtant, ce cheval était bien une fée. Je l'ai senti. S'il en existe d'autres comme lui, et d'autres gremlins, il faut immédiatement en informer Oberon. Si ce roi Machina lançait une armée de fer contre nous, il serait capable d'anéantir les deux cours avant que nous ayons eu le temps de dire ouf.

— Mais tu ne sais rien à son sujet, fit Grimalkin en continuant à s'empiffrer. Qui il est, quels sont ses motifs, combien sont ces soi-disant fées de Fer. Tu n'en as pas la moindre idée. Que vas-tu dire à Oberon ? Surtout que tu es… euh… en disgrâce, pour avoir désobéi à ses ordres.

— Il a raison, dis-je. Il faut qu'on en sache plus sur ce Machina avant d'en parler à qui que ce soit. Imagine que les cours décident de partir au combat ? Il risque d'aller s'enterrer quelque part. Et je ne peux pas prendre le risque de perdre Ethan.

— Meghan…

— On n'en parle ni à Mab ni à Oberon, dis-je en le regardant dans les yeux. Un point c'est tout.

— Très bien, princesse, dit Puck en levant les yeux au ciel. Vos désirs sont des ordres.

Grimalkin ricana, la tête au fond du bol.

— Mais comment faire pour le trouver, ce Machina ? m'exclamai-je.

La question me tracassait depuis le début de la soirée.

— Le seul passage qu'on connaisse vers son royaume est enterré sous une tonne de glace. Que faire ? Où chercher ?

Grimalkin releva la tête.

— Je connais quelqu'un qui pourrait nous aider, ronronna-t-il. Une sorte d'oracle. Elle vit dans ton monde, humaine. Elle est très vieille. Plus vieille que Puck, plus vieille qu'Oberon. Presque aussi vieille que nous, les chats. S'il y a quelqu'un qui peut nous dire où se cache ce fameux roi, c'est elle.

Mon cœur chavira. Si cet oracle pouvait me parler du roi de Fer, elle savait peut-être aussi où se trouvait mon père. Ça ne coûtait rien de lui poser la question…

— Je croyais qu'elle était morte, dit Puck. Si c'est bien celle à laquelle je pense, elle a disparu depuis des lustres.

— Elle n'est pas morte, répondit Grimalkin en se léchant les babines. Sûrement pas. Mais elle a changé de nom et d'apparence tant de fois que même les fées les plus anciennes s'en souviennent à peine. Elle aime vivre cachée.

Puck fronça les sourcils.

— Dans ce cas, comment se fait-il que tu t'en souviennes, toi ?

— Je suis un chat.

Cette nuit-là, je dormis mal. Les édredons empilés sur moi n'empêchaient pas le froid de passer : il s'insinuait sous les draps et me parcourait le corps de ses doigts glacés. Et puis, Grimalkin dormait sur moi, sous les couvertures : la chaleur de son corps poilu était une bénédiction, mais il ne cessait de planter ses griffes dans mes bras. Peu avant l'aube, après avoir été réveillée une fois de plus par une griffure, je me levai, m'entourai d'une couverture et partis à la recherche de Puck.

Mais c'est Ash que je croisai le premier. Dans la salle à manger éclairée par la lumière grise de l'aube, il s'entraînait à l'escrime. Les yeux fermés, il balayait l'air de son épée en pivotant avec grâce sur le sol carrelé. Je restai figée dans l'embrasure de la porte, rivée à ce spectacle hypnotique. Je ne sais combien de temps je demeurai ainsi ; j'aurais pu le regarder toute la matinée. Tout à coup, il rouvrit les yeux et s'aperçut de ma présence.

Je me raidis, gênée.

— Ne fais pas attention à moi, dis-je. Je ne voulais pas t'interrompre. Continue, je t'en prie.

— J'ai terminé, de toute façon.

Il rengaina son épée et me regarda gravement.

— Tu as besoin de quelque chose ?

Me rendant compte que je le regardai fixement, je rougis et détournai les yeux.

— Euh, non. Je veux dire… Je suis contente de voir que tu vas mieux.

Il eut un petit sourire étrange.

— Il vaut mieux que je sois en forme pour te défendre, non ?

Je n'eus pas besoin de répondre car, à cet instant, Puck entra en chantonnant dans la pièce. Il portait un bol rempli de curieux fruits orange, de la taille de balles de golf.

— Bonjour, princesse, marmonna-t-il, la bouche pleine. Regarde ce que je t'apporte.

— Tu n'as rien trouvé de mieux que de voler de la nourriture dans le garde-manger ? demanda Ash d'un air sévère.

— Moi ? Voler ? Comment peux-tu imaginer une chose pareille ?

Avec un sourire retors, Puck fourra un nouveau fruit dans sa bouche. Il en sortit un troisième du bol et me le lança en clignant des yeux. Tiède et lisse, le fruit cédait un peu sous les doigts, comme une poire très mûre.

Grimalkin bondit sur la table et huma le contenu du bol.

— De la baie d'été, annonça-t-il en dressant la queue. Je ne pensais pas qu'il y en avait dans les territoires d'Hiver.

Il me lança un regard sévère.

— Je te conseille de ne pas trop en manger. C'est avec ces fruits qu'on fait le vin de brume. Ta moitié humaine risque de ne pas apprécier.

— Arrête de jouer les rabat-joie, s'exclama Puck. Elle est en Faérie depuis assez longtemps pour s'être habituée à notre nourriture. Elle ne va pas se transformer en rat ou en lapin.

— Que fait-on, maintenant ? demanda Ash, d'un ton indiquant qu'il nous trouvait très ennuyeux. Vous avez préparé un plan d'action, ou bien faut-il nous peindre des cibles sur le dos et nous promener au hasard jusqu'à ce que le roi de Fer nous repère ?

Je mordis le fruit à pleines dents ; une drôle de chaleur emplit ma bouche. Une fois la bouchée avalée, cette chaleur envahit tout mon corps. J'étouffai soudain sous ma couverture ; je la posai sur le dossier d'une chaise et avalai le reste du fruit en une seule bouchée.

— Je te trouve drôlement coopératif, tout d'un coup, lança Puck en se tournant vers Ash. Moi qui me préparais à un duel à l'aube ! Qu'est-ce qui nous vaut ce revirement, prince ?

Les effets de la baie d'été commençaient à s'atténuer. Le froid me picotait les bras, tandis que mes joues continuaient à cuire. Ignorant le regard d'avertissement que me lança Grimalkin, je saisis un deuxième fruit et le mis dans ma bouche. Une chaleur exquise se répandit à travers mon corps et me fit soupirer d'aise.

Ash se dressait devant Puck, mais les contours de sa silhouette devenaient curieusement flous.

— J'ai passé un marché avec ta princesse, dit-il. Je t'épargne les détails, mais je me suis engagé à l'aider à trouver le roi de Fer. Je tiendrai cet engagement. En ce qui te concerne, toutefois, je n'ai rien promis du tout.

— Tu veux dire que rien ne nous empêche de nous battre à nouveau.

— Exactement.

La pièce se mit à tourner. Je me laissai tomber sur une chaise, saisis un autre fruit et le mis tout entier dans ma bouche. A nouveau, je ressentis la chaleur et savourai ce goût enivrant. Puck et Ash semblaient de plus en plus lointains ; leur conversation prenait un tour inquiétant, mais je n'arrivais plus à m'y intéresser. Je tirai le bol vers moi et fourrai des fruits dans ma bouche les uns après les autres, comme s'il s'agissait de bonbons.

— Pourquoi attendre ? s'écria Puck avec enthousiasme. Alors qu'on peut régler ça tout de suite.

Grimalkin soupira bruyamment et coupa court

à leur conversation. Les deux elfes se retournèrent, l'air furieux.

— Tout cela est passionnant, dit le chat, mais au lieu de faire les paons en rut, vous feriez mieux de vous occuper de la petite.

Ils se tournèrent subitement vers moi. Puck écarquilla les yeux.

— Princesse ! glapit-il en bondissant vers moi pour m'arracher le bol des mains. Tu n'étais pas censée… Pas tous ! Combien en as-tu mangé ?

— Ça, fit Ash d'une voix déformée, c'est tout toi, Puck. Tu leur fais boire du vin de fées, puis tu joues les étonnés quand il les soûle.

Cette remarque me parut très spirituelle : je me mis à glousser. Une fois que j'eus commencé à rire, je fus incapable de m'arrêter. Je ris jusqu'à en perdre le souffle ; les larmes ruisselaient sur mon visage. Mes pieds me démangeaient et ma peau était parcourue de frissons. J'avais besoin de bouger, de faire quelque chose. Je tentai de me lever pour danser, mais la pièce se mit à tourner si vite autour de moi que je tombais par terre, sans cesser de hurler de rire.

Des bras m'enlacèrent et me remirent debout. Je sentis un parfum de neige flotter dans l'air, et perçus un soupir exaspéré.

— Qu'est-ce que tu fais, Ash ? demanda quelqu'un.

Il me semblait connaître sa voix, mais je n'arrivais

plus à retrouver son nom ; je me demandais pourquoi il avait l'air aussi méfiant.

— Je la ramène à sa chambre.

La voix au-dessus de moi, en revanche, était merveilleusement calme et grave. Je poussai un soupir et m'abandonnai à ses bras.

— Elle a besoin de dormir, le temps que les effets du fruit s'atténuent. A cause de tes idioties, on est obligé de rester ici une journée de plus.

L'autre rétorqua quelque chose d'incompréhensible. De toute façon, j'étais trop fatiguée et j'avais l'esprit trop confus pour m'en préoccuper. Je me pelotonnai contre le torse de mon mystérieux sauveteur et plongeai dans un délicieux sommeil.

Je me tenais au centre d'une grande salle obscure remplie de machines. Des câbles en acier gros comme le bras pendaient du plafond, d'immenses ordinateurs s'alignaient le long des murs et des milliers de voyants lumineux clignotaient de tous côtés. Des télévisions, des consoles de jeux et des lecteurs VHS obsolètes s'entassaient n'importe où dans la pièce. Des fils s'entortillaient le long des murs, pendaient du plafond, et s'enroulaient autour de montagnes de technologie oubliée. Un bourdonnement sourd faisait vibrer le sol et me donnait mal aux dents.

— Meggie, chuchota une voix étranglée derrière moi.

Je me retournai et vis une petite silhouette pendue au plafond. Des câbles entortillés autour de son corps le maintenaient en l'air, bras et jambes écartées. Avec horreur, je constatai que certains des fils le transperçaient : ils étaient branchés sur son visage, son cou et son front, comme sur des prises électriques. Mon frère se balançait doucement dans le vide, et ses yeux bleus me fixaient d'un air suppliant.

— Meggie, gémit-il tandis qu'une forme immense et monstrueuse se dressait derrière lui. Sauve-moi !

Je redressai la tête en hurlant ; l'image d'Ethan pendu aux câbles électriques était gravée dans mon cerveau. Grimalkin bondit hors du lit avec un miaulement outré et quitta la pièce. Je sentis à peine ses griffes, qu'il avait pourtant plantées dans mon ventre. Rejetant les couvertures, je sortis du lit et me précipitai vers la porte.

Une silhouette sombre me barra le passage. Elle m'attrapa par les épaules et m'empêcha de passer la porte. Je me débattis de toutes mes forces : je ne voyais rien d'autre qu'Ethan, ses traits crispés par l'agonie, en train de mourir devant moi.

— Lâchez-moi ! hurlai-je.

Je réussis à libérer un bras et tentai de crever les yeux à celui qui me retenait.

— J'ai vu Ethan, il faut que j'aille le délivrer ! Lâchez-moi !

— Tu ne sais même pas où il est.

Une main attrapa mon bras dressé et le cloua contre ma poitrine. Puis un regard argenté se posa sur moi avec sévérité.

— Écoute-moi, nom d'un chien ! Si tu te précipites comme ça, sans aucun plan, tu vas tous nous faire tuer, ton frère y compris. C'est ce que tu veux ?

Je m'affaissai contre lui.

— Non, murmurai-je.

Je n'avais plus aucune envie de me battre. Des larmes me montèrent aux yeux, mais je m'efforçai de ne pas sangloter. Je ne devais plus montrer de faiblesse, plus jamais. Pour avoir une chance de sauver mon frère, je ne devais plus jamais pleurer. Il fallait que je sois forte.

Je pris une grande inspiration, redressai le dos et m'essuyai les yeux.

— Pardon, murmurai-je avec gêne. Je vais mieux, maintenant. Je ne recommencerai pas, je te le promets.

Mon poignet était toujours serré dans la main d'Ash. J'essayai de me dégager, mais il refusa de me lâcher. Je levai les yeux : son visage était à quelques centimètres du mien. Dans la pénombre, ses yeux étaient étincelants.

Le temps se figea. Mon cœur fit un bond dans

ma poitrine, puis se mit à battre à tout rompre. Le visage et le regard d'Ash restaient impassibles, mais l'immobilité de son corps trahissait son émotion. Moi, je me sentais rougir comme une pivoine. Il leva la main vers mon visage et, avec douceur, essuya une larme sur ma joue. Je frissonnai, effrayée par la tension qui montait entre nous. Il fallait que je fasse quelque chose.

— C'est le moment où tu m'annonces que tu vas me tuer ? chuchotai-je.

Les lèvres d'Ash se retroussèrent, et une lueur d'amusement se mit à pétiller dans ses yeux.

— En réalité, dit-il, je n'en ai plus tellement envie. Les choses ont pris une tournure bien trop intéressante.

Des pas résonnèrent dans le couloir. Ash lâcha ma main et s'écarta brusquement de moi. Il croisa les bras sur sa poitrine et s'adossa contre le mur, à l'instant même où Puck entrait dans la chambre, suivi de Grimalkin.

J'inspirai profondément et priai pour que mon visage écarlate soit caché dans l'ombre. Puck lança un regard suspicieux à Ash, puis se tourna vers moi avec un sourire penaud.

— Euh… ça va, princesse ?

Il croisa ses mains derrière la tête, comme à chaque fois qu'il était nerveux.

— Ces baies d'été, c'est du costaud, hein ? Mais bon,

ç'aurait pu être pire : avec du poileplant, tu aurais passé la soirée transformée en hérisson.

Je soupirai, sachant que je n'obtiendrai pas mieux en matière d'excuses.

— Je vais très bien, dis-je en roulant les yeux au ciel. Quand est-ce qu'on s'en va ?

Puck resta interloqué.

— Ce soir, dit Ash.

Il s'éloigna du mur et s'étira comme une panthère.

— On a assez perdu de temps ici. Je présume que le chat connaît le chemin jusqu'à l'oracle ?

— Évidemment, dit Grimalkin.

— C'est loin ? demandai-je.

— L'oracle habite le monde humain, répondit-il d'un ton las. Dans une grande ville en dessous du niveau de la mer. Chaque année, les habitants se déguisent et organisent une grande fête. Ils mangent, ils dansent et ils jettent des perles à ceux qui retirent leurs vêtements.

— La Nouvelle-Orléans, dis-je en fronçant les sourcils. Mais c'est à des centaines de kilomètres de chez nous ! Je n'ai ni voiture, ni argent pour un billet d'avion. Comment comptes-tu y aller ? En stop ?

— Humaine, dit Grimalkin en secouant la tête, le pays de Nulle Part jouxte toutes les frontières du monde mortel. Il n'a pas de limites matérielles. Nous pourrions nous rendre à Bora Bora en cinq minutes, à condition de connaître le passage approprié. Cesse de penser en termes mortels. Nul doute que le prince connaît un chemin menant à cette ville.

— Nul doute ! répéta Puck d'un ton acerbe. Ou alors, menant au palais de la cour Unseelie. Non pas que ça me dérange de débarquer chez Mab à l'improviste, mais j'aimerais en décider moi-même.

— Il ne nous entraînera pas dans un piège, dis-je à Puck. Il a promis de nous aider à trouver le roi de Fer. S'il nous livrait à Mab, il briserait sa promesse. Pas vrai, Ash ?

Le prince aquiesca, embarrassé.

— Bon, dis-je en feignant d'être totalement rassurée.

J'espérais qu'Ash ne nous trahirait pas, mais j'avais appris à mes dépens que les marchés passés avec les fées ont tendance à se retourner contre les mortels…

— Alors, repris-je, il est où, ce passage vers la Nouvelle-Orléans ?

— Dans les ruines du géant de givre, murmura Ash d'un ton songeur. Non loin du palais de Mab.

Devant le regard furieux de Puck, il ajouta avec un petit sourire contrit :

— Elle y va chaque année pour Mardi gras.

Je m'imaginai la reine de la cour Unseelie foudroyant du regard une bande de touristes ivres morts, et je me mis à glousser. Les trois autres me lancèrent un regard étonné.

— Désolée, dis-je en me mordant la lèvre. Je suis encore un peu étourdie. On y va ?

— Je vais d'abord emprunter quelques provisions, conclut Puck en souriant.

Un peu plus tard, nous commençâmes à marcher en file indienne sur un étroit sentier recouvert de glace. Derrière nous, le manoir de Froidepeine rapetissait à vue d'œil. Pendant la nuit, les gnomes avaient disparu : à notre départ, la maison était vide, comme si elle n'avait pas été habitée depuis des centaines d'années. Je portais un long manteau de fourrure grise qui bruissait à chacun de mes pas. Puck me l'avait donné, sous le regard désapprobateur du prince, alors que nous étions déjà à bonne distance du manoir. Je n'avais pas osé lui demander où il l'avait trouvé. L'essentiel, c'était que j'avais chaud désormais, et que je me sentais parfaitement à l'aise pour traverser les terres gelées de Mab.

Au fur et à mesure de notre marche, je m'aperçus que le paysage glacial des territoires Unseelie était tout aussi magnifique — et périlleux — que celui des territoires d'Oberon. Des stalactites, scintillantes comme des diamants, pendaient aux branches des arbres. De temps à autre, l'on croisait un squelette étendu dans la neige, une lance de glace plantée entre les côtes. Le bord du chemin était orné de fleurs en cristal, aux pétales aussi durs et délicats que du verre soufflé. Une fois, je crus voir un ours blanc nous observer depuis le sommet d'une colline, portant une minuscule silhouette sur son dos ; mais un arbre me boucha la vue et, l'instant suivant, l'animal avait disparu.

Puck et Ash ne s'adressaient pas la parole ; c'était sans doute pour le mieux. La dernière chose dont nous avions besoin, c'était d'un nouveau duel à mort. Le prince marchait d'un pas régulier devant nous et se retournait rarement ; Puck, de son côté, tentait de me distraire par des plaisanteries et des bavardages inutiles. Sans doute cherchait-il à me remonter le moral, à me faire oublier Machina et mon frère ; à vrai dire, je lui en étais reconnaissante. Grimalkin disparaissait de temps à autre, puis réapparaissait quelques minutes ou quelques heures plus tard, sans jamais daigner nous expliquer ce qu'il avait fait entre-temps.

Vers la fin de l'après-midi, nous arrivâmes au pied d'une chaîne de sommets enneigés, et le sentier se mit à grimper de manière abrupte. Il devint glissant et dangereux, et je dus faire attention à chaque pas. Puck suivait loin derrière ; il ne cessait de jeter des regards par-dessus son épaule, comme s'il craignait d'être pris en embuscade. A un moment, je me tournai vers lui, posai le pied sur une plaque de glace et perdis l'équilibre. Je battis désespérément l'air de mes bras, en essayant de ne pas dégringoler la pente.

Une main se referma autour de mon poignet et me tira en avant. Je m'effondrai contre un torse ferme auquel je m'agrippai pour ne pas tomber. Quand ma peur disparut et que mon pouls ralentit, je levai les yeux. Le visage d'Ash était si près du mien que je sentis son souffle sur mon visage.

Cette proximité me fit détourner la tête ; pourtant j'étais incapable de m'éloigner de lui. Le visage du prince était un masque insondable, mais je sentais son cœur battre à toute allure sous la paume de ma main. Le mien s'accéléra lui aussi. Ash me tint serrée contre lui encore un instant, puis me libéra, me tourna le dos et reprit la route. Je restai seule au milieu du chemin, le souffle coupé.

Brusquement, je me retournai : Puck me regardait d'un air écœuré. Embarrassée, j'époussetai mes vêtements, lissai mes cheveux et repartis vers le sommet de la montagne. Je me sentais étrangement coupable.

Après cela, Puck ne m'adressa plus la parole à moi non plus.

Lorsque la soirée fut venue, de gros flocons de neige soyeux se mirent à tomber doucement du ciel. Ils bruissaient légèrement et murmuraient près de mes oreilles : leurs voix minuscules étaient aussitôt emportées par le vent.

Ash s'arrêta soudain et se tourna vers nous. Des flocons parsemaient ses cheveux et ses vêtements ; d'autres tourbillonnaient autour de lui comme s'ils avaient été vivants.

— La cour Unseelie n'est pas loin, dit-il. Nous ferions mieux de quitter le sentier. Je ne suis pas le seul que Mab ait lancé à votre recherche.

A cet instant, les flocons se mirent à tourner à toute vitesse autour de nous. La fourrure de mon manteau, tout ébouriffée, se mit à tinter follement, tandis que le vent me bombardait de flocons qui me brûlèrent le visage et m'aveuglèrent. Je n'arrivais plus à respirer : mes bras et mes jambes semblaient gelés. Quand le blizzard cessa enfin, je me trouvai prise dans la glace des épaules jusqu'aux pieds, incapable de bouger. Puck, lui aussi, était immobilisé ; mais sa tête entière était recouverte de glace, et ses traits figés dans une expression de surprise.

Ash, qui n'avait rien, nous scrutait d'un air impassible.

— Bon sang, Ash ! hurlai-je en luttant pour me libérer.

Je n'arrivais même pas à bouger un doigt.

— Je croyais qu'on avait passé un marché !

— Un marché ? murmura une voix inconnue.

Le tourbillon de neige se solidifia et prit la forme d'une grande femme aux longs cheveux blancs et à la peau bleutée. Elle portait une robe blanche au drapé élégant, et ses lèvres noires se retroussaient sur un sourire moqueur.

— Un marché, répéta-t-elle, en lançant au prince un regard d'horreur feinte. Ash, mon chou, il faut que tu me racontes ça. J'ai l'impression que tu nous as caché des choses.

18

Le musée du Vaudou

— Bonjour, Narissa, dit Ash.

Son ton était calme et son visage impassible ; mais je vis ses doigts se crisper sur son épée.

— Que me vaut le plaisir de ta visite ?

Comme une araignée jauge un insecte pris dans sa toile, la fée des Neiges me dévisagea, puis tourna ses yeux noirs vers Ash.

— Dis-moi que j'ai mal entendu, mon chéri, ronronna-t-elle en s'avançant vers le prince. Tu n'as tout de même pas passé un marché avec la demi-sang ? Alors que notre reine nous a ordonné de la lui livrer ? Tu fraternises avec l'ennemi, maintenant ?

— Ne sois pas ridicule, répondit Ash avec calme.

Il me lança un regard de mépris et ajouta :

— Je ne trahirais jamais ma reine. Elle veut la fille d'Oberon, je vais la lui amener. C'est d'ailleurs ce que j'étais sur le point de faire quand tu nous as interrompus.

— Joli discours, murmura Narissa d'un air sceptique.

Elle caressa la joue d'Ash de l'index, y déposant une traînée de givre.

— Mais qu'en est-il de son compagnon ? Je croyais que tu avais juré de le tuer. Et voilà que tu le fais entrer au cœur de notre territoire. Si la reine l'apprenait...

— Elle me laisserait régler ce problème comme je l'entends, intervint Ash en plissant les yeux.

Son visage s'assombrit ; il était vraiment en colère, maintenant.

— Si j'ai emmené Puck ici, c'est pour le tuer à mon aise. Une fois que j'aurai livré la demi-sang à Mab, il me restera des siècles pour lui infliger ma vengeance. Et, l'heure venue, personne ne me privera de ce plaisir.

Narissa fit un pas en arrière.

— Bien sûr que non, mon chéri, dit-elle d'une voix apaisante. Mais je me demande si je ne ferais pas mieux d'accompagner moi-même la demi-sang jusqu'à la cour. Notre reine est impatiente, tu le sais, et il n'est pas convenable pour un prince de jouer les escortes.

Elle sourit et s'avança vers moi d'un pas léger.

— Je vais te débarrasser de ce fardeau, Ash.

Le bruit d'une épée qu'on dégaine arrêta net la fée des Neiges.

— Si tu fais un pas de plus, Narissa, ce sera le dernier.

— Tu oses me menacer !

La fée battit en retraite dans une bourrasque de neige.

— J'essaie de t'aider, et voilà ma récompense ! Ton frère ne tardera pas à le savoir.

— Je n'en doute pas, répondit Ash avec un sourire glacial. Tu peux d'ailleurs lui dire que s'il veut s'attirer la faveur de Mab, il ferait mieux de capturer lui-même la demi-sang, au lieu de t'envoyer me la dérober. Tant que tu y es, tu diras à la reine que je compte lui livrer la fille d'Oberon. Que je lui en donne ma parole.

Il balaya l'air de la main et ajouta :

— Maintenant, il est temps que tu t'en ailles.

Narissa le dévisagea un instant ; ses longs cheveux volaient autour de son visage. Enfin, elle sourit et dit :

— Très bien, mon chou. J'aurai plaisir à voir Rowan t'arracher les membres un à un. A bientôt.

Elle pivota sur ses talons et son corps s'envola entre les arbres dans un tourbillon de neige.

Ash hocha la tête en soupirant.

— On ferait mieux de se dépêcher, dit-il. Narissa va prévenir, et il ne tardera pas à venir te chercher lui-même. Ne bouge pas.

Il leva son épée et l'écrasa sur la glace. La coquille gelée se fêla et des éclats s'en détachèrent. Il asséna un deuxième coup ; la faille s'agrandit.

— Ne t-t-t'inquiète p-p-pas pour moi, dis-je en

claquant des dents. Aide p-p-plutôt Puck. Il va suffoquer là-dedans !

— Je n'ai passé aucun marché avec Goodfellow, grommela Ash sans lever les yeux. Je n'ai pas pour habitude de venir en aide à mes ennemis jurés. De toute façon, il s'en sortira. Il a survécu à des choses bien plus terribles, malheureusement.

Je lui lançai un regard furieux.

— Tu es v-v-vraiment de notre côté ? demandai-je pendant que ma coquille de glace craquelait de tous côtés. Tu as dit à Narissa que…

— Je ne lui ai pas menti, me coupa Ash en levant brusquement les yeux. Je ne trahirai pas ma reine. Quand on en aura fini avec ces histoires, je te conduirai à elle comme je l'ai promis.

Il plaça la paume de sa main sur la colonne de glace.

— Simplement, elle va devoir attendre un peu plus qu'elle ne le croit. Ferme les yeux.

Je m'exécutai et sentis la colonne de glace vibrer tout autour de moi. Le bourdonnement grandit et se fit de plus en plus sourd. Soudain, il y eut un grand bruit de verre brisé et la glace vola en mille morceaux. J'étais libre.

Je m'affaissai sur le sol en frissonnant. Mon manteau était lourd et couvert de glace. Ash s'agenouilla près de moi, mais je repoussai d'un geste la main qu'il me tendait.

— Je ne bougerai pas d'ici tant que tu n'as pas délivré Puck.

Avec un soupir d'exaspération, il se releva, s'avança vers la deuxième colonne gelée et y posa la main. Cette fois, la glace explosa violemment, en projetant des éclats dans tous les sens. Plusieurs d'entre eux allèrent se planter dans le tronc d'un arbre, dagues étincelantes qui transpercèrent l'écorce et pénétrèrent profondément dans le bois. Si Ash avait procédé ainsi pour me délivrer, j'aurais été réduite en charpie.

Puck tituba vers moi, le visage ensanglanté, les vêtements en lambeaux. Soudain, il s'arrêta ; ses yeux devinrent vitreux et il vacilla sur ses jambes.

— Puck ! hurlai-je.

Je me précipitai vers lui et le rattrapai dans mes bras, à l'instant même où il s'effondrait.

Et disparaissait. Son corps se volatilisa entre mes mains, et je me retrouvai devant une feuille sèche qui tourbillonnait dans l'air avant de tomber sur le sol. Ash secoua la tête d'un air las.

— Tu as entendu tout ce que tu voulais entendre, Goodfellow ? lança-t-il d'une voix sarcastique.

— Oui, fit une voix au-dessus de nous. Mais je ne suis pas sûr d'en croire mes oreilles.

Il se laissa tomber des branches d'un pin et atterrit avec un bruit sourd dans la neige. Quand il se redressa, ses yeux verts étincelaient de colère. Elle n'était pas dirigée contre Ash, mais contre moi.

— Alors c'est *ça*, princesse, ce que tu lui as promis ? s'écria-t-il. C'était *ça*, ton fameux marché ? Tu te livres à la cour Unseelie ?

Il se retourna et lança un coup de poing dans l'arbre, faisant voler des brindilles et des bris de glace autour de lui.

— Comment as-tu pu avoir une idée pareille ? Qu'est-ce qui t'est passé par la tête ?

J'eus un mouvement de recul. C'était la première fois que je voyais Puck en colère. Robbie aussi, d'ailleurs. Il ne s'énervait jamais ; quoi qu'il arrive, il le prenait toujours comme une charmante plaisanterie. Mais à présent, il n'avait plus l'air de rire du tout.

— On avait besoin d'aide, murmurai-je.

Ses yeux brillèrent de rage et ses cheveux se tordirent sur sa tête comme des flammes. J'ajoutai rapidement :

— Ash peut nous aider à quitter le territoire Unseelie et à passer dans le royaume de Machina.

— Je t'y aurais emmenée, moi ! rugit Puck. Tu n'as pas besoin de son aide ! Tu ne me crois pas capable de te protéger ? Pour toi, j'aurais fait n'importe quoi ! Et tu as cru que je n'étais pas à la hauteur ?

Je restai bouche bée. Puck était vexé ! Il me regardait comme si je l'avais poignardé dans le dos. Je ne savais plus quoi dire. Je n'osai pas tourner les yeux vers Ash, mais je sentais que ce petit drame l'amusait énormément.

Tandis que nous nous jaugions du regard, Grimalkin surgit des buissons telle une volute de fumée. Ses yeux étaient mi-clos, et il avait l'air aussi amusé qu'Ash. Il lança un coup d'œil à Puck, toujours furieux, puis se tourna vers moi.

— Ça devient plus divertissant de jour en jour.

Je n'étais pas d'humeur à supporter ses sarcasmes.

— Tu as quelque chose d'utile à nous dire, Grim ? demandai-je sèchement.

Les yeux du chat se plissèrent davantage. Il bâilla, s'assit sur ses pattes arrière et commença à se lécher le flanc.

— Eh bien oui, murmura-t-il. J'ai découvert quelque chose qui pourrait vous intéresser.

Il continua à faire sa toilette pendant quelques instants, pendant lesquels je dus me retenir de l'attraper par la queue et de le faire tourner au-dessus de ma tête comme un lasso. Enfin, il s'étira et dit :

— Je crois avoir trouvé le passage que vous cherchez.

Nous le suivîmes jusqu'au pied d'un château en ruines. Passé le portail, la cour était encombrée de colonnes à moitié écroulées et de gargouilles cassées. De nombreux ossements jonchaient aussi les lieux, et me mettaient mal à l'aise. Puck traînait derrière nous, muré dans un silence furieux ; il n'avait adressé la parole à personne depuis un bon moment. Je me promis de lui parler seule à seul, plus tard, quand il se serait calmé ; mais pour l'instant, ma priorité était de quitter le territoire Unseelie.

— Là-bas, dit Grimalkin.

Il indiqua d'un geste de tête une grande colonne brisée, dont les deux fragments formaient un V.

Devant cet arc, il y avait un corps. Un corps qui mesurait au moins quatre mètres de long, couvert de peaux de bêtes et de fourrures, à la peau bleutée, avec une longue barbe blanche. Il gisait sur le dos, et l'on voyait à peine son visage, tourné sur le côté. Une de ses mains énormes serrait une massue en pierre.

Nous nous réfugiâmes précipitamment derrière un muret.

— C'est bien ce que je pensais, dit Ash. Le géant préféré de Mab. Elle le place ici pour garder le passage. Et à part elle, Cold Tom n'écoute personne.

Je lançai un regard au chat, qui avait l'air tout à fait serein.

— Tu aurais pu nous en parler, Grim. Tu avais oublié ce petit détail ? Ou bien n'avais-tu pas remarqué qu'un type de quatre mètres de haut gardait la porte ?

Puck, qui semblait avoir oublié ou mis de côté son ressentiment, passa la tête par-dessus le muret et jeta un regard furtif au géant.

— Tom à l'air de faire dodo, dit-il. On pourrait essayer de passer sans faire de bruit.

Grimalkin nous regarda l'un après l'autre en clignant lentement des yeux.

— Dans des moments pareils, soupira-t-il, je ne regrette pas d'être un chat.

Puis il s'éloigna tranquillement vers le géant.

— Grimalkin ! chuchotai-je de toutes mes forces. Qu'est-ce que tu fais ?

Le chat m'ignora. Ma gorge se noua en le voyant s'approcher du dormeur ; comparé au géant, Grim avait l'allure d'une grosse souris. Il le regarda un instant, agita la queue et sauta sur sa poitrine.

Je cessai de respirer, mais le géant ne cilla pas. Peut-être Grimalkin était-il trop léger pour qu'il sente son poids sur lui. Le chat se tourna vers nous, s'assit et nous lança un regard perplexe.

— Il est mort, lança-t-il. Depuis un moment, d'ailleurs. Je vous jure, je ne comprendrai jamais comment vous pouvez survivre avec des nez pareils. Je l'ai senti à plus d'un kilomètre.

— Mort ? répéta Ash d'un air étonné. Cold Tom était pourtant l'un des plus forts de son clan. De quoi est-il mort ?

— Aucune idée, répondit Grimalkin. Une indigestion, peut-être ?

Je m'avançai avec méfiance. J'avais sans doute vu

trop de films d'horreur, mais je m'attendais presque à ce que le soi-disant mort ouvre subitement les yeux et me décoche un coup de massue.

— Qu'est-ce que ça peut faire ? dis-je à Ash en gardant un œil sur la dépouille du géant. Du moment qu'on n'a pas besoin de se battre pour sortir d'ici…

— Tu ne sais pas de quoi tu parles, répondit Ash.

Il regarda le cadavre en plissant les yeux.

— Ce géant était très fort, l'un des plus forts qui soient. Pourtant, quelque chose l'a tué, et sur notre territoire. Je dois savoir ce qui s'est passé.

J'étais tout près de la tête du géant, assez pour voir ses yeux inexpressifs et la langue grise qui pendait du coin de sa bouche. Son cou et ses tempes étaient sillonnés de veines bleues et saillantes. Quoi qu'il lui soit arrivé, son agonie avait été lente.

A cet instant, une araignée métallique sortit en rampant de sa bouche.

Je poussai un hurlement et bondis en arrière. Puck et Ash se précipitèrent vers moi ; l'énorme insecte détala, parcourut le visage de Tom et commença à escalader le mur derrière lui. Ash sortit son épée, mais Puck poussa un grand cri, s'empara d'un gros caillou et le lança sur la bête. Il visa juste : il y eut une pluie d'étincelles, et la bestiole s'abîma sur le sol dans un tintement métallique.

Nous nous approchâmes doucement. Ash avait son

épée à la main, Puck un autre caillou. Mais l'insecte était immobile, presque fendu en deux. De près, il ressemblait plus à un Alien qu'à une araignée, sauf qu'il était en métal. Du bout des doigts, je ramassai le cadavre en le tenant par la queue.

— C'est quoi, ce truc ? murmura Ash.

Pour une fois, son flegme légendaire semblait laisser place à la peur.

— Encore un coup de Machina ? demanda-t-il.

Soudain, la lumière se fit en moi.

— Je sais, dis-je.

Les garçons me regardèrent d'un air dubitatif.

— Le cheval de fer, les gremlins, cette araignée... Puck, tu ne m'as pas dit que les fées naissaient des rêves des humains ?

— Et alors ?

— Eh bien, si ces monstres étaient nés de rêves, eux aussi ? De rêves de progrès et de technologie ? De rêves scientifiques ? Et si toutes les inventions qui paraissaient autrefois impossibles — les avions, le moteur à vapeur, l'Internet — avaient donné naissance à de nouvelles sortes d'êtres féeriques ? Depuis une centaine d'années, l'humanité a fait des progrès incroyables en matière de technologie. Et à chaque étape, on a rêvé de faire mieux. Ces monstres pourraient en être le résultat.

Je vis Puck pâlir, et le regard d'Ash s'assombrir.

— Si c'est le cas, dit le prince d'une voix troublée, ce ne sont pas seulement les cours Seelie et Unseelie qui sont en danger, mais toutes les fées existantes. La Faérie tout entière en serait affectée.

Puck hocha la tête ; je ne l'avais jamais vu aussi grave.

— Ce serait la guerre, dit-il en soutenant le regard d'Ash. Si le roi de Fer se met à tuer les gardiens des passages, c'est qu'il a des projets d'invasion. Il faut le trouver et le détruire. Si nous parvenons à le tuer, peut-être que cela mettra ses partisans en fuite.

— Je suis d'accord, dit Ash. Nous allons accompagner Meghan jusqu'à la cour de Fer, secourir son frère et tuer ce Machina.

— Bonté divine, gémit Grimalkin. Le prince d'Hiver et le fou d'Oberon sont d'accord. Ça doit vraiment être la fin du monde.

Nous le regardâmes tous trois avec sévérité. Le chat se mit à rire, puis il bondit sur le sol et vint regarder l'insecte dans ma main.

— Intéressant, dit-il. Cette chose empeste le fer et l'acier, pourtant elle ne te brûle pas. Il y a des avantages à être semi-humaine, après tout.

— Qu'est-ce que tu veux dire ?

— Eh bien… Passe-le à Ash, pour voir.

— Non !

Ash recula d'un pas et porta la main à son épée. Grimalkin sourit.

— Tu vois ? Même le redoutable prince d'Hiver ne peut supporter le contact du fer. Toi, par contre, tu y es insensible. Tu comprends, maintenant, pourquoi les deux cours cherchent à tout prix à te retrouver ? Pense à tout ce que Mab pourrait faire si elle t'avait en son pouvoir.

J'écartai les doigts et laissai la bête métallique tomber sur le sol.

— C'est pour ça que Mab veut me voir ? demandai-je à Ash. Pour m'utiliser comme arme ?

— C'est ridicule, n'est-ce pas ? ronronna Grimalkin. La petite ne sait même pas se servir de son glamour. Elle ferait un assassin pitoyable.

— Je ne sais pas pourquoi Mab veut te voir, répondit Ash doucement, ses yeux plongés dans les miens. Je ne remets pas en cause les ordres de ma reine. Je me contente d'obéir.

— Pour l'instant, tout cela n'a pas tellement d'importance, dit Puck en lançant un regard acéré au prince. Il faut d'abord trouver Machina et le supprimer. On décidera du reste plus tard.

Son ton laissait entendre que cette décision prendrait la forme d'un duel.

Ash sembla sur le point de lui répondre, mais il se contenta finalement de hocher la tête. Grimalkin se mit à bâiller bruyamment et se dirigea vers la colonne brisée.

— Ne laisse pas cette bestiole ici, l'humaine, lança-t-il sans se retourner. Elle risque de contaminer les environs. Tu n'auras qu'à la jeter dans ton monde, personne ne s'en plaindra.

Puis il passa sous la colonne et disparut. Je saisis l'insecte mort entre le pouce et l'index et le rangeai précautionneusement dans mon sac. Puis, avec Puck et Ash à mes côtés, je passai à mon tour sous l'arc brisé, et tout devint blanc.

Quand la lumière éblouissante s'estompa, je regardai autour de moi, d'abord désorientée, puis horrifiée. Je me tenais au milieu d'une bouche énorme aux dents émoussées ; mes pieds étaient posés sur une grosse langue rouge. Je poussai un cri de terreur et me jetai à l'extérieur, trébuchant sur la lèvre inférieure et m'étalant à plat ventre sur le sol.

Je tournai la tête et vis Ash et Puck sortir à leur tour de cette bouche béante, qui appartenait à une baleine bleue. Levant les yeux, je vis sur son dos un Pinocchio au sourire figé, en plâtre et fibre de verre.

— Pardon, madame !

Une petite fille en salopette rose m'enjamba pour se précipiter dans la gueule de la baleine, suivie par ses deux amies. Ash et Puck s'écartèrent ; sans leur prêter la moindre attention, les enfants se mirent à sautiller entre les dents énormes.

— C'est un endroit intéressant, dit Puck en m'aidant à me relever.

Nous avions apparemment atterri dans un conte de fées. Un gigantesque escarpin rose et un château fort aux murs bleu vif se dressaient à quelques mètres de nous. Plus loin, entre les grands arbres du parc, un bateau de pirates était pris d'assaut par une horde de fier-à-bras miniatures, et un somptueux dragon vert, debout sur ses pattes arrière, crachait des flammes en plastique qui faisaient office de toboggan. Je vis un petit garçon monter les marches creusées dans le dos du dragon, puis s'élancer sur le toboggan en hurlant de joie.

Ethan adorerait cet endroit, pensai-je avec mélancolie.

Le petit garçon partit en courant vers un carrosse en forme de potiron.

Plus tard, quand on en aura fini avec tout ça, j'essaierai de l'emmener faire un tour ici.

— Allons-y, dit Grimalkin en sautant sur un grand champignon rose vif.

La queue du chat était hérissée, et il lançait des regards nerveux autour de lui.

— Nous ne sommes pas loin de l'oracle, reprit-il, et il n'est pas prudent de s'attarder ici.

— Je te trouve bien nerveux, Grim, dit Puck d'un ton taquin. Moi, j'aime bien cette ambiance.

Il fit un grand sourire et un signe de la main à une petite fille qui l'épiait, à moitié cachée à l'angle d'une maison ; elle eut un mouvement de recul et disparut.

— Il y a trop d'enfants, répliqua Grimalkin. Trop d'imagination. Tu sais qu'ils peuvent nous voir, humaine, tels que nous sommes vraiment. Et contrairement à ce gobelin, là-bas, je n'ai aucune envie de me donner en spectacle.

Je suivis son regard. Près de l'escarpin géant, un elfe était entouré d'une petite foule d'enfants. Il avait des cheveux châtains bouclés, un imperméable miteux, et deux oreilles poilues pointaient de part et d'autre de sa tête. Il riait et poursuivait les enfants autour de la chaussure ; les parents qui attendaient sur les bancs ne semblaient s'apercevoir de rien.

Un garçon de trois ou quatre ans s'approcha, le regard rivé sur Grimalkin.

— Minou, minou, fit-il en tendant les deux mains vers le chat.

Grimalkin plaqua ses oreilles en arrière et montra les dents.

— Fiche le camp, morveux, cracha-t-il.

L'enfant eut un mouvement de recul, puis il éclata en sanglots et partit en courant vers un couple assis sur un banc. Ils froncèrent les sourcils en entendant leur fils s'époumoner au sujet d'un méchant minou, et levèrent les yeux vers nous.

— O.K., allons-y, dit Puck.

Nous partîmes à toute vitesse, Grimalkin ouvrant la marche. A la sortie du parc, un panneau nous apprit que nous quittions Storyland. Une fois franchi un portail gardé par Humpty Dumpty et une petite bergère, nous traversâmes un jardin public rempli de chênes centenaires, couverts de mousse et de lianes. Je crus voir des visages cachés dans l'écorce, des visages de femme qui nous fixaient de leurs yeux sombres. Puck envoya des baisers à quelques-unes d'entre elles, et Ash inclina la tête en signe de respect. Même Grimalkin les salua d'un hochement de tête. Qui étaient-elles ? Pourquoi tant de respect pour elles ?

Au bout d'une heure de marche, nous entrâmes dans la ville.

Je m'arrêtai et regardai autour de moi. Je regrettais de ne pas avoir le temps de l'explorer tranquillement. J'avais toujours voulu voir La Nouvelle-Orléans, surtout en période de carnaval ; mais je savais que maman ne me le permettrait jamais. A présent, la ville débordait d'activité. Devant nous s'étendaient des magasins et des habitations pittoresques, la plupart à deux ou trois étages, avec des balcons et des vérandas donnant sur la rue. Des accents de jazz flottaient dans l'air, et l'odeur épicée de la cuisine cajun me donna faim.

— Tu feras la touriste plus tard, dit Grimalkin en me décochant un coup de patte dans le mollet. Nous avons besoin de nous rendre dans le Vieux-Carré. Que l'un de vous trouve un moyen de locomotion.

— Où allons-nous exactement ? demanda Ash tandis que Puck arrêtait une calèche tirée par une mule rouge à l'air endormi.

La mule s'ébroua tandis que nous montions en voiture, mais le cocher nous sourit en hochant la tête. Grimalkin sauta à côté de lui.

— Au musée du Vaudou, dit-il. Et en vitesse.

Le cocher n'eut pas l'air surpris de recevoir des ordres d'un chat. Il fouetta la mule, et la voiture se mit en branle.

Une dizaine de minutes plus tard, elle nous déposa devant un bâtiment vétuste au cœur du Vieux-Carré. Sous le balcon en surplomb, je vis deux portes noires et un panneau de bois annonçant le musée du Vaudou de La Nouvelle-Orléans. La nuit tombait, et une pancarte derrière la vitre crasseuse indiquait que le musée était fermé.

Grimalkin fit un signe de tête à Puck, lequel marmonna quelques mots à voix basse, donna un petit coup sur la porte et la fit bouger doucement sur ses gonds.

Nous entrâmes en file indienne. Dedans, il faisait tiède et cela sentait le renfermé. Je trébuchai sur la moquette et allai percuter Ash, qui me rattrapa en soupirant. Puck referma la porte derrière nous, plongeant les lieux dans l'obscurité. Je cherchai le mur à tâtons, mais Ash prononça un mot, et une boule de feu bleue surgit au-dessus de sa tête.

Sa lumière pâle éclaira une vraie boutique des horreurs. Au fond de la pièce, un squelette affublé d'un chapeau haut de forme se tenait à côté d'un mannequin à tête d'alligator. Les rayonnages étaient couverts de crânes humains et d'animaux, de masques grimaçants et de poupées de bois. Des vitrines de verre renfermaient des serpents et des grenouilles, dans des bocaux de liquide ambré, des dents, des tambours et des carapaces de tortue.

— Par ici, fit la voix de Grimalkin.

Dans le musée silencieux, sa voix paraissait anormalement forte. Nous le suivîmes dans un long couloir sombre, décoré de portraits d'hommes et de femmes. J'avais l'impression qu'ils me suivaient des yeux tandis que j'entrais dans une pièce aux murs encombrés de nouvelles horreurs. Au centre, une table ronde couverte d'une nappe noire était entourée de quatre chaises, comme si l'on nous attendait.

Comme nous approchions de la table, je poussai un cri et me réfugiai derrière Puck. Dans un coin, une tête momifiée s'était mise à bouger. Bientôt une femme squelettique, aux longs cheveux blancs tout emmêlés, s'avança vers nous en titubant. Ses yeux formaient deux trous sombres dans son visage desséché.

— Bonsoir, mes enfants, murmura-t-elle d'une voix éraillée. On est venus rendre visite à la vieille Anna ? Puck est là, Grimalkin aussi. C'est un vrai plaisir.

Elle fit un geste en direction de la table ; les ongles de ses doigts noueux brillaient comme du métal.

— Prenez place, je vous en prie.

Nous nous installâmes autour de la table, et la vieille sorcière vint se placer devant nous. Elle sentait la poussière et la pourriture, comme une pile de vieux journaux dans un grenier. Elle me regarda et sourit, révélant des dents jaunes et pointues.

— Je sens le besoin, dit-elle d'une voix rauque. Le besoin, et le désir. Ça vient de toi, mon enfant.

Elle me désigna d'un doigt crochu.

— Tu cherches à retrouver quelque chose, n'est-ce pas ?

— Oui, chuchotai-je.

La sorcière hocha sa tête ratatinée et posa sur moi ses yeux vides.

— Dis-moi ce que tu veux savoir, enfant de deux mondes. Mais rappelle-toi que tout savoir a un prix. Je te donnerai les réponses que tu cherches, mais je te demanderai quelque chose en retour. Accepteras-tu de me le donner ?

Un sentiment de défaite écrasante s'empara de moi. Encore du marchandage. Encore des promesses à tenir. J'avais déjà tellement de dettes que je n'en verrais jamais le bout.

— Je n'ai plus grand-chose à donner, répondis-je.

Elle laissa échapper un petit rire.

— Il reste toujours quelque chose, chère enfant. Pour l'instant, seule ta liberté est promise à un autre.

Elle se mit à renifler, comme un chien flairant une piste.

— Il te reste encore ta jeunesse, tes talents, ta voix… Ton futur enfant. Tout cela peut m'intéresser.

— Mon futur enfant, c'est hors de question, répliquai-je sans réfléchir.

— Vraiment ? demanda l'oracle en tapotant ses doigts les uns contre les autres. Même en sachant qu'il ne t'apportera que du malheur ?

— Assez, dit Ash d'une voix ferme. Nous ne sommes pas ici pour discuter d'hypothétiques enfants. Donne ton prix, oracle, et laisse-la décider si elle est prête à le payer.

L'oracle s'adossa au mur d'un air renfrogné.

— Un souvenir, dit-elle.

— Pardon ?

— Un souvenir, répéta-t-elle. Un souvenir très

agréable. Le meilleur souvenir de ton enfance. J'en ai très peu à moi, vois-tu.

— Vraiment ? dis-je. C'est tout ? Je vous donne un souvenir, et on est quittes ?

— Meghan, dit Puck, ne le prends pas à la légère. Tes souvenirs font partie de toi. En perdre un, c'est comme perdre une partie de ton âme.

Voilà qui paraissait un peu plus inquiétant. *N'empêche,* pensai-je, *un seul souvenir, ce n'est pas grand-chose, comparé à ma voix ou à mon premier enfant. Et il ne me manquera pas, puisque je ne m'en souviendrai plus.*

Je pensai aux moments les plus heureux de ma vie : des anniversaires, mon premier vélo, les premiers jours avec Beau. Rien de cela ne semblait assez important pour que je m'y accroche.

— D'accord, dis-je à l'oracle. Ça marche. Je vous donne un souvenir, un seul, et vous me dites ce que je veux savoir.

— Ouiiii, dit-elle avec un grand sourire.

Elle vint s'asseoir en face de moi et prit mon visage entre ses mains. Je frissonnai, fermai les yeux et sentis ses ongles m'entailler doucement les joues.

— Cela risque d'être un peu… désagréable, chuchota-t-elle.

Je poussai un cri de douleur tandis qu'elle plongeait ses griffes dans mon esprit et l'ouvrait en le déchirant comme du papier. Puis elle fouilla dans ma tête, triant mes souvenirs à toute vitesse comme des photos qu'on passe en revue. Les images non retenues s'entassèrent autour de moi : souvenirs, émotions et vieilles blessures du passé se réveillèrent subitement, toujours aussi douloureux. J'avais envie de repousser les mains de la sorcière, mais j'étais incapable de bouger. Enfin, elle marqua une pause, puis tendit la main vers un coin de bonheur lumineux. Avec horreur, je vis ce qu'elle avait l'intention de prendre.

Non ! voulus-je hurler. *Pas celui-là ! Laissez-le-moi !*

— Ouiiii, siffla l'oracle en plantant ses griffes dans le souvenir. Il est à moi, maintenant.

Je sentis comme un déchirement, puis une douleur fulgurante envahit ma tête. Incapable de crier, je me raidis et crispai la mâchoire, puis m'affaissai dans ma chaise en me demandant si mon crâne était vraiment fendu en deux.

Au bout d'un moment, je relevai les yeux. L'oracle me regardait avec un sourire satisfait. Puck marmonnait quelque chose que je ne comprenais pas, et Ash me fixait avec pitié. J'étais épuisée, littéralement vidée : j'avais l'impression qu'un trou béant s'était ouvert dans mon âme.

Avec hésitation, je passai en revue mes souvenirs, cherchant celui qu'elle m'avait pris. Il me fallut un moment pour me rendre compte à quel point c'était absurde.

— C'est fait, dit l'oracle.

Elle posa ses mains sur la table, paumes tournées vers le haut.

— Et maintenant, je vais remplir ma part du contrat. Place tes mains dans les miennes, mon enfant, et demande ce que tu veux savoir.

Luttant contre la répugnance qu'elle m'inspirait, j'obéis à son ordre. Quand ses longs doigts crochus se refermèrent autour des miens, je fus saisie d'un frisson.

Elle ferma les yeux.

— Trois questions, dit-elle d'une voix qui semblait subitement lointaine. C'est le marché habituel. Je réponds à ces questions, et nous sommes quittes. Choisis-les avec soin.

Je pris une profonde inspiration, lançai un coup d'œil à Puck et à Ash, et chuchotai :

— Où est mon frère ?

Silence. Les yeux de la sorcière s'ouvrirent, et je sursautai. Ils n'étaient plus vides, mais brûlaient de flammes noires sur fond d'obscurité béante. Sa bouche s'ouvrit et s'étira, et elle susurra :

— *Dans la montagne de fer,*
Attend l'enfant volé.
Un roi privé de son trône
Te fera passer l'entrée.

— Génial, dit Puck en levant les yeux au ciel. J'adore les énigmes. Demande-lui où on peut trouver Machina.

— Où est Machina, le roi de Fer ?

L'oracle soupira, puis sa voix s'éleva :

— Au cœur de la rouille
Se dresse une tour qui chante
sur le trône de laquelle
Se tient le roi de Fer.

— La rouille, dit Puck en opinant du chef. Des tours qui chantent. De mieux en mieux. Je ne regrette pas d'être venu. Prince, vous avez une question à poser à notre aimable oracle ?

Le menton calé entre ses mains, Ash semblait plongé dans ses pensées. Il leva la tête et plissa les yeux.

— Demande-lui comment faire pour le tuer.

J'hésitai, mal à l'aise. Je n'avais envie de tuer personne ; je voulais simplement sauver mon frère. Comment m'étais-je retrouvée au milieu de cette croisade ?

— Ash…

— Demande-le-lui.

Je déglutis et me tournai vers l'oracle.

— Comment tuer le roi de Fer ? dis-je avec réticence.

La bouche de l'oracle s'ouvrit.

Le roi de Fer ne peut mourir
Ni de la main d'un mortel,

Ni de celle d'une fée.
Cherchez les gardiennes des arbres ;
Leurs cœurs vous montreront la voie.

A peine les derniers mots étaient-ils sortis de sa bouche que l'oracle s'effondra sur la table. Son corps desséché se figea puis se désintégra. Un nuage de poussière envahit la pièce et me brûla les yeux et la gorge. Je détournai la tête en toussant. Quand je réussis à reprendre mon souffle, l'oracle avait disparu. Seules quelques particules de poussière flottant dans l'air témoignaient encore de son passage.

— Je crois, dit Grimalkin, que la consultation est terminée.

— Et maintenant ? demandai-je tandis que nous quittions le musée du Vaudou et nous enfoncions dans les ruelles obscures du Vieux-Carré. Où allons-nous ? L'oracle ne nous a pas donné grand-chose à nous mettre sous la dent.

— Pas du tout d'accord, dit Grimalkin en se retournant. D'abord, nous savons que ton frère est avec Machina. On s'en doutait, bien sûr, mais il est bon d'en avoir la confirmation. Ensuite, nous savons que Machina est réputé invincible et que son repaire est situé au milieu de terres désolées. Mais surtout, nous savons qu'il existe quelqu'un qui sait comment le tuer.

— Oui, mais qui ? demandai-je en me frottant les yeux.

J'étais fatiguée de me poser des questions et de tourner en rond sans obtenir la moindre réponse. J'avais envie de tout laisser tomber.

— Tu n'as donc rien écouté du tout ? soupira Grimalkin. Ce n'était même pas une vraie devinette. Et vous, les garçons ? Nos valeureux protecteurs ont-ils glané quelques bribes de savoir auprès de l'oracle, ou bien suis-je le seul à lui avoir accordé un tant soit peu d'attention ?

Ash ne répondit pas : il observait le bout de la rue en plissant les yeux. Puck haussa les épaules.

— Chercher les gardiens des arbres, dit-il d'un ton bougon. Ce n'est pas sorcier. J'en déduis qu'on doit retourner dans le parc.

— Bien vu, Goodfellow.

— Je fais de mon mieux.

— Je suis complètement perdue, soupirai-je en m'asseyant au bord du trottoir. Pourquoi retourner au parc alors qu'on vient de le quitter ? Il y a sûrement plein d'autres arbres dans la ville.

— Vois-tu, princesse…

— Tu lui expliqueras plus tard, dit Ash d'une voix dure. Il faut partir d'ici. Maintenant.

— Pourquoi ?

A l'instant où je posai la question, les lampadaires

clignotèrent et s'éteignirent, suivis de tous les éclairages du pâté de maisons.

Des boules de feu explosèrent au-dessus de nous, lancées par Puck et par Ash. Des bruits de pas résonnèrent dans le noir ; ils venaient de partout et se rapprochaient de nous. Grimalkin marmonna quelque chose et disparut. Puck et Ash vinrent se ranger de part et d'autre de moi en balayant l'obscurité du regard.

A la frontière du halo lumineux qui nous entourait, des silhouettes sombres s'avançaient vers nous. Quand elles entrèrent dans la lumière, je distinguai des visages d'êtres humains, hommes et femmes, qui titubaient vers nous, le regard inexpressif. La plupart portaient des armes : couteaux, barres de fer, battes de base-ball. Tous les films d'horreur que j'avais vus défilèrent dans mon esprit. Je me serrai contre Ash et le sentis se préparer à attaquer.

— Des humains, dit-il en posant la main sur la poignée de son épée. Que leur arrive-t-il ? Normalement, ils ne devraient pas nous voir.

Un rire sinistre résonna au milieu de la foule ; celle-ci s'immobilisa brusquement et se fendit en deux pour laisser passer une femme svelte à la démarche flottante. Perchée sur des talons aiguilles, les mains calées sur les hanches, elle portait un tailleur vert acide et un rouge à lèvres d'un vert si intense qu'il avait l'air fluorescent. Sa chevelure était faite de câbles en plastique vert, noir et rouge.

— Vous voilà enfin, dit-elle d'une voix crépitante. Quand j'ai appris que vous aviez échappé au cheval de fer, je n'en suis pas revenue. Évidemment, il se fait vieux. Je dirais même qu'il a passé l'âge de se battre. Avec moi, ce ne sera pas aussi facile.

— Qui êtes-vous ? dit Ash.

Puck s'avança à la hauteur du prince ; à eux deux, ils formaient une sorte de bouclier vivant devant moi. L'inconnue eut un petit rire d'insecte.

— Virus, deuxième lieutenant du roi Machina.

D'une main aux ongles verts, elle m'envoya un baiser qui me donna la chair de poule.

— Ravie de vous rencontrer, Meghan Chase.

— Qu'avez-vous fait à ces gens ?

— Ne vous inquiétez pas.

Virus pivota sur elle-même en souriant.

— Ils ont attrapé un bug, voilà tout. Celui-ci, pour être précis.

Elle tendit la main devant elle ; une petite nuée d'insectes sortit de sa manche et voltigea au-dessus de sa paume.

— N'est-ce pas qu'ils sont mignons ? Tout à fait inoffensifs, bien sûr, mais ils me permettent de pénétrer dans un cerveau et de le reprogrammer. Permettez-moi de vous montrer.

Elle fit un geste en direction d'un humain qui se tenait près d'elle ; il se laissa aussitôt tomber à quatre pattes et se mit à aboyer.

— Génial, dit Puck. Est-ce que vous pouvez aussi le faire chanter comme un coq ?

Ash et moi lui décochâmes un regard noir.

— Quoi ? dit-il d'un air décontenancé.

A cet instant, une idée me traversa l'esprit. Je me tournai vers Virus et m'écriai :

— C'est vous qui avez lâché la chimère à la fête d'Elysium !

— Absolument, dit Virus d'un air ravi, c'était un projet à moi, ça.

Elle fit une moue et ajouta :

— Malheureusement, il n'a pas vraiment eu le succès escompté. Mes bugs fonctionnent mal sur les fées ordinaires, sans doute à cause de leur fameuse aversion pour le fer. Cette imbécile de chimère est devenue folle. Elle en serait sans doute morte, si elle ne s'était pas fait massacrer d'abord. Les mortels, par contre…

Elle pivota sur ses talons et ouvrit les bras comme pour embrasser la foule.

— Ce sont des hôtes formidables. Ils sont tellement dévoués à leurs ordinateurs et à la technologie qu'ils en étaient déjà esclaves bien avant mon apparition.

— Libérez-les, dis-je.

Virus posa sur moi un regard vert étincelant.

— Impossible, ma chérie.

Elle claqua des doigts et la foule se remit en marche, les bras tendus en avant.

— Capturez la fille, dit-elle tandis que le cercle de zombies se resserrait autour de nous. Tuez les autres.

Ash dégaina son épée.

— Non ! m'écriai-je en attrapant son bras. Ne leur fais pas de mal. Ce sont des gens ordinaires, ils ne savent pas ce qu'ils font.

Ash me lança un regard furieux.

— Que proposes-tu, alors ?

— Partir en courant, dit Puck en sortant la main de sa poche. Il jeta un petit objet en direction de la foule : il y eut une explosion, puis un énorme tronc d'arbre couché se matérialisa, plaquant deux zombies à terre et brisant momentanément le cercle qui nous entourait.

— On y va ! hurla-t-il.

Il n'eut pas besoin de le répéter. Nous sautâmes par-dessus les zombies coincés sous le tronc, esquivâmes les coups des autres et partîmes vers le bout de la rue en courant ventre à terre.

19

La dryade du parc municipal

Des dizaines de pas résonnaient derrière nous. Une barre de fer vola au-dessus de mon épaule et fit voler en éclats la vitrine d'un magasin. Je poussai un cri de terreur, trébuchai et faillis tomber, mais Ash me prit la main et m'entraîna avec lui.

— C'est ridicule, l'entendis-je grommeler. Fuir devant une foule d'humains ! J'aurais pu les éliminer tous d'un seul coup de lame.

— Peut-être n'as-tu pas remarqué les copieuses quantités de fer qu'ils portaient sur eux, dit Puck.

Un couteau siffla tout près de sa tête et alla rebondir sur le bitume.

— Note que si tu veux absolument te suicider, je ne te retiens pas. Je serai un peu déçu de devoir annuler notre duel, mais enfin…

— Tu as peur, Goodfellow ?

— Dans tes rêves, petit prince.

Je n'arrivais pas à croire qu'ils se chamaillaient alors que nous fuyions devant la mort. J'étais sur le point d'intervenir quand une barre de fer vola en l'air et vint frapper Puck à l'épaule. Il eut un hoquet de douleur, chancela et faillit tomber à terre.

Un rire bourdonnait derrière nous. Je tournai la tête : Virus flottait au-dessus de la foule, entourée d'une nuée scintillante d'insectes métalliques.

— Vous avez beau courir, mes jolis, vous ne m'échapperez pas. Il y a des humains partout, et tous peuvent me servir de marionnettes. Si vous vous rendez maintenant et que vous me livrez la fille, je vous laisserai choisir vous-même la manière dont vous préférez mourir.

Ash eut un grognement féroce, m'écarta d'un geste et lança une volée d'éclats de verre en direction de Virus. Elle se mit à crier, et un zombie sauta en l'air pour parer l'attaque. Les éclats lui déchirèrent la poitrine ; il s'effondra, saisi de convulsions, et Virus siffla comme une guêpe enragée.

— Bien joué, prince, lança Puck en voyant les autres zombies se précipiter vers nous en hurlant de colère. Si tu voulais les énerver, c'est réussi.

— Tu l'as tué ! dis-je en regardant Ash avec épouvante. Tu l'as tué alors qu'il n'y était pour rien !

— Toutes les guerres font des victimes civiles, répondit-il froidement. S'il avait pu nous tuer, il n'aurait pas hésité. Un ennemi de moins à affronter.

— Ce n'est pas une guerre ! hurlai-je. Ces humains

ne savent même pas ce qui leur arrive ! S'ils nous courent après, c'est parce que cette folle leur a détraqué le cerveau !

— Quoi qu'il en soit, s'ils nous tuent, on sera bel et bien morts.

— Je ne veux plus voir de morts. Tu m'entends, Ash ? Trouve un autre moyen de les arrêter. Tu n'as pas besoin de les tuer.

Il me lança un regard furieux.

— Comme tu voudras, princesse. Mais tu risques de le regretter avant la fin de la soirée.

Nous débouchâmes sur une place illuminée, au centre de laquelle s'élevait une fontaine en marbre. En voyant les piétons qui flânaient sur les trottoirs, je me détendis un peu. Virus n'allait tout de même pas nous attaquer ici, devant tous ces témoins. Les fées avaient le pouvoir de passer inaperçues ou de se rendre invisibles, mais les humains, surtout en foule déchaînée, n'avaient pas cette possibilité.

Ash m'attrapa à nouveau la main et me força à ralentir.

— Ne cours pas, tu vas te faire remarquer.

A l'entrée de la place, la foule qui nous poursuivait se dispersa et les zombies se mirent à marcher tranquillement. Mon cœur battait à tout rompre, mais je me forçai à en faire de même, tenant la main d'Ash comme si nous faisions une promenade.

Virus flotta au-dessus du square ; ses bugs s'éparpillèrent dans tous les sens, et mon appréhension s'intensifia. Apercevant au loin un policier adossé à sa voiture de patrouille, je lâchai la main d'Ash et partis en courant vers lui.

Le rire de Virus résonna dans la nuit.

— Je te vois, me lança-t-elle d'une voix chantante au moment où j'arrivais à la hauteur du policier.

— Excusez-moi, monsieur, haletai-je. J'ai besoin d'aide ! Il y a une bande de fous qui me…

Je reculai d'horreur. Le policier fixait sur moi un regard vide ; sa mâchoire pendait mollement. L'instant d'après, il se jetait sur moi et m'attrapait le bras. Je poussai un cri de terreur et lui décochai un coup de pied. Pas du tout décontenancé, il me saisit l'autre bras.

Les piétons qui erraient sur la place convergèrent vers nous d'un pas pressé. Je poussai un juron et lançai un grand coup de genou dans le ventre du policier. Il grimaça et me décocha une gifle qui me fit tourner la tête. La foule se rassembla autour de nous, et des mains se dressèrent vers mes cheveux et mes vêtements.

Soudain, Ash fut à mes côtés : d'un coup puissant, il frappa de la poignée de son épée la mâchoire du policier, le forçant à reculer. Puck me prit le bras et bondit par-dessus la voiture de patrouille en m'entraînant avec lui. Nous nous dégageâmes du cercle des zombies et reprîmes notre course folle, suivis par le rire de Virus.

— Là-bas !

Grimalkin réapparut près de nous, la queue ébouriffée et les yeux exorbités.

— Droit devant ! Une voiture à cheval. Montez vite !

De l'autre côté de la rue, un petit buggy sans surveillance attendait au bord du trottoir. Pour prendre la fuite, ce n'était pas l'idéal, mais c'était mieux que rien. Nous traversâmes la rue en courant.

Un coup de feu éclata derrière nous.

Puck eut un drôle de sursaut et s'effondra sur le bitume en hurlant de douleur. Je me mis à hurler, moi aussi ; Ash le remit debout et le traîna de l'autre côté de la rue, tandis qu'un nouveau coup de feu déchirait l'air. Le cheval, terrorisé, hennit et se cabra en roulant les yeux. J'attrapai sa bride avant qu'il ne puisse s'enfuir. Derrière nous, je vis le policier avancer d'un pas de zombie, son arme braquée sur nous.

Ash cala son épaule sous le bras de Puck, le fit monter dans le buggy et sauta sur le siège du conducteur. Grimalkin le rejoignit. Je me précipitai dans la voiture et m'accroupis auprès de Puck, qui haletait sur le plancher de la voiture. Avec épouvante, je vis une fleur de sang rouge s'épanouir près de ses côtes et se répandre sur ses vêtements.

— Accrochez-vous ! s'écria Ash. Hue !

Il abattit les rênes sur le flanc du cheval, qui bondit en avant. Nous brûlâmes un feu rouge, en évitant de justesse un taxi. Les voitures klaxonnaient et les piétons nous injuriaient, mais les cris de nos poursuivants s'estompaient derrière nous.

— Ash ! m'écriai-je quelques minutes plus tard. Puck ne bouge plus !

Ash se retourna à peine, tant il était concentré sur la route ; mais Grimalkin sauta sur le plancher du buggy et vint renifler le corps de Puck. Le visage de l'elfe était blême, sa peau fraîche et moite. J'avais essayé d'étancher le sang à l'aide d'une manche de son sweatshirt, mais il ne cessait de couler. Mon meilleur ami était en train de mourir, et je ne pouvais rien faire pour le sauver.

— Il lui faut un médecin, dis-je à Ash. Il faut qu'on aille à l'hôpital.

— Réfléchis, l'humaine ! dit Grimalkin avec impatience. Aucun être féerique ne peut survivre dans un hôpital. Avec tous ces instruments métalliques, il sera mort avant l'aube.

— Mais que faire ? hurlai-je, au bord de l'hystérie.

Grimalkin bondit de nouveau à côté d'Ash.

— On l'emmène au parc, dit-il fermement. Les dryades devraient pouvoir l'aider.

— *Devraient* ? Et si elles ne peuvent pas ?

— Alors, l'humaine, tu n'auras plus qu'à prier pour qu'il y ait un miracle.

Arrivé au parc, Ash ne ralentit pas, mais roula sur le trottoir et poursuivit sa route en cahotant entre les arbres. J'étais tellement affolée que je ne m'aperçus même pas que nous avions fini par nous arrêter, jusqu'à ce que le prince se penche sur Puck et le hisse hors de la voiture. Je descendis derrière eux, hébétée.

Nous étions garés sous les branches de deux chênes immenses, dont les branches entrelacées masquaient presque entièrement le ciel nocturne. Ash porta Puck entre ces deux géants noueux et, avec douceur, le déposa dans l'herbe.

Puis nous attendîmes.

Au bout d'un moment, deux silhouettes sortirent des troncs et se dressèrent devant nous. Deux femmes sveltes, aux cheveux vert mousse et à la peau d'acajou lustré. Elles s'avancèrent en nous scrutant de leurs yeux noirs d'insecte ; elles sentaient l'écorce et la terre fraîchement retournée. Grimalkin et Ash les saluèrent en inclinant la tête : moi, j'étais trop bouleversée pour être polie.

— Nous savons pourquoi vous êtes ici, murmura l'une des dryades.

Sa voix était douce comme le souffle du vent dans les feuilles.

— La brise porte les rumeurs jusqu'à nous, les nouvelles des territoires lointains. Nous sommes au courant de vos problèmes avec le roi de Fer. Nous vous attendions, enfant des deux mondes.

— S'il vous plaît, dis-je en m'avançant d'un pas, pouvez-vous faire quelque chose pour Puck ? Il vient de se faire tirer dessus. Si vous le sauvez, je vous donnerai tout ce que vous voudrez en échange.

Du coin de l'œil, je vis Ash me lancer un regard noir.

— Nous ne marchanderons pas avec toi, mon enfant, murmura l'autre dryade.

Le désespoir s'empara de moi.

— Ce n'est pas dans nos manières. Nous ne sommes pas comme le peuple des fées, ou celui des chats, qui cherchent toujours à devenir plus puissants. Nous nous contentons d'exister, c'est tout.

— Alors accordez-moi une faveur, plaidai-je. Je vous en supplie ! Si vous ne faites rien, il va mourir.

— La mort fait partie de la vie, dit la dryade en fixant sur moi un regard impitoyable. Tout est voué à disparaître, même les êtres qui existent depuis longtemps, comme Puck. Un jour, de toute façon, on aurait oublié les histoires le concernant, puis son existence même, et il aurait disparu. C'est ainsi.

Je me retins de hurler. Les dryades refusaient d'aider Puck ; elles venaient de le condamner à mort. Serrant les poings, je les foudroyai du regard. J'avais envie de les secouer de toutes mes forces, de les étrangler, jusqu'à ce qu'elles acceptent de le secourir. Subitement, je sentis… quelque chose monter en moi. Les branches au-dessus de ma tête se mirent à craquer et à frémir, et une pluie de feuilles s'abattit sur nous. Ash et Grimalkin reculèrent d'un pas, et les dryades échangèrent un regard.

— Elle est forte, murmura la première.

— Son pouvoir est endormi, répliqua l'autre. Mais les arbres l'entendent et la terre répond à son appel.

— Cela suffira peut-être.

Elles hochèrent la tête. L'une d'entre elles souleva Puck, passa un bras autour de sa taille et le traîna vers un arbre. Dryade et elfe se fondirent dans l'écorce et disparurent.

— Que faites-vous ? demandai-je, affolée.

— Ne vous inquiétez pas, dit la seconde dryade. Nous ne pouvons pas le guérir, mais nous pouvons le mettre en sommeil. Puck va dormir jusqu'à ce qu'il soit en état de vous rejoindre. Je ne puis dire si cela prendra une nuit ou plusieurs années : cela dépend entièrement de lui.

Elle inclina la tête vers nous.

— Vous et vos compagnons pouvez passer la nuit ici. Vous ne craignez rien. Les fées de Fer ne s'aventureront pas dans l'enceinte de ce parc. Notre pouvoir sur les arbres et la terre les en empêche. Reposez-vous ; en temps voulu, nous vous préviendrons.

Puis elle se fondit à son tour dans l'arbre, nous laissant seuls, avec un compagnon en moins.

J'avais envie de dormir. J'avais envie de m'allonger sur le sol, de sombrer dans le sommeil et de me réveiller dans un monde où les meilleurs amis ne se faisaient pas tirer dessus, où les petits frères ne se faisaient pas enlever. Je voulais que tout cela soit du passé, que ma vie reprenne son cours normal.

Mais j'avais beau être épuisée, j'étais incapable de dormir. Au bout d'un moment, je me mis à errer dans le parc, aveugle à tout ce qui m'entourait. J'étais seule : Ash était parti discuter avec les elfes qui vivaient là, et Grimalkin avait disparu. Au loin, j'entendais des fées danser, chanter et rire. Des satyres jouaient du pipeau, des lutins voletaient en agitant leurs ailes soyeuses, des dryades souples et sveltes dansaient entre les arbres, en ondulant comme des feuilles dans le vent. Je les ignorai tous.

Au bord d'une fontaine, sous les branches d'un grand chêne, je me laissai tomber à terre, plaquai mes genoux contre ma poitrine et éclatai en sanlots.

Des sirènes sortirent la tête de l'eau pour m'observer avec curiosité, et des lutins vinrent planer en cercle au-dessus de moi, en faisant clignoter leurs petites lumières. Mais je les voyais à peine. L'inquiétude que j'éprouvais depuis des jours pour Ethan, la promesse imprudente que j'avais faite à Ash, et maintenant la peur de perdre Puck, tout cela était trop pour moi. Je pleurai jusqu'à suffoquer, et hoquetai si violemment que mes poumons me brûlèrent.

Les fées, évidemment, ne pouvaient me laisser souffrir en paix. Quand mes larmes se tarirent, je m'aperçus qu'un troupeau de satyres m'entourait, leurs yeux luisant dans la pénombre.

— Jolie fleur, dit l'un d'entre eux en s'avançant vers moi.

Il avait le visage sombre, une petite barbe, et des cornes qui s'entortillaient à travers ses épais cheveux noirs. Sa voix était douce et profonde, avec un léger accent créole.

— Pourquoi es-tu si triste, ma belle ? Viens t'amuser avec nous, on te fera retrouver le sourire.

Je frissonnai et me levai en chancelant.

— Non, merci. Je n'ai rien. J'ai simplement envie d'être seule.

— C'est affreux, de rester seule, dit le satyre en s'approchant davantage.

Il me lança un sourire ravageur ; il était vraiment très beau. Il était nimbé de glamour, et, pendant une fraction de seconde, je l'entrevis tel qu'il apparaissait aux mortels : un jeune et bel étudiant qui se promenait dans le parc avec ses amis.

— Si on allait prendre un café ? me proposa-t-il. Tu pourrais me raconter ce qui t'arrive.

Son ton de voix était tellement sincère que j'étais sur le point de le croire. Puis je vis une étincelle lubrique briller dans ses yeux et dans ceux de ses compagnons ; mon cœur se serra de peur.

— Je dois vraiment y aller, dis-je en reculant.

Je leur tournai le dos et m'éloignai, mais ils me suivirent, en rivant sur moi leurs yeux pleins de désir. Je sentis un drôle de parfum flotter dans l'air ; c'était du musc.

— S'il vous plaît, laissez-moi tranquille !

— Tu nous remercieras plus tard, dit le satyre.

Puis il se rua sur moi.

Je pris mes jambes à mon cou.

La horde m'emboîta le pas avec des cris de joie. Tout en courant, ils me lançaient des promesses : j'allais voir, cela me plairait, j'avais besoin de me décoincer un peu. Ils étaient beaucoup plus rapides que moi, et le chef de la horde ne tarda pas à m'attraper. Il passa ses bras autour de ma taille et me souleva de terre. Je me mis à hurler et à battre des pieds. Les autres se rassemblèrent autour de nous et se bousculèrent pour me tripoter et tirer sur mes vêtements.

Une bouffée de pouvoir, la même que celle que

j'avais sentie un peu plus tôt, monta en moi. Le chêne qui étendait ses branches au-dessus de nous se mit à bouger. Dans un craquement assourdissant, une branche noueuse, aussi large que moi, s'abattit sur la tête du chef des satyres. Il me libéra et chancela en arrière ; la branche le frappa au ventre et l'envoya à terre. Effrayés, ses compagnons reculèrent.

Le chef se releva péniblement et me lança un regard furieux.

— Je vois que tu aimes quand ça fait mal, dit-il d'une voix rauque.

Il se passa la langue sur les lèvres et s'avança d'un pas.

— Pas de problème, on sait faire. Pas vrai, les gars ?

— Moi aussi.

Une silhouette sombre se glissa entre les arbres. Les satyres reculèrent vivement en voyant Ash s'avancer vers nous. L'instant suivant, il passait un bras autour de mes épaules et m'attirait contre sa poitrine. Mon pouls s'accéléra et je sentis mon cœur chavirer.

— Je vous interdis de la toucher, dit-il.

— C'est vous, prince ? souffla le meneur de la bande.

Les autres baissèrent la tête. Leur chef pâlit et leva les mains en signe de reddition.

— Désolé, Votre Altesse, je ne savais pas qu'elle était à vous. Toutes mes excuses. On ne lui a rien fait, d'accord ?

— Que personne ne la touche, répéta Ash d'une voix glacée. Si l'un de vous s'avise de l'approcher, je lui congèle les testicules. Compris ?

Les satyres s'inclinèrent en bégayant des excuses avant de disparaître. Ash lança un regard noir à deux lutins qui voletaient en observant la scène : ils poussèrent de petits gloussements aigus et s'éloignèrent entre les arbres. Le silence retomba ; nous étions seuls.

— Tu n'as rien ? murmura Ash en me libérant. Ils ne t'ont rien fait ?

Je tremblais de la tête aux pieds. Mon pouvoir s'était évaporé, et je me sentais complètement vidée.

— Non, murmurai-je en m'éloignant. Je vais bien.

J'avais envie de pleurer, mais il ne me restait plus de larmes. Mes genoux ployaient sous moi ; je vacillai et dus prendre appui sur un tronc d'arbre.

Ash attrapa mon poignet et, avec douceur, m'attira contre lui et m'entoura de ses bras. Je restai stupéfaite ; puis, en reniflant, je fermai les yeux, enfouis mon visage contre sa poitrine et laissai ma peur et ma colère se dissiper à son contact. J'entendais le battement rapide de son cœur et sentis le picotement de sa peau froide à travers le tissu de sa chemise. Curieusement, ce n'était pas du tout désagréable.

Nous restâmes un long moment ainsi. Ash ne me posa aucune question ; en fait, il ne dit pas un mot. Il se contenta de me serrer dans ses bras. Moi, je me détendais et sentais mes soucis s'effacer un peu de mon esprit. Ethan et Puck étaient toujours là, dans un coin de ma tête, mais pour l'instant, tout allait bien. Cela me suffisait.

Puis je fis l'erreur stupide de lever les yeux.

Son regard croisa le mien et, l'espace d'un instant, son visage m'apparut ouvert et vulnérable. Une sorte d'émerveillement flotta dans l'air. Lentement, il se pencha vers moi. J'en eus la respiration coupée, et laissai échapper un petit soupir.

Ash se raidit. Son visage se ferma et ses yeux redevinrent durs et glacés.

Il me libéra et recula de quelques pas. Le cœur serré, je vis ses yeux errer sur les arbres, les ombres, l'eau du bassin, n'importe quoi du moment que ce n'était pas moi. J'avais envie de remonter le temps, de retrouver ce moment perdu : je lui tendis les bras, mais il m'évita.

— Cela commence à bien faire, ces bêtises, dit-il sur un ton glacial. Je ne suis pas là pour jouer les nounous, princesse. Tu ferais sans doute mieux de ne pas te promener toute seule le soir. Je ne voudrais pas qu'il t'arrive quelque chose avant même de parvenir à la cour Unseelie.

Mes joues s'enflammèrent et je serrai les poings. Le souvenir de mon humiliation à la cafétéria, tant de jours auparavant, refit douloureusement surface.

— C'est tout ce que je représente, pour toi ? dis-je d'une voix rageuse. Une chance de te faire bien voir par ta reine ? C'est la seule chose qui t'importe, hein ?

— En effet, dit-il d'une voix calme qui acheva de me mettre en rage. Je ne m'en suis jamais caché, d'ailleurs. Tu connais mes motivations depuis le départ.

Des larmes de colère me brulèrent les yeux. Je croyais avoir pleuré tout mon soûl, mais je m'étais trompée.

— Espèce de salaud, lançai-je. Puck avait raison à ton sujet.

Il me sourit avec froideur, mais une étincelle de colère brilla dans son regard.

— Un jour, tu demanderas à Puck pourquoi j'ai juré de le tuer. Tu verras s'il a le courage de te raconter l'histoire.

Puis, d'un air satisfait, il ajouta :

— A supposer qu'il se réveille un jour.

J'ouvris la bouche pour lui répondre, mais un bruissement de feuilles m'interrompit, et deux dryades surgirent d'un arbre voisin. En les voyant approcher, Ash s'évanouit dans la nuit, me laissant seule avec ma colère. Je serrai les poings de plus belle ; j'avais envie de le gifler pour effacer son sourire satisfait. A défaut, je donnai un grand coup de pied dans une bûche.

Les dryades s'inclinèrent devant moi, indifférentes à ma colère.

— Meghan Chase, notre doyenne est prête à vous recevoir.

Je les suivis jusqu'au pied d'un chêne isolé. Ash était déjà là, avec Grimalkin, mais il ne tourna même pas les yeux vers moi. Je le fixai d'un regard furieux, mais il continua à m'ignorer.

La surface du tronc se plissa et une vieille femme en sortit. Sa peau était sèche comme de l'écorce, et ses longs cheveux avaient la couleur brun-vert de la mousse. Elle était voûtée, et sa longue robe en lichen était couverte d'insectes et d'araignées. Son visage ressemblait à une coquille de noix, et, quand elle bougeait, ses articulations craquaient comme des branches. Mais le regard qu'elle posa sur moi était vif et clair. D'une main noueuse, elle me fit signe d'approcher.

— Viens, mon enfant, chuchota-t-elle.

Je déglutis et m'avançai de quelques pas, jusqu'à distinguer les insectes qui grouillaient sur sa peau. Une odeur terreuse emplit mes narines.

— C'est bien toi. La fille d'Oberon, celle dont me parle le vent. Je sais pourquoi tu es ici. Tu cherches celui qu'on appelle le roi de Fer, n'est-ce pas ? Tu veux entrer dans son royaume.

— En fait, je cherche mon frère. Machina l'a enlevé, je suis venue le secourir.

— Telle que tu es, tu ne pourras pas le sauver, dit la vieille dryade.

Cette phrase me fit l'effet d'un coup de poing dans le ventre.

— Le roi de Fer t'attend dans son repaire. Il sait que tu es en route, et tu ne pourras pas lui échapper. Aucune arme ne peut l'atteindre, qu'elle soit forgée par un mortel ou par une fée. Il n'a peur de rien.

Ash s'avança, la tête inclinée en signe de respect.

— Doyenne, dit-il, on nous a dit que vous connaissiez le secret pour le tuer.

Elle le regarda d'un air grave.

— On vous a dit vrai, jeune prince, soupira-t-elle enfin. Il existe un moyen de tuer Machina et de mettre fin à son règne. Pour cela, il faut une arme spéciale, une arme qui ne peut être fabriquée avec des outils. Une arme aussi naturelle qu'une fleur poussant au soleil.

Ash se pencha vers elle avec impatience.

— Où pouvons-nous la trouver ?

La dryade se tassa un peu.

— Ici, murmura-t-elle.

Elle indiqua du regard le grand chêne derrière elle, et sa voix se teinta de tristesse.

— Cette arme est le Bois-Sorcier, le bois que l'on

trouve au cœur des arbres les plus anciens. Il est aussi mortel pour Machina que le fer pour les êtres comme nous. Il contient l'esprit de la nature et le pouvoir de la terre — c'est un fléau pour les fées du progrès et de la technologie. Sans lui, vous n'avez aucune chance de vaincre ce roi ni de sauver l'enfant humain.

Ash se tut et son visage s'assombrit. Déroutée, je regardai tour à tour le prince d'Hiver et la doyenne des dryades.

— Vous allez nous le donner ? demandai-je. Si c'est le seul moyen de…

— Meghan, chuchota Grimalkin à mes pieds, tu ne sais pas ce que tu demandes. Le Bois-Sorcier est le cœur de l'arbre de la doyenne. Sans lui, le chêne mourra, et sa dryade aussi.

Je lançai un regard à la doyenne ; un léger sourire flottait sur ses lèvres.

— C'est vrai, dit-elle. Une fois privé de son cœur, l'arbre se flétrira et finira par mourir. Mais je connaissais dès le départ la raison de ta visite, Meghan Chase. J'avais prévu de te l'offrir.

— Non, dis-je sans réfléchir. Je refuse. Il doit y avoir un autre moyen.

— Il n'y en a pas, mon enfant. Et si tu ne renverses pas le roi de Fer, nous périrons de toute façon. Son pouvoir ne cesse de grandir. Plus il devient puissant, plus le pays des fées se rétrécit. Un jour ou l'autre, nous nous fanerons tous, et il ne restera plus que les terres désolées de la logique et de la science.

— Mais je ne peux pas le tuer ! protestai-je. Je ne suis pas un assassin ! Je veux juste récupérer mon frère !

— Pas d'inquiétude, dit la dryade en désignant Ash d'un hochement de tête. J'imagine que le prince d'Hiver acceptera de se battre pour toi. Il porte sur lui un parfum de sang et de mélancolie. Je serais heureuse de lui confier le Bois-Sorcier.

— S'il vous plaît…

Je lui lançai un regard suppliant ; je voulais qu'elle me comprenne. Puck était déjà tombé pour ma cause ; je ne voulais pas avoir une autre mort sur la conscience.

— Je ne veux pas que vous fassiez cela. C'est trop. Vous ne pouvez pas donner votre vie pour moi.

— Je donne ma vie pour la Faérie tout entière, répondit la dryade d'un ton solennel. Toi, tu es seulement l'instrument du salut. Et puis, nous devons tous mourir un jour. J'ai eu une très longue vie, bien plus longue que celle de la plupart des êtres vivants. Je n'ai pas de regrets.

Elle me lança un sourire plein d'affection et de maturité, un sourire de grand-mère. Puis elle se fondit dans le tronc de son arbre. Ash, Grim et les autres dryades gardèrent le silence ; leurs visages étaient sombres et graves. Un instant plus tard, la doyenne réapparut. Elle tenait dans sa main fripée un objet qui ressemblait à un bâton long et droit, si pâle qu'il en était presque blanc, mais sillonné sur toute sa longueur de veines rougeâtres. Elle s'avança vers moi et me le tendit. Il me fallut quelques secondes avant d'oser le prendre. Le bâton était lisse et tiède, et il palpitait de vie ; j'eus presque envie de le jeter loin de moi, tant il me faisait peur.

Une main noueuse se posa sur mon bras.

— Une dernière chose, mon enfant, me dit la vieille dryade. Tu as beaucoup de pouvoir, bien plus que tu ne l'imagines. Le sang d'Oberon coule dans tes veines, et la Faérie tout entière réagit au moindre de tes caprices. Ton talent est encore latent, mais il commence à s'éveiller. La manière dont tu l'utiliseras déterminera l'avenir des deux cours, celui des fées, et ton propre destin. Fais-en bon usage.

— Maintenant, reprit-elle d'une voix affaiblie, va au secours de ton frère. La porte du royaume de Machina se trouve dans une usine désaffectée sur le port. Demain matin, un guide vous y conduira, toi et le prince. Tuez le roi de Fer et ramenez la paix dans nos deux mondes.

— Et si nous échouons ? murmurai-je. Et s'il était vraiment invincible ?

— Alors nous mourrons tous, répondit la doyenne en se fondant dans son arbre.

Les autres dryades disparurent à leur tour, me laissant seule avec un chat, un prince et un bout de bois.

— Je commence à me sentir un peu sous pression, bougonnai-je en regardant le bâton.

TROISIÈME PARTIE

20

Le dragon de fer et les gardetout

Nous partîmes à l'aube. J'eus le temps de me reposer peut-être deux heures sur le sol caillouteux, puis de faire mes adieux à Puck. Il dormait encore quand je m'éveillai, dans le calme qui précède le lever du soleil. La dryade qui s'occupait de lui, dans le cœur de l'arbre, me dit qu'il était vivant, mais qu'elle ne savait pas quand il se réveillerait.

Je restai quelques minutes à côté du chêne, la main posée sur son tronc ; j'essayai de sentir battre le cœur de Puck. Il me manquait. Ash et Grimalkin étaient peut-être mes alliés, mais ils n'étaient pas des amis. Ils cherchaient tous deux à m'utiliser pour leur propre intérêt. Seul Puck se souciait vraiment de moi, et il n'était plus là.

— Meghan.

Ash se tenait derrière moi ; il me parla d'une voix étonnamment douce.

— Il faut partir. Nous ne pouvons nous permettre

de l'attendre. Il lui faudra peut-être des mois pour se remettre. Le temps presse.

— Je sais.

Je pressai la paume de ma main contre les aspérités rugueuses de l'écorce. *Réveille-toi vite. Réveille-toi vite et retrouve-moi. Je t'attendrai.*

Je me tournai vers Ash. Le prince était en tenue de combat : il portait son épée à la ceinture et un arc sur son dos. Sa vue me fit frissonner des pieds à la tête, et mon visage s'embrasa.

— Tu as réussi ? demandai-je pour détourner son attention de mes joues écarlates.

Il aquiesca et brandit devant lui une flèche luisante, taillée dans du bois blanc aux veines rouges. La nuit précédente, il m'avait demandé de lui confier le Bois-Sorcier, en affirmant qu'il était capable d'en faire une arme appropriée ; je m'étais exécutée sans hésiter. Mais à présent, devant la flèche qu'il avait fabriquée, j'étais prise de doutes. Elle semblait tellement fine et fragile ! Serait-elle capable d'abattre ce roi de Fer réputé invulnérable ?

— Je peux la toucher ?

Ash posa la flèche dans ma main ; ses doigts s'attardèrent un peu sur ma paume. Je sentis la pulsation régulière du bois, comme s'il s'agissait d'un cœur. En frissonnant, je la lui rendis.

— Garde-la, dit-il, les yeux rivés dans les miens.

C'est ta mission, après tout. A toi de décider du moment où je devrai m'en servir.

En rougissant de plus belle, j'ouvris mon sac à dos et y rangeai la flèche. Comme sa hampe n'y pénétrait pas entièrement, je la coinçai entre les deux fermetures Éclair et mis le sac sur mon dos. Il était plus lourd que d'habitude : pendant la nuit, j'avais raclé de la main le fond d'une fontaine et récolté assez de monnaie pour acheter de la nourriture et de l'eau en bouteille. Le caissier de la station-service n'avait pas apprécié de devoir compter des pièces de dix et de vingt-cinq cents à 1 heure du matin ; mais je n'avais pas voulu entamer la dernière étape du voyage les mains vides. J'espérais juste qu'Ash et Grim aimaient les gâteaux apéritif, les fruits secs et les bonbons.

— Tu n'auras qu'une seule chance de le tuer, pas deux, murmurai-je.

— Il s'agira de bien viser.

Il semblait tellement sûr de lui ! Lui arrivait-il, par moments, d'avoir peur ou de douter de lui-même ? Je dissimulai mon agacement. Après tout, il était sur le point de m'accompagner au-devant d'un danger mortel…

— Écoute, lui dis-je, je suis désolée de ce qui s'est passé hier soir. Je me suis comportée comme une idiote. Je me fais tellement de souci pour Ethan, et depuis que Puck a été blessé…

— N'y pense plus, Meghan.

Je clignai des yeux et mon cœur se mit à palpiter. C'était la première fois qu'il m'appelait par mon prénom.

— Ash, je…

— J'ai bien réfléchi, annonça Grimalkin en bondissant sur un rocher.

Furieuse de cette interruption, je lui lançai un regard noir. Le chat continua à pérorer comme si de rien n'était.

— Nous ferions peut-être mieux de repenser notre stratégie, dit-il d'un air décidé. Se jeter tête baissée dans la gueule de Machina me semble une assez mauvaise idée.

— Que veux-tu dire ?

— Eh bien…

Le chat s'assit et se mit à lécher sa patte arrière.

— Étant donné qu'il ne cesse de lancer ses sous-fifres à nos trousses, il doit se douter que nous ne sommes plus très loin de chez lui. Pourquoi a-t-il enlevé ton frère, à ton avis ? Il devait espérer que tu viendrais le chercher. Il y a quelque chose qui nous échappe dans cette histoire. Ou que nous ne voyons pas. Machina n'a que faire d'un enfant. Sauf si…

Le chat plissa les yeux.

— Je pars, dit-il.

— Quoi ? Pourquoi ?

— J'ai une théorie, dit-il en agitant la queue. Je crois avoir repéré une autre entrée du royaume de Machina. Si vous avez envie de me suivre, vous êtes les bienvenus.

— Une théorie ? répéta Ash en se croisant les bras. Nous ne pouvons pas bouleverser tous nos plans sur la foi d'une simple théorie, Cait Sith.

— Même si le chemin que vous avez l'intention d'emprunter mène tout droit dans un piège ?

Je fis non de la tête.

— Il faut courir ce risque, Grim. On est tellement près du but… On ne peut pas changer d'avis maintenant.

Je m'agenouillai pour être à la hauteur de son regard.

— Viens avec nous. On a besoin de toi. Tu nous as toujours donné de bons conseils.

— Contrairement au prince, fit le chat en clignant des yeux, je ne suis pas un guerrier. Je t'ai accompagnée jusqu'ici pour te mettre sur la piste de ton frère, et puis, pour mon amusement personnel. Mais je connais mes limites.

Il lança un regard à Ash et inclina la tête.

— Là-bas, je ne vous serai d'aucune utilité. Surtout si vous prenez le chemin auquel je pense. Il est temps de régler nos dettes et de nous faire nos adieux.

J'avais oublié que je lui devais encore une faveur. L'inquiétude s'empara de moi. Pourvu qu'il ne me demande pas ma voix ni mon futur enfant ! Je ne savais toujours pas ce qui se tramait au juste dans son esprit sournois.

— D'accord, soupirai-je en tentant de cacher mon appréhension.

Ash vint se placer derrière moi ; sa présence calme et assurée me réconforta un peu.

— Un marché est un marché. Que veux-tu, Grim ?

Le chat posa sur moi un regard perçant. Il se tenait très droit et agitait nerveusement la queue.

— Voici mon prix, dit-il. Je veux pouvoir t'appeler, une fois, au moment que je choisirai, sans qu'on me pose aucune question.

Je ressentis un immense soulagement. Cela n'avait rien de si terrible ! Ash, cependant, eut l'air médusé.

— Une convocation ? Ça ne te ressemble pas, Cait Sith. Qu'espères-tu obtenir d'elle ?

Grimalkin ne prit pas la peine de lui répondre.

— Quand je t'appellerai, dit-il en plantant ses yeux dans les miens, tu devras venir aussitôt, sans la moindre hésitation. Et tu devras faire tout ce qui est en ton pouvoir pour m'aider. Voilà les termes du contrat. Tu restes mon obligée jusqu'à ce qu'il ait été honoré.

— D'accord, dis-je. Cela me semble honnête. Mais quand tu m'appelleras, comment saurai-je où te trouver ?

— Pas d'inquiétude, l'humaine, répondit Grimalkin en riant. Tu le sauras. Maintenant, je dois vous quitter.

Il se leva et nous salua d'un petit hochement de tête.

— A la prochaine, dit-il.

Puis il se glissa dans l'herbe et disparut.

— Il ne reste plus que nous deux, dis-je avec tristesse.

Ash se rapprocha de moi et me frôla légèrement le bras, avec un petit sourire d'encouragement. Je l'interprétai comme une promesse muette ; il n'avait pas l'intention de m'abandonner à son tour. Je lui répondis par un sourire incertain et résistai à l'envie de me jeter à son cou.

Descendue en vrille des branches au-dessus de nos têtes, une pixie vint planer à quelques centimètres de mon visage. Elle avait la peau bleue, les cheveux courts et ébouriffés, et des ailes légères et soyeuses. Elle me tira la langue, puis vrombit en direction d'Ash et se percha sur son épaule. Il inclina la tête pour écouter ce qu'elle lui chuchotait à l'oreille. Les coins de sa bouche se retroussèrent ; il me jeta un coup d'œil rapide et secoua la tête. La pixie gloussa et reprit son envol. Que racontaient-ils à mon sujet ? Je décidai que cela m'était égal.

— Je te présente Pollenia, dit Ash tandis que la pixie volait devant nous en faisant des vrilles, tel un oiseau-mouche ivre. Elle va nous accompagner jusqu'aux quais et nous montrer l'usine. A partir de là, nous devrons nous débrouiller seuls.

Je hochai la tête, assourdie par les battements de mon cœur. Nous y étions. La dernière étape du voyage. De l'autre côté du passage, Machina et Ethan nous attendaient ; peut-être la mort, aussi. J'esquissai un sourire faussement assuré et relevai la tête.

— C'est bon, Clochette, dis-je à la petite fée. Allons-y.

Elle me lança un bourdonnement indigné et s'envola au loin.

Nous suivîmes sa lueur clignotante jusqu'aux quais, où les eaux froides et lentes du Mississippi s'écoulaient sous un ciel d'ardoise. Nous parlâmes peu. Ash marchait à côté de moi ; son épaule touchait presque la mienne. Lorsque quelques minutes se furent écoulées en silence, je frôlai sa main. Il referma ses doigts autour des miens, et nous poursuivîmes notre route ainsi.

L'usine était un bâtiment sombre, au bardage métallique, entouré d'un grillage. Pollenia chuchota quelque chose à Ash, qui hocha la tête avec gravité. Puis elle s'envola et disparut. Elle nous avait accompagnés aussi loin qu'elle le pouvait. Maintenant, c'était à nous de jouer.

En approchant du portail, Ash ralentit un peu, et une expression douloureuse s'afficha sur son visage.

— Qu'est-ce qu'il y a ?

— Rien, grimaça-t-il. Seulement...

Il indiqua le grillage et ajouta :

— Il y a trop de fer dans cet endroit. Je le sens d'ici.

— Ça te fait mal ?

— Pas si je ne le touche pas, dit-il avec réticence. Mais cela me fatigue. Et il m'est plus difficile d'utiliser le glamour.

Je secouai la grille, pour tester sa résistance. Elle ne bougea pas. De lourdes chaînes retenues par un cadenas entouraient les deux pans du portail, et un fil barbelé s'entortillait sur toute la longueur de la clôture.

— Passe-moi ton épée, dis-je à Ash.

— Quoi ?

— Il faut qu'on rentre là-dedans, et tu ne dois pas toucher d'éléments en fer. Passe-moi ton épée, c'est moi qui vais ouvrir la grille.

D'un air dubitatif, il sortit l'épée de son fourreau et me la tendit. Je saisis la poignée du bout des doigts. Le métal était glacé, et la lame avait des reflets bleutés. Je levai l'arme au-dessus de ma tête et l'abattis sur la chaîne qui entourait le portail. Dans un bruit fracassant, les anneaux se brisèrent comme du verre. Ravie, j'attrapai la chaîne pour la tirer vers moi... et la lâchai en poussant un cri. Le métal était brûlant comme du feu.

Ash bondit à côté de moi et reprit son épée tandis que je me pliais de douleur, secouant mes doigts brûlés. Ayant rangé son arme dans son fourreau, il me prit la main et la tourna vers le haut. Mes doigts étaient sillonnés d'une grande marque rouge.

— Je croyais que j'étais immunisée contre le fer, dis-je en retenant mes larmes.

— Tu l'es, soupira Ash. Mais la lame de l'épée a glacé la chaîne, et il est toujours désagréable, pour une fée d'Été, de toucher du métal glacé.

— Ah.

Il secoua la tête et examina la brûlure.

— Ta main n'est pas gelée, dit-il. Tu auras peut-être des cloques, mais cela devrait aller. Avec un peu de chance, tu ne perdras que quelques doigts.

Je levai la tête, affolée ; il esquissait un petit sourire narquois. J'en restai sans voix. Si le prince d'Hiver se mettait à plaisanter, ce devait être la fin du monde, en effet.

— Tu n'es pas drôle, dis-je en essayant de lui décocher une claque sur le bras.

Il esquiva sans peine, les yeux encore pétillants de malice. Puis, d'une voix à peine audible, il ajouta :

— Tu lui ressembles beaucoup.

Avant que j'aie pu réagir, il pivota sur ses talons, dégaina son épée et fit sauter les chaînes de la grille.

Le portail s'ouvrit en grinçant. Ash balaya les lieux d'un regard méfiant.

— Reste près de moi, Meghan.

La cour, devant l'entrée de l'usine, était jonchée de tas de ferraille, qui luisaient d'un éclat sinistre dans la lumière du petit matin. Ash ne cessait de grimacer, comme s'il craignait qu'un de ces morceaux de fer ne se jette sur lui pour l'attaquer. Au milieu des amoncellements, je vis rôder d'étranges créatures, petits bonshommes minuscules aux museaux de rat et aux longues queues sans poil. Ils grignotaient des morceaux de métal, qui s'effritaient sous leurs dents. Ils ne nous portèrent aucune attention, mais Ash frissonna chaque fois qu'il en vit un, et sa main ne quitta pas la poignée de son épée.

Les portes de l'usine étaient également en fer, également entourées de chaînes que l'épée de glace trancha sans peine. En entrant dans l'usine, je fis une pause pour m'habituer à la pénombre. L'endroit ressemblait à un quelconque hangar à l'abandon, même s'il me sembla entendre des pas légers et rapides dans les coins de la salle. Ici aussi, des montagnes de ferraille s'entassaient partout, certaines plus hautes que moi.

Où se trouve le passage ? me demandai-je, en avançant lentement. Des grilles métalliques couvraient le sol et je sentais leur relief à travers la semelle de mes tennis. Je me retournai : Ash, resté sur le seuil, me regardait avec réticence.

Une fine nappe de brume s'enroula autour de mes chevilles. A l'autre bout du hangar, l'une des grilles était ouverte, laissant percevoir un trou sombre d'où s'élevaient des volutes de brouillard. *Le passage.*

Je me précipitai vers l'ouverture. Ash me cria aussitôt d'arrêter : un tas de ferraille s'était mis à bouger. Dans un hurlement métallique et une nuée d'étincelles, le tas se déploya. Je vis se dresser un long cou en fer, grillage et verre cassé. Une tête reptilienne, au crâne hérissé de bouts de métal, me lança un regard enragé, puis le tas tout entier se souleva et se mit en marche. C'était un lézard géant de fer et d'acier, doté de longues griffes métalliques et d'une queue dentelée.

Le dragon poussa un abominable hurlement. Puis il se rua vers moi.

Je me précipitai derrière un autre tas de ferraille, en priant pour que celui-là ne se transforme pas lui aussi en dragon. Le monstre me suivit. Des nuages de vapeur jaillissaient de ses mâchoires béantes et ses griffes métalliques crissaient sur le sol.

Une volée de fléchettes de glace fendit l'air ; mais elles rebondirent sur le crâne métallique du dragon sans l'atteindre. Le monstre se cabra et se tourna vers Ash, qui se tenait toujours à l'autre bout du hangar, son épée à la main. Puis il fouetta l'air de sa queue et s'élança vers le prince, en faisait crépiter des étincelles au bout de ses griffes. Mon cœur se serra.

Ash ferma les yeux un court instant. Puis il s'agenouilla et planta son épée à la verticale dans le sol. Un éclair bleuté jaillit de la pointe de l'arme, et une couche de glace se répandit sur tout le sol du hangar. J'expirai des volutes blanches et des stalactites se formèrent sur la charpente métallique. Je me mis à trembler ; en se couvrant de givre, les tas de ferraille dégageaient un froid terrible.

Au moment où le dragon arrivait sur lui, Ash bondit sur le côté ; il se déplaçait sur la glace aussi facilement que sur un sol en pierre. Le dragon, pour sa part, fut incapable de freiner sa course : il alla s'écraser contre le mur, projetant des éclats métalliques de tous côtés. Luttant pour se redresser, il dérapa à nouveau sur la glace, en agitant follement la queue. Ash porta à sa bouche une sorte de long sifflet et se mit à souffler. L'instant suivant, un tourbillon glacé avait envahi le hangar. Le dragon se mit à hurler lorsque la tempête de neige et de glace déferla sur lui. Quelques instants plus tard, une étincelante couche de glace enveloppait son corps métallique, et il cessa de se débattre.

Ash abaissa son sifflet. Il s'éloigna en chancelant du dragon paralysé, prit appui contre un poteau et ferma les yeux, à bout de souffle. Je me précipitai vers lui, en dérapant sur la glace.

— Ash, est-ce que ça va ?

— Plus jamais, dit-il d'une voix lointaine.

Ses yeux étaient clos, et il ne semblait pas avoir conscience de ma présence.

— Pas une seconde fois, murmura-t-il. Je ne veux pas revivre ça. Je refuse de voir mourir devant mes yeux.... Je ne pourrais pas...

— Ash ? chuchotai-je en lui touchant le bras.

Il ouvrit les yeux et me regarda.

— Meghan ?

Il paraissait stupéfait de me voir. Clignant des yeux, il secoua la tête.

— Qu'est-ce que tu fais là ? J'ai retenu le dragon pour que tu puisses t'échapper.

— Tu es fou ? Je ne t'aurais jamais laissé avec ce monstre. Allez, viens.

Je lui pris la main et l'entraînai avec moi, tout en lançant des regards nerveux en direction du dragon.

— Fichons le camp, dis-je. Je crois que ce truc vient de cligner de l'œil.

Les doigts d'Ash se resserrèrent autour des miens et il m'attira vers lui. Surprise, je levai mes yeux vers les siens.

L'instant d'après, il m'embrassa.

Sous le choc, je restai figée un instant. Puis je

mis mes bras autour de son cou et me hissai sur la pointe des pieds pour lui rendre son baiser, avec une passion qui nous surprit tous deux. Il me serra contre lui et je passai mes doigts dans ses cheveux soyeux. Ses lèvres fraîches me faisaient frissonner de la tête aux pieds. Pendant un court moment, il n'y eut plus d'Ethan, plus de Puck, plus de roi de Fer. Rien que nous deux.

Ash s'écarta, le souffle court. Mon cœur battait à tout rompre et j'appuyai ma tête sur son épaule. Je sentis les muscles de son dos se tendre… et je sentis qu'il tremblait.

— Ce n'est pas bien, dit-il d'une voix étrange, bouleversée.

— Je sais, chuchotai-je.

Mais il garda ses bras autour de moi. Je fermai les yeux et écoutai les battements rapides de son cœur.

— Les deux cours nous tueront si elles l'apprennent.

— Oui.

— Mab m'accusera de trahison. Oberon croira que je t'ai montée contre lui. Ils y verront tous deux des motifs de bannissement ou d'exécution.

— Je suis désolée.

Il enfouit son visage dans mes cheveux en soupirant. Son haleine était fraîche sur la peau de mon cou, et je frissonnai à nouveau. Nous restâmes un long moment sans rien dire.

— On trouvera une solution, dis-je enfin.

Il hocha la tête en silence et s'écarta de moi, puis vacilla légèrement. Je lui saisis le bras.

— Ash, est-ce que ça va ?

— Ce n'est rien. Trop de fer. Ce dernier sortilège m'a épuisé.

— Ash…

Un gigantesque craquement de glace nous interrompit. Le dragon libéra une patte avant et l'écrasa sur le sol. Des fissures parcoururent la glace tandis qu'il luttait pour se relever. Ash me saisit la main et nous partîmes en courant.

Dans un hurlement de rage, le dragon fit voler en éclats sa prison de glace. Nous courions ventre à terre ; le monstre nous prit en chasse, enfonçant ses griffes dans le sol glacé. Nous nous précipitâmes vers la grille ouverte et nous jetâmes dans le trou. Je sentis que je plongeai dans le vide et dans l'obscurité. Le cri furieux du dragon résonna longuement au-dessus de nos tête, puis la vapeur nous entoura et tout devint blanc.

Je ne me souvenais pas d'avoir touché le sol ; mais je sentais qu'Ash me tenait la main, et, ouvrant les yeux, je constatai que la vapeur se dissipait autour de nous. Quelques instants plus tard, je restai saisie d'horreur devant le spectacle qui s'offrait à nous.

Un paysage sombre et désolé s'étendait à perte de vue. Le ciel était d'un gris-jaune malsain, et des montagnes de décombres s'élevaient de tous côtés : ordinateurs obsolètes, voitures rouillées, vieux postes de télévision, téléphones à combiné, radiocassettes. Certaines de ces montagnes brûlaient en dégageant une épaisse fumée âcre. Un vent chaud soulevait des nuages de poussière et faisait tourner dans le vide une roue de vélo posée sur les décombres. De vieilles boîtes de conserve et des gobelets en polystyrène roulaient sur le sol, poussés par le vent, et une odeur cuivrée m'irritait la gorge. Les arbres étaient maigres et flétris. Des piles électriques et des ampoules pendaient à leurs branches tels des fruits.

— Nous sommes revenus au pays des fées, fit Ash d'une voix sombre. Quelque part dans la Brousse profonde, si je ne me trompe. Pas étonnant que la Forêt Sauvage soit en train de mourir.

— Ça, le pays des fées ?

Je regardai autour de moi avec incrédulité, en me remémorant la beauté froide et immaculée de Tir Na Nog, et les couleurs éblouissantes des territoires d'Eté.

— C'est impossible, dis-je. Qu'est-ce qui s'est passé ?

— C'est à cause de Machina. Les territoires adoptent très vite l'aspect de ceux qui les dirigent. Son royaume est encore petit pour l'instant ; mais s'il s'étend, il engloutira la Forêt Sauvage et finira par détruire la Faérie tout entière.

J'avais cru détester la Faérie et tout ce dont elle était faite ; mais c'était avant de connaître Ash. Il était chez lui ici. Si ce monde mourait, il mourrait aussi. Ainsi que Puck et Grim, et tous ceux que j'avais rencontrés depuis le début de mon incroyable voyage.

— Il faut faire quelque chose ! m'exclamai-je en contemplant le paysage dévasté.

La fumée me piquait la gorge et me donnait envie de tousser.

— On ne peut pas laisser cette saleté se répandre.

Ash me lança un sourire effrayant de froideur.

— C'est bien pour cela que nous sommes ici, répliqua-t-il.

Nous nous frayâmes un chemin entre les montagnes de ferraille, sans les quitter des yeux, de peur qu'elles ne s'éveillent et passent à l'attaque. Au bout d'un moment, il me sembla voir quelque chose frémir, et je pivotai sur moi-même. Ce n'était pas un dragon, cette fois, mais de petits êtres voûtés qui allaient et venaient entre les tas de ferraille. Ils avaient l'air de gnomes ratatinés, écrasés sous le poids des objets sanglés sur leur dos. Dès qu'ils trouvaient quelque chose qui leur convenait — un jouet cassé, des rayons de bicyclette — ils le fixaient sur leur ballot puis s'éloignaient d'un pas traînant, pour inspecter le tas suivant. Certaines collectes étaient d'une taille impressionnante, mais tout cela avait quelque chose de vraiment sinistre.

Quelques gnomes nous aperçurent et vinrent nous examiner de leurs petits yeux d'insecte. Ash mit la main à son épée, mais je l'arrêtai d'un geste. Je sentais que ces bonshommes n'étaient pas dangereux ; ils pouvaient peut-être même nous indiquer notre route.

— Bonjour, dis-je doucement, pendant qu'ils s'amassaient autour de nous en reniflant comme des chiens. Nous ne vous ferons aucun mal. Nous sommes juste un peu perdus.

Ils inclinèrent la tête mais demeurèrent muets. Plusieurs s'avancèrent vers moi et tendirent de longs doigts pour sonder le tissu de mon sac à dos. Leurs gestes étaient dépourvus de malice ; je les sentais curieux, tout simplement. Deux d'entre eux s'approchèrent d'Ash et se mirent à caresser la poignée de son épée. Il se balança d'un pied sur l'autre, visiblement mal à l'aise, et s'écarta.

— Je dois trouver le roi Machina, dis-je. Vous pouvez nous montrer l'endroit où il habite ?

Mais ils étaient trop occupés à tripoter mon sac à dos et à baragouiner entre eux pour répondre à ma question. L'un des bonshommes tira sur une lanière de mon sac, assez fort pour me faire chanceler.

Il y eut un éclair bleuté : Ash avait dégainé son

épée. Les créatures reculèrent, les yeux écarquillés de peur, rivés sur la lame étincelante. J'en vis quelques-uns agiter les doigts, comme s'ils brûlaient d'envie de la toucher.

— Viens, dit Ash en levant son épée devant lui pour les garder à distance. Partons d'ici. Ils ne peuvent pas nous aider.

— Attends, dis-je en l'attrapant par la manche. J'ai une idée.

J'ôtai mon sac à dos, ouvris la poche latérale et sortis l'iPod cassé que je traînais avec moi depuis plusieurs jours. Je le levai au-dessus de ma tête ; les gnomes le suivirent du regard, fascinés.

— Je vous propose un marché, leur lançai-je. Vous voyez cet objet ? Je vous le donne. En échange, vous me conduisez jusqu'au roi de Fer.

Les gnomes nous tournèrent le dos pour délibérer ; ils me lançaient régulièrement des regards furtifs, pour vérifier que je ne m'étais pas enfuie. Enfin, le conciliabule s'acheva et l'un des bonshommes s'avança vers moi. Un tricycle entier vacillait au sommet de son ballot énorme. Il me regarda sans ciller et me fit signe de le suivre.

En marchant derrière cette drôle de bande — je les surnommais à part moi les gardetout — nous traversâmes un paysage désolé. Les autres habitants de ces contrées nous lançaient des regards emplis de curiosité : je vis les mêmes créatures aux faces de rat dont les dents déchiquetaient le métal, quelques chiens rachitiques, et, partout, des insectes métalliques. Terrifiée, j'aperçus même au loin un deuxième dragon de fer, qui surgissait d'un tas de débris. Par bonheur, il se contenta de bouger un peu et de se rendormir, parfaitement camouflé au milieu des ferrailles.

Enfin, les montagnes de métal disparurent, et le chef des gardetout tendit un long doigt maigre en direction d'une plaine déserte. Au bout de ce plateau grisâtre et craquelé, émaillé de coulées de lave et de millions de petites lumières clignotantes, un chemin de fer disparaissait à l'horizon. Au-dessus des rails, tels des scarabées géants, des engins monumentaux crachaient de la vapeur. Et, se découpant à contrejour sur le ciel, une grande tour noire se dressait vers le ciel, au milieu de nappes de brouillard et de volutes de fumée.

La forteresse de Machina.

Ash inspira doucement. Fascinée par cette tour sinistre, je sentis mon ventre se contracter de peur. Puis je m'aperçus qu'une main tiraillait sur mon sac à dos. Le gardetout au tricycle se tenait derrière moi, le visage plein d'espoir, les doigts agités de crispations nerveuses.

— Ah, oui, pardon.

Je sortis l'iPod du sac et le lui remis avec solennité.

— Merci de nous avoir aidés. J'espère qu'il vous plaira.

Le gnome émit un gloussement de joie. Serrant l'appareil contre sa poitrine, il déguerpit tel un crabe et s'enfonça dans le dépotoir derrière nous. Quelques secondes plus tard, j'entendis des jacassements de joie, et l'imaginai exhibant son trophée devant ses camarades. Puis les voix se turent et nous restâmes seuls.

Ash se tourna vers moi ; il avait une mine épouvantable. Sa peau était livide, ses yeux cernés, son front moite.

— Est-ce que ça ira ? chuchotai-je.

Il eut un sourire en coin.

— On verra bien, n'est-ce pas ?

Je lui pris la main et la serrai doucement. Il la porta à son front et ferma les yeux, comme s'il puisait de la force à mon contact. Ensemble, nous commençâmes à marcher vers le cœur du royaume de Machina.

21

Les chevaliers de la couronne de Fer

— Ne te retourne pas, me dit Ash après plusieurs heures de marche. Nous sommes suivis.

Je lançai néanmoins un coup d'œil par-dessus mon épaule. Nous suivions le chemin de fer menant à la forteresse noire, en longeant les rails, et nous n'avions pas croisé un seul être vivant sur notre chemin. Des lampadaires qui semblaient pousser dans le sol éclairaient notre route, tandis que des monstres de fer, tapis près du chemin de fer, crachaient de la fumée. Les nuages de vapeur qui flottaient autour de nous nous empêchaient de voir au-delà de quelques mètres.

Tout à coup, une silhouette familière traversa les rails en courant et disparut dans la fumée. Je vis un tricycle dépasser d'un tas de ferraille, et fronçai les sourcils.

— Pourquoi les gardetout nous suivent-ils ? demandai-je.

— Les quoi ?

— Les... Bref. Laisse tomber.

Je lui lançai un regard faussement exaspéré ; j'étais trop inquiète pour vraiment m'énerver. Ash ne se plaignait pas, mais je voyais bien qu'il était à bout de forces, usé par le fer qui nous entourait.

— Tu veux qu'on s'arrête quelque part pour se reposer ?

— Non.

Il pressa la paume de sa main contre son œil, comme s'il avait la migraine.

— Ça ne changerait rien.

Le paysage funeste s'étendait à perte de vue. Nous devions contourner des bassins de lave bouillonnants. Au-dessus de nos têtes, des cheminées d'usine crachaient de grandes bouffées de fumée noire, qui obscurcissaient le ciel jaunâtre. Des éclairs s'abattaient en crépitant sur de grandes tours métalliques aux lumières clignotantes, et l'air vrombissait d'électricité statique. Le sol était sillonné de tuyaux fendus d'où s'échappaient des nuages de vapeur, et des fils noirs entaillaient le ciel. L'odeur du fer, de la rouille et de la fumée me brûlait la gorge et le nez.

Ash ne parlait presque plus, et se contentait de marcher, d'un air obstiné. L'inquiétude que j'éprouvais pour lui pesait lourdement sur mon cœur. C'était de ma faute s'il se retrouvait dans cette situation : le contrat que nous avions passé le contraignait à me suivre, même si cela devait le tuer. Mais il était trop tard, à présent, pour faire demi-tour. Je ne pouvais qu'assister, impuissante, à son calvaire. Sa respiration devenait difficile, et sa peau était plus livide d'heure en heure. La peur me tenaillait le ventre : j'étais terrifiée à l'idée qu'il puisse mourir et me laisser seule dans ce pays effrayant.

La journée s'écoula lentement. La tour de fer se dressait toujours devant nous, noire et menaçante dans le lointain. Il y eut une sorte de crépuscule, et le contour flou d'une lune apparut derrière les nuages. Je m'arrêtai un instant pour regarder le ciel. Il n'y avait pas d'étoiles. Pas une seule. Les lumières artificielles éclairaient le brouillard et rendaient la nuit presque aussi claire que le jour.

Ash se mit à tousser. Bientôt il dut s'arrêter et s'adosser à un mur en ruines. Je glissai mes bras autour de sa taille et le serrai contre moi ; il se laissa aller contre mon corps. Sa toux déchirante me serrait le cœur.

— Il faut qu'on se repose, dis-je en regardant autour de moi.

En contrebas du chemin de fer, à moitié enterré sous les rails, un énorme tube de béton était couvert de graffiti.

— Suis-moi, Ash.

Cette fois, il ne protesta pas ; nous descendîmes la pente jusqu'à l'abri en béton. Le tube n'était pas assez haut pour que nous puissions rester debout, et le sol était jonché d'éclats de verre coloré. Ce n'était pas le meilleur endroit pour passer la nuit, mais au moins, il n'était pas rempli de morceaux de fer. J'écartais une bouteille cassée, ôtai mon sac à dos et m'assis avec précaution sur le sol.

Ash retira son épée de sa ceinture et s'effondra à côté de moi, grimaçant de douleur. En ouvrant mon sac à dos, pour prendre de l'eau et de la nourriture, je sentis la flèche en Bois-Sorcier qui vibrait.

Je déchirai un paquet de biscuits secs et en proposai un à Ash. Il fit non de la tête ; son regard était las et éteint.

— Il faut que tu manges quelque chose, le grondai-je.

Je n'avais pas particulièrement faim, moi non plus ; l'épuisement, la chaleur et l'inquiétude m'avaient coupé l'appétit. Mais nous avions besoin de reprendre des forces.

— J'ai des fruits secs et des bonbons, si tu préfères.

Je lui tendis un sachet de mélange apéritif qu'il contempla d'un œil dubitatif.

— Désolée, Ash, mais ils ne vendent pas de nourriture pour fées dans les stations-service. Mange.

En silence, il prit le sachet et versa quelques cacahuètes et raisins au creux de sa main. Je laissai mon regard errer sur l'horizon : la tour noire semblait percer les nuages.

— Tu crois qu'il nous faudra encore longtemps pour y arriver ?

Ash mit la poignée de cacahuètes dans sa bouche, mâcha et avala sans enthousiasme.

— Une journée, tout au plus, dit-il en posant le sachet sur le sol. Au-delà, de toute façon… je ne te serai sans doute plus d'une grande utilité.

Mon ventre se contracta de terreur. Je ne pouvais pas le perdre maintenant ! J'avais déjà perdu tellement de personnes que j'aimais ; l'idée qu'Ash pouvait mourir me sembla particulièrement cruelle. J'avais besoin de lui comme jamais je n'avais eu besoin de quelqu'un — et cette pensée me surprit moi-même.

Je te protégerai. Tu vas t'en sortir, je te le promets. Je t'interdis de mourir, Ash.

Il croisa mon regard, comme s'il avait lu dans mes pensées, et son visage prit un air grave. Je me demandai si Ash était capable, lui aussi, d'interpréter le glamour qui m'entourait. Je le vis hésiter, comme s'il livrait un combat contre lui-même. Puis, avec un soupir résigné, il me sourit et me tendit la main. Quand je l'acceptai, il m'attira vers lui et entoura ma taille de ses bras. Je m'adossai à sa poitrine et écoutai son cœur battre. Chacun de ses coups me disait qu'Ash était là, bien vivant, avec moi.

Le vent se leva ; une odeur chimique se répandit dans l'air. Une goutte de pluie tomba sur le tube ; à l'endroit de l'impact, le béton crépita, et un petit jet de fumée s'en dégagea. Ash se tenait absolument immobile, comme s'il craignait de me faire fuir. Du bout des doigts, j'esquissai des caresses légères sur son bras. Sa peau froide et lisse m'émerveillait ; on aurait dit de la glace vivante. Je le sentis frissonner et sa respiration s'accéléra.

— Ash ?

— Oui ?

— Pourquoi as-tu juré de tuer Puck ?

Il sursauta. Je sentis son regard se poser sur ma nuque, et me mordis la joue. Je regrettais déjà ma question ; pourquoi l'avais-je posée ?

— Ça ne fait rien, ajoutai-je rapidement. Tu n'es pas obligé de me raconter. Je me demandais juste…

Qui tu es vraiment. Ce que Puck t'a fait pour que tu le détestes autant. Je veux comprendre. J'ai le sentiment de ne pas vous connaître, ni l'un ni l'autre.

De nouvelles gouttes de pluie frappèrent le sol en crépitant. Je mâchonnai mon biscuit apéritif en laissant mon regard se perdre dans le lointain ; j'avais une conscience aiguë du corps d'Ash près du mien, de la présence de ses bras autour de ma taille. Au bout d'un moment, il soupira et se recroquevilla sur lui-même.

— C'était il y a très longtemps, dit-il d'une voix à peine audible, bien avant ta naissance. Les cours d'Été et d'Hiver étaient en paix depuis plusieurs saisons. Il y avait encore quelques escarmouches, mais, pour la première fois depuis des siècles, nous n'étions plus en guerre.

— Vers la fin de l'été, les choses ont peu à peu changé. Les fées supportent mal l'inaction, et certains éléments particulièrement impatients ont commencé à provoquer la cour d'Oberon. J'aurais dû prévoir que cela finirait mal, mais cet été-là, je ne pensais pas à la politique. La cour entière s'ennuyait ferme, tout le monde était à cran, mais moi…

Sa voix se brisa un instant, puis il poursuivit.

— J'étais avec ma bien-aimée, Ariella Tularyn.

Mon cœur cessa de battre. Sa bien-aimée ! Ash avait déjà été lié à une femme. Et, à en juger par le chagrin que je percevais dans sa voix, il l'avait beaucoup aimée. Je me raidis, mais Ash ne parut pas s'en apercevoir.

— Ce jour-là, nous chassions dans la Forêt Sauvage, murmura-t-il tout près de mon oreille. Selon la rumeur, un renard doré avait été aperçu dans la région. Nous étions trois à chasser. Ariella, moi, et… Robin Goodfellow.

— *Puck ?*

Ash changea de position, mal à l'aise. Au loin, le tonnerre gronda, et des éclairs verts se mirent à zébrer le ciel.

— Oui, dit-il à contrecœur. Puck. Il a été… nous

étions amis, autrefois. Je n'avais pas honte de le considérer comme tel. A cette époque, nous nous retrouvions souvent tous les trois dans la Forêt Sauvage, loin des regards réprobateurs des courtisans. Nous nous moquions des règles. Puck et Ariella étaient mes compagnons les plus proches. J'avais entièrement confiance en eux.

— Que s'est-il passé ?

— Nous traquions notre proie dans un territoire qu'aucun de nous ne connaissait. La Forêt Sauvage est immense, et certaines de ses régions ne cessent de se transformer : elle peut être dangereuse, même pour ceux qui ont l'habitude de la parcourir. Nous avons suivi le renard doré pendant trois jours, en traversant des bois où nous n'avions jamais mis les pieds ; nous faisions des paris, pour savoir qui réussirait à abattre le renard. Puck prétendait que l'Été l'emporterait sur l'Hiver ; Ariella et moi avions fait le pari inverse. Pendant ce temps, la forêt devenait toujours plus sombre et plus sauvage. Nous montions des chevaux de fées, dont les sabots ne touchent jamais le sol ; mais ils se montraient de plus en plus nerveux. Nous aurions dû les écouter, mais nous étions trop insouciants pour nous méfier. Le quatrième jour, nous sommes arrivés au sommet d'une colline, qui redescendait abruptement vers une sorte de grande cuvette. Sur la crête d'en face, nous avons vu passer le renard doré. La vallée n'était pas profonde, mais large, et pleine d'ombres et de broussailles qui empêchaient d'en voir le fond. Ariella souhaitait contourner la cuvette, même si le trajet était plus long. Puck affirmait que nous perdrions notre proie si nous ne filions pas tout droit. Nous nous sommes disputés. J'ai pris parti pour Ariella, même si je ne partageais pas son appréhension. Si elle ne voulait pas traverser la vallée, je refusais de l'y contraindre… Mais Puck n'en a fait qu'à sa tête. Tandis que je faisais faire volte-face à mon cheval, il a poussé un grand cri, fouetté la croupe du cheval d'Ariella et donné un grand coup d'éperons au sien. Ils sont partis vers la vallée au galop. Puck m'a crié de les rattraper, si j'en étais capable. Je n'ai pas eu le choix. Je les ai suivis.

Ash se tut ; son regard se perdit dans le vide. Au bout d'un moment, je n'y tins plus.

— Que s'est-il passé ?

Il eut un petit rire amer.

— Ariella avait raison, bien sûr. Puck nous a menés tout droit dans le nid d'un wyverne.

— Un quoi ?

— Un cousin du dragon. Moins intelligent, mais très dangereux lui aussi. Et qui tient à son territoire. Il s'est dressé devant nous, avec ses écailles et ses dents pointues, et a fait jaillir son dard empoisonné. C'était une créature ancienne, énorme, et particulièrement puissante. Ariella, Puck et moi nous sommes battus tous les trois côte à côte. Nous étions amis depuis si longtemps que nous connaissions les habitudes de chacun, en matière de combat ; nous épaulant les uns les autres, nous avons réussi à vaincre l'ennemi. C'est Ariella qui lui a porté le coup fatal. Mais au moment de mourir, le wyverne a fouetté une dernière fois l'air de sa queue et l'a frappée à la poitrine. Son venin est extrêmement nocif, et nous étions à des lieues de tout guérisseur. Nous avons essayé de la sauver, mais…

Il soupira. Je serrai sa main dans la mienne.

— Elle est morte dans mes bras, dit-il en luttant pour maîtriser son émotion. Elle est morte en prononçant mon nom, en me suppliant de la sauver. En regardant la vie s'éteindre dans ses yeux, je n'avais qu'une pensée en tête : tout cela était de la faute de Puck. Sans lui, elle serait encore en vie.

— Je suis vraiment désolée, Ash.

Il hocha la tête.

— J'ai juré, ce jour-là, de venger la mort d'Ariella. De tuer Robin Goodfellow ou de mourir en essayant de le tuer. Depuis, nous avons eu plusieurs occasions de combattre ; mais il parvient toujours à se défiler ou à me jeter un sortilège qui met fin au duel. Tant qu'il vivra, je ne connaîtrai pas le repos. J'ai promis à Ariella de le pourchasser jusqu'à la mort.

— Puck m'a dit que c'était une erreur. Il le regrette.

Ces mots laissèrent un goût amer dans ma bouche. Je m'en voulais de défendre mon vieux copain. A cause de lui, et d'une plaisanterie stupide, Ash avait perdu la femme qu'il aimait.

— Peu importe, dit le prince en se redressant un peu. Je dois tenir parole. Je n'aurai de cesse tant que je n'aurais pas accompli mon vœu.

Ne trouvant rien à répondre, je regardai la pluie tomber, le cœur lourd. Je me sentais déchirée entre Ash et Puck, ces deux anciens camarades dont l'inimitié ne cesserait qu'à la mort de l'un des deux. Je savais que les vœux prononcés par les fées les engageaient à vie, et qu'Ash avait une bonne raison d'en vouloir à Puck ; mais je me sentais tout de même piégée. Je ne pouvais rien y faire, et pourtant, je ne voulais voir mourir ni l'un ni l'autre.

Ash soupira, se pencha à nouveau vers moi et me caressa la main du bout des doigts.

— Je suis désolé, murmura-t-il.

Un frisson me parcourut le bras.

— Je regrette que tu sois mêlée à cette histoire. Une fois qu'on a prononcé un vœu, il n'y a aucun moyen de le défaire. Mais si j'avais su que je te rencontrerais un jour, j'aurais peut-être hésité à le faire.

Ma gorge se serra. Je voulus dire quelque chose, mais une rafale de vent, chargée de gouttes de pluie, s'engouffra dans le tube. Elles tombèrent sur mon jean, et je poussai un cri de douleur.

Quelque chose me brûlait la jambe. De petits trous apparurent dans le tissu de mon pantalon, là où les gouttes étaient tombées : la peau en dessous était rouge et brûlée. J'avais l'impression qu'on m'enfonçait des aiguilles dans la chair.

— Nom de…

La pluie qui tombait, à l'extérieur, semblait pourtant normale : grise, brumeuse, déprimante. Sans réfléchir, je tendis la main vers un filet d'eau qui coulait le long du tube en béton.

Ash me saisit le poignet et ramena mon bras vers l'intérieur.

— Oui, dit-il d'une voix neutre, si ça brûle la jambe, ça brûle aussi la main. Moi qui croyais que la chaîne gelée t'avais servi de leçon…

Embarrassée, je laissai ma main retomber contre ma jambe et reculai jusqu'au fond du tube, le plus loin possible de la pluie acide.

— Je ne vais pas fermer l'œil de la nuit, marmonnai-je en me croisant les bras sur la poitrine. Je n'aimerais pas me réveiller avec le visage complètement rongé.

Ash me prit dans ses bras et lissa mes cheveux en arrière. Sa bouche effleura mon épaule et remonta le long de mon cou, faisant naître des frissons dans mon ventre.

— Si tu veux te reposer, murmura-t-il contre ma gorge, fais-le sans crainte. La pluie ne te touchera pas, je te le promets.

— Et toi ?

— Je n'ai pas l'intention de dormir.

Il fit un geste nonchalant en direction du ruisselet qui s'infiltrait dans le tube, et l'eau se changea aussitôt en glace.

— J'aurais peur de ne pas me réveiller, ajouta-t-il.

Mon inquiétude décupla.

— Ash…

Ses lèvres frôlèrent mon oreille.

— Endors-toi, Meghan Chase, chuchota-t-il.

Je sentis mes paupières devenir de plus en plus lourdes. J'eus beau lutter, l'obscurité m'emporta et je sombrai dans les bras d'Ash.

A mon réveil, j'étais seule. La pluie avait cessé. Les nuages dissimulaient le ciel, et l'air était étouffant. J'attrapai mon sac à dos, rampai jusqu'à la sortie et me mis à la recherche d'Ash. Il était assis contre le tube en béton, la tête penchée en arrière, l'épée sur les genoux. Une bouffée de colère et de peur m'envahit. La veille, il m'avait ensorcelée pour m'endormir. Ce qui voulait dire qu'il s'était sans doute servi de son glamour, alors même qu'il était de plus en plus faible. D'un pas rageur, je m'avançai vers lui et posai mes mains sur ses genoux. Il ouvrit les yeux et me lança un regard voilé.

— Ne fais plus jamais ça, Ash.

J'avais l'intention de poursuivre mes reproches, mais sa fragilité manifeste m'en empêcha. Il cligna des yeux, mais eut l'élégance de ne pas feindre l'incompréhension.

— Excuse-moi, dit-il en baissant la tête. Je me suis dit qu'au moins l'un de nous deux bénéficierait ainsi de quelques heures de sommeil.

Il avait une mine épouvantable. Ses joues étaient creusées, ses yeux cernés de gris, et sa peau presque translucide. Il fallait que je retrouve Ethan et que je nous sorte d'ici avant qu'Ash n'agonise entre mes bras.

Il tourna son regard vers l'horizon, et la vue de la tour sembla lui redonner des forces.

— On n'est plus très loin, dit-il comme s'il répétait un mantra.

Je lui tendis la main et il me laissa l'aider à se relever. Puis nous repartîmes le long des voies.

A mesure que nous nous enfoncions dans le royaume de Machina, les cheminées d'usine et les tours métalliques se faisaient moins nombreuses. Le paysage devint plat et aride ; des filets de vapeur s'échappaient de crevasses dans le sol et s'entortillaient autour de nous comme des spectres. Des machines colossales, aux énormes roues en fer et aux habitacles blindés, étaient abandonnées le long des rails et envahies par la rouille. A mi-chemin entre le char d'assaut et le robot géant, elles me rappelaient vaguement le cheval de fer.

Soudain, Ash poussa un grognement. Ses jambes ployèrent sous lui et il s'écroula. Je l'attrapai par le bras et il se releva en haletant. Il semblait si maigre !

— On s'arrête pour se reposer ?

— Non, dit-il entre ses dents. On continue. Il faut…

Il se raidit et posa la main sur son épée.

Devant nous, la vapeur se dissipa : une silhouette immense se découpait en plein milieu des voies. Un cheval métallique, dont les naseaux crachaient des flammes, et qui piaffait de ses sabots d'acier. Ses yeux ardents nous observaient d'un air menaçant.

— Le cheval de fer ! hoquetai-je.

L'espace d'un instant, je me demandai si c'était moi qui l'avais fait surgir en pensant à lui.

— VOUS PENSIEZ M'AVOIR TUÉ ? tonna le cheval. EH BIEN, IL EN FAUDRA DAVANTAGE POUR VOUS DÉBARRASSER DE MOI. J'AI FAIT L'ERREUR DE VOUS SOUS-ESTIMER, LA DERNIÈRE FOIS, MAIS CELA NE SE REPRODUIRA PLUS.

Des centaines de gremlins surgirent de toutes parts, sifflant et crépitant, grimpant sur les machines comme des araignées et s'éparpillant sur le sol. En quelques secondes, ils nous encerclèrent, tel un tapis grouillant. Ash dégaina son épée, et les gremlins se mirent à crachoter d'un air rageur.

Deux silhouettes apparurent de part et d'autre des rails. Les gremlins s'écartèrent pour laisser passer deux guerriers casqués, masqués, et armés de pied en cap. Leurs armures ressemblaient à des carapaces d'insecte ; elles semblaient à la fois anciennes et modernes, comme sorties d'un vieux film de science-fiction. Le plastron de leurs cuirasses était frappé d'un emblème : une couronne en fil barbelé. Ils dégainèrent leurs épées et firent un pas vers nous.

— Meghan, recule-toi, dit Ash en se mettant en garde.

— Tu es dingue ? Tu n'es pas en état de…

— Pousse-toi !

Je reculai un peu, de mauvais gré. L'instant suivant, quelqu'un derrière moi me saisit par la taille. Tandis que je battais des jambes et m'égosillais, on me traîna au-delà du cercle des gremlins, lesquels se mirent à jacasser en me montrant du doigt. Je me tortillai et vis que mon ravisseur était un guerrier lui aussi.

— Meghan !

Ash tentait de venir à mon secours, mais les deux premiers chevaliers lui barraient la route de leurs épées en acier. Ash se jeta vers eux, brandissant son arme.

Ils attaquèrent comme un seul homme ; je ne vis que le mouvement flou de leurs lames. Ash bondit par-dessus la première et para la deuxième ; des éclats de glace et des étincelles se mêlèrent quand son arme croisa celle de son adversaire. Retombant sur ses pieds, il pivota à gauche pour contrecarrer un coup violent, puis se baissa à l'instant où une deuxième épée sifflait au-dessus de sa tête. Il virevolta sur lui-même et, dans un terrible grincement, trancha le plastron de l'un des chevaliers. Celui-ci tituba en arrière ; la couronne de son emblème était coupée en deux et couverte de givre.

Mon angoisse ne cessait d'augmenter. Les yeux plissés par la concentration, Ash était haletant ; il avait l'air de plus en plus faible. Les deux chevaliers se mirent à tourner lentement autour de lui, tels des loups enserrant une proie. Avant qu'ils n'aient pu attaquer de concert, Ash poussa un cri et se rua sur l'un d'entre eux.

Ce dernier recula sous les coups violents de son adversaire. Ash livra un assaut sans relâche, ne cessant de tromper la garde de son ennemi pour pointer sa lame contre sa cuirasse. Des étincelles volèrent, et le chevalier vacilla. Ash leva son épée au-dessus de sa tête et, d'un coup terrible lui arracha son casque.

Je restai bouche bée. Le visage sous le casque était celui d'Ash — ou d'un frère jumeau séparé à la naissance. Mêmes yeux gris, mêmes cheveux noirs, mêmes oreilles pointues. Son double était un peu plus âgé, et sa joue marquée par une balafre ; hormis ces détails, la similitude était frappante.

Le vrai Ash hésita, lui aussi frappé de stupeur ; mais cette hésitation devait lui coûter cher. Le deuxième chevalier, derrière lui, prit son élan pour le frapper dans le dos. Ash se retourna, mais trop tard. Il parvint à bloquer la lame de son adversaire, mais la force du coup lui arracha l'épée des mains. Au même instant, le jumeau d'Ash leva son gantelet de maille et lui asséna un coup puissant derrière l'oreille. Ash s'écroula sur le dos ; les chevaliers plaquèrent leurs lames d'acier contre sa gorge.

— Non !

Je voulus m'élancer vers lui, mais le troisième soldat me tordit les bras dans le dos, et je sentis des menottes se refermer autour de mes poignets. A l'aide de leurs pieds, les deux premiers soldats retournèrent Ash sur le ventre et le menottèrent lui aussi. Je l'entendis hoqueter de douleur au contact du métal, puis son jumeau le remit brutalement debout.

Les chevaliers nous firent avancer de force vers le cheval de fer. Celui-ci attendait au milieu des rails en fouettant l'air de sa queue ; son masque de fer ne laissait transparaître aucune émotion.

— BIEN, dit-il. MACHINA SERA CONTENT.

Il fixa ses yeux brûlants sur Ash, qui tenait à peine debout, et ses oreilles frémirent.

— CONFISQUEZ LEURS ARMES, ordonna-t-il, ET DÉBARRASSEZ-VOUS EN.

Le visage grimaçant de douleur, le front ruisselant de sueur, les dents serrées, Ash suivit du regard le chevalier qui s'empara de son épée et la jeta dans un fossé plein d'eau. Un autre chevalier fit de même avec son arc. Je retins ma respiration, priant pour qu'ils oublient le plus important.

— LA FLÈCHE AUSSI.

Le désespoir m'accabla. Le double d'Ash ouvrit mon sac à dos, s'empara de la flèche de Bois-Sorcier et la jeta dans le fossé, avec les autres armes. Mon dernier espoir disparut. C'était fini. Nous avions échoué.

Le cheval de fer nous jaugea de ses yeux remplis de flammes.

— N'ESSAYEZ PAS DE ME JOUER UN MAUVAIS TOUR, PRINCESSE, OU MES CHEVALIERS ENVELOPPERONT LE PRINCE DE TANT DE COUCHES DE MÉTAL QUE SA CHAIR SE DÉTACHERA DE SES OS.

Il toussota, et des flammèches échappées de ses naseaux vinrent roussir mes sourcils ; puis il tourna la tête vers la forteresse lointaine.

— ALLONS-Y. LE ROI MACHINA NOUS ATTEND.

22

L'ultime combat d'Ash

La marche vers la tour de Machina fut longue, tortueuse et digne d'un cauchemar.

Une chaîne entourait ma taille et me liait au cheval de fer, lequel avançait d'un bon pas le long des rails, sans s'arrêter ni se retourner. A mon côté, Ash était lui aussi enchaîné ; je savais que le métal lui meurtrissait la taille à chaque pas. Il ne cessait de trébucher et parvenait à peine à suivre le rythme. Des gremlins couraient tout autour de nous en nous pinçant, nous frappant et en s'amusant follement de nos souffrances. Les chevaliers marchaient de part et d'autre des rails ; ils étaient chargés d'empêcher Ash de s'en écarter. Dès qu'il posait le pied à côté, ils le repoussaient sur le rail en fer. Une fois, il tomba et fut traîné sur plusieurs mètres avant de parvenir à se redresser, le visage strié de brûlures rouge vif. Je souffrais pour lui.

Le ciel se couvrit, passant en quelques instants du gris jaunâtre à une obscurité rougeoyante et menaçante. Le cheval s'arrêta et tendit le cou, les narines frémissantes.

— DAMNATION, dit-il en piaffant. IL VA PLEUVOIR.

Je frémis à la pensée de la pluie acide. Un éclair fendit le ciel, et l'air se remplit d'une odeur piquante.

— VITE, AVANT QUE L'ORAGE N'ÉCLATE !

Le cheval quitta les rails et se mit à trotter. Un coup de tonnerre éclata au-dessus de nos têtes. Je me mis à courir maladroitement derrière le cheval, les jambes douloureuses et brûlantes, sous peine d'être traînée au sol. Ash trébucha et tomba. Cette fois, il ne se releva pas.

Une goutte de pluie tomba sur mon mollet, et une douleur fulgurante parcourut ma jambe. D'autres gouttes s'abattirent autour de moi en sifflant. L'air empestait les produits chimiques. Dans mon dos, j'entendis quelques gremlins hurler, touchés à leur tour.

Un rideau de pluie argenté progressait rapidement derrière nous. Il rattrapa les gremlins les plus lents et les inonda. Les petits monstres hurlèrent, saisis de convulsions ; des étincelles crépitèrent autour de leurs corps, puis dans un dernier soubresaut, ils s'immobilisèrent. Le rideau de pluie les dépassa et progressa vers nous.

Paniquée, je me tournai vers le cheval de fer, et vis qu'il nous conduisait tout droit vers un puits de mine couvert. Nous nous réfugiâmes sous le toit à l'instant même où l'orage nous rattrapait. La pluie piégea encore quelques gremlins, qui hurlèrent et firent des bonds de douleur, la peau grêlée de trous brûlants. Les autres se mirent à rire et à les railler, ravis du spectacle. Je détournai les yeux, écœurée par ce spectacle.

Ash gisait immobile sur le sol, couvert de poussière et de sang. De la vapeur s'élevait des zones de son corps éclaboussées par la pluie. Au bout d'un moment, il grogna et tenta de se relever, mais n'y parvint pas. Quelques gremlins se mirent à le toucher en ricanant, puis ils grimpèrent sur sa poitrine et le giflèrent de leurs petites mains crochues. Il tressaillit et détourna le visage, mais cela ne fit que les encourager.

— Arrêtez !

D'un puissant coup de pied, j'envoyai un gremlin voler au loin comme un ballon de foot. Les autres se jetèrent sur moi, et je me débattis furieusement, distribuant des coups de tous côtés et tapant des pieds sur le sol. En feulant, ils grimpèrent le long de mes jambes, me tirèrent les cheveux et me blessèrent de leurs griffes. Des dents acérées, plantées dans mon épaule, m'arrachèrent un cri de douleur.

— ASSEZ !

Le rugissement du cheval fit trembler le toit de la mine. Une pluie de terre s'abattit sur nous, et les gremlins reculèrent un peu. Du sang coulait de mes bras meurtris, et la morsure à mon épaule me faisait atrocement souffrir. Le cheval de fer avait l'air exaspéré.

— EMMENEZ-LES DANS LES TUNNELS, ordonna-t-il aux chevaliers. ASSUREZ-VOUS QU'ILS NE PUISSENT PAS S'ENFUIR. SI L'ORAGE SE POURSUIT, NOUS RISQUONS DE DEVOIR RESTER UN CERTAIN TEMPS ICI.

Les chaînes qui nous liaient à lui furent retirées. Deux chevaliers relevèrent Ash et le traînèrent vers le bout du tunnel. Le dernier, celui qui ressemblait au prince, me prit par le bras et me conduisit par le même chemin.

Nous arrivâmes bientôt au croisement de plusieurs tunnels. Des rails de bois disparaissaient dans l'obscurité et des wagons bringuebalants, remplis de minerai de fer, s'alignaient le long des parois. Tous les deux mètres, de grosses poutres de bois se dressaient pour étayer le plafond. Des lanternes étaient clouées à ces poutres, mais la plupart étaient cassées. A la lumière vacillante des torches, je vis des filons de fer serpenter le long des parois.

Nous empruntâmes un passage qui finissait en impasse dans une sorte de réduit. Au milieu de cette petite pièce, deux gros piquets étaient plantés côte à côte dans le sol. Une pioche et quelques caisses en bois étaient entassées dans un coin. Les chevaliers poussèrent Ash contre un piquet, défirent l'une de ses menottes et la rattachèrent derrière le piquet, pour s'assurer qu'il ne puisse pas bouger. Sous les anneaux de métal, la peau du prince était rouge et brûlée ; quand ils refermèrent la menotte autour de son poignet, il se raidit de douleur. Je me mordis la lèvre, saisie de pitié.

Le chevalier qui m'avait attrapée par la taille tapota Ash sur la joue. En le voyant tressaillir au contact de son gantelet, il se mit à rire.

— Ça fait mal, hein, sale ver de terre ?

Je restai stupéfaite. Jusqu'ici, je ne les avais pas entendus prononcer un seul mot.

— Vous êtes tellement faibles, vous les ancien-sang… Il est grand temps de nous laisser la place. Votre époque est révolue.

Ash releva la tête et regarda le chevalier droit dans les yeux.

— De la part de quelqu'un qui s'est contenté de menotter une fille pendant que ses frères risquaient leur vie, c'est un peu culotté.

Son interlocuteur le gifla du revers de la main. Un cri de rage m'échappa, et je voulus me précipiter vers eux ; mais le chevalier qui se tenait derrière moi me saisit le bras.

— Laisse-le, Quintus, dit-il d'une voix calme.

Le dénommé Quintus eut un rictus de mépris.

— Il te fait pitié, Tertius ? Tu commences peut-être à ressentir un amour fraternel pour ton jumeau ?

— On n'est pas censés leur parler, répondit Tertius sur le même ton imperturbable. Tu devrais le savoir. Dois-je en toucher un mot au cheval de fer ?

Quintus cracha sur le sol.

— Tu as toujours été un faible, Tertius. Ton cœur est trop mou pour être en acier. Tu es la honte de notre confrérie.

Il pivota sur ses talons et s'éloigna dans le tunnel, suivi du troisième et dernier chevalier. Leurs bottes résonnèrent lourdement sur les dalles en pierre, puis s'estompèrent, et le silence s'installa.

— Pauvre type, marmonnai-je.

Le chevalier qui était encore dans la pièce me conduisit jusqu'au second poteau.

— Vous vous appelez Tertius, c'est ça ?

Sans croiser mon regard, il défit l'une de mes menottes et la fit passer derrière le piquet.

— Aidez-nous. Vous n'êtes pas comme eux, je le sens. J'ai besoin de secourir mon frère et de le sortir d'ici. Je suis prête à passer un marché avec vous, s'il le faut. Aidez-nous, je vous en supplie.

Il leva les yeux vers moi. Je fus de nouveau frappée par sa ressemblance avec Ash. Ses yeux étaient d'un gris plus mat, et sa cicatrice lui donnait l'air plus âgé, mais il avait le même visage noble et ardent. Il marqua une pause ; l'espace d'un instant, un fol espoir naquit en moi. Puis il referma la menotte autour de mon poignet et fit un pas en arrière.

— Je suis un chevalier de la couronne de Fer, énonça-t-il d'une voix ferme. Je ne trahirai ni mes frères ni mon roi.

Il s'éloigna sans se retourner.

Dans l'obscurité, j'entendis la respiration rauque d'Ash, puis un crissement sur le gravier ; il avait dû chanceler et se mettre à genoux.

— Ash ? murmurai-je. Est-ce que ça va ?

Il y eut un moment de silence, puis il me répondit, d'une voix à peine audible.

— Désolé, princesse. On dirait que je ne vais pas pouvoir honorer notre contrat, finalement.

— Ne te décourage pas ! On va trouver un moyen de sortir d'ici. Il faut juste qu'on réfléchisse un peu.

Je m'efforçai de me montrer confiante, mais j'étais moi-même submergée par le désespoir. Quelques minutes plus tard, cependant, une idée me traversa l'esprit.

— Tu ne pourrais pas faire geler les chaînes jusqu'à ce qu'elles se brisent, comme dans le hangar ?

Un rire sans joie me répondit.

— Pour l'instant, je suis obligé de mobiliser toutes

mes forces pour ne pas m'évanouir. Si jamais tu possèdes ces fameux pouvoirs dont parlait la doyenne des dryades, c'est le moment de les utiliser.

Je hochai la tête. Qu'avions-nous à perdre ? Je fermai les yeux et me concentrai pour essayer de percevoir le glamour autour de nous, comme me l'avait appris Grimalkin.

Je ne sentis rien. A part la petite lueur de volonté pure qui émanait d'Ash, il n'y avait dans l'air aucune émotion, aucun espoir, aucun rêve. Tout était mort ou dénué de passion. Les fées de Fer étaient semblables aux machines — froides, logiques, calculatrices — et leur monde s'en ressentait.

Refusant de m'avouer vaincue, je cherchai plus avant, plongeant en pensée sous cette surface aride. Après tout, cet endroit avait fait partie de la Faérie, autrefois. Il devait bien subsister quelque chose qui n'avait pas été contaminé par Machina.

Je perçus soudain un frémissement de vie dans les profondeurs. Un arbre empoisonné, à l'agonie, s'accrochait encore à la vie. Ses branches se transformaient lentement en métal, mais ses racines et son cœur n'étaient pas encore touchés. Sentant ma présence, il se mit à vibrer, minuscule fragment de Faérie dans ce désert toxique. Mais à cet instant, des pas traînants brisèrent ma concentration et mon lien avec l'arbre.

J'ouvris les yeux. La dernière lanterne du tunnel s'était éteinte, nous plongeant dans le noir. J'entendais des créatures se rapprocher de nous, mais je ne les voyais pas. Des images atroces me traversèrent l'esprit : rats monstrueux, cafards énormes, araignées géantes… Je faillis défaillir en sentant qu'on me tapotait le bras, puis j'entendis un jacassement familier.

Il y eut un cliquetis, et un rayon jaune perça l'obscurité. Le faisceau d'une lampe de poche éclaira les visages ridés d'une demi-douzaine de gnomes garde-tout, qui nous observaient en clignant des yeux. Sous mon regard stupéfait, ils se mirent à babiller dans leur langue incompréhensible. Plusieurs d'entre eux entouraient Ash et tiraient sur ses manches.

— Que faites-vous ? chuchotai-je.

Ils continuèrent à baragouiner en tiraillant sur nos vêtements, comme s'ils voulaient nous emmener quelque part.

— Vous essayez de nous aider ?

Le gnome au tricycle s'avança. Il tendit le doigt vers moi, puis vers le fond de la pièce. Le faisceau lumineux de la lampe éclaira l'entrée, presque invisible dans la pénombre, d'un autre tunnel. Il n'était que partiellement creusé, comme si les mineurs l'avaient abandonné avant de l'achever. Était-ce une issue ? Mon cœur bondit dans ma poitrine. Le gnome me fit signe d'avancer.

— Je ne peux pas, dis-je en secouant la chaîne de mes menottes. Je suis attachée.

Il parla rapidement à ses congénères, qui s'avancèrent vers moi. L'un après l'autre, ils passèrent la main derrière leur tête et tirèrent des objets de leur ballot.

— Que font-ils ? murmura Ash.

Je n'en avais pas la moindre idée. L'un des gnomes sortit une perceuse électrique et la montra au chef, qui fit non de la tête. Un autre proposa un canif, lequel fut aussi refusé, comme le furent un briquet, un marteau. Enfin, un gardetout encore plus petit que les autres se mit à pépier, tout excité, et s'avança en brandissant un grand objet métallique.

Une pince coupe-boulon.

Le chef des gnomes pointa le doigt vers mes menottes. A cet instant, un claquement de bottes métalliques résonna dans le tunnel, et j'entendis des centaines de griffes crisser sur la pierre. Mon cœur bondit dans ma poitrine. Les chevaliers revenaient, et cette fois, ils étaient accompagnés des gremlins.

— Vite ! chuchotai-je.

Le petit gnome s'avança maladroitement et commença à couper la chaîne de mes menottes. Des lumières apparurent au loin, flottant au ras du sol : les gremlins avaient trouvé des lanternes ou des lampes de poche. Des rires retentirent jusqu'à nous. *Dépêche-toi* ! pensai-je avec rage. *On ne va pas s'en sortir ! Ils seront là d'une seconde à l'autre.*

Les menottes s'ouvrirent dans un claquement bref. J'étais libre.

J'arrachai le coupe-boulon des mains du gnome et me précipitai vers Ash. Les lumières étaient toutes proches maintenant, et l'on entendait les feulements des gremlins. J'insérai la chaîne des menottes entre les mâchoires métalliques et serrai les poignées ; mais la pince était rouillée et coupait mal. J'émis un chapelet de jurons et serrai de toutes mes forces.

— Laisse-moi ici, dit Ash. Je ne ferais que te ralentir, de toute façon. Va-t'en !

— Hors de question, répondis-je en haletant.

Je serrai les mâchoires de toutes mes forces.

Pourquoi ces menottes refusaient-elles de se défaire ? Je posai le coupe-boulon à terre et me jetai de tout mon poids sur la chaîne.

— Tu te rappelles le jour où je t'ai parlé de ton point faible ? me dit Ash, en me regardant.

Ses yeux étaient durs et ternis par la douleur, mais sa voix était pleine de douceur.

— Tu es confrontée au choix dont je t'ai parlé. Qui compte le plus, pour toi ?

— Arrête !

Des larmes m'aveuglèrent, et je clignai des yeux pour les chasser.

— Tu ne peux pas me demander de faire ce choix. Tu comptes aussi pour moi, et je refuse de t'abandonner ici, alors tais-toi !

La première vague de gremlins pénétra dans le tunnel. En voyant que j'étais libre, ils se mirent à piailler. Terrorisée, j'appuyai un grand coup sur la pince, et la menotte se brisa. Ash se releva péniblement, tandis que les gremlins se précipitaient vers nous en poussant des cris.

Nous nous élançâmes vers le tunnel secret en suivant les gardetout. Le passage était bas et étroit ; je devais avancer tête baissée, et les parois m'écorchaient les bras. Des grappes de gremlins s'engouffrèrent à notre suite et se ruèrent vers nous en s'agrippant aux parois et au plafond.

Ash s'arrêta brusquement. Il se tourna vers la horde de monstres et, prenant appui contre le mur, leva une pioche au-dessus de sa tête.

Je sursautai ; il avait dû prendre celle qui traînait à côté des caisses, juste avant d'entrer dans le tunnel. Ses bras tremblaient et faisaient s'entrechoquer les menottes encore attachées à ses poignets. Les gremlins s'arrêtèrent à quelques mètres derrière nous et, les yeux brillants, jaugèrent cette nouvelle menace. Puis, d'un même élan, ils commencèrent à avancer vers nous.

— Ash ! lançai-je. Qu'est-ce que tu fiches ? Viens !

— Meghan, répondit Ash d'une voix calme, j'espère que tu retrouveras ton frère. Si jamais tu revois Puck, dis-lui que je regrette de devoir renoncer à notre duel.

— Non, Ash ! Ne fais pas ça !

Je sentis qu'il souriait.

— Tu m'as donné envie de vivre à nouveau, murmura-t-il.

Avec des cris stridents, la horde de gremlins se jeta sur nous.

Ash en écrasa deux de sa pioche et se baissa pour en éviter un troisième, qui s'élançait vers sa tête ; mais il fut dépassé par le nombre de ses adversaires. Ils se jetaient sur lui, s'accrochaient à ses bras, le mordaient et lui griffaient les jambes. Je le vis chanceler, puis tomber à genoux ; les gremlins grimpèrent le long de son dos. L'instant suivant, il disparut presque sous la masse grouillante. Pourtant, il n'abandonna pas le combat. Avec un grognement féroce, il bondit sur ses pieds et envoya plusieurs gremlins voler contre la paroi. Ils furent aussitôt remplacés par des dizaines d'autres.

— Meghan, va-t'en ! cria-t-il d'une voix rauque. Maintenant !

En étouffant un sanglot, je lui tournai le dos et pris la fuite. Les gardetout m'accompagnèrent en courant : devant nous, le tunnel se divisait en deux. Un gnome sortit quelque chose de son ballot et le montra à son chef. Avec effroi, je vis qu'il s'agissait d'un bâton de dynamite. Le gnome au tricycle marmonna quelques mots, et l'un de ses camarades lui tendit un briquet.

Je ne pus m'empêcher, alors, de me retourner, juste à temps pour voir Ash submergé par les gremlins. Les monstres poussèrent des hurlements de triomphe et s'élancèrent vers nous.

La mèche crépita et s'alluma. Le chef des garde-tout se mit à siffler, pour attirer mon attention, et m'indiqua du doigt un passage devant nous, dans lequel disparaissaient tous ses compagnons. Le visage ruisselant de larmes, je les suivis. Le gnome qui tenait la dynamite la lança sur les gremlins qui couraient vers nous.

L'explosion fit trembler le plafond. Une pluie de terre et de cailloux s'abattit sur nous et remplit l'air de poussière. Suffocante, je m'appuyai contre la paroi en attendant que le chaos prenne fin. Quand le silence fut retombé, je levai les yeux : l'entrée s'était effondrée. Les gnomes pleuraient doucement, car l'un des leurs était enseveli sous les décombres.

M'écroulant sur le sol, je ramenai mes genoux contre ma poitrine et me joignis à leur deuil. J'avais l'impression d'avoir laissé mon cœur là où Ash était tombé.

23

Le roi de Fer

Je restai muette de douleur, incapable même de pleurer. Je n'arrivais pas à croire qu'Ash était mort. Les yeux rivés sur l'éboulis, je m'attendais presque à le voir surgir miraculeusement des débris, blessé, mais vivant.

Je ne sais combien de temps je demeurai ainsi. Au bout d'un moment, le chef des gardetout tira doucement sur ma manche. Ses yeux tristes et graves croisèrent les miens, puis il se détourna et me fit signe de le suivre. Après avoir lancé un dernier regard derrière moi, je lui emboîtai le pas.

Nous marchâmes pendant des heures. Petit à petit, le boyau laissa place à des cavernes humides et couvertes de stalactites. Les gardetout m'avaient prêté une lampe de poche, et je m'aperçus que des objets bizarres jonchaient le sol : ici une aile de voiture, là un robot en plastique. Il semblait que nous nous enfoncions au cœur du repaire des gardetout ; plus nous avancions, plus les conduits étaient encombrés de bazar.

Nous pénétrâmes enfin dans une immense cathédrale souterraine. Le plafond était si haut qu'il disparaissait dans l'obscurité, et des montagnes de déchets s'élevaient le long des parois. On aurait dit une version réduite des terres désolées de la surface.

Au centre de la salle, un homme très âgé était assis sur un trône de fortune. Sa peau était grise — non pas terne ou livide, mais vraiment grise, comme du métal ou du mercure. Ses cheveux blancs tombaient jusqu'à ses pieds et frôlaient le sol, comme s'il n'avait pas déplacé son trône depuis des siècles. Les gardetout s'approchèrent timidement de lui et lui montrèrent divers objets, qu'ils déposèrent ensuite à ses pieds. Je vis que mon iPod figurait parmi eux. Le vieil homme sourit aux petits bonshommes, qui s'agitaient autour de lui en babillant comme des écureuils ; puis il leva son pâle regard vers moi.

Il cligna plusieurs fois des yeux, comme s'il doutait de ce qu'il voyait. Je retins ma respiration. Était-ce lui, Machina ? Les gardetout m'avaient-ils menée tout droit dans l'antre du roi de Fer ? Pour un souverain tout-puissant, il semblait drôlement… vieux.

— Eh bien, dit-il enfin d'une voix éraillée, mes sujets m'ont apporté de nombreuses curiosités au fil des ans, mais jamais rien d'aussi étrange. Qui es-tu, ma fille ? Que fais-tu ici ?

— Je… je m'appelle Meghan. Meghan Chase. Je cherche mon frère.

— Ton frère ?

Le vieil homme regarda les gnomes avec horreur.

— Je ne me rappelle pas vous avoir vu ramener un enfant. Qu'est-ce qui vous a pris ?

Les gardetout jacassèrent nerveusement, en secouant la tête. Le vieil homme les écouta en fronçant les sourcils.

— Ils me disent qu'ils n'ont jamais croisé personne de l'extérieur, à part toi et ton ami. Pourquoi crois-tu que ton frère se trouve ici ?

— Je… je…

Je laissai mon regard errer sur la grotte miteuse, les petits gnomes, le vieil homme frêle sur son trône bricolé. Cela ne collait pas.

— Je suis désolée, balbutiai-je, mais… êtes-vous Machina, le roi de Fer ?

— Ah. Je vois.

Le vieil homme s'adossa à son fauteuil et joignit les mains.

— Machina détient ton frère, c'est ça ? Et tu es venu le délivrer.

— Oui, dis-je avec un soupir de soulagement. Alors… vous n'êtes pas le roi de Fer ?

— Je ne dirais pas ça, sourit-il.

La méfiance resurgit en moi.

— Ne t'inquiète pas, mon enfant. Je ne te veux aucun mal. Mais tu ferais bien de renoncer à ton projet. Machina est trop puissant. Aucune arme ne peut l'atteindre. Ce serait du suicide.

Je pensai à la flèche de Bois-Sorcier qui gisait au fond d'un fossé, et mon cœur se serra.

— Je sais, chuchotai-je. Mais je dois essayer. Je suis arrivée jusqu'ici, je ne vais pas renoncer maintenant.

— Si Machina a volé ton frère, il doit s'attendre à ta venue, dit le vieil homme en se penchant vers moi. Il te veut pour une raison ou pour une autre. Je sens du pouvoir en toi, ma fille ; mais il ne sera pas suffisant. Le roi de Fer est un manipulateur-né. Il t'utilisera pour servir ses propres desseins, et tu n'es pas assez forte pour lui résister. Rentre à la maison, mon enfant. Oublie tout cela et rentre chez toi.

— Oublier ?

Je pensai aux amis qui avaient tout sacrifié pour que j'arrive jusqu'ici. Puck. La doyenne des dryades. Ash.

— Non, dis-je avec une boule dans la gorge. Je ne pourrais jamais oublier. Même si c'est sans espoir, je dois continuer. Je le leur dois à tous.

— Ne sois pas stupide, grogna le vieil homme. Je connais Machina mieux que personne. Je connais son caractère, son pouvoir, la manière dont il réfléchit — et tu refuses pourtant de m'écouter. Tant pis. Cours à ta perte, comme tous ceux qui t'ont précédée. Quand tu sauras ce que je sais, il sera trop tard. Machina ne peut être vaincu. Si seulement j'avais écouté mes conseillers quand ils ont essayé de me mettre en garde !

— Vous vous êtes opposé à lui ?

Je le regardai fixement. J'avais du mal à l'imaginer se battre contre quelqu'un.

— Quand ? Pourquoi ?

— Parce qu'autrefois, le roi de Fer, c'était moi.

Face à mon silence abasourdi, il expliqua :

— Je m'appelle Ferrum. Comme tu l'as sans doute remarqué, je suis très vieux. Plus vieux que ce petit morveux de Machina, plus vieux que toutes les autres fées de Fer. Je suis le premier, vois-tu, à être né de la forge, à l'époque où l'humanité commençait à utiliser le fer. J'ai surgi de l'imagination des hommes, de leur désir de conquérir le monde grâce à ce métal, qui coupe le bronze comme du papier. J'étais là quand tout a changé, quand les hommes sont sortis des ténèbres pour faire les premiers pas vers la civilisation. Pendant longtemps, j'ai cru que j'étais le seul de mon espèce. Mais l'homme n'est jamais satisfait, il tente toujours de faire mieux. D'autres sont venus qui me ressemblaient, nés eux aussi du rêve d'un monde nouveau. Ils ont fait de moi leur roi et, pendant des siècles, nous avons vécu cachés, à l'écart des autres fées. Je savais sans l'ombre d'un doute que si les cours de Faérie apprenaient notre existence, elles s'uniraient pour nous détruire... Puis, il y eut l'invention des ordinateurs ; les gremlins sont arrivés, ainsi que les bugs. Nés de la peur des monstres cachés dans les machines, ils sont plus tourmentés que nous, plus violents et destructeurs. Ils se sont répandus dans le monde entier. Quand la technologie est devenue le moteur de tous les pays du globe, de nouvelles fées, particulièrement puissantes, sont apparues. Virus, par exemple. Et Machina, le plus puissant de tous. Il ne pouvait se contenter de demeurer ici. Son projet, c'était de conquérir le pays de Nulle Part et de s'en rendre maître, en détruisant tous ceux qui s'opposaient à lui. Machina était mon bras droit, mon premier lieutenant, et nous nous sommes querellés à plusieurs reprises. Mes conseillers m'ont recommandé de le bannir, de l'emprisonner, de le tuer, même. Ils avaient peur de lui, et à raison ; mais je refusais de voir le danger qu'il représentait. Ce n'était qu'une question de temps, bien sûr, avant qu'il ne se retourne contre moi. Il a rassemblé une armée de fées prêtes à le suivre et attaqué la forteresse de l'intérieur, en massacrant tous ceux qui m'étaient restés fidèles. Nous nous sommes bien défendus ; mais nous étions obsolètes et trop vieux face à l'armée de Machina. A la fin, je me suis assis sur mon trône et l'ai regardé s'avancer vers moi, en sachant que j'allais mourir. Mais il m'a poussé à terre et m'a dit en riant qu'il ne me tuerait pas. Qu'il me laisserait m'effacer doucement, glisser dans l'oubli et dans l'obscurité, jusqu'au jour où personne ne se souviendrait de mon nom ni de mon existence. Quand il a pris place sur mon trône, j'ai senti mon pouvoir me quitter et se déverser en lui ; Machina était devenu le nouveau roi de Fer. Maintenant, je vis ici…

Ferrum indiqua d'un geste la caverne où rôdaient les gnomes.

— Dans cette grotte oubliée, sur un trône fait de déchets. Je suis le roi des collectionneurs d'ordures. Quel noble destin, n'est-ce pas ?

Il eut un sourire amer.

— Ces créatures me sont dévouées. Elles m'apportent des offrandes dont je ne sais que faire, et me considèrent comme leur souverain. A quoi bon ? Elles ne peuvent me rendre mon trône… Simplement, elles m'empêchent de disparaître tout à fait. Je ne puis mourir ; mais je supporte à peine de vivre lorsque je songe à tout ce que j'ai perdu. A tout ce qu'on m'a volé. Et tout est de la faute de Machina !

Il s'affaissa sur son trône et enfouit son visage dans ses mains. Les gardetout l'entourèrent et lui tapotèrent gentiment l'épaule, avec de petits murmures inquiets. Un curieux sentiment s'empara de moi, mélange de compassion et de dégoût.

— Moi aussi, j'ai beaucoup perdu, dis-je tandis qu'il pleurait doucement. Machina m'a volé des gens que j'aimais. Mais je ne vais pas rester là à attendre qu'il me les rende. Je vais l'affronter, qu'il soit invincible ou non, et je trouverai le moyen de reprendre ce qui m'appartient. Ou alors, je mourrai en essayant. Quoi qu'il en soit, je refuse de baisser les bras.

Il écarta les doigts et me jeta un long regard ; son corps frêle était secoué de sanglots. Au bout d'un moment, il baissa les mains et son visage se renfrogna.

— Vas-y, dit-il en me repoussant d'un geste. Peut-être qu'à toi seule tu réussiras, là où une armée entière a échoué.

Il eut un rire aigre qui m'agaça un peu.

— Bonne chance, stupide enfant. Si tu refuses de m'écouter, tu n'es plus la bienvenue ici. Mes sujets te conduiront jusqu'à la forteresse de Machina, grâce à nos tunnels secrets. C'est le plus court chemin vers ta ruine. Maintenant, va-t'en. J'en ai fini avec toi.

Je ne m'inclinai pas. Je ne le remerciai pas non plus. Je me contentai de suivre les gardetout, poursuivie par le regard haineux du vieux roi, et de me diriger vers la sortie.

***

Encore des tunnels. Le bref répit auprès de l'ancien roi de Fer n'avait pas suffi à dissiper mon épuisement. Nous nous reposâmes à intervalles irréguliers ; je dormais dès que je le pouvais. Les gnomes me donnèrent à manger de minuscules champignons blancs, légèrement phosphorescents : ils avaient un goût de moisi mais permettaient de voir dans la nuit noire comme si c'était le crépuscule. C'était une bonne chose, car l'ampoule de ma lampe de poche avait fini par s'éteindre, et je n'avais pas de piles de rechange.

Je perdis la notion du temps. Les cavernes et les tunnels se mélangeaient dans ma tête pour former un labyrinthe infini. Je compris que, même si j'arrivais à pénétrer dans la forteresse de Machina et à sauver Ethan, je ne pourrais revenir par le même chemin.

Enfin, le tunnel s'élargit brusquement. Je me retrouvai sur un pont de pierre enjambant un vaste précipice, dont le fond était tapissé de rochers tranchants. Tout autour de moi, le long des parois, d'immenses rouages métalliques tournaient en grinçant et faisaient vibrer le pont sous mes pieds. Ceux qui étaient près de moi faisaient trois fois ma taille ; d'autres étaient plus grands encore. J'avais l'impression d'avoir pénétré à l'intérieur d'une horloge géante. Un bruit assourdissant régnait dans la pièce.

Ce sont sans doute les sous-sols de la forteresse de

Machina, pensai-je en regardant autour de moi. *Je me demande à quoi servent tous ces rouages.*

Le chef des gardetout me tira par la manche et pointa du doigt le tunnel que nous venions de quitter. Je compris qu'ils ne pouvaient continuer. J'allais devoir accomplir seule la dernière partie du voyage.

Je hochai la tête pour leur montrer que j'avais compris. J'étais sur le point de m'éloigner quand leur chef me prit la main et fit un signe à ses camarades. Deux d'entre eux s'avancèrent et mirent la main dans leur dos pour y attraper quelque chose.

— Merci, dis-je, mais je n'ai besoin de…

Ma gorge se noua. Le premier gnome me tendait une épée dans un fourreau. Sa poignée brillait d'une lueur bleutée.

— Ce n'est pas…

Il me la tendit avec solennité. Je saisis la poignée et dégainai l'épée, qui nimba la caverne d'une lumière bleu pâle. Des volutes de vapeur s'élevaient du tranchant de la lame. Ma gorge se serra.

Oh, Ash…

Je remis l'épée dans son fourreau et l'attachai à ma ceinture.

— Je vous suis très reconnaissante, dis-je aux gardetout, sans savoir s'ils me comprenaient.

Ils se remirent à babiller, mais ne s'apprêtèrent en rien à rebrousser chemin. Le chef désigna du doigt un autre gnome, qui fit un pas vers moi. Celui-ci cligna des yeux et sortit de son ballot un arc un peu cabossé et…

Mon cœur cessa de battre. Il tenait dans sa main la flèche de Bois-Sorcier. Elle était sale et couverte de vase, mais semblait intacte.

Je l'acceptai avec déférence. Ils auraient pu la donner à Ferrum, mais ils l'avaient gardée pour moi, pendant tout ce temps. La flèche vibra entre mes doigts, toujours aussi vivante, prête à tuer.

Sans réfléchir, je tombai à genoux et serrai dans mes bras le chef des gardetout et ses deux camarades. Ils se mirent à glapir. A cause de leurs ballots, je ne pus vraiment les enlacer, et des objets perçants s'enfoncèrent dans ma chair ; mais cela m'était égal. Quand je me relevai, il me semblait que le chef rougissait. Les deux petits arboraient de larges sourires.

— Merci, dis-je, emplie de reconnaissance. Un remerciement, ce n'est pas assez, mais c'est tout ce que j'ai à vous donner. Vous êtes incroyables.

Ils frappèrent dans leurs mains en babillant. Plus que jamais, je regrettais de ne pas les comprendre. Puis leur chef leur lança un ordre et ils partirent en file indienne en direction du tunnel. Le plus petit, celui qui avait porté l'arc et la flèche, se tourna une dernière fois vers moi, les yeux brillants, avant de disparaître.

Je me relevai et coinçai la flèche dans ma ceinture, comme j'avais vu Ash le faire. Puis, mon arc sur l'épaule et mon épée sur la hanche, je me mis à marcher vers la tour de Machina.

A la sortie du pont, je m'engageai sur un sentier fait de grillage métallique, qui serpentait à travers un labyrinthe de rouages géants. Leurs grincements assourdissants me faisaient tourner la tête. Bientôt je montais un escalier en colimaçon, aux marches de fer : il menait à une trappe qui s'ouvrit dans un bruit retentissant. Je tressaillis et jetai un rapide coup d'œil de l'autre côté.

Personne. A l'exception d'énormes chaudières rougeoyantes qui remplissaient l'air de vapeur, la pièce était vide.

Bon, me dis-je en me hissant hors de la trappe. Mon visage et mon T-shirt étaient trempés de sueur, tant il faisait chaud. *J'y suis, dans la forteresse. Et maintenant, je fais quoi ?*

Tu montes.

Cette idée me traversa l'esprit, et je compris que c'était la bonne. Machina et Ethan devaient se trouver au sommet de la tour.

Des pas se firent entendre et je me cachai derrière une chaudière. La chaleur brûlante qui s'en dégageait me fit aussitôt chanceler. Bientôt, je vis entrer un groupe de petites silhouettes trapues, protégées par de combinaisons de toile épaisse qui ressemblaient à des uniformes de pompier. Des appareils respiratoires couvraient entièrement leur visage : deux tubes reliaient leur bouche à une sorte de réservoir attaché dans leur dos. Ils se frayèrent un chemin au milieu des chaudières, les tapotèrent à l'aide de clés à molette, et vérifièrent plusieurs tuyaux et valves. Ils avaient tous à la ceinture un lourd trousseau de clés, qui tintait bruyamment quand ils marchaient. Tandis que je rampais vers un coin plus sombre, j'eus subitement une idée.

Je décidai de les suivre quand ils quitteraient la chaufferie. Cachée dans l'ombre et la vapeur, je les observai un moment. Ils étaient trop absorbés par leur travail pour bavarder ; je ne les vis même pas s'adresser la parole. L'un d'entre eux se détacha du groupe ; les autres ne lui lancèrent même pas un regard tandis qu'il s'éloignait et disparaissait dans un nuage de vapeur. Je le suivis le long d'un couloir aux murs recouverts de tuyaux. Quand il se baissa pour inspecter une plaque de métal fendue, d'où émanait un sifflement de vapeur, je me glissai derrière lui et dégainai l'épée d'Ash.

Il se retourna ; je pressai la pointe de la lame contre sa poitrine. Il sursauta et chercha à reculer d'un pas, mais il était coincé contre le réseau de tuyaux.

Je m'avançai encore et plaçai la pointe de mon épée contre sa gorge.

— Ne bouge pas, lui ordonnais-je.

Il hocha la tête et leva ses mains gantées. Le cœur battant, je maintins ma lame contre sa gorge.

— Fais exactement ce que je te dis, et je te laisserai la vie sauve. Enlève ta combinaison.

Il m'obéit. Quand il eut enlevé sa salopette et son masque, un petit bonhomme à la barbe brune et fournie et à la peau luisante de sueur apparut. Un nain. Un nain ordinaire, qui plus est : sa peau n'était pas grise, aucun câble ne sortait, bref, rien n'indiquait qu'il fût une fée de Fer. Il me regarda de ses yeux noirs et se mit à ricaner.

— Alors, t'es enfin arrivée !

Il cracha sur le sol, près d'un tuyau ; sa morve grésilla bruyamment.

— On se demandait tous par où t'allais débarquer. Écoute, fillette, si tu as l'intention de me tuer, vas-y.

— Je n'ai l'intention de tuer personne, répondis-je, en gardant la pointe de mon épée braquée sur lui. Je suis venue chercher mon frère, c'est tout.

Le nain eut un petit rire sarcastique.

— Il est dans la salle du trône avec Machina. Au sommet de la tour ouest. Bon courage pour y arriver.

— Tu es drôlement coopératif, dis-je en plissant les yeux. Pourquoi devrais-je te croire ?

— Parce qu'on se fiche pas mal de ton petit pleurnicheur, et de Machina aussi. Notre boulot, c'est de faire tourner cette turne, pas de traîner à la cour avec une bande d'aristos snobinards. Les affaires de Machina ne nous regardent pas. Je te prie de me laisser en dehors de tout ça.

— Alors, tu ne vas pas chercher à m'arrêter ?

— Tu as les oreilles bouchées, ou quoi ? Je me fiche de ce que tu fais, ma fille ! Soit tu me tues, soit tu me laisses tranquille, compris ? Je ne me mettrai pas en travers de ton chemin si tu ne te mets pas en travers du mien.

— Marché conclu, dis-je en baissant mon arme. Mais j'ai besoin de ta combinaison.

— Prends-la.

Le nain me l'envoya d'un coup de botte coquée.

— On en a plusieurs. Maintenant, si tu n'as pas d'autres demandes ridicules à me faire, je peux retourner travailler ?

J'hésitai. Je ne voulais pas lui faire de mal, mais je ne pouvais le laisser en liberté. Quoi qu'il prétende, il risquait d'alerter les autres ouvriers de ma présence, et je me sentais incapable de les affronter tous à la fois. Je regardai rapidement autour de moi et remarquai une deuxième trappe, identique à celle que j'avais empruntée plus tôt.

Je la désignai de la pointe de l'épée.

— Rentre là-dedans.

— Dans les rouages ?

— Laisse-moi tes bottes. Et tes clés.

Il me lança un regard noir ; je levai mon épée, prête à le blesser s'il faisait mine de m'attaquer. Mais il se contenta de pousser un juron avant de s'éloigner vers la grille métallique. Il inséra une clé dans la serrure et ouvrit la trappe dans un grand fracas. Puis il arracha ses bottes, décrocha son trousseau de sa ceinture et s'engagea dans l'escalier en colimaçon. Les barreaux résonnaient à chacun de ses pas. Il me regardait encore avec reproche tandis que je fermais la grille et tournais la clé dans la serrure.

Sa combinaison était lourde, chaude et puait la sueur. J'eus un haut-le-corps en l'enfilant. Elle était trop petite pour moi, mais comme la coupe était ample, je réussis à l'enfiler. Le pantalon ne couvrait pas mes chevilles ; mais quand je mis les bottes par-dessus mes tennis, cela fut moins visible. Du moins je l'espérais. Je hissai le réservoir sur mon dos et fixai le masque sur mon visage. A mon immense soulagement, de l'air frais et pur souffla sur mon visage et pénétra dans mes poumons.

Le seul problème, c'était l'arc et l'épée. Les ouvriers de la tour n'avaient pas l'air de se promener armés. Je trouvai un bout de toile, y enveloppai mon équipement et mis le paquet sous mon bras. La flèche de

Bois-Sorcier était toujours coincée dans ma ceinture, sous ma combinaison.

Le cœur battant, je retournai dans la chaufferie et croisai les autres nains, qui passaient en file indienne. Je pris une profonde inspiration et les suivis, tête baissée, en prenant garde de ne pas établir de contact oculaire. Personne ne fit attention à moi. Nous montâmes une longue volée de marches et pénétrâmes dans la tour principale.

La forteresse de Machina était immense, métallique et tout en angles. Des plantes grimpantes hérissées d'épines d'acier s'entortillaient autour de ses remparts. Des écailles de métal acérées surgissaient des murs sans raison apparente. Tout était dur et coupant, même les habitants. Outre les gremlins, je vis des chevaliers en armure, des chiens mécaniques et des bêtes en métal qui ressemblaient à des mantes religieuses, avec des pattes affûtées et des antennes argentées luisant dans la pénombre.

Au sommet de l'escalier, les nains s'éparpillèrent par petits groupes de deux ou de trois. Je m'éloignai rapidement dans le couloir en essayant de prendre l'air de savoir ce que je faisais. Des gremlins faisaient la course et tourmentaient les autres fées. Des souris informatiques aux yeux rouges clignotants s'enfuirent sur mon passage. Un gremlin se laissa tomber sur l'une de ces souris, lui arracha un couinement aigu et la fourra tout entière dans sa gueule, avant de la croquer bruyamment. La queue de la souris pendant entre ses dents, il me lança un sourire malicieux et détala. Je plissai le nez de dégoût et poursuivis mon chemin.

J'arrivai enfin au pied d'un escalier qui montait en spirale sur une centaine de mètres. Je levai les yeux vers les marches qui se perdaient dans le lointain et mon ventre se noua. J'y étais. Ethan m'attendait là-haut. Et Machina aussi.

Je sentis un pincement au cœur. Il y avait quelque chose… quelque chose que j'avais oublié. Mais le souvenir que je cherchais se dérobait obstinément.

Je mis le pied sur l'escalier et entamai la dernière étape de mon périple.

Toutes les vingt marches, une meurtrières ouvrait sur l'extérieur. Je m'arrêtai pour regarder, mais ne vis que le ciel, peuplé d'étranges oiseaux scintillants.

Au sommet de l'escalier, une porte en acier était frappée de l'emblème de la couronne barbelée. Je me débarrassai avec soulagement de la combinaison du nain. Puis je sortis l'arc de sa toile et y ajustai soigneusement la flèche de Bois-Sorcier. Quand je l'introduisis dans son encoche, elle se mit à palpiter plus violemment encore, comme si elle vibrait d'excitation.

Ici, devant la dernière porte qui me séparait du roi de Fer, je fus envahie par le doute. Étais-je vraiment capable de tuer quelqu'un ? Je n'étais pas un guerrier, comme Ash, ni un brillant illusionniste, comme Puck. Je n'étais pas aussi maligne que Grimalkin, et je n'avais certainement pas le pouvoir de mon père, Oberon. J'étais juste moi, Meghan Chase, une lycéenne ordinaire.

Non, fit une voix dans ma tête. C'était la mienne, mais elle me parut celle d'une étrangère. *Tu es bien plus que cela. Tu es la fille de Melissa Chase et du roi Oberon. Tu occupes une position clé pour empêcher une guerre entre les fées : amie de Puck ; sœur d'Ethan ; aimée d'Ash. Tu es bien plus forte que tu ne le penses. Tu possèdes tout ce dont tu as besoin. Il ne te reste plus qu'à faire un pas en avant.*

Un pas en avant. Ça, j'en étais capable. Je pris une profonde inspiration et poussai la porte.

Elle s'ouvrit en grinçant sur un vaste jardin. Les murs de métal lisse qui le bordaient étaient coiffés d'une crête dentelée qui se découpait sur le ciel. Un sentier en pierre était longé d'arbres en métal, aux branches enchevêtrées et pointues. Depuis leurs perchoirs en acier, des oiseaux m'observaient. Le battement de leurs ailes avait le bruit de couteaux qu'on aiguise.

Au centre du jardin se dressait une fontaine. Elle

était faite de rouages qui pivotaient mollement sous le mouvement de l'eau. Je plissai les yeux pour mieux y voir. Tout en bas de la structure, étendu sur un grand rouage qui tournait à l'horizontale, il y avait une silhouette.

C'était Ash.

Je me retins pour ne pas hurler son nom. Je ne me précipitai pas vers lui, même si tout mon être en mourait d'envie. En m'efforçant de rester calme, je balayai les lieux du regard, à la recherche d'un piège ou d'une embuscade. Mais il y avait peu d'endroits où se cacher. A part les arbres métalliques et quelques ronces, le jardin semblait vide.

Quand je fus certaine d'être seule, je m'élançai en courant vers la fontaine.

Sois vivant. Je t'en supplie, sois vivant.

Quand j'arrivai devant Ash, mon cœur se remplit de désespoir. Il était enchaîné au rouage : des mètres et des mètres de câble métallique s'enroulaient autour de son corps. Une de ses jambes pendait par-dessus le bord de la fontaine, l'autre était repliée sous lui. Sa chemise était en lambeaux, et des balafres écarlates sillonnaient sa peau blanche. Sous les chaînes, sa chair était à vif. Il n'avait plus l'air de respirer.

Les mains tremblantes, je tirai l'épée du fourreau. Mon premier coup brisa la plupart des chaînes ; le second fendit le rouage en deux. Les chaînes glissèrent au sol et le rouage s'immobilisa. Je lâchai mon arme et sortis Ash de la fontaine. Son corps était froid et inerte dans mes bras.

— Ash…

Je le berçai sur mes genoux. Je n'arrivais pas à pleurer ; je sentais un vide béant s'ouvrir en moi.

— Allez, Ash, dis-je en le secouant un peu. Ne me fais pas ça. Ouvre les yeux. Réveille-toi. S'il te plaît…

Il n'eut aucune réaction. Je me mordis la lèvre jusqu'au sang et enfouis mon visage au creux de son cou.

— Je suis désolée, chuchotai-je.

Les larmes me vinrent enfin, coulant de mes paupières closes sur sa peau froide.

— Je suis tellement désolée. Je regrette de t'avoir convaincu de m'accompagner. Je regrette qu'on ait passé ce fichu contrat. Tout est de ma faute. Puck, la dryade, et maintenant toi…

J'avais du mal à parler, tant les larmes m'étranglaient.

— Je suis désolée, répétais-je en vain. Tellement, tellement désolée…

Je sentis un léger battement sous ma joue. Je clignai des yeux, réprimai un sanglot et relevai la tête pour examiner le visage d'Ash. Sa peau était toujours livide, mais ses paupières frémissaient. Le cœur battant, je me penchai et déposai un baiser sur sa bouche. Ses lèvres s'écartèrent et un soupir s'en échappa.

Je prononçai son nom. Ses yeux s'ouvrirent ; il me regarda d'un air perplexe, comme s'il ne savait pas si c'était un rêve ou la réalité. Il remua les lèvres à plusieurs reprises avant d'arriver à produire un son.

— Meghan ?

— Oui, chuchotai-je. Je suis là.

Sa main se leva, ses doigts se posèrent sur ma joue et la caressèrent doucement.

— J'ai rêvé… que tu viendrais, murmura-t-il.

Puis son regard devint plus vif et son visage s'assombrit.

— Tu ne devrais pas… être ici, hoqueta-t-il en enfonçant ses ongles dans mon bras. C'est… c'est un piège.

C'est alors que j'entendis résonner un rire horrible. Les rouages de la fontaine vibrèrent et se mirent à tourner à l'envers. Dans un terrible grincement, le mur derrière nous s'enfonça dans le sol, révélant une autre partie du jardin. Une allée d'arbres métalliques menait à un immense trône en fer hérissé de pointes. A son pied se tenait un escadron de chevaliers en armure qui braquaient leurs armes vers nous. La porte s'ouvrit dans notre dos, et un second escadron pénétra en file indienne dans le jardin. Nous étions pris au piège.

Du haut de son trône, Machina, le roi de Fer, nous contemplait d'un air satisfait.

24

Machina

La haute silhouette assise sur le trône me lança un sourire acéré.

— Meghan Chase, dit-il d'une voix enjouée. Soyez la bienvenue. Je vous attendais.

Je posai doucement Ash sur le sol, malgré ses protestations, et me plaçai devant lui pour le protéger de mon corps. Mon cœur battait à tout rompre. Le roi de Fer ne ressemblait en rien à ce que j'avais imaginé. Il était grand et élégant, avec de longs cheveux argentés et des oreilles pointues, comme tous les elfes nobles. En fait, il ressemblait un peu à Oberon. A un détail près : contrairement aux elfes d'Eté, toujours somptueusement vêtus, Machina portait un manteau noir à la coupe sévère, dont les pans volaient au vent. Une aura d'énergie crépitait autour de lui, et ses yeux noirs dardaient des éclairs. Une boucle d'oreille métallique brillait à l'une de ses oreilles, un téléphone Bluetooth à l'autre. Son visage était beau, arrogant, et tellement anguleux qu'il paraissait coupant. Pourtant, son sourire illuminait le jardin tout entier. Une drôle de cape argentée reposait sur ses épaules et frémissait légèrement, comme si elle était vivante.

Je levai mon arc, sachant que je tenais sans doute là ma seule chance de survie. La flèche de Bois-Sorcier vibra entre mes mains quand je tendis le fil et visai la poitrine de Machina. Les chevaliers poussèrent des cris alarmés et se précipitèrent vers moi, mais il était trop tard. Je libérai la flèche dans un cri de triomphe et la vis voler droit vers sa cible : le cœur du roi de Fer.

Puis la cape de Machina se mit à bouger.

A la vitesse de l'éclair, des câbles argentés se déployèrent sur ses épaules et s'étendirent autour de lui, de manière à former un halo métallique. Leurs extrémités étaient pourvues de pointes acérées. En fouettant l'air, elles se rabattirent pour protéger le roi et détourner la trajectoire du Bois-Sorcier. La flèche alla heurter un arbre métallique et se brisa en deux morceaux qui tombèrent sur le sol. J'entendis quelqu'un hurler de rage et de déception, avant de me rendre compte qu'il s'agissait de moi.

Les gardes s'élancèrent vers nous. Je les regardai approcher avec un certain détachement. Je sentis qu'Ash tentait de se lever pour me protéger, mais je savais qu'il était trop tard. La flèche avait manqué sa cible. Nous allions mourir.

— Arrêtez.

Machina n'avait même pas eu besoin d'élever la voix ; les chevaliers se figèrent, tels des pantins arrêtés net par un fil invisible. Le roi descendit de son trône d'une démarche aérienne ; ses câbles ondulaient dans son dos comme des serpents affamés. Quand ses pieds touchèrent le sol, il me lança un sourire, comme s'il avait oublié que j'avais tenté de le tuer.

— Partez, dit-il aux chevaliers sans me quitter des yeux.

Certains relevèrent brusquement la tête.

— Votre Majesté ? bégaya l'un d'entre eux.

Je reconnus sa voix. C'était Quintus, l'un des soldats qui nous avaient tenus prisonniers dans la mine. Tertius était-il là, lui aussi ?

— Cette demoiselle n'est pas à l'aise en votre présence, ajouta Machina. Partez. Je m'occupe d'elle, ainsi que du prince d'Hiver.

— Mais, sire…

Machina ne bougea pas. L'un de ses câbles se déploya tellement vite que je le vis à peine traverser les airs. Il perfora l'armure du chevalier et lui transperça le dos. Puis il le souleva très haut et le projeta contre le mur. Quintus s'écrasa contre le rempart métallique et s'affaissa sur le sol. Un trou aux bords déchiquetés perforait son plastron, et une flaque de sang sombre et poisseux se répandit autour de lui.

— Partez, répéta doucement Machina.

Les chevaliers lui obéirent avec empressement. Ils sortirent en file indienne, claquèrent la porte derrière eux et nous laissèrent seuls.

Machina m'observait toujours, de ses impénétrables yeux noirs.

— Vous êtes aussi belle que je l'imaginais, dit-il en s'avançant. Belle, fougueuse, déterminée.

Il s'arrêta à quelques mètres de moi et ses câbles se fondirent en une cape frémissante.

— Vous êtes parfaite.

Je lançai un dernier regard à Ash, effondré contre la fontaine, et fis un pas vers le roi.

— Je suis venue chercher mon frère, dis-je d'une voix qui, par miracle, ne tremblait pas. S'il vous plaît, libérez-le. Laissez-moi le ramener chez nous.

Machina me regarda en silence, puis fit un signe de la main derrière lui. Il y eut des cliquetis sonores, et quelque chose surgit du sol à côté de son trône, comme porté par un monte-charge. Une immense cage à oiseau en fer forgé. A l'intérieur…

— Ethan !

Je m'élançai vers lui, mais les câbles de Machina se déployèrent soudain pour me barrer le chemin. Les mains agrippées aux barreaux, Ethan me lança un regard affolé.

— Meggie ! s'écria-t-il d'une voix perçante.

Derrière moi, Ash se mit à grogner et tenta de se relever. Je me tournai vers Machina, furieuse.

— Laissez-le sortir ! Ce n'est qu'un enfant ! Qu'est-ce que vous lui voulez ?

— Ma chère, vous n'avez pas compris.

Les câbles de Machina s'agitèrent devant moi d'un air menaçant et me forcèrent à reculer.

— Si j'ai enlevé votre frère, ce n'est pas parce que j'avais besoin de lui. Je l'ai fait parce que je savais que vous partiriez à sa recherche.

— Pourquoi ? hurlai-je. Pourquoi lui ? Pourquoi vous ne m'avez pas enlevée, moi ? Pourquoi le mêler à tout ça ?

Machina sourit.

— Vous étiez bien protégée, Meghan Chase. Goodfellow est un garde du corps redoutable, et je risquais, en vous enlevant, d'attirer l'attention sur moi et mon royaume. Votre frère, en revanche, ne bénéficiait d'aucune protection. Mieux valait vous attirer ici de votre propre gré que d'affronter la colère d'Oberon et de la cour Seelie. Et puis…

Les yeux de Machina se réduirent à deux fentes hostiles, mais il souriait toujours.

— … j'avais besoin de vous mettre à l'épreuve, de m'assurer que vous étiez bien celle que je croyais. Si vous n'étiez pas arrivée seule jusqu'à ma tour, vous n'en auriez pas été digne.

— Digne de quoi ? m'écriai-je.

Je me sentais tout d'un coup très fatiguée. Je n'avais qu'une seule envie : sauver mon frère, l'éloigner de toute cette folie avant qu'elle ne le consume. Je ne pouvais triompher de Machina, mais j'étais résolue à ramener Ethan à la maison.

— Que voulez-vous, Machina ? dis-je d'une voix lasse. Quoi que ce soit, laissez-moi raccompagner Ethan dans notre monde. Vous vouliez me voir : eh bien, je suis là. Mais je veux ramener mon frère chez nous.

— Bien sûr, dit Machina d'une voix apaisante. J'allais justement vous proposer un petit marché.

Je me figeai sur place. Un marché avec le roi de Fer, contre la vie de mon frère. Qu'allait-il me demander ? J'avais le pressentiment que j'allais le payer très cher, quoi qu'il arrive.

— Meghan, ne fais pas ça ! dit Ash en prenant appui sur la fontaine.

Machina ne lui prêta aucune attention.

— Quel genre de marché ? murmurai-je.

Le roi de Fer s'approcha de moi. Ses câbles caressèrent mes bras et mon visage, et un frisson d'horreur me parcourut.

— Il y a seize ans que je t'observe, murmura-t-il, en attendant le jour où tu ouvrirais enfin les yeux et verrais notre monde. En attendant le jour où tu viendrais à moi. Ton père a voulu te cacher l'existence de ces terres à jamais. Il a peur de ton pouvoir, de ton potentiel — une demi-fée, immunisée contre le fer, et qui a du sang du roi d'Été dans ses veines ! Un potentiel immense, assurément.

Son regard s'attarda sur Ash, qui se tenait enfin debout, puis s'en détourna avec indifférence.

— Mab l'a compris ; voilà pourquoi qu'elle désire tant t'avoir sous sa coupe. Voilà pourquoi elle a chargé son meilleur chevalier de te capturer. Mais même Mab ne peut t'offrir ce que je t'offre.

Machina franchit les quelques mètres qui nous séparaient et me prit la main. Sa peau était fraîche, et je sentis des ondes de pouvoir émaner de lui comme de l'électricité statique.

— Je veux que tu sois ma reine, Meghan Chase. Je t'offre mon royaume, mes sujets, ma main. Je souhaite que tu règnes à mes côtés. Ceux de l'ancien sang sont obsolètes. Leur époque est révolue. Il est temps qu'un nouvel ordre s'impose, plus fort que l'ancien. Tu n'as qu'un mot à dire, et tu vivras pour toujours, en tant que reine des Fées. Ton frère peut rentrer chez lui. Je te laisserai même garder ton prince, si tu y tiens, même si je crains qu'il s'adapte mal à notre royaume. Quoi qu'il en soit, ta place est ici, avec moi. Ce n'est pas ce que tu as toujours désiré ? Trouver enfin ta place quelque part ?

J'hésitai un instant. Régner avec Machina, devenir reine… Plus personne ne se moquerait de moi. J'aurais des hordes de serviteurs prêts à accomplir le moindre de mes souhaits. Je serais enfin au sommet de la pyramide. La plus puissante. La plus aimée.

Puis je vis les arbres tordus et métalliques. Je me rappelais l'affreux désert que nous avions traversé et les parcelles mourantes de la Forêt Sauvage. Machina empoisonnerait toute la Faérie. Les plantes finiraient par mourir ou par se transformer en caricatures métalliques d'elles-mêmes. Oberon, Grimalkin et Puck disparaîtraient avec le reste du pays de Nulle Part : ne survivraient que les gremlins, les bugs et les fées de Fer.

— Et si je refuse ?

Le visage de Machina demeura impassible.

— Alors ton prince mourra. Et ton frère aussi. A moins que je ne le transforme en jouet, mi-humain, mi-machine. Quant à l'élimination des anciennes fées, ma chère, elle aura lieu avec ou sans toi. Je te donne le choix : soit tu diriges les opérations, soit tu es détruite toi aussi.

Le désespoir grandit dans mon cœur. Machina fit glisser le bout de ses doigts sur ma joue.

— Est-ce vraiment si terrible de régner, mon amour ? dit-il en me relevant le menton pour me regarder droit dans les yeux. Depuis des millénaires, les humains comme les fées ne cessent d'éliminer les faibles pour permettre aux plus forts de s'épanouir. Les ancien-sang ne peuvent cohabiter avec nous, tu le sais. S'ils apprenaient notre existence, Mab et Oberon nous détruiraient. En quoi mon projet est-il différent du leur ?

Il frôla mes lèvres d'un baiser frémissant et léger.

— Allons. Tu n'as qu'un seul mot à dire. Un seul mot à prononcer pour renvoyer ton frère dans son monde et sauver le prince que tu aimes. Regarde.

Il leva la main et une immense voûte en fer surgit du sol. De l'autre côté, je vis notre maison apparaître, puis s'effacer. J'eus un soupir d'émotion, et Machina sourit.

— Je le renvoie tout de suite, si tu acceptes. Un mot, et tu seras ma reine pour l'éternité.

Je pris une profonde inspiration.

— Je…

Ash se dressa subitement devant moi. Comment avait-il la force de tenir debout ? Il m'écarta d'un geste brusque ; son visage était féroce. Machina haussa les sourcils, surpris. Ses câbles se déployèrent en direction d'Ash tandis que celui-ci s'élançait et plongeait sa lame dans la poitrine de Machina.

Le roi de Fer tituba, le visage grimaçant de douleur. Des éclairs crépitaient autour de la lame logée dans son corps. Ses câbles s'agitèrent de manière frénétique : ils frappèrent Ash et le projetèrent contre un arbre en métal. Il y eut un craquement atroce, et le prince s'effondra à terre.

Le roi se redressa, posa la main sur la poignée de l'épée et, d'un geste brusque, la retira de sa poitrine. De petits éclairs firent fondre la glace autour de la blessure, et des fils de fer surgirent pour la recoudre. Machina jeta l'épée à terre et se tourna vers moi.

— Je commence à perdre patience, ma chère.

L'un de ses câbles s'élança vers Ash, s'enroula autour de sa gorge et le souleva de terre. Le prince, étranglé, se débattit faiblement, pendu à un mètre du sol. Dans sa cage, Ethan se mit à pleurer.

— Règne avec moi, ou regarde-les mourir. Décide-toi.

Mes jambes se dérobèrent sous moi et je tombai à genoux en tremblant. Sous mes mains, le sol en pierre était froid. *Que faire ?* pensai-je avec désespoir. *Comment choisir ? Quoi que je fasse, des gens vont mourir. Je ne peux pas laisser faire cela. Je le refuse !*

Le sol vibra légèrement sous mes paumes. Je fermai les yeux et laissai ma conscience plonger dans le sol, à la recherche d'une étincelle de vie. Je sentis les arbres de la cour de Machina : leurs branches étaient mortes, mais leurs cœurs et leurs racines étaient intacts. *Comme la dernière fois.* J'appelai ces racines par ma pensée, et les sentis réagir : elles se tortillaient vers moi, se hissaient vers la surface, comme celles de la cour d'Eté, quand Oberon les avait appelées pour détruire la chimère.

Tel père, telle fille.

Je pris une grande inspiration et *tirai* de toutes mes forces.

La terre trembla et des racines mouvantes percèrent soudain la surface, soulevant le dallage, claquant et ondulant dans tous les sens. Machina poussa un cri ; les racines s'élancèrent vers lui, s'enroulèrent autour de son corps et se mêlèrent à ses câbles. Il rugit de fureur ; des éclairs jaillirent de ses mains et firent exploser le bois qui l'entourait. Racines et câbles métalliques s'enroulèrent les uns autour des autres comme des serpents enragés.

Libéré des câbles, Ash tomba au pied d'un arbre. Je le vis lutter pour se relever et tituber vers son arme. A cet instant, j'aperçus sur le sol un bâton de couleur claire — un morceau de la flèche de Bois-Sorcier — et me mis à courir vers l'arbre.

Un câble s'enroula autour de mon mollet et me fit tomber à plat ventre. Je réussis à tourner la tête : Machina me foudroyait du regard, tout en se démenant pour échapper aux racines. Le câble se resserra autour de ma cheville et me traîna vers le roi. Je me mis à hurler et tentai de freiner des mains son avancée ; mais je ne fis que m'arracher les ongles et m'ensanglanter les doigts. Le visage furibond du roi de Fer se rapprochait de moi.

La lame d'Ash s'abattit sur le câble et le trancha d'un coup. D'autres câbles se déployèrent, mais il les repoussa par de grands mouvements d'épée.

— Va-t'en, me dit-il en tranchant l'extrémité d'un câble. Je les retiens. Vite !

Je bondis sur mes pieds et me précipitai au pied de l'arbre. Ma main se referma autour de la flèche. Quand je fis volte-face, un câble perça la garde d'Ash, se planta dans son épaule et le cloua à terre. Ash hurla et agita son épée ; mais un autre câble la fit tomber de sa main.

Je courus vers le roi de Fer en me faufilant entre les câbles et les racines ondulantes. Machina concentrait toute son énergie sur Ash ; mais son regard se tourna brusquement vers moi et j'y vis des éclairs. En hurlant, je me jetai sur lui.

A cet instant, quelque chose se logea brutalement entre mes épaules et me coupa le souffle. Je ne parvenais plus à bouger ; je compris qu'un câble s'était planté dans mon dos. Étrangement, je ne ressentais aucune douleur.

Machina m'attira vers lui tandis que les câbles et les racines se livraient à une lutte déchaînée au-dessus de nos têtes. Puis tout s'estompa de mon champ de vision ; il n'y eut plus que nous deux.

— J'aurais fait de toi une reine, murmura-t-il en me tendant la main.

Les racines encerclaient son torse et paralysaient son autre bras ; elles ne cessaient de se resserrer autour de lui, mais il ne semblait pas s'en apercevoir.

— Je t'aurais tout donné. Pourquoi as-tu refusé ?

Je serrai la main autour de la flèche de Bois-Sorcier et la sentis battre faiblement entre mes doigts.

— Parce que, dis-je en levant le bras, j'ai déjà tout ce dont j'ai besoin.

Puis je plongeai la flèche dans sa poitrine.

Les lèvres de Machina s'ouvrirent en un cri muet, et sa tête retomba en arrière. Des grandes tiges vertes surgirent de sa bouche et lui transpercèrent la gorge. Une drôle de secousse, comme une décharge électrique, me parcourut tout le corps, et je fus prise d'un spasme. Le câble dans mon dos se détendit brusquement et me projeta sur le sol. Une douleur fulgurante remonta le long de ma colonne vertébrale. Réprimant un cri de douleur, je réussis à me relever, attrapai l'épée d'Ash et me précipitai vers la cage d'Ethan. Un seul coup de lame suffit à en ouvrir la porte. Je pris mon frère dans mes bras ; il enfouit son visage dans mes cheveux et se mit à sangloter.

— Meghan !

Ash se dirigea vers moi en chancelant et en se tenant l'épaule. Des flots de sang s'échappaient de son bras. Derrière lui, la porte s'ouvrit soudain, et des dizaines de chevaliers firent irruption dans le jardin. Pendant quelques secondes, ils restèrent figés de stupéfaction à la vue de leur roi.

Pris dans son piège végétal, Machina ne bougeait plus que faiblement. Des branches poussaient sur sa poitrine et ses câbles s'étaient changés en lianes, ornées de minuscules fleurs blanches. Sous nos yeux ébahis, sa poitrine se fendit en deux pour laisser croître le tronc d'un jeune chêne, qui s'éleva rapidement vers le ciel. Le téléphone Bluetooth tomba d'une branche et s'abîma au pied de l'arbre, où il se mit à clignoter doucement.

— Waouh, chuchotai-je dans le silence qui s'était installé.

Les chevaliers se tournèrent vers nous en rugissant de rage. A cet instant, le sol se mit à trembler. Des grondements emplirent l'air, et le trône de fer s'écroula, projetant des éclats métalliques de tous côtés. Puis une secousse violente nous fit tous vaciller.

Une faille énorme s'ouvrit dans le dallage, et un pan du jardin s'abîma dans le vide, emportant plusieurs chevaliers avec lui. D'autres fêlures se dessinèrent un peu partout. Les chevaliers s'éparpillèrent en hurlant.

— La tour va s'écrouler, me cria Ash en esquivant une poutre qui tombait droit sur lui. Il faut qu'on sorte d'ici, et vite !

Enjambant de nouvelles failles, je me précipitai vers la voûte en fer et la franchis. Rien ne se passa. Le désespoir s'empara de moi. Paniquée, je balayai le jardin du regard, cherchant une issue.

— Hé, l'humaine ! fit une voix familière. Par ici, vite.

Grimalkin apparut à côté de moi, fouettant l'air de sa queue. Je le regardai bouche bée, osant à peine en croire mes yeux.

— Je croyais que tu ne voulais pas venir !

Je le suivis vers l'autre bout du jardin, où les troncs de deux arbres de fer entrelacés formaient un arc. Grimalkin me lança un regard moqueur et se mit à rire.

— Vous avez choisi le chemin le plus difficile, évidemment. Si seulement vous m'aviez écouté, tout aurait été beaucoup plus simple. Maintenant, dépêchez-vous. Cet air pollué me rend malade.

Un grondement assourdissant fit trembler le sol, et tout le jardin s'écroula. Serrant Ethan contre moi, je plongeai entre les troncs d'arbre, Ash sur mes talons. Je sentis la magie frissonner dans l'air, puis me rendis compte que je m'abîmais dans le vide. Et tout devint noir.

25

Le retour

Je m'éveillai péniblement, la joue collée contre du carrelage froid. En grimaçant, je me redressai et m'assis, cherchant d'éventuelles douleurs. J'aurais dû être blessée ; Machina m'avait poignardée dans le dos avec un câble de fer. J'avais encore en mémoire la douleur fulgurante qui m'avait envahie quand il l'avait arraché. Mais à présent, je n'avais plus mal du tout. A vrai dire, je ne m'étais pas sentie aussi bien depuis un bon moment. Je regardai autour de moi : j'étais assise sur le sol d'une grande salle remplie de bureaux et d'ordinateurs.

Le labo informatique du lycée.

Je cherchai brusquement mon frère du regard. L'espace d'un instant, je me demandai si toute cette aventure n'avait été qu'un atroce cauchemar. Puis je me détendis : non loin de moi, Ethan dormait sous un bureau. Sa respiration était calme et apaisée. Je rampai vers lui et, souriant, lissai une boucle de ses cheveux. Puis je me relevai et arpentai la pièce.

Ash avait disparu ; mais Grimalkin était allongé sur un bureau, près d'une fenêtre, et ronronnait sous le soleil. En prenant garde de ne pas réveiller Ethan, je le rejoignis.

— Te voilà enfin.

Le chat bâilla et entrouvrit un œil doré.

— Je commençais à croire que tu n'allais jamais te réveiller. Tu sais que tu ronfles ?

Je décidai d'ignorer cette remarque et m'assis sur le bureau, à côté de lui.

— Où est Ash ?

— Parti.

Grimalkin se redressa, s'étira et s'assit à son tour.

— Tout à l'heure, pendant que tu dormais. Il avait des choses à faire, apparemment. Je suis chargé de te dire ne de pas l'attendre.

— Ah.

Je restai sous le choc, ne sachant que répondre. J'aurais pu être furieuse, offensée, désespérée, mais j'étais surtout fatiguée. Et un peu triste.

— Il est gravement blessé, Grim. Tu crois qu'il va s'en sortir ?

Grimalkin se contenta de bâiller de nouveau. Je n'étais pas rassurée ; mais après tout, si Ash avait pu tenir jusqu'au cœur du royaume de Fer et en revenir vivant, il était bien capable de survivre à ses blessures. N'empêche qu'il avait bien failli y passer, chez Machina. Avait-il puisé dans mon glamour ? Ou bien s'en était-il sorti par un autre moyen ? Aurais-je un jour l'occasion de lui poser la question ?

Je balayai le labo informatique du regard. Dire que le passage vers le royaume de Fer était si près de chez nous ! Avions-nous surgi d'un écran d'ordinateur, ou nous étions-nous matérialisés d'un coup, comme les gremlins ?

— Au fait, dis-je au chat, tu as retrouvé le chemin de la maison. Bravo. Qu'est-ce que je te dois, cette fois ? Une autre faveur ? Mon premier-né ?

— Non, répondit Grimalkin en plissant les yeux. Pour cette fois, rien que cette fois, je passe l'éponge.

Nous nous tûmes un moment, savourant le soleil, simplement heureux d'être en vie. Pourtant, en me tournant pour vérifier qu'Ethan dormait encore, je fus saisie d'un sentiment étrange, comme s'il me manquait quelque chose. Comme si j'avais oublié quelque chose d'essentiel en Faérie.

— Alors, dit Grimalkin en se léchant la patte, que vas-tu faire, maintenant ?

— Je ne sais pas, répondis-je en haussant les épaules. Ramener Ethan à la maison. Retourner au lycée. Essayer de reprendre une vie normale.

Je pensai à Puck, et une boule se forma dans ma gorge. Ma vie au lycée ne serait plus la même, sans lui. J'espérais qu'il allait bien et que je le reverrais un jour. Puis je songeai à Ash. Un prince de la cour Unseelie accepterait-il un rendez-vous au cinéma ?

— L'espoir fait vivre, dit le chat.

— Ouais, soupirai-je.

Le silence s'installa à nouveau.

— Ce que je me demande depuis un moment, dit enfin Grimalkin, c'est comment Machina a pu enlever ton frère. Il l'a remplacé par un changelin, d'accord, mais ce n'était pas une fée de Fer. Comment a-t-il pu procéder à cet échange, puisque ce n'était pas contre l'un des siens ?

Je réfléchis un moment et fronçai les sourcils.

— Quelqu'un a dû l'aider.

— C'est aussi mon avis. Ce qui veut dire que Machina avait aussi des fées ordinaires à sa solde. Et qu'elles ne seront sans doute pas ravies de te revoir ici.

Un frisson me parcourut l'échine ; tous mes espoirs de vie normale s'évanouirent en un instant. Je m'imaginai des couteaux traînant par terre, mes cheveux attachés à la tête du lit, des fées vengeresses hantant mon placard… Je ne connaîtrai plus le repos, c'était sûr. Mais comment allais-je protéger ma famille ?

Un grognement s'éleva du sol : mon frère allait bientôt se réveiller.

— Va-y, dit Grimalkin. Ramène-le à la maison.

J'avais envie de le remercier, mais il était hors de question de contracter une nouvelle dette envers lui.

Je réveillai Ethan et nous traversâmes la salle, en louvoyant entre les ordinateurs sombres et silencieux. Par chance, la porte n'était pas fermée à clé. Avant de quitter la salle, je me retournai vers la fenêtre ; Grimalkin avait disparu.

Le lycée était vide et plongé dans le silence. Perplexe, je traversai les couloirs ternes en serrant la main d'Ethan dans la mienne. Que s'était-il passé ici ? C'était peut-être le week-end, mais cela n'expliquait pas la poussière qui jonchait le sol ni l'ambiance d'abandon qui se dégageait des salles de classe fermées à clé. J'avais l'impression que personne n'avait pénétré dans le bâtiment depuis des semaines.

Les portes d'entrée étaient verrouillées ; je dus sortir par la fenêtre. Après avoir soulevé Ethan jusqu'au rebord, je m'y hissai, me laissai tomber de l'autre côté et regardai autour de moi. C'était le milieu de la journée, mais il n'y avait pas une seule voiture dans le parking. L'endroit semblait totalement abandonné.

Ethan regardait autour de lui en silence, arrêtant ses yeux bleus sur le moindre détail. Je sentais en lui une méfiance déplacée pour son âge, comme s'il avait brusquement vieilli, en conservant son corps d'enfant. Cela m'inquiéta ; je lui pris la main.

— On est bientôt arrivés à la maison, lui dis-je en l'aidant à redescendre. Il nous reste juste à prendre le bus, et tu reverras maman et Luke. Tu es content ?

Il me lança un regard solennel et fit oui de la tête ; mais son visage restait grave.

Une fois sortis de l'enceinte du lycée, nous marchâmes jusqu'à l'arrêt de bus le plus proche. Des voitures passaient à toute vitesse, louvoyant dans les embouteillages de fin d'après-midi, et des piétons se pressaient autour de nous. Quelques vieilles dames s'arrêtèrent pour sourire à Ethan, mais il ne leur prêta aucune attention. Mon inquiétude à son sujet ne cessait de croître. Je tentai de le dérider en lui posant des questions, et lui racontai même quelques-unes de mes aventures en Faérie, mais il se contenta de me fixer de son regard mélancolique, sans dire un mot.

A l'angle de la rue, nous attendîmes le bus en regardant les gens passer. Je voyais des fées partout : elles se faufilaient au milieu de la foule, flânaient dans les boutiques, suivaient des humains comme des loups traquant leur proie. De l'autre côté de la rue, un elfe aux ailes noires et lustrées nous regarda en souriant et nous fit un signe de la main. Ethan frissonna et ses doigts se resserrèrent autour des miens.

— Meghan ? dit quelqu'un dans mon dos.

Je me retournai. Une fille tenait la porte du café derrière nous et me fixait d'un regard incrédule. Je fronçai les sourcils. Elle me rappelait quelqu'un, avec ses longs cheveux noirs et son physique de pom-pom girl, mais je n'arrivais pas à retrouver son nom. Elle aurait été très jolie, sans ce gros nez retroussé qui la défigurait.

Puis cela me revint à l'esprit.

— Angie, murmurai-je.

Je me souvins de son rire moqueur, des paroles incompréhensibles que Puck avait prononcées tout bas, et des hurlements horrifiés de la pom-pom girl. Son nez, plat et luisant, avait deux larges narines qui ressemblaient beaucoup à celles d'une truie. Un sentiment de culpabilité s'empara de moi, et je détournai le regard.

— Qu'est-ce que tu veux, Angie ?

— Oh, mon Dieu, c'est vraiment toi !

Bouche ouverte, narines frémissantes, elle me dévisagea un long moment. Ethan gardait les yeux rivés sur son nez.

— Tout le monde te croyait morte ! La police t'a cherchée partout ! Ils ont dit que tu avais fugué. Où étais-tu partie ?

Je clignai des yeux. Ça, c'était nouveau. Jusqu'à présent, Angie ne m'avait jamais adressé la parole, sauf pour se moquer de moi devant ses amies.

— Je… Ça fait combien de temps que je suis partie ? bégayai-je.

— Plus de trois mois, maintenant.

Trois mois ? Mon voyage au pays de Nulle Part n'avait

pas duré si longtemps… Une ou deux semaines, tout au plus. Puis je me souvins que ma montre s'était arrêtée dans la Forêt Sauvage, et un mauvais pressentiment m'envahit. Le temps s'écoulait différemment en Faérie. Rien d'étonnant à ce que l'école soit vide et poussiéreuse : c'était les grandes vacances.

Angie continuait à me regarder avec curiosité, et je cherchai en vain une explication à lui fournir qui ne paraisse pas complètement délirante. Mais à cet instant, trois filles blondes qui se dirigeaient vers le café s'arrêtèrent pour me dévisager.

— La vache ! fit l'une d'entre elles d'une voix stridente. C'est la péquenaude des marais ! Elle est de retour !

Des rires aigus s'élevèrent, et des passants ralentirent pour me jauger du regard.

— Hé, on a entendu dire que t'étais en cloque et que tes vieux t'avaient expédiée dans un lycée militaire. C'est vrai ?

— Oh, mon Dieu ! fit une autre en pointant Ethan du doigt. Elle a déjà eu son gamin !

Toute la petite bande partit d'un fou rire hystérique, en me lançant des coups d'œil furtifs pour observer ma réaction. Je soutins calmement leurs regards et me mis à sourire. Ils demeurèrent perplexes.

Désolée de vous décevoir. Mais après les gobelins mangeurs d'hommes, les bonnets-rouges, les gremlins, les chevaliers et les fées de Fer, vous ne me faites plus aussi peur qu'avant.

A ma grande stupéfaction, Angie s'avança vers elles en fronçant les sourcils. Je me souvins, alors, que les trois blondes faisaient partie de son équipe de pom-pom girls.

— Ça suffit, dit-elle sèchement. Elle vient juste d'arriver. Laissez-la souffler un peu, d'accord ?

Les filles lui lancèrent un regard mauvais.

— Pardon, face de truie, c'est à nous que tu parles ? dit la plus grande d'une voix mielleuse. Parce que moi, je ne me rappelle pas t'avoir adressé la parole. Et si tu prenais le bus avec la petite putain des marais ? Je suis sûre qu'elle te trouvera une place à la ferme.

— Elle ne comprend pas ce que tu lui dis, intervint une autre. Parle-lui dans sa propre langue. Comme ça.

Elle se mit à grogner comme un cochon ; les deux autres l'imitèrent. Le visage d'Angie vira à l'écarlate.

Je restai clouée sur place. C'était tellement bizarre de voir la fille la plus populaire du lycée subir ce que j'avais toujours subi ! J'aurais pu m'en réjouir : la méchante majorette se voyait enfin rendre la monnaie de sa pièce. Mais quelque chose me disait que cela ne datait pas d'aujourd'hui. Les moqueries avaient dû commencer le jour où Puck lui avait joué cette farce cruelle, et je ne ressentais pour elle que de la compassion. S'il avait été là, je lui aurais tordu le bras jusqu'à ce qu'il défasse ce qu'il avait fait.

Si Puck avait été là…

Je refoulai rapidement cette pensée. Si je m'y attardais, j'allais me mettre à pleurer, et c'était la dernière chose que je voulais faire devant les pom-pom girls. Pendant une seconde, je crus qu'Angie elle-même allait éclater en sanglots et partir en courant. Mais finalement, elle prit une profonde inspiration et se tourna vers moi en roulant des yeux.

— Fichons le camp, me chuchota-t-elle avec un geste de la tête en direction du parking voisin. Tu as vu tes parents, ou pas encore ? Je peux te raccompagner en voiture, si tu veux.

— Euh…

De plus en plus abasourdie, je lançai un regard à Ethan. Il leva vers moi un visage blême et fatigué. J'avais envie de le ramener à la maison le plus vite possible. Je gardais des doutes au sujet d'Angie, mais elle semblait certainement avoir changé. Etait-ce l'adversité qui transformait les gens et les rendait plus fort ?

— D'accord, dis-je.

Pendant le trajet en voiture, elle me posa de nombreuses questions : où j'avais été, pourquoi j'étais partie, est-ce que j'étais vraiment enceinte et ainsi de suite. Je répondis aussi vaguement que possible, en omettant bien sûr de parler des fées et des gobelins. Ethan se pelotonna contre moi et s'endormit ; au bout d'un moment, l'on n'entendit plus que ses faibles ronflements et le bruit du moteur.

Angie s'arrêta enfin devant un chemin en gravier. Mon ventre se noua douloureusement tandis que j'ouvrais la porte et faisais descendre Ethan. Le soleil venait de se coucher ; quelque part au loin, une chouette hululait. Au bout du chemin, la lumière de la véranda brillait comme un phare dans le crépuscule.

— C'est gentil de nous avoir ramenés, dis-je à Angie.

Elle hocha la tête, et je dus me forcer pour prononcer les mots tabous en Faérie.

— Merci beaucoup.

Puis, sentant une nouvelle pointe de culpabilité, j'ajoutai :

— Désolée pour… enfin, tu vois.

Elle haussa les épaules.

— T'en fais pas. Dans quelques semaines, j'ai rendez-vous chez un chirurgien. Il devrait m'arranger ça.

Elle enclencha la vitesse, puis passa sa tête par la vitre ouverte.

— Tu sais, dit-elle en fronçant les sourcils, je ne me rappelle même plus comment c'est arrivé. Des fois j'ai l'impression que j'ai toujours été comme ça. Mais les gens me regardent bizarrement, ils n'arrivent pas à comprendre. On dirait que ça leur fait peur, parce que je suis tellement différente.

Elle me regarda un moment. Des ombres apparurent sous ses yeux.

— Mais tu dois savoir ce que ça fait, non ?

Je hochai la tête, le souffle coupé. Angie cligna des yeux de nouveau, comme si elle me voyait pour la première fois.

— Bon, ben…

L'air un peu gênée, elle agita la main pour dire au revoir à Ethan et me lança un petit hochement de tête.

— A plus tard.

— Salut.

Je la regardai s'éloigner. Ses feux arrière se firent de plus en plus petits, puis ils disparurent dans un tournant. D'un coup, la nuit me parut plus sombre et plus silencieuse.

Ethan me prit la main, et je le regardai avec inquiétude. Il ne parlait toujours pas. Mon frère avait toujours été calme, mais ce mutisme total et cet air de ruminer m'alarmaient. Pourvu qu'il ne fût pas traumatisé à jamais par l'épreuve qu'il avait traversée !

— On y est, morpion. Tu vois la maison ?

Je soupirai en regardant la longue allée de gravier qui nous en séparait encore.

— Tu as la force d'y arriver ?

— Meggie ?

— Oui ? dis-je avec soulagement.

— Tu es comme *eux*, maintenant ?

J'aspirai une bouffée d'oxygène ; j'avais l'impression qu'il m'avait donné un coup de poing.

— Tu as changé, dit Ethan en se frottant l'oreille. Tu leur ressembles. Au méchant roi. Et aux autres.

Il réprima un sanglot et ajouta :

— Est-ce tu vas partir vivre avec eux ?

— Bien sûr que non. Je n'ai pas ma place là-bas. Je vais rester avec toi et Luke et maman, comme avant.

— Le monsieur sombre m'a parlé. Il m'a dit que dans un an ou deux, je les oublierai, que je n'arriverai plus à les voir. Ça veut dire que je vais t'oublier, toi aussi ?

Je m'agenouillai et le regardai dans les yeux.

— Je ne sais pas exactement comment ça va se passer, Ethan. Mais, quoi qu'il arrive, je serai toujours ta sœur. On reste une famille. C'est ça qui compte.

Il hocha la tête avec une gravité qui n'était pas de son âge. Puis, ensemble, nous reprîmes le chemin de la maison.

La silhouette de la maison grandissait devant nous, à la fois familière et mystérieuse. La camionnette déglinguée de Luke était garée dans l'allée, les rideaux à fleurs de ma mère voletaient dans les fenêtres ouvertes. Ma chambre était éteinte, mais la lueur orangée d'une veilleuse brillait dans celle d'Ethan A la pensée de ce qui se tapissait dans cette chambre, le cœur me monta dans la gorge. Au rez-de-chaussée, une seule fenêtre était allumée. Je pressai le pas.

Quand j'ouvris la porte, maman dormait sur le canapé, la télévision allumée. Une boîte de mouchoirs en papier était posée sur ses genoux, et elle en serrait un entre ses doigts. Quand la porte se referma, elle remua dans son sommeil.

— Maman ! s'écria Ethan en se jetant sur ses genoux.

— Quoi ?

Ma mère se réveilla abruptement, surprise par l'enfant qui tremblait dans ses bras.

— Ethan ? Qu'est-ce qui t'arrive ? Tu as fait un cauchemar ?

Elle leva les yeux vers moi, et son visage devint très pâle. J'essayai de sourire, mais mes lèvres ne fonctionnaient plus et la boule dans ma gorge m'empêchait de dire un mot. Elle se leva en posant Ethan sur le canapé, et nous tombâmes dans les bras l'une de l'autre. Je sanglotai dans son cou et elle me serra de toutes ses forces ; je sentais ses larmes mouiller mes joues.

— Meghan…

Elle s'écarta enfin, et une étincelle de colère s'alluma dans son regard soulagé.

— Où étais-tu passée ? demanda-t-elle en me secouant un peu. On t'a fait rechercher par la police, on a mis la ville entière sens dessus dessous. J'étais malade d'inquiétude. Qu'as-tu fait pendant ces trois derniers mois ?

— Où est Luke ?

Je ne savais pas vraiment pourquoi je posais cette question. Je pressentais vaguement qu'il n'avait pas besoin d'entendre mes explications, que c'était une affaire entre maman et moi. S'était-il même aperçu de ma disparition ? Ma mère fronça les sourcils comme si elle avait lu dans mes pensées.

— Il est en haut, il dort. Je devrais vraiment le réveiller pour lui dire que tu es là. Depuis que tu as disparu, il passe toutes ses nuits à rouler en camionnette sur les petites routes, à te chercher. Parfois il ne rentre pas avant l'aube.

Stupéfaite, je clignai des yeux pour refouler des larmes. Maman me lança un regard sévère, qui annonçait que j'allais être privée de sorties pendant un long moment.

— Je vais le prévenir. Toi, tu m'attends ici. Tu vas nous expliquer à tous les deux ce que tu trafiquais pendant qu'on devenait dingues. Ethan, mon chou, tu vas te recoucher.

Elle se tourna vers l'escalier. Ethan s'agrippa à sa robe de chambre.

— Non, dis-je. Je t'accompagne. Ethan peut venir aussi. Je crois qu'il faut que tout le monde entende ce que j'ai à dire.

Elle hésita un instant, puis hocha la tête. L'instant d'après, un bruit de pas dans l'escalier nous cloua sur place.

Le changelin se tenait sur les marches, les yeux plissés et les lèvres retroussées en une grimace affreuse. Il portait un pyjama appartenant à mon frère, orné de petits lapins, et il serrait ses petits poings de toutes ses forces. Le vrai Ethan émit un geignement de peur et cacha son visage dans les plis de la robe de chambre. Ma mère eut un hoquet de terreur et porta sa main à sa bouche. Le changelin me lança un feulement de haine.

— Sale idiote ! hurla-t-il en tapant du pied. Pourquoi tu l'as ramené ? Je te déteste ! Je te déteste ! Je…

Une petite traînée de fumée sortit de sous ses pieds, et le changelin se mit à gémir. Puis il s'entortilla sur lui-même et fut aspiré par la fumée. Il continua à hurler des insultes tout en rétrécissant de plus en plus, puis enfin il disparut tout à fait.

Je ne pus retenir un petit sourire de triomphe.

Maman baissa lentement la main. Quand elle se

retourna vers moi, je vis dans ses yeux qu'elle avait compris, et qu'elle avait très peur.

— Je vois, chuchota-t-elle en lançant un regard à Ethan.

Le visage livide, elle se mit à trembler. Elle savait, donc. Elle savait tout.

Je la regardai un moment. Les questions se bousculaient dans ma tête, trop nombreuses et embrouillées pour que je puisse les formuler. Ma mère m'apparaissait subitement différente : fragile, angoissée, impuissante. Elle n'avait plus rien à voir avec celle que je connaissais.

— Pourquoi tu ne m'as rien dit ? demandai-je enfin.

Ma mère s'assit sur le canapé et souleva Ethan à son côté. Il se pelotonna contre elle comme s'il ne voulait plus jamais la lâcher.

— Meghan, je… C'était il y a des années. Quand j'ai rencontré le… ton père… Ecoute, je m'en souviens à peine. Cela ressemblait plus à un rêve qu'à autre chose.

Elle parlait sans me regarder, perdue dans ses souvenirs. Je me perchai sur l'accoudoir d'un fauteuil tandis qu'elle poursuivait d'une voix éteinte.

— Pendant des mois, j'ai essayé de me convaincre que j'avais rêvé. Ce que nous avions vécu ensemble, les choses qu'il m'avait montrées, tout cela ne pouvait être vrai. Je n'ai passé qu'une nuit avec lui ; après, je ne l'ai jamais revu. Quand j'ai découvert que j'étais enceinte, j'ai eu un peu d'appréhension, mais Paul était tellement heureux ! Les médecins nous avaient dit que nous ne pourrions jamais avoir d'enfants.

Paul. En entendant ce nom, un malaise s'empara de moi. Il me semblait que j'aurais dû le reconnaître. Puis les paroles de ma mère firent leur chemin en moi. Paul, c'était mon père. Ou plutôt le mari de ma mère. Je n'avais aucun souvenir de lui. Je ne savais pas qui il était ni à quoi il ressemblait. Il avait dû mourir quand j'étais très jeune.

Cette pensée me causa de la tristesse et de la colère. Encore un père que maman avait essayé de me cacher !

— Puis tu es née, poursuivit ma mère de cette même voix lointaine. Des choses bizarres ont commencé à se produire. Tu te sauvais de ton lit d'enfant : je te retrouvais par terre dans ta chambre, ou même à l'extérieur de la maison, alors que tu ne savais pas encore marcher. Les portes s'ouvraient et se refermaient toutes seules. Nos affaires disparaissaient pour réapparaître à des endroits incongrus. Paul pensait que la maison était hantée, mais moi, je savais que c'était *eux*. Je les sentais, même si je ne pouvais pas les voir. C'était terrifiant. J'avais peur qu'ils ne s'en prennent à toi, et je ne pouvais même pas me confier à mon mari.

« Nous avons décidé de déménager. Pendant un

temps, notre vie est revenue à la normale. Tu as grandi, tu es devenue une enfant ordinaire et heureuse, et j'ai cru que toutes ces histoires appartenaient au passé. Puis…

La voix de ma mère s'érailla et ses yeux se remplirent de larmes.

— Il y a eu ce fameux incident au parc, et j'ai compris qu'*ils* nous avaient retrouvés. Après que tout se fut tassé, on est venus s'installer ici, et j'ai rencontré Luke. Tu connais le reste de l'histoire.

Je fronçai les sourcils. Je me rappelais le parc, avec ses grands arbres et son petit bassin vert, mais je ne savais pas quel était l'incident en question. Avant que je n'aie pu le lui demander, elle se pencha vers moi et me prit la main.

— J'avais envie de t'en parler depuis tellement longtemps, chuchota-t-elle. Mais j'avais peur. Non que tu ne me croies pas, mais qu'au contraire tu me croies. Je voulais que tu aies une vie normale au lieu de vivre dans la peur, de te réveiller tous les matins en te demandant s'ils allaient venir te chercher.

— Ça n'a pas vraiment marché, dis-je d'une voix éraillée.

La colère monta en moi, et je lui décochai un regard noir.

— Non seulement ils sont venus me chercher, mais Ethan s'est retrouvé en plein milieu du bazar.

Et maintenant, maman, qu'est-ce qu'on va faire? Nous enfuir, comme les deux dernières fois ? Tu as vu comme c'était efficace.

Elle se laissa aller en arrière et serra Ethan d'un air protecteur.

— Je... je ne sais pas.

Elle s'essuya les yeux, et je me sentis coupable. Ma mère avait traversé les mêmes difficultés que moi, et fait face aux mêmes choix impossibles.

— On trouvera bien une solution, dit-elle. Pour l'instant, je suis simplement heureuse que vous soyez tous les deux sains et saufs.

Elle me fit un petit sourire hésitant, et je le lui rendis, même si je savais que nous ne pouvions en rester là. Ce n'était pas la peine d'enterrer nos têtes dans le sable et de faire comme si les fées n'existaient pas. Machina avait peut-être disparu, mais le royaume de Fer allait continuer à s'étendre et à empoisonner la Faérie. Il n'y avait aucun moyen de freiner la science et la technologie. Et je savais que les fées ne nous oublieraient pas. La fuite était inutile — ils étaient trop obstinés, trop tenaces. Ces êtres-là étaient capables de garder rancune à quelqu'un pendant des siècles. A un moment ou à un autre, nous allions devoir les affronter de nouveau.

Evidemment, ce moment arriva plus vite que je ne le pensais.

***

— Ethan, dit ma mère au bout d'un moment, si tu montais réveiller papa ? Il voudra savoir que Meghan est rentrée. Ensuite, tu pourras dormir avec nous, si tu veux.

Ethan hocha la tête, mais, à cet instant, la porte d'entrée s'ouvrit en grinçant, et une brise froide souffla dans le séjour. Les rayons de lune qui brillaient sous la véranda s'intensifièrent et s'amalgamèrent pour former une silhouette élancée.

Ash entra dans la maison.

Maman ne leva pas les yeux, mais Ethan et moi sursautâmes ensemble, et mon cœur se mit à battre follement dans ma poitrine. Depuis que je l'avais vu, Ash avait changé : ses coupures et ses brûlures avaient cicatrisé, et ses cheveux retombaient doucement autour de son visage. Il portait un pantalon noir et une chemise blanche, et son épée pendait à son côté. Il avait toujours l'air aussi dangereux. Aussi inhumain. Et c'était toujours le plus bel être que j'aie jamais vu. Ses yeux de mercure croisèrent les miens et il inclina la tête.

— Il est temps, dit-il.

Je le regardai un instant sans comprendre. Puis la lumière se fit en moi.

Bon Dieu. Le contrat. Il est venu me chercher pour m'emmener à la cour d'Hiver.

— Meghan ? dit ma mère. Qu'est-ce qui se passe ? Qui est là ?

Elle regarda la porte d'entrée sans voir le prince qui se découpait dans l'embrasure. Mais son visage était crispé ; elle sentait la présence de quelque chose.

Je ne veux pas y aller maintenant, rageai-je en silence. *Je viens juste d'arriver chez moi ! Je veux avoir une vie normale. Je veux aller au lycée, passer le permis, danser au bal de fin d'année. Je veux oublier l'existence des fées.*

Mais j'avais donné ma parole. Et Ash avait rempli sa part du contrat au péril de sa vie.

Il attendait en silence, sans me quitter des yeux. Je hochai doucement la tête et me retournai vers ma famille.

— Maman, dis-je en m'asseyant à côté d'elle, je… je dois partir. J'ai promis à quelqu'un d'aller *là-bas* pendant un moment. S'il te plaît, ne sois pas triste, et ne t'inquiète pas. Je reviendrai, je te le jure. Mais il faut que je tienne ma promesse, sinon ils risquent de s'en prendre à toi ou à Ethan.

— Meghan, non !

Elle s'agrippa à ma main et la serra de toutes ses forces.

— On peut trouver autre chose. Il doit y avoir un moyen de… de les garder à distance. On peut déménager tous ensemble. On…

— Maman, regarde.

Je laissai s'effacer mon glamour et me montrai à elle telle que j'étais vraiment. Je n'eus aucun mal, cette fois, à manipuler la magie qui m'entourait. Comme au royaume de Machina, quand j'avais appelé les racines des arbres au secours, cela me vint si naturellement que je me demandais comme j'avais pu ne pas y arriver. Les yeux de ma mère s'écarquillèrent ; elle eut un mouvement de recul et serra Ethan contre sa poitrine.

— Je suis l'un d'entre eux, maintenant, chuchotai-je. Ça, je ne peux pas le fuir. Tu devrais le savoir. Je dois y aller, maman.

Ma mère ne répondit pas. Elle me fixait d'un regard où se mêlaient le chagrin, l'horreur et la culpabilité. Avec un soupir, je me levai et m'entourai de nouveau du glamour. J'eus l'impression d'endosser le poids du monde entier.

— Prête ? murmura Ash.

Je lançai un regard vers l'escalier, en pensant à ma petite chambre. Devais-je emporter quelque chose ? Des vêtements, de la musique, quelques-uns des objets personnels que j'avais accumulés en seize ans de vie ?

Non. Je n'en avais plus besoin. Cette personne-là n'existait plus. A présent, je me demandai même si elle avait un jour existé. J'avais besoin de réfléchir à qui j'étais avant de revenir. *Si je revenais.* En regardant ma mère, toujours figée sur le canapé, je me demandai si je pourrais un jour me sentir de nouveau chez moi dans cette maison.

— Meggie ?

Ethan se glissa du canapé et avança vers moi en chaussettes. Je m'agenouillai devant lui ; il mit ses bras autour de mon cou et me serra avec toute la force d'un enfant de quatre ans.

— Je n'oublierai pas, chuchota-t-il.

Je ravalai la boule dans ma gorge, lui ébouriffait les cheveux et me relevai vers Ash, qui attendait toujours en silence.

— Tu n'as besoin de rien ? demanda-t-il en me voyant approcher.

— J'ai tout ce qu'il me faut. Allons-y.

Il s'inclina pour saluer maman et Ethan, puis il passa la porte. Mon frère renifla et agita la main en luttant pour ne pas pleurer. D'un coup, je me mis à sourire : leurs émotions m'apparaissaient aussi nettement qu'un magnifique tableau. Chagrin bleu, espoir émeraude, amour écarlate. Nous étions liés pour toujours, tous les trois. Personne, ni fée ni dieu, ne pourrait briser ce lien.

Je fis au revoir de la main à Ethan, pardonnai ma mère d'un hochement de tête, et refermai la porte avant de suivre Ash dans le clair de lune argenté.

Remerciements

Le chemin vers la publication est long et ardu, et je dois remercier beaucoup de gens de m'avoir accompagnée jusqu'au bout. Mes parents, qui m'ont encouragée à réaliser mes rêves plutôt qu'à décrocher un vrai job. Ma sœur, Kimiko, et mon beau-frère, Mike, pour leur détermination à lire mes horribles premières ébauches de roman. Mon mentor, Julianne Lee, et les merveilleux auteurs, professeurs, et étudiants de Green River Writers, à Louisville, KY. Mon fabuleux agent, Laurie McLean, qui m'a donné ma chance, et mon éditrice, Natashya Wilson, grâce à qui le rêve est devenu réalité. Mon groupe d'écriture, pour tous les week-ends que nous avons passés ensemble, à saigner sur les manuscrits des uns ou des autres, à mettre en lambeaux nos personnages, et à nous acharner en pure perte.

Mais, surtout, je veux remercier Nick, mon extraordinaire mari, qui a été tout à la fois mon partenaire d'écriture, mon supporter, mon éditeur, mon testeur d'idées, mon relecteur, la voix de la raison, et qui n'était jamais las de parler intrigue, personnages, histoire, quand je n'en pouvais plus moi-même. Sans lui, je n'y serais jamais arrivée.

DARKISS

Découvrez en exclusivité un extrait de la suite des aventures de Meghan :

La captive de l'Hiver

Série Les Royaumes invisibles

Tome 2 de la série *Les Royaumes invisibles* disponible le 1er **décembre 2011** dans la collection DARKISS

A la cour d'Hiver

Le roi de Fer se tenait devant moi, impressionnant de beauté, ses cheveux d'argent fouettant l'air en une cascade indisciplinée. Son long manteau noir ondulait derrière lui, soulignant la pâleur de son visage anguleux à la peau translucide sous laquelle brillaient des veines d'un vert bleuté. Des éclairs scintillaient dans les profondeurs de ses yeux de jais, et les tentacules d'acier qui partaient de son dos et de ses épaules serpentaient autour de lui, semblables à une cape ailée scintillant dans la lumière. Tel un ange vengeur, il flotta vers moi, la main tendue, un sourire à la fois triste et tendre sur les lèvres.

— Meghan Chase, murmura Machina en passant une main dans mes cheveux.

Je frémis, gardant les mains le long de mon corps tandis que les tentacules caressaient ma peau.

— Tu es venue. Que désires-tu ?

Je fronçai les sourcils. Que désirais-je ? Pour quoi étais-je venue ?

— Mon frère, répondis-je, retrouvant la mémoire. Vous avez enlevé mon frère, Ethan, pour m'attirer ici. Je veux qu'il revienne.

— Non.

Machina secoua la tête et s'approcha.

— Tu n'es pas venue pour ton frère, Meghan Chase. Ni pour le prince Unseelie que tu prétends aimer. Tu es venue ici pour une seule et unique raison : le pouvoir.

Je ressentis une douleur au niveau de la tête et tentai de reculer, mais les câbles me retenaient fermement.

— Non, murmurai-je, luttant contre le filet de fer. C'est… c'est faux. Ce n'est pas comme ça que ça s'est passé.

— Alors, montre-moi.

Machina ouvrit grand ses bras.

— Comment était-ce censé se passer ? Qu'es-tu venue faire ici ? Montre-moi, Meghan Chase.

— Non !

— Montre-moi !

Quelque chose se mit alors à palpiter au creux de ma main : c'était le pouls de la flèche de Bois-Sorcier. Dans un hurlement, je levai mon bras et portai la pointe aiguisée contre la poitrine de Machina, enfonçant la flèche dans son cœur.

Il recula en titubant dans un regard de stupeur horrifiée. Seulement, ce n'était plus Machina, mais un elfe princier aux cheveux de nuit et aux yeux d'argent, élancé et dangereux, entièrement vêtu de noir. Il porta la main à sa ceinture avant de se rendre compte qu'il était trop tard. Chancelant, il faisait de son mieux pour rester debout, et je retins un cri.

— Meghan, murmura Ash tandis qu'une fine ligne rouge s'écoulait de sa bouche.

Les mains agrippées à la flèche plantée dans sa poitrine, il tomba à genoux, son regard pâle cherchant le mien.

— Pourquoi ?

Tremblante, je levai mes mains et vis qu'elles étaient couvertes d'un rouge cramoisi étincelant qui ruisselait le long de mes bras pour venir goutter au sol. Derrière ce fluide, je sentais des choses remuer sous ma peau, poussant vers la surface, telles des sangsues dans du sang. Quelque part dans un coin de ma tête, je savais que j'aurais dû être terrifiée, atterrée et choquée par la situation. Mais je ne l'étais pas. Je me sentais puissante, puissante et forte, comme si de l'électricité circulait sous ma peau, comme si je pouvais faire tout ce que je voulais et que personne ne puisse m'en empêcher.

Je contemplai le prince Unseelie et ricanai devant sa silhouette pathétique. Etait-il vraiment possible que j'aie autrefois aimé un tel faiblard ?

— Meghan.

Ash était agenouillé, et en dépit de ses efforts, la vie le quittait peu à peu. Un bref instant, j'eus de l'admiration pour sa ténacité acharnée, mais cela ne suffirait pas à le sauver.

— Que fais-tu de ton frère ? demanda-t-il. Et de ta famille ? Ils attendent que tu rentres chez toi.

Des câbles de fer se déroulèrent depuis mon dos et mes épaules, s'étendant autour de moi comme des ailes scintillantes. Toisant le prince Unseelie qui se tenait impuissant devant moi, je lui adressai un sourire ironique.

— Mais je *suis* chez moi.

Dans un flou argenté, les câbles s'abattirent soudain sur la poitrine de l'elfe pour venir le clouer au sol. Ash convulsa en silence, la bouche ouverte, avant que sa tête ne retombe et qu'il ne vole en éclats, tel du cristal se brisant sur du béton.

Entourée des restes étincelants du prince Unseelie, je rejetai ma tête en arrière et me mis à rire. Ce rire se transforma en un cri guttural comme je me réveillai.

Je m'appelle Meghan Chase.

Je suis au palais des fées de l'Hiver depuis un certain temps maintenant. Combien exactement ? Je l'ignore. Le temps ne s'écoule pas de la façon habituelle en ces lieux. Et pendant que je reste coincée au pays de Nulle Part, le monde extérieur, celui des mortels, poursuit son cours sans moi. Si je parviens un jour à en sortir et à rentrer chez moi, il se peut que je découvre que cent ans se sont écoulés depuis mon départ, comme Rip Van Winkle, et que tous mes amis et ma famille sont morts depuis longtemps. J'essaie de ne pas songer à de telles choses trop souvent, mais il m'arrive parfois de ne pouvoir m'en empêcher.

Ma chambre était froide. Le temps était toujours froid. Et moi aussi, je me sentais remplie de froid. Même les flammes bleu saphir de l'âtre ne parvenaient pas à venir à bout de cette froidure incessante. Les murs et le plafond étaient constitués d'une glace opaque et fumée, et les lustres eux-mêmes scintillaient de l'éclat d'un millier de stalactites. Ce soir-là, je portais un pantalon de jogging, des gants, un gros pull et un bonnet, mais cela ne suffisait pas. Par-delà ma fenêtre, la cité souterraine des fées de l'Hiver brillait de tous ses feux de glace. Des silhouettes sombres bondissaient et voltigeaient dans l'ombre, renvoyant fugacement l'éclat de leurs griffes, de leurs dents ou de leurs ailes. Un tremblement me parcourut, et je levai les yeux vers le ciel. Le plafond de l'immense caverne était trop éloigné pour que je puisse le distinguer dans l'obscurité, mais des milliers de petites lumières — boules de feu ou fées — y crépitaient comme autant d'étoiles.

On frappa doucement à ma porte. Comme je l'avais appris par le passé, je n'invitai pas la personne à entrer. J'étais à la cour Unseelie, et ici, inviter quelqu'un à entrer chez vous était une très, très mauvaise idée. Si je ne pouvais pas totalement les empêcher de rentrer, les fées avaient néanmoins l'habitude de suivre le règlement à la lettre, et par ordre de leur reine, je ne devais pas être dérangée à moins de l'avoir demandé.

Les inviter à entrer dans ma chambre aurait donc pu être interprété comme l'une de ces demandes.

Je traversai la pièce, mon souffle créant de la buée autour de moi, et entrouvris la porte.

Un magnifique chat noir était assis par terre, sa queue enroulée autour de lui, et me regardait sans ciller de ses yeux jaunes. Avant que j'aie eu le temps de dire quoi que ce soit, il se faufila dans l'entrebâillement de la porte en crachant, comme une traînée d'ombre.

— Hé !

Je me retournai vivement et constatai que le chat n'en était plus un. Tiaothin la phouka me regardait en souriant de ses canines étincelantes. Bien sûr. Ça ne pouvait être que le coup d'un phouka : ceux-là ne suivaient pas les règles. Ils semblaient même prendre un malin plaisir à les transgresser. Ses deux oreilles velues pointaient de sa tête pleine de dreadlocks et s'agitaient vivement par à-coups. Elle portait une veste tape-à-l'œil incrustée de fausses pierres et de clous, un jean déchiré et des bottes militaires. A l'inverse des habitants de la cour Seelie, les fées d'Unseelie préféraient se vêtir à la façon des mortels. J'ignorais si c'était là un acte de défiance envers la cour Seelie, ou le signe qu'elles souhaitaient se rapprocher des humains.

— Que veux-tu ? demandai-je avec prudence.

Tiaothin s'était vivement intéressée à moi lorsque j'étais arrivée à la cour — l'insatiable curiosité des phoukas, je suppose. Nous avions discuté quelques fois, mais elle n'était pas pour autant ce que j'appellerais une amie. La façon qu'elle avait de me dévisager fixement, comme si elle me jaugeait pour son prochain repas, me rendait toujours un peu nerveuse.

Elle siffla et passa sa langue sur ses dents.

— Tu n'es pas prête, dit-elle de sa voix sibylline en me regardant avec un air de reproche. Allons ! Dépêche-toi et change-toi. Nous devons y aller, et vite.

Mon visage afficha ma surprise. Tiaothin avait toujours été difficile à comprendre, passant d'un sujet à un autre si rapidement qu'il n'était pas toujours aisé de la suivre.

— Aller où ? la questionnai-je, et elle se mit à rire.

— La reine, ronronna-t-elle en inclinant ses oreilles d'avant en arrière, la reine a demandé à te voir.

Mon estomac se contracta d'un coup. Je redoutais

ce moment depuis que j'étais arrivée à la cour d'Hiver avec Ash.

Lorsque nous étions arrivés au palais pour la première fois, la reine m'avait regardée avec un sourire prédateur avant de me congédier, déclarant qu'elle souhaitait parler à son fils seul et qu'elle reviendrait bientôt vers moi. Bien sûr, le mot « bientôt » était très relatif en Faérie. Depuis lors, j'étais sur des charbons ardents, attendant que Mab se souvienne de mon existence. C'était également la dernière fois que j'avais vu Ash.

Le souvenir d'Ash m'envoya une nouvelle contraction dans le ventre, me rappelant combien notre relation avait changé. La première fois que j'étais venue en Faérie, cherchant mon petit frère kidnappé, Ash avait été mon ennemi, le froid et dangereux fils de Mab, reine de la cour Unseelie. Lorsque la guerre avait menacé les cours, Mab avait envoyé Ash me capturer, espérant ainsi m'utiliser comme levier contre mon père, le roi Oberon. Mais, dans mon désir frénétique de sauver mon frère, j'avais en fait conclu un marché avec le prince de l'Hiver : s'il m'aidait à délivrer Ethan, je reviendrais avec lui à la cour Unseelie sans opposer de résistance. A ce stade, c'était un pari désespéré. J'avais besoin de toute l'aide possible pour affronter le roi de Fer et sauver mon frère. Et, quelque part au beau milieu de ce sinistre pays de poussière et de fer, en regardant Ash combattre le royaume qui empoisonnait sa propre essence, je pris conscience que j'étais amoureuse de lui.

C'est Ash qui m'avait emmenée là, mais il ne réchappa que de justesse à son affrontement avec Machina. Le roi des fées de Fer était follement puissant, quasiment invincible. Contre toute attente, j'étais parvenue à triompher de Machina, à secourir mon frère et à le ramener à la maison.

Conformément à notre contrat, Ash vint vers moi cette nuit-là : c'était, pour moi, le moment d'honorer la fin du marché. Laissant une fois de plus ma famille derrière moi, je suivis Ash dans Tir Na Nog, le pays de l'Hiver.

Le voyage à travers Tir Na Nog fut glacial, sombre et terrifiant. Malgré la présence du prince de l'Hiver à mes côtés, Faérie demeurait une terre sauvage et inhospitalière, surtout pour les humains. Ash était un parfait garde du corps, alerte, dangereux et protecteur, mais il semblait parfois distant, absent. Et plus nous avancions dans l'Hiver, plus il s'éloignait de moi et du monde, sans vouloir me dire pourquoi.

La dernière nuit de notre voyage, nous avons été attaqués. Un loup monstrueux, envoyé par Oberon lui-même, nous a poursuivis dans le but de tuer Ash et de me ramener à la cour d'Eté. Nous sommes parvenus à lui échapper, mais Ash fut blessé en combattant la créature, et nous dûmes nous réfugier dans une grotte de glace abandonnée pour nous reposer et soigner ses blessures.

Il garda le silence tandis que je confectionnais un bandage de fortune autour de son bras, mais je sentis ses yeux sur moi au moment de l'attacher. Relâchant son bras, je croisai son regard d'argent. Ash cligna doucement des yeux, et je vis qu'il essayait de comprendre mes intentions. J'attendis, espérant glaner quelque information qui pourrait justifier sa soudaine réserve.

— Pourquoi n'as-tu pas couru ? demanda-t-il faiblement. Si cette chose m'avait tué, tu n'aurais pas eu à revenir à Tir Na Nog. Tu aurais été libre.

Je le regardai avec réprobation.

— J'ai accepté ce contrat, tout comme toi, murmurai-je en attachant le bandage dans un geste brusque, sans qu'Ash ne bronche.

Je me sentais maintenant en colère et relevai la tête vers lui.

— Alors quoi, tu crois que parce que je suis humaine, j'allais me débiner ? Je savais très bien à quoi je m'engageais, et j'honorerai notre marché jusqu'au bout, quoi qu'il arrive. Si tu pensais que j'allais te laisser là juste pour ne pas avoir à rencontrer Mab, c'est que tu me connais vraiment mal.

— C'est bien *parce que* tu es humaine, poursuivit Ash de la même voix posée en soutenant mon regard, que tu as manqué une opportunité tactique. Dans ta position, une fée de l'Hiver ne serait pas revenue. Elles ne laissent pas leurs émotions interférer. Si tu veux survivre à la cour Unseelie, il va te falloir commencer à penser comme elles.

— Eh bien, je ne suis *pas* comme elles.

Je me levai et reculai d'un pas, tentant d'ignorer mon sentiment de blessure et de trahison et de réprimer les stupides larmes de colère qui me montaient aux yeux.

— Je ne suis pas une fée de l'Hiver. Je suis humaine, avec des sentiments humains et des émotions. Et si tu attends que je m'excuse pour ça, ce n'est même pas la peine d'y penser. Je suis incapable de faire abstraction de mes sentiments comme tu le fais, toi.

Je poussai un soupir et me détournai pour m'éloigner, mais Ash se redressa vivement et agrippa mes bras par-derrière. Je me raidis, bloquant mes genoux et gardant mon dos bien droit, même s'il eût été inutile de me battre avec lui. Ses blessures ne l'empêchaient pas d'être bien plus fort que moi.

— Je ne suis pas un ingrat, murmura-t-il à mon oreille, me bouleversant malgré lui. Je veux juste que tu comprennes. La cour d'Hiver n'a pas de pitié pour les faibles. C'est leur nature. Ils essaieront de te mettre en pièces, physiquement et émotionnellement, et je ne serai pas toujours là pour te protéger.

Ma colère commença à redescendre pour me laisser tremblante à mesure que mes doutes et mes peurs reprenaient du terrain. Ash soupira, et je sentis son front se poser sur mes cheveux, son souffle effleurant ma nuque.

— Moi, je ne veux pas faire ça, confia-t-il d'une voix basse et angoissée. Et je ne veux pas voir ce qu'ils vont tenter de te faire. Une fée de l'Eté n'a pas beaucoup de chances de s'en tirer à la cour d'Hiver. Mais j'ai juré de te ramener, je suis lié par cette promesse.

Il releva sa tête et serra mes épaules jusqu'à me faire mal tandis que sa voix baissait encore de plusieurs tons, devenant froide et lugubre.

— Tu dois donc être plus forte qu'eux. Ne baisse jamais la garde, quoi qu'il arrive. Ils te mèneront en bateau avec quelques ruses et de belles paroles, et se réjouiront de ton malheur. Ne les laisse pas t'approcher. Et ne fais confiance à personne.

Il marqua une pause avant de poursuivre, encore plus bas :

— Pas même à moi.

— Tu auras toujours ma confiance, murmurai-je sans réfléchir.

Ses mains durcirent et me retournèrent brutalement face à lui.

— Non, dit-il en plissant les yeux. Ne fais pas ça. Je suis ton ennemi, Meghan, ne l'oublie jamais. Si Mab me demande de te tuer devant toute la cour, il est de mon devoir d'obéir. Si elle ordonne à Rowan ou à Sage de te découper lentement en petits morceaux pour s'assurer que tu souffres à chaque seconde, je devrai rester planté là et les laisser faire. Est-ce que tu comprends ? Mes sentiments pour toi importent peu à la cour d'Hiver. L'Eté et l'Hiver seront toujours dans des camps opposés, et rien ne pourra jamais changer cela.

Je savais en effet que j'aurais dû avoir peur de lui. Après tout, c'était un prince Unseelie, et il venait d'admettre en des termes assez clairs qu'il me tuerait si Mab l'ordonnait. Seulement, il avait aussi reconnu avoir des sentiments pour moi ; des sentiments qui importaient peu, certes, mais j'en avais encore l'estomac sens dessus dessous. Peut-être étais-je naïve, mais je ne pouvais croire qu'Ash puisse volontairement me faire du mal, même à la cour d'Hiver. La façon dont il me regardait maintenant, ses yeux d'argent pleins de colère et déchirés par le conflit, me le prouvait.

Il me fixa encore un moment avant de soupirer.

— Tu n'as rien entendu de tout ce que je viens de dire, n'est-ce pas ? murmura-t-il en fermant les yeux.

— Je n'ai pas peur, lui répondis-je — ce qui était faux.

J'étais terrorisée à l'idée de rencontrer Mab et toute la cour Unseelie à la fin de ce voyage. Mais si Ash était là, tout se passerait bien.

— Tu es incroyablement têtue, marmonna-t-il en passant une main dans ses cheveux. Je ne sais pas comment je vais faire pour te protéger si tu n'as toi-même aucun sens de l'autoprotection.

Je m'approchai de lui et plaçai une main sur sa poitrine pour sentir son cœur battre à travers sa chemise.

— Je te fais confiance, lui dis-je, alors que nos visages n'étaient plus éloignés que de quelques centimètres, et en faisant descendre mes doigts sur son ventre. Je sais que tu trouveras une solution.

Il respira fortement avant de me dévisager avec colère.

— Tu joues avec le feu, tu es consciente de ça ?

— Le feu ? Plutôt drôle pour un prince de glace, tu ne…

Je n'eus pas le temps de finir ma phrase : Ash se pencha pour m'embrasser. J'enroulai mes bras autour de son cou tandis qu'il glissait les siens autour de ma taille, et l'espace de quelques instants, je fus immunisée contre le froid.

— La reine attend.

Je suivis Tiaothin le long des sombres corridors aux

nombreuses bifurcations, tentant de maintenir mon regard droit devant moi. Du coin de l'œil, cependant, je ne pus m'empêcher d'apercevoir des bribes des horreurs cachées dans les recoins de la cour Unseelie.

Telle une araignée géante, un épouvantail filiforme était tapi derrière une porte, son visage pâle et émacié m'observant par l'entrebâillement. Un impressionnant molosse noir aux yeux de braise nous pistait dans les couloirs sans faire un bruit, jusqu'à ce que Tiaothin lui crache dessus et qu'il rebrousse chemin. Deux gobelins et un bonnet-rouge aux mâchoires de requin se serraient dans un coin et lançaient des dés faits de dents et de petits os. Une dispute éclata au moment où je passai près d'eux, les gobelins pointant le bonnet-rouge du doigt en criant « Tricheur, tricheur ! » de leurs voix stridentes. Je ne me retournai pas, mais un cri perçant s'éleva ensuite derrière moi, suivi de peu par le bruit caractéristique des os brisés. Je frémis et pris le prochain tournant sur les talons de Tiaothin.

Le couloir se terminait là et donnait sur une immense pièce où des stalactites de glace descendaient du plafond comme des chandeliers illuminés. Des feux follets et des boules de feu dérivaient entre eux, envoyant des éclats de lumière fragmentée sur les murs et sur le sol. Ce sol était recouvert de glace et de brume, et mon souffle s'embua dès que nous entrâmes dans les lieux. Des colonnes de glace aussi étincelantes que du cristal soutenaient le plafond, ajoutant encore à l'époustouflant et troublant jeu de lumières et de couleurs qui animait la pièce. Dans un recoin, sur une scène, un groupe d'humains jouaient une musique tourmentée et débridée. Les yeux vitreux, des musiciens s'excitaient sur leurs instruments de leurs corps effroyablement maigres. Leurs cheveux, longs et ternes, semblaient ne pas avoir été coupés depuis des années. Pourtant, ils n'avaient pas l'air d'être malheureux ou éprouvés, et jouaient de leurs instruments avec la ferveur de zombies, apparemment insensibles à leur public inhumain.

Des dizaines de fées Unseelie s'affairaient dans la salle, toutes plus cauchemardesques les unes que les autres. Des ogres et des bonnets-rouges, des gobelins et des korrigans, des kobolds, des phoukas, des gremlins et d'autres fées encore dont j'ignorais les noms allaient et venaient dans la pénombre mouvante.

Je passai rapidement les lieux en revue, cherchant à y repérer une chevelure noire ébouriffée et des yeux d'argent. Je sentis mon cœur se briser : il n'était pas là.

A l'autre bout de la pièce, un trône de glace éclatant flottait dans les airs. Assise sur ce trône, posée et aussi puissante qu'un glacier, se tenait Mab, reine de la cour Unseelie.

La reine de l'Hiver était impressionnante de simplicité. Lorsque j'étais allée à la cour d'Oberon, je l'avais vue aux côtés de sa rivale, Titania, la reine de l'Eté, qui était tout aussi belle, mais d'une façon désagréablement sophistiquée. Le fait que je sois la fille d'Oberon irritait aussi Titania, qui avait un jour tenté de me transformer en biche. Je ne la portais donc pas non plus dans mon cœur. Bien que tout les opposât, les deux reines étaient incroyablement puissantes. Titania incarnait une tempête d'été, belle, mortelle et prompte à abattre ses foudres sur tout ce qui pouvait la déranger. Mab était la journée la plus froide de l'hiver, où tout demeure figé et inanimé dans la peur de l'impitoyable glaciation qui décima un jour le monde et pouvait bien se répéter.

Installée dans son fauteuil, la reine était entourée de quelques elfes nobles — les sidhes. La dernière fois que je l'avais vue, à la cour d'Oberon, Mab portait une ample robe noire qui ondulait comme des ombres vivantes. Aujourd'hui, elle arborait du blanc, ses cheveux bruns élégamment coiffés sur le haut de sa tête.

Telle une nuit sans étoiles, ses yeux noirs insondables se levèrent pour me dévisager, et un sourire se dessina sur ses lèvres pâles.

Un frisson me parcourut l'échine. Les elfes n'ont que peu d'intérêt pour les mortels. Pour eux, les humains ne représentent que des jouets qu'on utilise avant de les jeter. Et ceci vaut aussi bien pour la cour Unseelie que pour celle de Seelie. J'avais beau être une demi-elfe et la fille d'Oberon, je ne m'en retrouvais pas moins seule au beau milieu de la cour des anciens ennemis de mon père. Si je contrariais Mab, mon sort serait vite réglé. Peut-être me transformerait-elle en lapin avant de lancer les gobelins à mes trousses — même si cela eût davantage été du style de Titania. J'avais le sentiment que Mab était capable de concocter des choses infiniment plus atroces et tordues, ce qui me pétrifiait littéralement.

D'un pas tranquille, Tiaothin traversa la foule des fées Unseelie, qui ne lui prêtaient que peu d'attention. C'est sur moi que se portait leur intérêt tandis que je la suivais, le cœur battant. Je sentais les regards affamés, les sourires avides et tous ces yeux fixés sur moi au niveau de ma nuque, et me concentrai pour garder la tête haute et un pas assuré. Rien n'attire autant les fées que la peur. Un sidhe au visage taillé à la serpe intercepta mon regard et sourit. Mon cœur se serra douloureusement. Il me faisait penser à Ash, qui n'était pas là et m'avait abandonnée au beau milieu de cette cour de monstres.

Le froid dégagé par la reine de l'Hiver s'accentuait au fur et à mesure que nous approchions. Il fut bientôt tel que j'avais du mal à respirer. Tioathin arriva au pied du trône et s'inclina. J'en fis de même, bien que la tâche ne fût pas aisée sans laisser entendre le claquement de mes dents. Les fées Unseelie se rassemblèrent derrière nous, dans un murmure qui me donna encore plus la chair de poule.

— Meghan Chase.

La voix rocailleuse de la reine s'éleva sur l'assemblée, achevant de me donner le frisson. Tiaothin s'esquiva pour disparaître dans la foule, me laissant vraiment seule.

— Comme c'est aimable à toi de te joindre à nous.

Mab sourit, amusée, et s'adossa pour m'observer de ses yeux noirs vides de toute émotion. Le silence s'installa le temps de quelques battements de cœur.

— Donc.

La reine pianota des ongles en rythme, ce qui me fit sursauter.

— Nous y voilà. Tu dois te croire très intelligente, fille d'Oberon.

Une poigne de fer m'étreignit le cœur. Tout cela ne commençait pas bien, pas bien du tout.

— Tu ne l'es pas, poursuivit Mab avec un sourire narquois. Mais tu le seras. Ne te méprends pas à ce sujet.

Elle se pencha en avant, l'air totalement inhumain, et je luttai contre une envie folle de m'enfuir de la salle du trône en courant et en hurlant.

— J'ai entendu parler de tes exploits, Meghan Chase, reprit-elle de sa voix rauque en plissant les yeux.

Pensais-tu que je n'en saurais rien ? Tu as entourloupé un prince de la cour Unseelie pour qu'il te suive dans le royaume de Fer. Tu l'as amené à combattre tes ennemis à ta place. Tu l'as lié par un contrat qui l'a quasiment tué. Mon précieux garçon est presque éternellement perdu pour moi, dorénavant, et ce par ta faute. Que crois-tu que je ressente face à cela ?

Le sourire de Mab se faisait de plus en plus prédateur, et mon ventre se tordait de peur. Qu'allait-elle pouvoir me faire ? Me confiner dans un bloc de glace ? Me congeler par l'intérieur ? Geler mon sang pour que je n'aie plus jamais chaud, quels que soient mes vêtements ou la température extérieure ? Je frissonnai, mais remarquai ensuite un léger chatoiement, comme des ondes de chaleur autour de moi, et pris soudain conscience que Mab teintait l'air de glamour, manipulant mes émotions et me laissant imaginer le pire scénario possible. Elle n'avait même pas à me menacer ou à dire quoi que ce soit : je me terrorisais très bien toute seule.

Dans un moment de lucidité et de distraction, je me demandai si Ash en avait fait autant avec mes émotions, en me manipulant pour que je tombe amoureuse de lui. Si Mab pouvait le faire, ses fils possédaient certainement le même talent. Mes sentiments pour Ash étaient-ils réels, ou s'agissait-il d'une sorte de glamour monté de toutes pièces ?

11,90 €

Noire Magie

de Laura Anne Gilman 448 pages

New York grouille d'êtres capables de plier à leur volonté le Courant magnétique de la ville. Qui, parmi eux, s'est servi de cette énergie pour dérober l'incantation — une incantation à la fois puissante et dangereuse ? Wren Valère est chargée de remonter la piste du coupable. Investigatrice hors pair, experte dans la manipulation du Courant, Wren est bien trop rebelle pour avoir rejoint sa communauté de magiciens. Elle s'est associée à Sergeï. Ensemble, ils vont mener l'enquête. Elle est le feu de l'électricité, il a la froideur de la raison. Du moins en apparence…

11,90 €

Les secrets d'une blogueuse amoureuse

d'Allison van Diepen 400 pages

Pour cinq dollars, le blog de Kayla répondra à toutes vos questions sur l'amour. Mais, pour tout l'or du monde, ce blog ne vous dévoilera jamais que la reine du conseil est aussi une fille blessée qui a juré de ne plus jamais laisser un garçon l'approcher avant l'université. Jamais… mais avec un J comme Jared, ce garçon bourré de charme et de talent que Kayla s'interdit de trop regarder. Seulement, quand « amoureuse » rime avec « blogueuse », les secrets ne le restent pas longtemps !

Composé et édité par les
éditions Harlequin

Achevé d'imprimer en Allemagne
par GGP Media GmbH, Pößneck
en mai 2011

Dépôt légal en juin 2011